LA BRIGADE DU RIRE

Gérard Mordillat, écrivain et cinéaste, a publié de nombreux romans, parmi lesquels *Vive la Sociale !*, *L'Attraction universelle*, *Les Vivants et les Morts* (prix RTL-Lire 2004), *Notre part des ténèbres* et *Ce que savait Jennie*, ainsi que plusieurs essais. Il a réalisé pour le cinéma et la télévision une vingtaine de films et de documentaires : *La Voix de son maître* (coréalisé par Nicolas Philibert), *Cher frangin, Paddy, En compagnie d'Antonin Artaud, Les Vivants et les Morts* (adapté de son roman) et, en collaboration avec Jérôme Prieur, les célèbres séries pour Arte « Corpus Christi », « L'origine du christianisme », « L'Apocalypse » et « Jésus et l'islam ». Il est par ailleurs un complice de toujours des « Papous dans la tête » de France Culture.

Paru dans Le Livre de Poche :

CE QUE SAVAIT JENNIE

LES CINQ PARTIES DU MONDE

NOTRE PART DES TÉNÈBRES

ROUGE DANS LA BRUME

RUE DES RIGOLES

LES VIVANTS ET LES MORTS

XENIA

GÉRARD MORDILLAT

La Brigade du rire

(ce que nous sommes)

ROMAN

ALBIN MICHEL

ISBN : 978-2-253-06972-0 – 1re publication LGF

Pour Henri, brigadiste

« J'ai deux ou trois dents contre la société actuelle. »

Antonin ARTAUD,
Histoire vécue d'Artaud le Mômo

Prologue

Il ne faisait pas encore tout à fait nuit quand Pierre Ramut sortit de l'hôtel Westminster au Touquet. Il prit une grande inspiration et soupira :

— Mais, c'est que les jours rallongent !

Il rajusta son nœud papillon et ferma les yeux pour jouir de cet instant de paix et de silence. L'air était doux, à peine rafraîchi par un petit vent venu de la mer.

— Monsieur Ramut ! Monsieur Ramut s'il vous plaît !

Une jeune fille blonde, lunettes en plastique rouge, décolleté avantageux, arrivait à sa rencontre, claquant des talons. Elle tenait à la main *La France debout*, le dernier essai du journaliste.

— Anne-Sophie Janvier, je fais un master d'économie, dit-elle en reprenant son souffle. Vous voulez bien me le dédicacer…

Ramut ne se fit pas prier :

— Bien sûr, avec plaisir.

Elle lui tendit un feutre noir.

— S'il vous plaît…

— Anne-Sophie ? Je ne me trompe pas ?

— Non, c'est ça : Anne comme la duchesse, Sophie comme la philo, avec un trait d'union…

— Vous l'avez lu ? s'enquit Ramut, griffonnant sur la page de titre.

— Dès qu'il est paru ! C'est formidable, vous avez un style formidable… Vous écrivez tellement bien. Mais je ne dois pas être la première à vous le dire.

Ramut fit le modeste.

— Disons qu'au moins j'écris en français. Ce qui n'est pas le cas de tous mes collègues…

Il rendit le livre à Anne-Sophie.

Elle lut aussitôt la dédicace : « Pour Anne-Sophie, qui a de bonnes lectures, *La France debout*, comme une promesse. Avec toute mon amitié, Pierre Ramut. » Anne-Sophie serra le livre contre sa poitrine, rougissante.

— C'est trop gentil… Si vous saviez comme ça me fait plaisir !

Ramut se retint de lui caresser la joue.

— Tout le plaisir est pour moi, dit-il en se rengorgeant. Non seulement vous avez de bonnes lectures mais, permettez-moi de vous le dire, vous êtes très jolie…

Anne-Sophie haussa les épaules, boudeuse.

— Je suis sûre que vous dites ça à toutes vos lectrices.

— Ah non ! protesta Ramut. Détrompez-vous. C'est absolument sincère…

— Vous ne me trouvez pas trop grosse ?

— Trop grosse ? Vous plaisantez ? Vous êtes… magnifique !

Anne-Sophie le laissa admirer sa poitrine qui se soulevait d'émotion.

— Je peux vous demander quelque chose ?

— Tout ce que vous voudrez !

— Je n'ose pas…

Et baissant humblement les yeux, elle osa :

— On se fait la bise ?

Ramut posa ses mains sur ses épaules et l'embrassa trois fois avec gourmandise. Anne-Sophie était douce et ronde, délicate comme un fruit mûr. Elle l'étourdissait de senteurs orientales. Ramut l'aurait volontiers embrassée encore plusieurs fois. Anne-Sophie s'écarta gentiment de lui, essuya ses lunettes et sourit.

— J'ai six autres livres à vous faire signer, avoua-t-elle alors. Mes grands-parents ont une maison ici, mes copines de la fac m'ont envoyée en mission…

— Six ! s'exclama Ramut. Je n'ai pas le temps, on m'attend à une projection qui commence dans…

— Ma voiture est juste à côté, plaida Anne-Sophie, le regard humide. Vous pouvez les signer pendant que je vous y conduis…

L'idée séduisit Ramut. Cette fille était vraiment belle à croquer…

— D'accord, je vous suis à la condition que vous veniez à la projection avec moi ! Considérez-vous comme mon invitée. Ensuite nous aurons tout notre temps pour…

— Qui a écrit : « La France traîne et se traîne à la traîne. Quand il faut agir, il faut agir et agir vite, fort et bien ! » ?

Anne-Sophie le citait mot pour mot. Ramut ne put s'empêcher de ronronner de plaisir.

— Vous connaissez mon livre par cœur ?

— Presque, répondit-elle en battant des cils. Avec mes copines, on s'en lit des passages à voix haute. C'est trop beau toutes ces répétitions, c'est poétique…

La blonde offrit son bras à Ramut.

— Je suis garée derrière…

Il se laissa entraîner, serrant Anne-Sophie d'un peu trop près. Elle ne lui échapperait pas…

— On peut dire que vous savez ce que vous voulez !

— Pas vous ? répondit-elle, le regardant droit dans les yeux.

Ramut faillit s'étrangler. L'ouverture était sans ambiguïté. Il gloussa pour masquer sa confusion.

— Vous m'avez l'air d'un sacré numéro !

Six exemplaires l'attendaient sur le siège avant de la voiture. Ramut s'installa pour les dédicacer, délicieusement troublé par la poitrine d'Anne-Sophie, son parfum ambré, sa bouche de gros bébé prête à donner ou à recevoir un baiser. Il y avait longtemps qu'il ne s'était pas senti aussi bien.

— Alors, c'est pour qui ?

Anne-Sophie se pencha vers lui :

— Celui-là, c'est pour ma sœur…

Puis ce fut la nuit.

Première partie

RAMUT

Quinze jours plus tôt

Habillé, boutonné jusqu'au menton, Serge Kolwaski – Kol pour ses amis – avala un café en se brûlant la langue comme si sa vie dépendait de quelques minutes gagnées. Son « chez-lui » hésitait entre l'austérité d'une cellule de moine et celle d'un prisonnier. C'était une simple pièce avec une table, une chaise et rien aux murs, sauf un petit pastel représentant un chien et un chat serrés l'un contre l'autre ; tout ce qui lui restait de son père. Ça et le souvenir du jour – il devait avoir cinq ans pas plus – où il l'avait pris dans ses bras, emmené chez le directeur de l'usine et posé sur le bureau en lançant : « Donnez-lui à manger ! » avant de rejoindre le piquet de grève.

Kol abandonna rageusement sa tasse dans l'évier, ouvrit l'eau pour la rincer, en profita pour boire au robinet et chasser le goût du café qu'il avait fait trop fort.

Quand reviendrait-il coucher dans son lit de regrets, comme il appelait le petit canapé sur lequel il dormait depuis deux mois ?

Il ne savait pas.

Il ne savait même pas s'il reviendrait dans ce coin perdu de Dordogne où il s'était réfugié à l'écart de tout après la fermeture de l'imprimerie et son divorce. Il gardait dans son portefeuille la définition du « réfugié » qu'il avait découpée dans un journal : « Est réfugiée toute personne craignant avec raison d'être persécutée du fait de sa race, de sa religion, de son appartenance à un certain groupe social ou de ses opinions politiques, qui se trouve hors du pays dont elle a la nationalité, et qui ne peut, ou du fait de cette crainte, ne veut, réclamer la protection de ce pays. » Ce charabia juridique lui parlait. Les histoires de races ou de religion ne le concernaient pas. En revanche, il se sentait tout entier dans la catégorie de ceux qui étaient persécutés en raison de leur appartenance à un certain groupe social et qui payaient pour leurs opinions politiques en termes d'exclusion, de solitude, de chômage. Kol ne pouvait pas demander l'asile politique à la France. Malgré son nom venu d'ailleurs, il était français même si la nationalité n'avait aucun sens pour lui. Il ne se sentait que d'un pays : celui où les hommes souffrent ;

de nul autre. Après son licenciement, le départ de sa femme, le lâchage du syndicat, sa mise au placard, rejeté de toutes parts, exclu, il avait décidé de vivre comme un réfugié, un clandestin.

Dehors, il neigeait.

Il y avait du vent, des bourrasques, un courant d'air froid l'enroba. Kol ferma aussi vite que possible la porte du bungalow qu'il louait au sommet d'une butte en forêt et remit la clef dans sa cache habituelle, sous le toit. Il y avait de la neige sur le rebord de la fenêtre, sur le sol et la gouttière était prise dans une gangue glacée. La nuit brillait d'une lumière irréelle. Le monde avait disparu. Le paysage affichait son faire-part : blanc de neige cerné du noir des arbres. Kol emportait ses trois fois rien d'affaires et un carton de livres, rien d'autre. Il fila d'un pas martelé jusqu'à sa voiture, laissant des empreintes profondes. Le sol crissait sous ses semelles. Un instant l'idée lui traversa l'esprit de sortir le bidon d'essence qu'il gardait dans le coffre, de tout arroser et d'enflammer la baraque pour être sûr de ne jamais y remettre les pieds.

Trop grandiloquent, il renonça.

Pourtant quel spectacle ç'aurait été, des flammes dans la tempête de neige !

À sept cents kilomètres de là, Kol devait rejoindre Dylan et l'Enfant-Loup, avec qui il formait autrefois l'attaque-vedette de l'équipe de handball du lycée Jean-Baptiste-Botul. Un trio de choc qui, aujourd'hui, ferait sûrement une carrière professionnelle. Dylan avait lancé l'idée de réunir tous les anciens pour fêter les trente ans de leur victoire au tournoi des As contre le lycée Paul-Claudel du Raincy.

Kol jouait avant-centre, c'était leur capitaine.

Il avait hésité longtemps avant d'accepter l'invitation. La perspective de voir ressurgir les fantômes de son passé ne l'excitait pas vraiment. Qu'auraient à se dire ces six ou sept types dont certains ne s'étaient pas revus depuis des années ? Qu'étaient-ils devenus ? À quoi ressemblaient-ils aujourd'hui ? Étaient-ils des cons, des salauds, des moins-que-rien qui en pinçaient pour l'extrême droite ou le trait carré ? Au contraire, portaient-ils encore le maillot rouge de leur jeunesse en étendard ? Toujours solidaires, toujours prêts à répondre à l'injonction rituelle de Nono leur entraîneur : « Marquez des buts ! » ? Comment le savoir, comment le deviner ? Kol craignait la guimauve des souvenirs, le sentimentalisme aux yeux humides, les crânes chauves ou blanchis et les gros ventres, mais finalement il avait dit oui. Oui, pour ne pas faire faux bond à Dylan et à l'Enfant-Loup, pour ne pas leur manquer. Pour lui, rien ne serait pire que de manquer à ses amis.

La route s'annonçait difficile.

Sa voiture n'était pas équipée pour ce temps. Le sol gelait sur l'étroit chemin de terre qui serpentait jusqu'à la départementale. De gros flocons tournoyaient. Quand il était enfant, sa mère lui racontait que c'étaient des plumes d'ange qui tombaient du ciel. Aujourd'hui avec ce qui dégringolait, les anges avaient dû perdre beaucoup de plumes ! Et « ils ne sont pas les seuls ! », songea-t-il avec amertume. Il se souvint soudain d'une comptine que sa mère chantait ; un refrain qu'elle-même tenait de sa mère :

Neiges blanches et rouge sang
Sang de vierges et neige d'anges…

Pourquoi se rappelait-il de ça?

Plus il roulait, plus la route semblait se dissoudre sous ses yeux. Le vent fouettait la carrosserie, la neige s'abattait drue. Il s'engagea dans le chemin, tournant le volant à droite, à gauche, essayant de ne pas sortir des deux profondes ornières creusées par la pluie qui noyait la région depuis deux jours. Deux rails boueux, glissants, mais deux guides encore visibles. Il y avait une biche au milieu du chemin.

Kol freina doucement sans déraper et stoppa à dix mètres d'elle. Il ne voulait pas l'effrayer. La bête l'observa, sans bouger, agitant les oreilles d'un air plus désapprobateur qu'inquiet. Puis, ignorant la neige comme les phares qui l'éblouissaient, sans se hâter, elle rentra dans les buissons épineux qui bordaient la route.

Kol ne repartit pas aussitôt.

Il laissa le moteur tourner au ralenti. Que ce soit un faisan, un écureuil voire une simple corneille, la vue d'un animal sauvage produisait toujours chez lui une émotion aussi puissante qu'incompréhensible… Quelque chose de grave, d'oppressant, qui l'émouvait. Peut-être l'idée de l'extrême fragilité de la liberté, de son prix ? Il se souvenait d'un renard rencontré à l'aube sur une petite route, lorsqu'il faisait du vélo. L'animal l'avait toisé avec effronterie comme s'il avait voulu lui lancer un défi : « Essaye donc d'être aussi libre que je suis ! »

Kol redémarra. Il crut voir des oiseaux gelés qui pendaient aux branches mais ce n'était que des feuilles qui ployaient sous la neige. Il pensait à son père qui avait un goût pour la botanique. Il connaissait le nom des arbres, des plantes, des fleurs. Kol s'en voulait de n'avoir rien retenu de ce qu'il lui avait appris, sinon une forêt, une montagne de mots qui naviguaient dans sa tête, sans jamais s'arrimer à quelque chose de précis : rhododendron… clématites… bouleau… cattleya… chèvrefeuille… réséda… lilas d'été… julienne des dames… œillets du poète… ibéride… iobélia… sauge… iris… aldovandia… dionée…

Le monde s'effaçait.

Kol n'y voyait pas à dix mètres. Il plissa les yeux pour tenter de discerner la route, la forêt, les champs dans le brouillard neigeux. Mais aussi loin que portait son regard, il n'y avait que du givre et du gel Ça soufflait fort, ça tombait en rafales, les ronds-points étaient des pièges sur lesquels par deux fois il fit un tête-à-queue, un mouvement de valse absolument blanc…

Le jour était loin encore.

S'il avait été raisonnable, Kol aurait renoncé, fait demi-tour et se serait réfugié dans un bar ou une auberge jusqu'à la fin de la tempête. Mais quelque chose en lui vivait dans l'urgence et le poussait à faire ce qu'il ne devait pas.

Kol n'était pas raisonnable. D'une ponctualité maladive, il avait promis à Dylan d'arriver à dix-sept heures…

— J'y serai ! J'y serai ! proclama-t-il pour s'encourager.

Mais impossible de rouler plus vite sur la route enneigée.

Quand il rejoignit enfin la départementale, pleins phares, chauffage et essuie-glaces réglés au maximum, il accéléra. Il pensait à son ami de toujours, son frère, son double, devenu prof d'anglais dans la banlieue parisienne. Au lycée, toutes les filles croyaient qu'il s'appelait Dylan comme le chanteur

Bob Dylan et jamais il n'avait cherché à les détromper. Ce n'était pas vrai. Sa mère avait choisi son prénom en hommage au poète gallois Dylan Thomas…

— D'ailleurs, expliquait-il volontiers, comme Bob Dylan a choisi son nom pour les mêmes raisons, l'un dans l'autre, nous ne sommes pas loin de la vérité.

Dylan était divorcé lui aussi ; il vivait désormais dans un grand pavillon avec deux sœurs, Dorith et Muriel, des jumelles. La première, insolente, batailleuse et dure ; la deuxième plus douce, plus charmeuse et drôle.

L'Enfant-Loup, le troisième larron, tenait un garage, dans le Nord, près de Douchy-les-Mines. Jamais marié, il avait toujours eu « une bonne amie », comme disait la Madre, sa mère, quand elle était encore là. La « bonne amie » en question changeait si souvent que personne ne parvenait jamais à se souvenir de son nom. Pour tout le monde, comme pour l'Enfant-Loup, c'était « Chiquita ». Avec ses chiquitas, l'Enfant-Loup répétait toujours la même histoire. Ça commençait au rythme d'un flamenco où chacun était tenu de suivre ce qu'ils faisaient, ce qu'ils ne faisaient pas, ce qu'ils auraient pu faire, ce qu'ils feraient s'ils avaient pu, ce qu'ils faisaient avant, après, ce dont ils parlaient, ce dont ils rêvaient, ce qu'ils vivaient d'heure en heure et en détail ! Et de passes compliquées en passes plus compliquées, l'Enfant-Loup s'imaginait en famille avec sa chiquita, plein de gosses, une maison, un jardin, une grosse voiture, des vacances au bord de la mer. Puis un jour, sans signe avant-coureur, sans orage, sans nuit en plein jour, l'angoisse le saisissait.

Siento angustias en mi pecho,
decí, percanta, ¿Qué has hecho
de mi pobre corazón[1]*?*

Tout ce qu'il avait peint en sang et or, trompeté en claquant des talons, l'amour toujours l'amour, castagnettes et olé tournaient au gris, au marron, au noir et c'était une coulée de boue qui se déversait sur Kol et Dylan qui devaient se taire et compatir. Jamais l'Enfant-Loup ne pourrait vivre à l'ordinaire. C'était la négation de la vie, la mort avant l'heure, une existence de zombie avec pour seul horizon une urne scellée au plomb dans une case en béton.

C'en était fini, *adios chiquita, adios mi amor*...

Il y avait eu pas mal de chiquitas dans la vie de l'Enfant-Loup.

La dernière en date s'appelait Suzana.

Elle paraissait très différente des précédentes : on connaissait son nom et ça avait l'air de tenir entre

1. *Je sens l'angoisse dans ma poitrine, / dis-moi, petite, qu'as-tu fait / de mon pauvre cœur ?*

elle et l'Enfant-Loup, plus que ça n'avait jamais tenu entre lui et une femme.

Ils s'étaient bien trouvés. Tous deux d'origine espagnole, tous deux petits-enfants de républicains chassés de leur pays par Franco et sa clique, tous deux héritiers du drapeau noir de Buenaventura Durruti. Kol avait reçu récemment une photo du couple en vadrouille à Venise : Suzana avait l'air plus jeune que L'Enfant-Loup, plus grande aussi. Elle n'était pas vraiment belle mais elle avait du feu dans le regard et un sourire à désarmer un régiment. Kol regrettait que cette chiquita volontaire et musclée comme un homme ne soit pas de la fête où seuls les membres de l'équipe étaient conviés « sans épouse ni progéniture ». De Suzana ses pensées revinrent vers Dorith et Muriel, pour qui Dylan avait quitté femme, enfants et une vie bourgeoise à Chambéry. Deux phénomènes qui se ressemblaient à s'y tromper. Avec elles l'ordinaire se faisait extraordinaire. Quand elles parlaient, c'était ensemble ; quand elles sortaient, c'était ensemble ; quand elles travaillaient, c'était ensemble ; quand elles mangeaient, c'était ensemble ; quand elles faisaient l'amour, c'était ensemble, si ce que Dylan racontait était vrai...

Il neigeait fort à nouveau.

Après les filles, Kol essaya de se souvenir de tous les gars de l'équipe qui devraient être là : Zac, diminutif d'Isaac le Rouquin, Rousseau dit « Long Tail », le beau gosse de la bande, Hurel aux petites mains, Bob leur goal... mais il n'arrivait pas à se concentrer, à mémoriser les noms, à voir les visages. Ses pensées se dissolvaient, fondaient comme les flocons sur son pare-brise. L'idée de la mort revenait sans cesse occuper son esprit. Ne possédant rien, ni patrimoine, ni gloire, ni femme, ni promesse d'amour, il l'affrontait lucidement, sans crainte. Il n'avait rien à perdre, la mort ne pouvait rien lui prendre. Son seul bien c'était lui, le territoire étroit de sa peau, la puissance de ses muscles, de ses nerfs, son intelligence, sa combativité. Peut-être était-ce pour cela qu'il ne tombait jamais malade, détestait les médecins et la médecine. Il s'entretenait. Depuis toujours Kol faisait de la course à pied, de la natation, du vélo et même de la boxe ; il mangeait frugalement, ne buvait pas, ne fumait pas, comme jadis les membres de la bande à Bonnot. Il n'y avait pas si longtemps, il avait marché plus de vingt kilomètres sur un causse battu par le vent sans éprouver de fatigue. Quand on ne pouvait compter que sur soi-même, la maladie était inacceptable. Comme tout le monde Kol souhaitait partir d'un coup, l'infarctus fulgurant qui règle la question en quelques instants. Rien ne serait pire que d'être maintenu à l'état d'endive cuite et connaître l'humiliation d'une longue agonie.

Les anciens pensaient que l'âme vivait prisonnière du corps et rejoignait les cieux au moment de la mort. Né sans âme, hors du baptême et de toute religion, Kol se demandait où iraient ses gènes lorsque son corps ne serait plus bon qu'à engraisser la terre ou à chauffer un poêle. Migreraient-ils quand son corps serait usé, inutile, inerte ? Feraient-ils corps buissonnier ? Existait-il une vie sans corps ? Sa longue expérience amoureuse lui avait permis d'explorer bien des secrets de femmes, d'aimer tous les accès de leurs corps. Il voulait se convaincre que, même mort, il était possible d'aimer à nouveau un corps inconnu, de s'y réfugier. De vivre avec lui, d'être son locataire, son corps-loc !

Nombre de philosophes s'étaient disputés sur le néant d'avant la naissance et celui d'après. Kol acceptait l'idée que la vie n'était qu'une illumination entre deux ténèbres ; qu'il fallait la vivre au présent, au plus haut degré d'intensité possible. Jamais il n'avait été traversé par la croyance d'un au-delà, de la survie de l'esprit, du paradis ou de l'enfer et toutes les niaiseries superstitieuses vendues sous tous les cieux par les curés de toutes les religions. Il était sans dieu ni maître, fidèle à Lucrèce qu'il lisait et relisait dans une édition de poche : « La mort n'est rien pour nous et ne nous touche en rien / Puisque l'âme est mortelle aussi bien que le corps. » Kol poussa un long cri comme signe de ralliement à la conscience et jura de se surveiller avant de partir en zig-zig.

Son licenciement lui avait fait l'effet de l'annonce d'un cancer que nul n'aurait su détecter. Les questions de sa prime de départ, celle de son inscription à Pôle emploi, à la cellule de reclassement, avaient presque aussitôt mué en d'autres plus troublantes : combien de temps lui restait-il à vivre ? Qu'allait-il faire de ce temps ? Quand cela serait-il insupportable de savoir, de sentir, qu'il n'y avait aucune chance de rémission ? Et derrière ces questions, la tentation d'en finir, et vite. En finir pour ne laisser personne avoir la main sur lui. En finir par la seule expression de sa volonté. Presque avec amusement, il répertoriait les moyens à sa disposition tandis que les kilomètres défilaient : la défenestration, la noyade, le cocktail médicamenteux, la pendaison, l'arme à feu… Seuls les deux derniers trouvaient grâce à ses yeux. Mais il n'avait ni revolver ni fusil de chasse et s'interrogeait : aurait-il assez de sang-froid pour se pendre ? Peut-être. Peut-être pas. Il se consolait, observant qu'il osait y penser avec le courage serein d'un savant. Kol aimait considérer la mort comme une donnée objective. Une seule chose le perturbait et le blessait. Il était si curieux de la vie qu'il trouvait insupportable d'être privé de la fin de l'histoire.

Il neigeait toujours quand Kol rejoignit l'autoroute. Il constata amèrement que les flocons lui plaisaient et lui déplaisaient à la fois. Leur douceur, leur blancheur, leur silence avaient la beauté de l'innocence, en même temps ils incarnaient l'hypocrisie, la sournoiserie, la duplicité du monde.

— Une garce sous un manteau d'hermine ! cria Kol en ouvrant sa vitre pour défier la neige, cette tueuse qui vous enveloppait vif dans un suaire, vous glaçait à mort et couvrait d'oubli son forfait.

À tout prendre, Kol préférait la pluie, plus franche, plus directe. La pluie était sans rancune. Elle pouvait vous battre, vous rincer, vous tremper jusqu'à l'os et cesser d'un coup de vous tourmenter. La neige, elle, était secrète, implacable, inexorable.

L'Enfant-Loup

L'Enfant-Loup avait apposé une affichette sur le rideau de fer du garage : « Fermeture exceptionnelle » et avait aussitôt pris la route. Quand il devait s'absenter, il n'y avait personne pour le remplacer : pas d'ouvrier, pas d'apprenti et madame Peltier, la voisine qui tenait sa comptabilité, ne connaissait rien à la mécanique. Au fond, c'était sans importance. Il avait fait tout ce qu'il avait promis de faire avant son départ et le reste attendrait bien son retour.

Il ne neigeait pas dans le Nord mais la météo annonçait de gros risques de verglas. Roulant à un train de sénateur, l'Enfant-Loup suivait du coin de l'œil le balancement d'une noix sacrée mexicaine pendue à son rétroviseur. Un cadeau de sa mère pour le protéger du malheur, éloigner les démons et les esprits mauvais. La Madre était partie d'un coup quelques années plus tôt. Un soir, elle s'était couchée comme tous les soirs de sa vie, au matin elle était morte dans le lit à côté de son mari qui dormait paisiblement. Il n'avait rien soupçonné, rien senti, rien entendu. Morte dans son sommeil, peut-être dans un rêve, sans faire le moindre bruit. L'Enfant-Loup remâchait l'idée qui ne l'avait plus quitté depuis l'enterrement : un jour elle était là, le lendemain elle n'y était plus. Une pensée enfantine qui disait pourtant exactement son désarroi. Comment pouvait-on disparaître comme ça ? D'un coup. Comme si on n'avait jamais existé, jamais eu de mari, d'enfants, incroyablement seule du début à la fin...

À la mort de sa femme, le père de l'Enfant-Loup ne voulait plus ni travailler ni vivre où il avait vécu avec elle. Il avait remis les clefs du garage à son fils en lui disant :

— À toi la balle, fiston !

Puis il avait décidé d'aller se faire voir ailleurs.

Depuis, le père de l'Enfant-Loup n'avait pas remis les pieds en France, bourlinguant en Afrique, en Asie et même jusqu'en Australie où il était allé visiter Franck, son fils aîné, établi là-bas depuis trente ans. Un sportif forcené qui ne vivait que pour disputer des triathlons de plus en plus durs. L'Enfant-Loup ne voulait pas penser à son frère. Il ne lui pardonnait pas d'avoir été absent aux obsèques de leur mère et d'être resté absolument muet du jour où il avait appris la nouvelle jusqu'à aujourd'hui. Pas une lettre, pas un coup de téléphone, rien, le silence. L'Enfant-Loup pensait qu'il ne reverrait sans doute jamais Franck. Ni lui ni sa Jennifer dont il avait découvert la photo sur Facebook, une athlète à l'allure masculine qui préférait courir, nager, rouler que d'élever des enfants.

Pendant longtemps l'Enfant-Loup n'avait été que « le petit Franck », trois ans seulement le séparaient de son frère. Leurs deux vies ne faisaient qu'une, des siamois ! Encore aujourd'hui, même perdu au bout du monde, le grand Franck demeurait présent sous sa peau. Plus d'une fois l'Enfant-Loup avait surpris sur son visage une expression de son aîné, senti son rire sous le sien, sa tristesse dans son regard. Mais, désormais, rien ne pourrait combler le fossé ouvert entre eux.

Ils s'ignoraient comme des étrangers.

L'Enfant-Loup accéléra brusquement, comme si la vitesse pouvait effacer les idées déplaisantes qui l'envahissaient.

Pour se distraire, il alluma la radio.

Un ministre soi-disant socialiste pérorait sur les pauvres. Grâce aux réformes qu'il entreprenait, ils pourraient désormais voyager en car plutôt qu'en train : « Oui, ils pourront voyager plus facilement parce que l'autocar, c'est huit à dix fois moins cher que le train. Pourquoi ? Parce qu'il y a trop de normes et qu'on a protégé le secteur ferroviaire… »

L'Enfant-Loup ferma le poste d'un geste rageur

— Espèce d'enfoiré ! jura-t-il.

Puis apostrophant son pare-brise :

— On sait bien ce que tu veux ! Des esclaves qui conduiront tes autocars quarante-neuf heures et plus par semaine comme les routiers ! C'est ça ton rêve : plus de service public, plus de syndicats, que des patrons qui s'en mettront plein les poches ! Et tant pis s'il y a des accidents.

Les socialistes, désormais si ouvertement de droite, étaient disqualifiés à ses yeux. Ils n'étaient plus des adversaires ni des faux frères mais des ennemis. Quant à la droite conservatrice, elle s'accouplait sans vergogne avec les néofascistes. La société n'était plus démocratique ni républicaine. Il n'y avait plus de vertu, que de la cupidité et du cynisme. Dans une autre vie, l'Enfant-Loup aurait voulu être Fouquier-Tinville !

Il attrapa la noix mexicaine qui ballottait sous le rétroviseur et la caressa pour se calmer. Ça ne servait à rien de s'énerver comme ça, tout seul…

Encore un peu engourdi de sommeil, l'Enfant-Loup bâilla, s'étira, ressassant la consigne de Dylan,

« pas de femmes ». Pourquoi pas de femmes ? Il aurait aimé faire une entrée triomphale avec Suzana à son bras. La présenter à tous et la faire applaudir. Tant pis, ce serait pour une autre fois. L'Enfant-Loup se réconforta en pensant que, de toute façon, Suzana, infirmière en psychiatrie à l'hôpital de Lille, n'aurait pas pu se libérer pour l'accompagner.

Mais tout de même…

Entre l'Enfant-Loup et Suzana ça avait commencé comme un vaudeville. Ils faisaient l'amour quand le copain de Suzana, un interne, avait débarqué par surprise chez elle. Le type était si stupéfait de les trouver au lit qu'il ne pouvait que répéter :

— Ah, je n'y crois pas ! Ah non, merde, je n'y crois pas ! J'y crois pas!

Et, au moment où l'Enfant-Loup pensait qu'ils allaient se battre, il s'était mis à crier, à joindre frénétiquement les mains en remerciant le ciel :

— Ah putain, non c'est pas vrai ! C'est pas vrai, merci mon Dieu ! Merci !

Il avait les larmes aux yeux.

— Merci de quoi ? avait risqué l'Enfant-Loup, sur ses gardes.

Le type l'aurait presque embrassé :

— Je ne savais plus comment faire, plus quoi dire, je me torturais en pensant que je ne m'en sortirais jamais et vous êtes là, avec elle.

— Et alors ?

— Et alors ?

Le type mugit en pointant un doigt vers Suzana :

— Je me barre ! Je me tire ! Bon débarras, nom de Dieu !

Suzana, qui n'appréciait pas qu'on parle d'elle comme d'un vieux meuble, bondit :

— C'est toi, pauvre mec, qui vas débarrasser le plancher !

— Et comment que je vais dégager ! Et vite fait ! Bon Dieu, je suis verni. Je me tire, je me barre, Suzana, tu ne me reverras jamais ! Je suis libre, délivré de toi ! Je crois que je vais exploser. C'est bon ! C'est bon ! Ah putain que c'est bon !

Il avait serré chaleureusement la main de l'Enfant-Loup avant de disparaître après avoir tassé tout son barda dans une grande valise.

— Bon courage, mon vieux, bon courage ! Vous ne savez pas où vous mettez les pieds ! Ni le reste...

Un instant, l'Enfant-Loup avait été tenté de se tirer avec le type mais comme Suzana pleurait de colère et d'humiliation, il était resté pour la consoler. De ce jour, ils ne s'étaient plus quittés.

Dylan

La salle d'anglais, peinte d'un jaune délavé, ressemblait à toutes les autres classes du lycée

Jacques-Prévert. Dylan l'avait décorée des grandes figures qui veillaient sur lui : Shakespeare, Dylan Thomas, James Joyce, Ezra Pound, Allen Ginsberg, William Carlos Williams, E.E. Cummings, William Blake, John Donne... Il termina son cours à la demie tapante et tendit la main vers le tableau noir où il avait écrit en lettres cursives :

Tomorrow is Saint Valentine's day.
All in the morning betime,
And I a maid at your window,
To be your Valentine.
Then up he rose and donned his clothes
And dupped the chamber door,
Let in the maid, that out a maid,
Never departed more.

— *Remember*, pour la semaine prochaine je veux que vous fassiez tous une traduction de la chanson d'Ophélie dans *Hamlet* ! Bon courage, c'est du coriace !

Il fourra ses affaires dans son cartable et partit sans dire au revoir à personne, ni discuter avec ses élèves comme il le faisait d'ordinaire. Il ne passa pas non plus par la salle des profs où Waltmeyer, un collègue d'allemand, offrait un pot pour célébrer la naissance de sa petite Angelika. Il salua le concierge sans ralentir le pas,

— À lundi !

et sauta dans sa voiture comme s'il venait de cambrioler une banque.

Dylan devait se hâter. S'il n'était pas là pour accueillir Kol à cinq heures tapantes, ce malade de la ponctualité serait capable de faire demi-tour et de repartir aussi vite qu'il était venu. Les autres arriveraient quand ils arriveraient. Trois s'étaient fait excuser : Michel Gentil, Dominique Letourneur et Sacha Dervichef, l'un parce qu'il travaillait même le dimanche comme gérant d'un hypermarché, l'autre parce qu'il ne serait pas en France, le troisième parce qu'il venait de perdre sa mère…

Avec l'Enfant-Loup ils seraient sept. Le sept majeur de l'équipe, les Sept Mercenaires !

Leur mission ne serait pas de défendre un village de péons mais d'aider Dylan à sortir de l'impasse où il se trouvait. Une mission secrète. Dylan n'avait avoué à personne le véritable enjeu de ces retrouvailles. Depuis plusieurs mois, il avait entrepris d'écrire l'histoire de l'équipe, leur histoire. Plus particulièrement la sienne, celle de Kol et de l'Enfant-Loup qu'il connaissait depuis l'enfance. Mais le livre se refusait. Dylan écrivait lourdement, laborieusement, même si, parfois, de cette masse informe de sentiments, d'envies, de pensées, naissait un poème si clair qu'il demeurait stupéfait de s'y découvrir. Ces années de fraternité étaient à la fois un trésor et un mur épais contre lequel il se cognait jour après jour. Les mots ne venaient pas et quand ils venaient, c'était comme s'observer au Palais des glaces dans un miroir grotesque et mortifère. Par où commencer ? Par ce premier jour de la rentrée scolaire en sixième où ils s'étaient retrouvés, Kol et lui, assis côte à côte, l'Enfant-Loup juste devant eux ? Devait-il raconter les concours de branlette dans les vestiaires de la piscine ? Les plans machiavéliques pour se faire bien voir des filles et les entraîner dans le secret des sous-sols, des portes cochères, des petits passages qu'eux seuls fréquentaient ? L'émotion des premiers baisers ? Celle des premières caresses ? La première fille de leur âge qui accepta de se montrer nue ? Toutes les premières fois partagées ? Les nuits blanches ? Les farces au collège ? Les blagues ? L'Enfant-Loup expliquant au prof de physique l'absence de son voisin avec les mots de Dorine dans *Tartuffe* : « Hélas il a été malade jusqu'au soir avec un mal de tête étrange à concevoir », et les deux zouaves de gémir en chœur : « Pauvre Le Quellec ! » ? Les descentes contre les fachos de la fac de droit ? Les matches dans les banlieues lugubres ? Le dernier cross qu'ils avaient couru dans la neige et dans la glace avant de découvrir que les douches étaient froides ! Les manifs où, tous ensemble, ils chantaient à l'unisson *L'Internationale* ? Les discussions sur la révolution passée et à venir ? Leurs phrases définitives : « Ce n'est pas la pauvreté qu'il faut combattre, c'est ceux qui la provoquent », « Ne mangez pas de viande, mangez les bouchers ! », « Le bonheur, c'est le confort ! » ? Les lendemains sans fin où ils traînaient leur solitude sans avoir de quoi aller au cinéma ? Leurs parties de billard, de flipper, de baby-foot ? Leurs lectures frénétiques des poètes du Grand Jeu, des romanciers américains, de Dostoïevski ? Leurs mariages ? La noce de Kol dans une guinguette avec guitares tziganes, accordéons et clarinettes, la sienne dans les grands salons d'un hôtel lyonnais avec smokings et robes de soirée ? Leurs divorces ? Les enterrements des parents de Kol, les siens, celui de la mère de l'Enfant-Loup qui lui avait suggéré ce poème :

Tant de choses tant de fois
Nous revoilà au même endroit
Pour la cérémonie du même endroit
Avec nos costumes nos cravates
Que nous ne mettons qu'ici
À l'endroit même
Où le temps part en fumée
Où nos larmes sont impuissantes
À éteindre le brasier

Tout cela bouillonnait dans la tête de Dylan depuis des mois. Il remplissait des cahiers, tapait des pages sur son portable, coupait, collait des phrases, soulignant, surlignant un monstre de texte qui le rongeait. Il ne savait plus par où le prendre. La veille, il avait tenté de tout recommencer sur un mode sociologique : « Tout a changé », écrivait-il fort de cette attaque percutante. « Quand nous étions gosses, mes copains et moi, nous étions toujours dehors parce que nos parents travaillaient. Aujourd'hui, ceux qui sont ce que nous étions traînent dans les rues parce que leurs parents squattent le canapé devant la télé, attendant un boulot qui ne vient jamais. Il n'y a pas que ça. Tous nos profs, tous les instits habitaient dans le quartier. On les rencontrait aussi souvent à l'école que dans la rue, au café où ils jouaient au billard ou au marché pour faire les courses. On les voyait aussi dans les manifestations. Nous parlions la même langue, nous marchions du même pas. Nous étions d'un quartier où la Commune s'était battue au cri de "Vive la Sociale !" et fiers d'être de ce côté-là du monde. Aujourd'hui 85 % de mes collègues au lycée habitent au loin et n'ont qu'une idée en tête quand ils ont fini leurs cours : foutre le camp le plus vite possible ! » Dylan n'était pas allé plus avant. C'était verbeux et sans âme, une impasse. Il avait comme un catafalque devant les yeux. Dès qu'il écrivait, un drap noir l'aveuglait, un voile opaque qu'il espérait faire disparaître en invitant tout le monde au prétexte de fêter n'importe quoi.

Quand Dylan arriva devant chez lui à cinq heures moins cinq, une voiture bloquait l'entrée du jardin, celle de Kol.

L'Enfant-Loup débarqua un quart d'heure plus tard.

Trois mercenaires

Dylan avait un peu épaissi depuis l'époque où il jouait à l'aile droite de l'attaque mais il n'avait pas l'air de se plaindre de sa bedaine ni d'en souffrir. Dorith et Muriel non plus, ses deux pâtisseries orientales parfumées au patchouli!

Après les embrassades de bienvenue, les jumelles en jogging rose filèrent pour terminer les courses.

L'Enfant-Loup proposa un coup de main.

— Pas question, protesta Dorith, on se débrouillera mieux sans que vous soyez dans nos pattes !

— Prenez vos aises mais attendez-nous pour dire des conneries ! ajouta sa sœur en montant dans le break chargé de trois paniers vides.

Les garçons saluèrent leur départ de grands gestes de la main. Ils pouvaient entendre la rumeur du boulevard au-delà des pavillons. Un bruit profond et régulier qui n'avait rien de dérangeant. Au contraire, c'était comme une vieille mélopée rassurante et familière. La ville était là, juste derrière eux, prête à les soutenir. Les soutenir et se taire quoi qu'ils méditent d'accomplir.

Dylan attendit que le break tourne le coin de la rue pour confier à Kol et à l'Enfant-Loup :

— Dorith et Muriel sont géniales : elles trouvent agréable tout ce qu'elles font et ça rend tout agréable…

— Tout ?

— Oui, tout.

— Même chier ? grinça l'Enfant-Loup qui n'en ratait pas une.

— Chier, pisser, se moucher, baiser, transpirer, manger, bosser, faire la cuisine ou les courses, tout leur fait plaisir.

— Plaisir, quel horrible mot ! susurra Kol, se rappelant une vieille blague qu'il avait l'habitude de sortir aux filles après leur avoir lâché : « Je baise peu, mais mal. »

— Ah non, pas ça !

— Si on ne peut plus plaisanter…

— On ne plaisante pas avec le plaisir, mon petit bonhomme.

— À vos ordres, mon général !

— Rompez. Vous me ferez dix pompes !

— Dix pompes ou dix pipes ?

— Quel con !

Ils rirent comme des ados attardés mais il n'y avait jamais de vraie gaieté chez Kol. Une rage sombre l'animait – l'opprimait peut-être –, ne laissant place au rire que par inadvertance.

— Tu ne t'engueules jamais avec tes femmes ? s'étonna l'Enfant-Loup, redevenant sérieux.

— Non, je te le jure ! assura Dylan.

Kol se montrait sceptique.

— Qu'est-ce que ça cache ? C'est pas normal de ne pas s'engueuler…

Dylan avoua qu'il se l'était longtemps demandé.

— Puis j'ai renoncé à me torturer le ciboulot.

— T'as trouvé ?

— Non. Si. Juste une intuition. Il y a quelque chose qui les a beaucoup fait souffrir. Quoi exactement ? Je n'en sais rien mais je ne suis pas dupe. Plus d'une fois, j'ai surpris sur le visage de l'une ou l'autre un masque d'enfant chagrin que rien ne saurait consoler.

— Quoi ? Un truc lié à l'enfance ?

— Peut-être…

Il se reprit, les yeux dans le vague :

— Sans doute. Mais il y a une porte close en elles ; une porte que je ne dois pas ouvrir, où je ne dois pas frapper, que je ne dois pas tenter de fracturer.

Deux sœurs

À Chambéry, Dylan mettait toujours une cravate lorsqu'il allait dans sa belle-famille alors qu'il n'en portait jamais. Ni sa belle-mère, ni son beau-père, ni sa femme, personne n'avait jamais compris que c'était une cravate de protestation et non une marque de respect. Il détestait ces réunions dominicales, leur cérémonial pesant, les interminables discussions sur l'avenir, la santé des enfants et l'émission de l'après-midi qu'il ne fallait rater à aucun prix. La cravate, c'était son poing dressé vers le ciel, son drapeau noir, tandis qu'il ne cessait de se demander ce qu'il faisait là, au milieu de ce ruissellement de mensonges et d'impostures.

Dylan ne voyait plus ni ses enfants, ni son ex, restés en Savoie.

— Si je n'étais pas parti, je serais mort triste, se justifia-t-il. J'appelais ma fille aînée « sœur Sourire ». Rien ne l'amusait, tout lui déplaisait, jamais un mot aimable, une attention, toujours de l'acrimonie, du mépris, un air dégoûté quand elle m'embrassait à la va-vite. La dernière fois que je lui ai parlé, on s'est engueulés. Pour elle je n'étais qu'un raté, un prof minable, avec un salaire minable pour enseigner des conneries à des cons qui, de toute façon, n'en avaient rien à foutre de Shakespeare, de Joyce, de l'anglais et de tout le reste. Je l'ai envoyée promener en lui souhaitant que sa belle gueule et son gros cul soient suffisants pour lui donner une vie meilleure que celle que je pouvais lui offrir ! Mon fils n'était pas mieux, juste un peu moins revêche mais affectueux comme un poisson mort. Jamais un geste spontané, un élan, toujours une lueur calculatrice dans le regard. Pour moi, c'était « tiroir-caisse ». Comme sa mère, il ne pensait qu'au fric ! Le fric qu'il allait se faire après HEC, le fric qu'il fallait avoir, le fric qu'avaient les autres, le fric par-ci, le fric par-là, le fric, le fric, le fric… Des fois, je me disais qu'il aurait mieux valu que ma femme m'avoue qu'elle les avait faits avec un autre ! J'aurais été soulagé.

L'Enfant-Loup connaissait la réponse mais, pour faire plaisir à Dylan, il feignit de l'ignorer :

— C'est Dorith qui t'a sauvé ?

Quand il parlait de sa chérie, Dylan devenait intarissable.

— Dodo, c'est mon ange, s'attendrit-il… Il a suffi d'un regard pour savoir que nous n'échapperions pas l'un à l'autre.

— Et Muriel ?

— Elle est venue après, naturellement, comme une caresse, une brise légère, une plume tombée un soir dans notre lit. C'est mon ange *bis*, ma bisange. Depuis, j'ai deux anges pour m'emporter au ciel…

— T'as pas besoin de nous faire un dessin ! Dylan laissa échapper un profond soupir.

— Dommage ! Tu verrais comme c'est beau nous trois…

— Ça va, t'assures ?

— Il n'y a rien à assurer. Il n'y a que l'envie qui nous gouverne. On ne se prive de rien : on mange ce qu'on a envie de manger, en boit ce qu'on a envie de boire et tant pis ou tant mieux si on est un peu trop gros ici ou là, si on a du pneu autour de la taille ou des grosses miches, ça fait partie du plaisir.

— Et de la rigolade ? glissa Kol.

— Et de la rigolade ! Putain, c'est vrai qu'on se marre, même en faisant l'amour. Et qu'on se marre tous les jours ; qu'il y a toujours quelque chose de drôle qui nous arrive, qu'on voit ou qu'on entend.

Comme en classe pour attirer l'attention de ses élèves, Dylan leva un doigt pour souligner ce qu'il allait dire :

— S'aimer, ce n'est pas regarder dans la même direction – c'est-à-dire ne pas se voir ! – s'aimer, c'est rire ensemble même quand il y a de quoi pleurer.

— T'enseignes l'anglais ou la philo ?

— J'enseigne à mes élèves que Joyce ça veut dire jouasse, ça veut dire jouir et que c'est pour ça que c'est le plus grand écrivain du vingtième siècle !

Il prit un temps :

— Je vais vous dire quelque chose que je ne dirai jamais à personne et que je n'arrive pas vraiment à me dire à moi-même : avec Dorith et Muriel, je suis heureux. J'ai toujours pensé que ça ne voulait rien dire « être heureux » ; qu'il n'y avait que les crétins des Alpes pour raconter des trucs pareils. Eh bien, je ne comprends toujours pas le sens que ça peut avoir mais quand je pense à nous, aux filles et à moi, je me dis « je suis heureux ». Je suis peut-être devenu débile, mais je n'arrive pas à le dire autrement…

— Je t'envie, dit Kol qui se replia dans un mauvais silence.

Quand il était avec Dylan et l'Enfant-Loup, Kol éprouvait toujours une tristesse douce-amère qu'il dissimulait sous une impassibilité de façade. Leur compagnie ne l'attristait pas, au contraire, mais son plaisir d'être avec eux se voilait souvent de mélancolie. Peut-être était-ce à nouveau l'aile de la mort qui planait sur lui ? Qui partirait le premier ? Qui resterait gardien de leurs souvenirs ? Une fois encore : d'où viendrait l'attaque ? Où seraient-ils touchés ? Dans quel ordre ? Il avait en tête l'image de fantassins de la guerre de 70 avançant en ligne face à l'ennemi, se tenant par un bras, baïonnette au canon sous le feu prussien ou bavarois.

— Parfois, s'émut l'Enfant-Loup, je rêve que nous nous retrouvions tous les trois dans une grande baraque comme celle-ci quand nous serons vieux. Qu'on finirait ensemble comme on a commencé. Et, pour ne pas sombrer, pour garder notre tête jusqu'au bout, tous les jours nous nous efforcerions de nous souvenir de toutes les filles avec qui on a fait l'amour. Les belles, les moins belles, les grandes, les petites, les grosses, les maigres, celles qui aimaient ça, celles qui ne l'aimaient pas vraiment, celles qui voulaient être fessées, celles qui voulaient être caressées, les rieuses, les pleureuses, les pisseuses, les chiantes...

— Avec toi, il y aura du boulot !

— Vous ne vous souvenez pas de toutes les filles avec lesquelles vous avez fait l'amour ?

Un instant ils se turent comme s'il avait été inconvenant de répondre trop vite. Kol se livra le premier :

— Si, avoua-t-il sérieusement, je me souviens de toutes, depuis Prisca ma petite voisine de palier jusqu'à la dernière avec qui...

Il s'interrompit, chassant ses paroles d'un geste :

— Gardons ce genre d'histoire pour quand nous serons vieux !

À mardi !

Trois coups de klaxon et le bruit d'un freinage sportif, Dorith et Muriel revenaient du supermarché. Dylan, l'Enfant-Loup et Kol descendirent en vitesse. Les deux filles se tortillaient, serraient les cuisses pour ne pas faire pipi sur elles tellement elles riaient. Dylan pressentit le pire.

— Qu'est-ce que vous avez encore fait comme conneries ? demanda-t-il, prêt à rire lui aussi.

— Mumu a eu une idée géniale ! proclama Dorith.

— On a fait un coup fumant ! précisa sa sœur ouvrant le hayon du break.

Dylan leva les yeux au ciel comme s'il s'attendait à voir fondre sur eux les Quatre Cavaliers de l'Apocalypse.

Dorith reprit son souffle.

— Tu sais, dit-elle entre deux gloussements, que pour sortir du parking de l'Hyper il y a un goulet...

Muriel fit un geste de rétrécissement.

— Un truc qui force les voitures à passer une à une...

Dylan s'impatientait, les bras chargés de packs de bière.

— Et alors ?

— Alors, répondit Dorith, on roulait au pas vers la sortie quand un vieux à casquette et sa bonne femme permanentée mauve-qui-tue ont voulu nous griller la politesse...

— Ils voulaient nous doubler sur la droite pour sortir avant nous.

— On s'est retrouvés les deux voitures presque à touche touche et c'est là que Mumu a eu l'idée du siècle !

Dorith reprit, avalant sa salive :

— Muriel a baissé sa vitre et a fait signe au vieux d'en faire autant...

— Vous auriez vu sa tête ! pouffa Muriel. Il a baissé sa vitre, prêt à m'aboyer dessus, croyant que j'allais gueuler ...

— Et vous savez ce que Mumu a fait ?

Les trois copains tendirent le cou et firent signe que non.

Comment pourraient-ils savoir ?

— Accouchez, merde !

Ils s'énervaient.

— Mumu, commença Dorith, en s'étouffant, Muriel...

Elle fut obligée de s'interrompre.

L'Enfant-Loup l'encouragea d'un sourire et d'une petite bourrade sur l'épaule.

— Muriel quoi ?

Dorith prit une profonde inspiration.

— Attends ! Attends... Muriel... Mumu lui a chuchoté... Elle lui a chuchoté : « à mardi ! » en lui envoyant un baiser.

— Je lui ai dit « à mardi », la bouche en cœur, droit dans les yeux, en passant la langue sur mes lèvres et Dodo a accéléré en douceur, le plantant là avec maman la gueule de travers, conclut Muriel une main coincée entre les cuisses.

Dylan applaudit à grand bruit.

— « À mardi ! », c'est grandiose ! J'imagine la tête de la vieille...

L'Enfant-Loup rit de bon cœur, imitant la bonne femme mauve-qui-tue à côté de son mari :

— « Je le savais ! Tu me dis que tu vas aux boules le mardi et tu vas voir tes putes ! »

Et, jouant le vieux à casquette essayant de se défendre :

— « Mais je t'assure, mon bouchon, je t'assure que je ne connais pas ces créatures… »

— Il va en entendre parler jusqu'à sa mort, professa Kol, un sourire en coin.

— À mardi !

Dorith et Muriel n'en pouvaient plus, elles allaient exploser. Sans faire ni une ni deux, elles baissèrent leurs joggings roses et pardon, excuse, mais ça presse, oh là là vite, elles pissèrent au cul du break avec des grands « ah ! » de soulagement, répétant « à mardi ! » avec des rires de chute d'eau.

Licenciement

La maison de Dylan débordait de livres empilés plus qu'alignés dans des bibliothèques. Il y avait de la littérature, des DVD, des CD, des vinyles éparpillés dans un joyeux désordre où se mêlaient vêtements, magazines, chaussures, bibelots-souvenirs de voyages en Italie ou ailleurs, vieux journaux, tracts, affiches. Un vrai bazar incroyablement chaleureux où partout flottait une douce odeur d'encens. Comme les filles leur avaient interdit de mettre les pieds dans la cuisine, Kol, Dylan et l'Enfant-Loup migrèrent dans les grands fauteuils du salon.

— Faut pas se laisser abattre !

Dylan fit le service : de la vodka polonaise servie dans des petits verres, des cacahuètes et un assortiment de biscuits apéritifs. Ils trinquèrent et restèrent un instant silencieux comme si aucun des trois n'osait prendre la parole. L'Enfant-Loup n'y tint plus.

— T'as toujours rien retrouvé ? demanda-t-il à Kol.

— Non. J'ai encore mes indemnités pendant trois mois et après je ne sais pas…

— Tu ne sais pas ce que tu feras après ?

— J'aurai le choix : le RSA ou me pendre.

— Arrête de déconner !

Kol reposa bruyamment son verre.

— Je ne me plains pas, sans avoir fait d'études, je me suis retrouvé licencié. Inoubliable!

Et, avec un triste sourire :

— Je vais vous dire un truc. C'est très particulier le jour où t'attends ta lettre de licenciement, parce qu'elle est là avant même qu'elle arrive. Elle te travaille. Tu la sens fourmiller dans tes veines, t'irriter les nerfs, si vous comprenez ce que je veux dire.

— Pas vraiment…

— On la sent en son absence comme si elle était déjà là et ça fait très mal.

— Comme un fantôme ?

— Oui, comme un membre fantôme. Ça te hante

Dylan cherchait à comprendre.

— Tu veux dire que – c'est une hypothèse – si la mauvaise nouvelle arrivait à l'instant même où tu prends conscience qu'elle va arriver, cela supprimerait la torture de l'attente et, paradoxalement, ce serait en soi une bonne nouvelle ?

— Oui, on peut dire ça comme ça.

La question vint, légèrement ironique :

— Quand tu as reçu ta lettre de licenciement, c'était une bonne nouvelle ?

— Non, bien sûr que non ! protesta Kol. Mais c'était bien de pouvoir la tenir en main, de ne plus être rongé par l'angoisse de la voir arriver. Le jour où j'ai reçu cette putain de lettre, j'ai su que c'était la fin de quelque chose…

— Et le début d'un nouveau chapitre de ta vie ? glissa platement Dylan, sans obtenir de réponse.

L'Enfant-Loup demanda :

— Qu'est-ce que tu as fait ?

Kol prit le temps de rassembler ses souvenirs.

— On s'est bagarrés pendant plus d'un an, dit-il après un silence mesuré. Grève, occupation, tribunal de commerce, prud'hommes… Rien de très original.

Des actions nécessaires mais qui ne sortaient pas du rituel syndical.

Dylan intervint :

— On t'a vu à la télé, quand même…

— C'était super, renchérit l'Enfant-Loup, quand tu as balancé à l'enfoiré de journaliste qui voulait te piéger sur la violence des ouvriers : « Vous dites ça pour faire rire ou vous me prenez vraiment pour un con ? » J'avais déjà beaucoup parlé de toi à Suzana mais ce soir-là, quand elle t'a vu, je suis monté d'un cran dans son estime !

— Au moins, j'aurai gagné ça…

— T'as gagné plus que ça ! Tout le monde a admiré ta combativité, même dans les journaux ils ont vanté ton…

— Oui, trancha Kol, je me console en me disant que j'ai sauvé notre dignité, n'empêche je suis mort sur la barricade.

Dylan et l'Enfant-Loup se récrièrent :

— T'es pas mort !

Kol les remercia d'un sourire.

— Si, affirma-t-il, professionnellement je suis cramé. Quand l'imprimerie a fermé, j'ai cherché partout à me recaser. J'ai même postulé en Normandie dans une grosse boîte qui travaillait pour la presse régionale. J'étais prêt à l'exil, à vivre dans une caravane ou un Algeco s'il fallait. J'ai fait le voyage jusqu'à là-bas. J'ai été reçu par le DRH mais quand il m'a reconnu, je n'oublierai jamais son regard…

Kol ricana, repensant à la scène.

— D'un coup d'un seul, il m'a rendu tous mes papiers : je n'avais pas le profil et je n'étais pas près d'avoir le profil où que ce soit. Quand je suis rentré, Solène m'attendait. Rien qu'en voyant ma tête elle a compris :

« Ça n'a pas marché ?

— Non, j'en suis pour mes frais. »

Elle a risqué une phrase consolatrice, mais sans conviction :

« Te décourage pas, ça marchera le prochain coup.

— Tu es gentille de dire ça, mais j'ai envoyé mon CV partout et même ailleurs. Pas une seule réponse sauf celle de ce connard qui me fait faire huit cents bornes pour me dire que je n'ai pas le profil ! Qu'est-ce qu'il a mon profil ? Je ne suis pas une médaille grecque mais je ne suis pas si moche que ça. Tu me trouves moche ? Tu crois que je devrais me faire rectifier le nez pour avoir un beau profil ? »

Solène n'aimait pas m'entendre plaisanter comme ça.

« Arrête, t'es pas marrant. »

Je ne rigolais pas.

« Je n'ai rien, tu comprends, je n'ai plus rien. Plus rien à attendre, plus rien à proposer, plus rien à offrir. Rien que ces quatre lettres : R I E N.

— Tu m'as moi, avait-elle protesté.

— Tu m'aimes ?

— Tu devrais avoir honte de me poser la question ! »

J'ai répliqué sans réfléchir :

« Si tu m'aimes vraiment, va chez ton père emprunter son fusil de chasse et tue-moi. »

L'Enfant-Loup rompit le silence qui les gagnait douloureusement :

— Ton syndicat ne t'a pas soutenu ?

— Ils m'ont appelé une seule fois pendant la grève, énonça Kol, comme étouffé par ses paroles. Et pour me dire quoi ? Que je ne devrais pas aller à la télé ; que je devrais laisser ma place au secrétaire fédéral. D'après eux, j'allais me faire « instrumentaliser »...

Il ouvrit les mains en signe d'impuissance :

— Les centrales, elles aiment bien téléguider. Avec eux, tu peux laisser ta personnalité sur la table de chevet. Mais, ce n'est pas mon genre, alors j'ai refusé de faire ce qu'ils voulaient et, après ça, ils m'ont laissé tomber.

— Putain, ça craint.

— Tant qu'on est dans l'action, on ne sent rien, ça ne compte pas, ça ne pèse pas. Tu passes tes jours, tes nuits sur place. Tu discutes, tu refais l'histoire avec les copains et puis un jour tout s'arrête, sauf le monde qui continue de tourner comme si tu n'avais jamais existé. Toi, tu cours comme un canard sans tête pour retrouver quelque chose, tu écris partout, tu appelles tous ceux que tu connais, ceux que tu connais un peu moins, ceux que tu ne connais pas du tout, et tu finis même par supplier qu'on te donne un boulot, n'importe quoi à n'importe quel prix, mais un boulot ! Et un soir, tu rentres chez toi et ta femme est partie…

Dylan resservit une tournée de vodka. Il avala son verre cul sec et se racla la gorge :

— C'est ce qui s'est passé avec Solène ?

— Elle en avait marre, asséna Kol d'un ton détaché. Je la comprends, je n'étais jamais là et quand j'étais là, je la laissais tout faire. Ou je restais assis devant une fenêtre totalement sonné, ou je passais sur elle mes colères, même au lit les rares fois où on a essayé de remettre ça. Je n'étais plus vivable. Quand on se voyait, c'était pour s'engueuler, alors on se voyait le moins possible. Dès le départ, elle n'était pas d'accord pour que je monte en première ligne ; que je sois le porte-parole des grévistes ; que ce soit toujours ma bobine que les journaux montrent ou la télé. Elle m'avertissait tous les jours : j'avais tort de me mettre en avant ; je n'étais pas un élu ; je serais le premier à me faire flinguer. Elle avait raison, je me suis fait flinguer. Je me suis fait flinguer en premier !

Kol ferma les yeux et les rouvrit, secouant la tête :

— Mais si je n'avais pas fait ce que j'ai fait, ç'aurait été encore pire. Je crois que je me serais buté, comme deux copains l'ont fait.

Dylan le poussa à aller au bout de son histoire tant que les filles n'étaient pas là. Les embrouilles syndicales, les grèves, les bagarres, ce n'était pas vraiment leur truc.

— Solène a attendu que ce soit fini pour partir, non ?

— Oui, elle m'a soutenu pendant encore deux, trois mois après la fois où je lui avais dit d'aller chercher un fusil pour me tuer. Elle m'a soutenu de toutes ses forces. Elle a supporté plus qu'aucune autre femme n'aurait pu supporter. Elle est partie après que je me suis cassé les dents encore une fois pour un boulot de cariste dans un supermarché. Un truc de merde où même pour ça ils ne voulaient pas de moi. Je n'avais plus que la mort dans la tête, la mienne et celle de ceux qui m'avaient conduit là. Un matin, je revenais d'un tour en vélo, il y avait un petit mot sur la table : « Je suis partie. »

— C'est tout ?

— Oui. « Je suis partie… » Pas « je suis partie, adieu », pas « je suis partie, je ne veux plus jamais te voir », pas « je suis partie, pardonne-moi, je t'aime »… Non, juste : « je suis partie », avec son alliance posée dessus.

Kol sortit un papier de son portefeuille et le déplia.

— C'est tout ce qui me reste d'elle…

Il réprima un soupir.

— Depuis, j'ai eu le temps de réfléchir. Je crois que je m'y suis mal pris avec Solène, tant dans la bagarre qu'après, quand j'avais vraiment perdu les pédales.

Les trois mots de Solène passèrent des mains de Kol à celles de l'Enfant-Loup, de l'Enfant-Loup à celles de Dylan, de celles de Dylan à Kol qui rangea la relique dans son portefeuille.

— T'aurais voulu faire quoi ? questionna Dylan, calant son dos dans le canapé avec un gros coussin rose.

Kol hocha gravement la tête.

— Je ne sais pas mais autre chose. Inventer une nouvelle façon de lutter, ne pas être dans le rituel. Ne pas jouer la pièce mille fois jouée, celle que les patrons attendent que nous jouions avant de faire tomber le rideau. Là, c'était comme un rêve pour la direction. Elle a réussi à négocier un « accord de méthode » avec FO et la CFDT, les « syndicats d'accompagnement », comme ils les appelaient. Nous, nous n'avons même pas eu le droit d'entrer dans la salle et on a appris la fermeture de l'imprimerie sur le site du délégué de la CFDT...

— Vous n'avez rien pu empêcher ?

— On a voulu aller manifester à la préfecture et tout casser. Notre car a été arrêté en pleine campagne par les CRS : fouille du bus et des personnes, relevé des identités. Ceux qui s'étaient fait des colliers d'écrous en prévision de la bagarre sont descendus du car menottés et ils ont été filmés par les flics. Après ça, il y a assez vite eu un sentiment de sauve-qui-peut. Il fallait obtenir des garanties, des primes, ces merdes ou ces hochets qui sont distribués à chaque fermeture d'entreprise.

— Et vous avez obtenu quoi ?

— Le minimum : des belles paroles sur l'avenir, une prime, une cellule de reclassement, des indemnités et le sentiment de s'être fait avoir du début à la fin.

L'Enfant-Loup plaisanta :

— Je me suis toujours demandé si ça servait à quelque chose ces « cellules de reclassement » ?

Kol émit un petit rire.

— Ils te font faire un « bilan de compétences ». Tu dois tout mettre sur la table : ce que tu as fait, ce que tu sais faire, ce que tu aimerais faire, tes projets professionnels... Après quoi, le type ou la bonne femme qui te reçoit conclut que, dans la situation actuelle, au regard des résultats, il ou elle ne voit pas ce qu'il pourrait te proposer ou faire pour toi. Tu repars humilié de t'être laissé traiter comme une pièce de mécanique qui passe au contrôle de qualité avant d'être envoyée au rebut. Ceux qui t'ont reçu eux, sont contents, ils ont fait leur job. Ils peuvent adresser la facture à Pôle emploi ou à je ne sais qui. C'est devenu un métier de recevoir les chômeurs pour leur dire qu'il n'y a rien à espérer… Ça rapporte.

Betty

Kol n'avait pas besoin d'écrire ses mémoires. Sa vie s'écrivait sur son visage, les coups reçus, les coups donnés, les mille chaos du cœur.

— Solène est où maintenant ? s'inquiéta Dylan.

— À Metz. Ils cherchaient quelqu'un libre de suite pour la médiathèque.

— Sa sœur habite dans le coin ?

— À Sarreguemines…

— Putain de trou ! ironisa l'Enfant-Loup.

— Sarreguemines, c'est une grande ville, corrigea Kol, réprimant un rire.

Il se reprit :

— Elle a commencé en fanfare. Il n'y avait pas trois jours qu'elle était à ce poste qu'ils ont eu à faire face à une descente de fondamentalistes, cathos, protestants, musulmans tous unis pour « purger la bibliothèque des livres pornographiques destinés aux enfants ».

— La Bible ? Le Coran ?

— Tu parles ! D'innocents bouquins illustrés pour apprendre aux gosses la différence entre un homme et une femme…

— À ce tarif-là, ils feront bientôt décrocher tous les nus des musées et foutront un soutien-gorge à la Liberté guidant le peuple.

— Ce qui est dur, c'est de lutter contre de tels tarés. Solène avait envie de tirer dans le tas… mais comme elle venait de commencer elle l'a bouclée.

— Elle a quelqu'un là-bas ?

— J'en sais rien. Je le lui souhaite…

L'Enfant-Loup fronça le nez. Une petite grimace qui annonçait toujours chez lui l'arrivée d'une blague ou d'une vanne.

— Elle ne te manque pas ? demanda-t-il avec gourmandise.

Kol le voyait venir.

— Ne t'en fais pas pour moi, je me débrouille, répondit-il en lui adressant un clin d'œil.

— La veuve Poignet ?

Kol fit non de la tête.

— Betty, une ancienne collègue de l'imprimerie qui vient de temps en temps dans ma tanière. On s'assoit, on papote en buvant du jus d'orange ou du café et quand on juge que les convenances sont assez respectées, on pèlerine jusqu'au canapé avant qu'elle rentre s'occuper de ses gosses et de son mari.

— Elle est comment ?

— Au lit ?

— Non, à quoi elle ressemble ? On veut tout savoir !

— Elle est…

Kol refusait de parler de Betty.

— T'as pas une photo ?

— Non. Non, je n'ai pas de photo…

Il mentait.

— Alors, insista l'Enfant-Loup, donne-nous juste un truc pour qu'on se fasse une idée…

Pour en finir, Kol avoua à contrecœur :

— C'est le genre de femme au visage doux ; de celles qui morflent plus qu'à leur tour mais qui sourient quand même pour n'embarrasser personne…

— Taille fine ?

— Taille fine et hanches épanouies.

— Tu veux dire qu'elle a un gros cul ?

— Elle a eu deux gosses…

— Gros popotin efface tous les chagrins !

Ils rirent. Dylan reprit la parole :

— C'est du sérieux entre vous ?

— C'est impossible entre nous.

— À cause du mari et des gosses ?

— Elle est pieds et poings liés, exposa Kol. Et je ne me sens pas le droit de la pousser à larguer tout pour moi. Je n'ai rien à lui offrir. Je n'ai pas de maison, pas d'argent de côté et ma vie tient dans deux sacs. Je ne suis pas une affaire.

— Tu l'aimes ?

— Je n'ai pas les moyens.

Kol s'émut en pensant à Betty.

— Pendant la grève, c'était une dure. Je me souviens d'une AG où elle s'est pris bille en tête tous les mous, les indécis, les jaunes qui hésitaient à voter l'occupation illimitée des locaux. Elle leur a balancé bien en face : « Inutile de mentir, je sais que je vais être virée, mais quand je partirai, je partirai la tête haute alors que vous, tous les jours vous verrez vos gueules de traîtres, de lâches, d'abrutis quand vous vous regarderez dans une glace ! Et, faites-moi confiance, ce genre de visage, même avec de la chirurgie esthétique, ça ne s'efface pas, vous mourrez avec. » Elle était hors d'elle. Elle s'est tournée vers moi et je n'oublierai jamais son regard. C'était comme si elle me disait : « Prends-moi, ici, maintenant devant tout le monde ! » par provocation, pour ne pas pleurer devant eux, pour leur montrer qu'il suffit d'être deux pour que tout change. Pour effacer la honte. Elle n'a jamais renoncé, jamais cédé et, quand tout a été foutu, elle a été la seule à me tendre la main. Elle mérite mieux que ce qu'elle a. C'est une femme exceptionnelle.

— Elle est malheureuse ?

— À ton avis ?

L'Enfant-Loup convint d'une grimace que sa question contenait la réponse.

Kol poursuivit :

— Elle ne le dit pas, ne le montre pas, mais je le vois surtout quand elle me regarde avec des yeux brillants de larmes rentrées. Elle ne se plaint jamais, n'accuse personne, mais bien sûr elle est malheureuse. Alors, même si ce n'est pas longtemps, même si c'est que de temps en temps, quand elle baise avec moi, elle oublie. Elle prend tout ce qu'elle peut prendre jusqu'à s'évanouir.

— « Les larmes sont le chemin qui mène à Dieu », insinua Dylan.

— D'où tu sors ça ?

— C'est un truc que j'ai lu placardé devant une église. C'est de la bondieuserie mais la phrase m'a plu et je ne l'ai pas oubliée…

L'Enfant-Loup se tapa sur les cuisses.

— Si Dieu, c'est l'orgasme, je suis croyant ! proclama-t-il, content de sa remarque.

Et, revenant vers Kol.

— OK ta copine est malheureuse mais toi, t'es heureux ?

— Ça ne veut rien dire pour moi « heureux », « malheureux », grogna Kol, je n'arrive pas à penser comme Dylan. Quand je suis avec elle, je suis avec elle, ce qui compte c'est de me sentir vivant.

— C'est ce qui s'appelle « sublimer », commenta Dylan avec un grand mouvement des bras.

— C'est ce qui s'appelle être malheureux.

Kol leva son verre de vodka pour les inciter à en faire autant. Ils trinquèrent en silence. Dylan piocha une poignée de cacahuètes dans un grand bol jaune.

— Et son mari, tu le connais ?

— De loin. J'ai dû lui dire bonjour une fois quand il venait chercher Betty au boulot pendant la grève. Il était instit mais avec deux gosses, ils n'y arrivaient pas, alors il s'est trouvé une place deux fois mieux payée comme gratte-papier dans une banque...

— Vache de promo !

— Ils se soutiennent.

— Elle, elle se soutient avec toi ; lui, il se soutient avec elle mais toi qui te soutient ?

— J'en sais rien...

— Tu pourrais devenir copain avec le mari, persifla l'Enfant-Loup. Comme ça la boucle serait bouclée.

— Pourquoi pas ? C'est un type bien.

— Et elle, c'est une femme bien... Donc tout est pour le mieux dans la meilleure névrose possible ?

L'Enfant-Loup pouvait se moquer, cela n'affectait pas Kol.

— C'est une femme exceptionnelle, répéta-t-il gravement. Mieux que ça même. Une femme qui a envie d'être baisée comme une femme, pas comme une épouse, si tu comprends la différence.

— Parce que le mari, c'est…

— Il ne la touche plus depuis des mois. Il déprime dans sa banque…

— C'est ce qu'elle te dit ?

— Le corps ne ment pas.

L'Enfant-Loup rendit les armes.

— Ça c'est vrai, t'as raison. En plus, je ne vois pas pourquoi elle ferait semblant avec toi si elle a déjà papa à la maison pour jouer la comédie.

— Avec moi, elle pleure.

— Qu'est-ce que tu lui fais ?

Kol sursauta.

— Tu crois que je la bats ? Qu'on donne dans le sadomaso ? Non, elle pleure quand elle jouit parce que, m'a-t-elle avoué, elle a toujours peur que ce soit la dernière fois.

— La dernière fois qu'elle jouit ?

— La dernière fois qu'elle fait l'amour.

Kol fronça les sourcils et plissa le front.

— Tu sais, dit-il sur un ton de philosophe, j'ai souvent pensé qu'on faisait tout un plat de « la première fois » mais, pour moi, il n'y a que la « dernière fois » qui mérite considération.

Et, malgré les airs goguenards et les ricanements de Dylan et de l'Enfant-Loup, il expliqua :

— La dernière fois, la plupart du temps, on l'ignore. Et c'est cette ignorance qui petit à petit nous conduit à la mort…

— Putain ! s'exclama Dylan en postillonnant de la vodka, on n'a pas parlé comme ça depuis Dostoïevski.

Trois autres mercenaires

Zac Bergmann arriva en pestant contre son GPS qui l'avait promené une heure en banlieue avant qu'un ado encapuchonné et serviable le mette sur la bonne route. Le juif rouquin qui jouait à l'arrière-centre était devenu un gros poussah aux joues mal rasées, à la mise négligée, à la volubilité anxieuse. L'Enfant-Loup lui fit gentiment remarquer qu'il avait sérieusement pris du bide et perdu des cheveux.

— C'est un petit six mois ?

— J'ai pris vingt kilos quand j'ai arrêté de fumer, se défendit Isaac…

— Et le pouce !

— Je sais, je sais… Ça ira mieux quand j'aurai ouvert ma boîte et que j'aurai mis un peu d'ordre dans ma vie…

Isaac vivait avec Rachel, sa fille aînée, qui faisait des études de droit à Paris tandis que la plus jeune, Marion, habitait à l'autre bout de la France avec sa mère, à Hendaye. Il travaillait chez un distributeur de films où il suivait plus particulièrement les salles de province. Rien ne le destinait à faire carrière dans le cinéma. Après avoir raté son bac, il avait été embauché comme apprenti dans l'atelier de confection de son oncle Simon, le frère cadet de son père. Mais il n'était pas plus fait pour la confection que pour les études et, deux ans plus tard, sa famille l'expédiait en Israël dans un kibboutz près de Zikhron Yaakov. Il y était resté trois ans jusqu'à ce que la menace du service militaire et celle d'une fille prétendant être enceinte le poussent à retourner en France sans dire au revoir ni merci à personne. C'est tout à fait par hasard, à l'occasion d'une mission d'intérim, qu'il avait atterri dans le bureau de Paraphrénie Productions où, finalement, il avait pris racines et connu la mère de ses enfants.

— Tu t'occupes de quoi en ce moment ?

— On sort deux films, *Gégène* sur un général français qui fait fortune en vendant les méthodes de torture mises au point en Indochine et en Algérie. C'est avec Marc Barbé… L'autre, *Blanc Désert*, sur le peintre Maurice Utrillo avec Virginie Ledoyen qui joue Suzanne Valadon…

Dylan avait lu quelque chose sur celui-là dans un journal de télé.

— La critique n'a pas l'air d'aimer ça…

— La critique, c'est de la délation, assena Isaac.

Et, avant que quiconque lui coupe la parole :

— Vous ne vous êtes jamais demandé pourquoi, dans les journaux, on parle toujours du type qui s'occupe du cinéma comme de « notre collaborateur », celui qui est désigné pour accrocher des étoiles sur la poitrine des cinéastes ?

— Pourquoi tu veux qu'on se demande ça ?

— Parce que ça vous concerne autant que moi…

— Sincèrement, dit l'Enfant-Loup, si je vais au ciné deux fois par an, c'est le bout du monde. Les critiques de cinoche, j'en ai rien à battre !

Zac hocha la tête devant tant d'incompréhension.

— Je vais te dire, expliqua-t-il en expulsant tout l'air de ses poumons, les critiques, c'est des collabos ou des kapos, au choix.

— N'en jette plus, la cour est pleine ! s'exclama l'Enfant-Loup, rigolard.

— Est-ce que tu sais qu'aujourd'hui la plupart d'entre eux ne se dérangent même plus pour aller voir les films en salle ? Ils prétendent avoir trop de boulot et veulent des DVD pour les regarder chez eux. Comme ça, au mieux, ils se le passent en accéléré. Pour Utrillo, pas besoin d'être Sherlock Holmes pour savoir que c'est exactement ce qui s'est passé.

Utrillo, ça les emmerde. Ils n'ont jamais vu une toile de lui sinon en carte postale, au maximum. Ils ne savent pas quoi en dire, quoi en penser. Un ivrogne de quatorze ans, désespéré, indifférent à son immense succès, détruit par l'amour impossible qu'il porte à sa mère, Suzanne Valadon, ça ne les fait pas bander. Ce n'est pas mode, ce n'est pas un dingue comme Van Gogh ni de la guimauve comme Renoir, alors ils expédient le film de trois phrases méprisantes, sans style, sans audace, sans la moindre idée, se vautrant dans la paraphrase et l'opinion comme n'importe quel pilier de bar accroché à son comptoir…

— Il fallait que cela soit dit ! proclama l'Enfant-Loup dans un éclat de rire.

Mais Isaac n'avait pas fini.

— Attends, dit-il, on se bagarre pour sortir des films qui ne sont pas du tout-venant pour la télé et ces connards de critiques qui sont plus conservateurs que le plus gâteux des sénateurs de droite encensent un académisme mortifère comme du grand style ! Et ce sont ces débiles qui prétendent donner des leçons aux artistes !

— Quelques mots pour conclure ? ironisa l'Enfant-Loup, faisant mine de lui tendre un micro.

Isaac allait se lancer dans un parallèle entre Nicolas de Staël et Utrillo, sur le peintre à particule et le peintre venu du peuple, quand Rousseau débarqua.

— Tu tombes à pic, Zac allait donner le coup de grâce à la critique cinématographique !

— « La critique, c'est de la délation ! » récita Rousseau.

Il embrassa Isaac :

— Je t'ai entendu sur France Cul…

— T'es pas d'accord ?

— Sois d'accord, implora l'Enfant-Loup, joignant les mains en prière. Sinon, on y est encore demain soir…

Rousseau était d'accord.

— Bien sûr que je suis d'accord, affirma-t-il en posant son gros sac de sport. Et je n'ai pas besoin de me forcer pour l'être ! La tache qui a écrit sur ton film ne peut pas te blairer, ou il ne peut pas blairer le réalisateur, ou il ne peut pas blairer ton actrice, ou Utrillo, j'en sais rien. En tout cas, ce qu'il écrit n'a rien à voir avec le cinéma. Tu as raison, c'est de la délation, rien d'autre.

Isaac rosit en se dandinant sur place.

— Ça me fait plaisir d'entendre ça…

Et se tournant vers Dylan, l'Enfant-Loup et Kol :

— … parce que ces trois-là me prenaient pour un barge !

— T'es pas barge, t'es chiant ! précisa l'Enfant-Loup en pinçant la joue d'Isaac.

— Je suis chiant mais j'ai raison, non ?

— Mais oui, tu as raison ! Mais tu as à peine posé ta valoche que tu nous colles au mur avec ça ! Laisse-nous un peu souffler…

Rousseau fit diversion en sortant la photo de Sandra, sa femme, et de leurs deux garçons, Camille et Jules, treize ans et sept ans…

— T'enseignes toujours l'économie ? demanda Dylan en l'embrassant quatre fois, comme à la campagne.

— J'enseigne le droit du travail.

L'Enfant-Loup poussa Kol devant lui.

— Eh bien, permets-moi de te recommander un client. Monsieur est licencié de l'imprimerie, laissé sur le carreau par ses collègues, pilier de Pôle emploi, syndicaliste en eau libre…

Rousseau serra la main de Kol.

— Je t'ai vu à la télévision…

— Il est bon acteur, hein ? dit Zac en posant sa main sur l'épaule de Kol.

— Je ne suis pas un acteur, pas du tout, s'emporta Kol, se dégageant, c'est là le problème ! Les journalistes voulaient me voir comme ça. J'en ai entendu un glisser à un autre type dans son genre que « j'étais un bon client ». Un « bon client » pour quoi ? Pour faire l'article à sa place, pour lui servir la soupe qu'il assaisonnerait comme il veut ? Tu comprends, pour eux notre grève c'était comme une pièce de théâtre ou un film dont j'étais la vedette et dont ils attendaient du spectacle. Pourquoi on se battait, ce qu'on pensait, ce qu'on vivait, ils s'en foutaient comme de l'an quarante. Ils ne cherchaient qu'un sujet. Un « sujet » ! Comme si nous étions dans je ne sais quelle monarchie dont ils seraient les rois.

— T'as pas besoin de me faire un dessin, approuva Isaac avec une petite grimace. Je connais la musique…

— Du coup, je m'engueulais tout le temps avec Solène à cause d'eux.

Il eut une grimace de dégoût.

— Je me souviens de la fois où une radio avait envoyé un reporter devant les portes de l'imprimerie quand le patron essayait de nous empêcher d'entrer. Il avait recruté des vigiles, des gros cons culturistes qui roulaient des mécaniques et nous insultaient pour nous provoquer. On leur a dit de dégager et, comme ils nous faisaient des bras d'honneur, on s'est tous avancés pour entrer de force. Les gros balèzes ont bien tenté de nous empêcher mais on était trop nombreux et au moins aussi costauds qu'eux. Dans la cohue voilà que j'entends le type de la radio gueuler au micro : « Je suis actuellement au milieu d'affrontements entre les grévistes et les forces de sécurité. » Il n'y a eu aucun affrontement mais les reporters ont tellement intégré le discours que leur patron attend d'eux qu'ils s'en foutent de la réalité. Ils sont là pour servir la soupe patronale et ils la servent. Ils préféreront toujours filmer des femmes en pleurs que des types déterminés à ne pas se laisser faire. Et jamais – jamais ! – ils ne les écouteront ni les laisseront exposer les vrais motifs de la grève. Pour eux le monde est simple : ou nous sommes des moutons qui n'ont qu'à se taire avant d'aller à la boucherie et sur qui on peut faire pleurer Margot, ou des casseurs qui ne connaissent que la violence, qui n'ont ni mots ni idées, qu'il faut soumettre par la force.

— Tiens donc ? ricana Isaac. Il n'y aurait pas que la critique cinéma qui soit de la délation ?

Kol ignora la pique. Il soupira.

— On s'est fait traîner dans la boue par tout le monde. À gauche hypocritement avec des larmes de crocodile, à droite avec un plaisir non dissimulé...

— Tu t'attendais à quoi ? demanda Rousseau

— À rien de spécial, répondit Kol en faisant la moue. Si, un peu d'honnêteté, d'objectivité.

Zac s'esclaffa.

— Tu peux toujours rêver !

Et retrouvant le mode tragique :

— Tu comprends pourquoi j'ai envie de tuer tous les pisse-copies de merde ?

— J'irais pas jusque-là, ce serait trop d'honneur, ce serait les considérer comme importants. Non, mais il faudrait qu'une fois dans leur vie, ils voient ce que c'est que le travail, le vrai, pas celui qui consiste à se foutre le cul dans un fauteuil et à ricaner devant le travail des autres.

Équipe

Après l'arrivée d'Hurel, il ne manquait plus que Bob, leur goal, pour que l'équipe soit au complet, les sept mercenaires. Zac n'avait pas toujours été un gros transpirant, gardant un mouchoir à la main pour s'éponger à tout moment, soufflant entre les phrases, nerveux, inquiet. Jeune, il était même plutôt du genre maigrichon qui, malgré ça, tenait parfaitement sa place d'arrière-centre de l'équipe. Zac était un formidable distributeur de ballons, un très bon organisateur du jeu. Il était aussi – et de loin – le meilleur au ping-pong. Jouer contre lui, c'était perdre contre lui. Avant chaque partie, il demandait gentiment à son adversaire :

— Tu veux perdre de combien ?

Et, très sport, il acceptait de laisser trois, cinq, jusqu'à huit points à celui qui lui faisait face.

À sa droite sur le terrain, Rousseau, c'était un peu le contraire de Zac. Très athlétique, c'était une force de la nature doublée d'un apollon que les filles repéraient du premier coup d'œil. Mais tout beau gosse qu'il était, Rousseau était timide. Très timide même. Chacun se souvenait d'une rencontre en province où, après le match, il avait réussi l'exploit de se promener avec une fille en la tenant par le coude alors que tous les autres embrassaient leurs nouvelles copines à pleine bouche. L'Enfant-Loup était persuadé qu'il était arrivé vierge au mariage ! Mais c'était difficile à admettre. En tout cas, il s'était marié sur le tard avec Sandra ; il était toujours marié avec elle et personne ne lui connaissait d'aventures. Comme joueur, Rousseau n'était pas le meilleur, loin de là, mais il était si puissant qu'après trois boulets tirés n'importe comment contre le mur adverse, il suffisait qu'il arme son bras pour que les défenseurs baissent les leurs et s'écartent. Rousseau passait alors le ballon à Kol, toujours à l'affût sur la ligne, et le laissait marquer d'un tir plongeant. Hurel jouait arrière-gauche. Doté d'une bonne détente, c'était le diable sorti de sa boîte quand, bien servi par l'Enfant-Loup, il s'envolait pour shooter au-dessus de la défense ou pour passer en cloche à Kol dans une combinaison savamment mise au point. À cette époque, on jouait encore au handball en formation classique : trois avants, trois arrières, bien que Nono leur entraîneur les pousse déjà à une mobilité constante, une polyvalence dans l'attaque et la défense comme cela se pratiquait désormais. Sur les ailes, l'Enfant-Loup et Dylan faisaient la loi, l'Enfant-Loup par sa vivacité et son agressivité rigolarde, Dylan parce qu'il pouvait tirer des deux mains, la droite comme la gauche, sans que rien ne laisse deviner de quel côté le coup allait partir. C'était Dylan qui se chargeait des penaltys et des lancers francs. Entre Kol, l'Enfant-Loup et Dylan, l'accord était parfait, magique, dès que l'un bougeait les autres bougeaient comme s'ils n'avaient qu'un corps pour trois, des feux follets. Plus d'une équipe adverse avait tenté de débaucher l'un ou l'autre, voire les trois, mais en vain. Kol, Dylan et l'Enfant-Loup tenaient à leur équipe au maillot rouge et personne n'aurait pu les décider à en porter un autre. Le plus mystérieux était Richard Robert, leur goal, dit Bob, un brun aux cheveux courts qui affichait toujours un petit sourire en coin. Sur le terrain, c'était une boule de nerfs qui accompagnait chaque arrêt d'un cri sauvage et d'un cri plus sauvage encore quand il prenait un but. Cette bête de stade était dans la vie courante un garçon doux, serviable, taciturne au point de pouvoir rester une journée entière sans dire un mot. C'était aussi un gymnaste accompli qui savait marcher sur les mains, faire un flip-flap et tenir l'équerre aux barres parallèles ou aux anneaux.

Kol et l'Enfant-Loup s'étaient portés volontaires pour dresser le buffet sur une grande table recouverte d'un drap blanc. Ils n'avaient pas fait l'école hôtelière, mais ils avaient montré suffisamment de bonne volonté pour que personne ne leur dispute la place.

— T'as l'air inquiet, dit Kol, tandis qu'ils disposaient la nappe tant bien que mal.

— Je n'ai pas l'air inquiet. Je suis inquiet, chuchota l'Enfant-Loup, vérifiant d'un coup d'œil que personne ne pouvait l'entendre. À ton avis, qu'est-ce qu'on fiche là ?

— Pas la moindre idée, avoua Kol. Peut-être qu'ils nous testent avant de nous engager pour faire le service ?

— Sans déconner. Pourquoi nous sommes venus ? Par curiosité ? Par nostalgie ? Par amitié ?

— Pour dire adieu à notre jeunesse ?

Non, non, non, l'Enfant-Loup refusait d'entendre ce genre de chanson. Il n'y alla pas par quatre chemins.

— Tu crois que Dylan veut nous annoncer quelque chose ?

— Quoi ?

— J'en sais rien.

Et, embarrassé, l'Enfant-Loup, sur ses gardes, vérifia à nouveau que personne n'écoutait :

— J'ai vu un film à la télé où un type invitait tous ses amis pour leur annoncer qu'il avait un cancer et que c'était la fin…

— Tu crois que Dylan a chopé une saloperie ?

— Ça se pourrait. Ce ne serait pas le premier.

— T'as vu comme il est gras !

— Ça ne prouve rien.

Kol balaya l'objection d'un geste de la main.

— Si c'était ça, il n'y aurait que nous trois. Les autres, ce n'était pas pareil…

— C'est vrai, admit l'Enfant-Loup, l'équipe, c'était d'abord nous trois.

— Si on réfléchit : il ne peut pas se marier avec ses deux choux à la crème, il n'a pas le cancer, il nous a invités parce qu'il avait envie de nous voir, rien d'autre.

L'Enfant-Loup demeurait sceptique.

— Jusqu'à plus ample informé, soupira-t-il, comme on dit dans l'administration.

Repas

Pour l'ambiance, toutes les lampes avaient été recouvertes de tissus chamarrés d'or et de perles de pacotille venus du Maghreb, d'Inde ou d'Afrique. Dorith et Muriel jouaient les jeunes filles de la maison, froufroutant en faisant circuler les biscuits apéritifs, les bâtonnets de légumes, le saucisson, les olives et les dattes fourrées. Dylan les invita tous à s'asseoir dans le salon pour trinquer.

— Allez, tout le monde pose sa candidature !

Bien sûr, passé les salutations, les tapes dans le dos ou sur le ventre, les « c'est dingue, tu n'as pas changé ! » et toutes les banalités des retrouvailles de vieux copains, chacun scrutait sur les visages des autres la marque du temps, les signes avant-coureurs du vieillissement, voire l'ombre inéluctable du pire. Certains s'étaient empâtés, d'autres se dégarnissaient, Rousseau était toujours le beau gosse de service – subtilement coquet –, Zac bedonnait, Hurel montrait un visage dur, figé, comme brûlé par une explosion, Dylan portait la barbe et des lunettes, l'Enfant-Loup grimaçait comme s'il n'osait lâcher à voix haute les blagues dont il avait le secret, Kol demeurait sur la réserve, attentif et sévère.

Isaac attrapa une tartine de rillettes, protestant contre son incapacité à suivre un régime strict sans alcool, ni sucre, ni gras ; contre le temps qui frappait les uns et pas les autres.

— Regardez, nous avons le même âge, dit-il, eh bien, moi je suis presque chauve, Hurel a blanchi, Dylan et Kol grisonnent sur les tempes, Rousseau a la tignasse à peine clairsemée, l'Enfant-Loup est toujours noir corbeau...

— Il se teint ! jura Dylan en riant.

— On va se cotiser pour t'offrir une moumoute, proposa Hurel en passant la main sur le crâne d'Isaac.

Les autres s'en mêlèrent.

— Tu es notre Yul Brynner.

— Tarass Boulba !

— Chauve qui peut !

Dorith et Muriel servirent les plats sous une affiche d'un film des années cinquante, *Le Navire des filles perdues* de Matarazzo, un cadeau d'Isaac lors du dernier réveillon qu'ils avaient passé ensemble. Richard, leur goal, manquait à l'appel. Dylan décréta qu'il prendrait le repas là où il en serait et encouragea tout le monde à attaquer sans attendre !

— Il n'avait qu'à être à l'heure, conclut Kol que le retard de Bob contrariait.

Comme il n'aimait pas manger debout, il tira une chaise dans un coin pour déguster à l'écart la généreuse assiette de salade de pâtes qu'il s'était servie.

Dorith et Muriel virevoltaient autour de Dylan, lui préparant une assiette complète, lui servant à boire, prenant des poses pour le taquiner. Il embrassa l'une et l'autre, et la bouche pleine, raconta :

— L'été on va se baigner à poil sur les plages de l'Atlantique. Heureusement que l'eau est froide, sinon je passerais les vacances la queue en l'air tellement ça m'excite de voir ces deux chattes de gouttière courir sur la plage, sauter dans les vagues, se faire bronzer la fente à l'air...

— Tu nous montreras des photos, suggéra l'Enfant-Loup.

Dorith intervint d'un ton sec :

— Nous ne faisons jamais de photos.

— Pourquoi faire des photos ? ajouta sa sœur mettant du velours dans sa voix. Pour nous voir toutes nues ?

L'Enfant-Loup rougit, ne sachant que répondre.

— Ce doit être joli, non ? bafouilla-t-il. Je ne parle pas de Dylan, bien sûr…

Sa gêne fit rire Dorith.

— Si tu veux voir, c'est pas dur…

— T'as qu'à demander !

Dylan protesta pour la forme :

— Ah non, les filles, vous n'allez pas faire votre numéro avant le dessert !

Mais Dorith avait déjà baissé son pantalon de jogging et s'était retournée.

— Tu veux voir mes fesses ? Regarde comme elles sont belles, toutes roses !

Muriel n'était pas en reste. Elle remonta son haut, découvrant des seins bien pleins aux aréoles larges.

— Et mes lolos, tu les trouves comment ?

Les deux sœurs rirent à l'unisson. Elles contournèrent l'Enfant-Loup pour venir lui chanter en stéréo :

Quand j'étais petite
Je n'étais pas grande
Je montrais mon cul
À tous les passants
Maman me disait

Veux-tu le cacher!
Je lui répondais
Veux-tu le baiser!

Isaac, Hurel, Rousseau et Kol applaudirent avec Dylan qui riait plus que les autres.

— Eh bien, si ça commence comme ça, ça promet !

L'Enfant-Loup ne savait plus où donner de la tête.

— Tu veux voir nos minous ? proposa Dorith.

— Ah oui, approuva Muriel, ils sont jolis aussi ! Tout beaux, tout lisses…

L'Enfant-Loup leva les mains en signe de reddition.

— Merci les filles, vous êtes super belles, pas besoin d'en montrer plus.

— Dommage, soupira Dorith, la mine chiffonnée.

— Ah oui, dommage, répéta sa sœur, l'imitant.

Et se penchant vers l'Enfant-Loup, elles chuchotèrent assez fort pour être entendues.

— À mardi !

Conversation 1

Hurel buvait whisky sur whisky, il ne mangeait rien. Chaque gorgée le faisait sourire mais dès que son verre était vide, à nouveau la tristesse embrumait ses traits. Ses yeux rougis, son teint grisâtre disaient que l'abus d'alcool, et sans doute autre chose, lui ruinait la santé. Hurel remplissait le verre qu'il venait de vider quand son regard rencontra celui de Kol Il y eut entre eux une question et une réponse aussi muettes l'une que l'autre comme s'ils étaient dépositaires d'un secret qu'ils devaient taire à jamais ou révéler sur l'instant. Hurel se déroba. Il reposa son verre et se tourna vers l'Enfant-Loup qui, depuis cinq minutes, était lancé dans une grande analyse sociopolitique.

— Ceux qui nous gouvernent n'ont plus qu'un objectif : asservir le plus grand nombre au profit de cette oligarchie financière qui les fait manger dans leurs mains, assenait-il.

Sa réflexion fit ricaner Dylan.

— Tous pourris ?

— Non, ne me fais pas dire ce que je n'ai pas dit. Mais n'oublie pas Saint-Just : « Nul ne règne innocemment... »

— Le monde a changé, nous ne sommes plus en 89 et encore moins en 93 !

— Tu crois ça ? Hier comme aujourd'hui le pouvoir corrompt...

— Et « le pouvoir absolu corrompt absolument », enchaînèrent en chœur Dylan et Kol. Nous aussi on connaît nos classiques ! Tu ne vas pas nous ressortir ça à chaque fois qu'on se voit !

Kol s'en mêla :

— Si, pour lui c'est rituel. C'est l'office révolutionnaire ! Ensuite, il va nous dire : « Un peuple n'a qu'un ennemi dangereux, c'est son gouvernement. » N'est-ce pas que tu vas nous dire ça ?

— Et comment que je vais vous le dire et vous le redire !

L'Enfant-Loup reposa son assiette.

— Vous pouvez vous foutre de moi mais je vous demande, depuis 89, 93 et toutes les dates historiques que vous voudrez : qu'est-ce qui a changé ?

Et, comme personne ne se risquait à lui répondre, il continua :

— Une chose a changé : avant on avait un métier, après on a eu un travail puis un emploi et maintenant on a un job quand c'est pas un stage. C'est-à-dire une misère. Alors tous les jours je me demande ce que les salariés ont dans le crâne à protéger cette misère comme un trésor. Ou plutôt : qu'est-ce qu'ils n'ont pas ou qu'est-ce qu'ils n'ont plus dans la tête ?

Il insista :

— Qu'est-ce qu'ils n'ont plus ?

Et, comptant sur ses doigts :

— Ils votent contre leurs intérêts, ils préfèrent se faire avoir par les patrons que de s'insurger, ils endurent et souffrent mais n'osent pas l'ouvrir ni lever le poing pour dire « non » ! Ils perdent leur boulot, ils perdent leurs illusions, ils perdent leur dignité et ils ne font que gémir et larmoyer parce qu'ils ont peur. Ils n'ont plus rien dans la tête ni dans le pantalon, la peur leur a tout pris. Ce sont des morts-vivants, des peurs vivantes !

— Arrête, tu pousses ! protesta Hurel, retrouvant la parole. Si je prends l'exemple de mon entreprise…

L'Enfant-Loup secoua la tête pour l'empêcher de continuer :

— Oui, je pousse, mais je suis révolté… Révolté contre notre impuissance, contre la mienne, contre cette peur qui semble paralyser tous ceux qui devraient se battre. Ce qui me tue, c'est la soumission au capital.

Puis, dans un soupir :

— Aujourd'hui, j'ai l'impression de vivre dans un pays de tocards, KO dans les vestiaires avant même de monter sur le ring. Le seul collectif qu ils connaissent, c'est le collectif des têtes basses et des dos ronds. J'en ai marre de voir leurs gueules de pétochards pour qui tout est impossible !

Kol protesta :

— Tu ne peux pas dire ça sans te compter parmi ceux qui ne se bougent pas le cul et courbent l'échine ! dit-il avec véhémence. Est-ce que tu milites dans un parti ou un syndicat ?

— Non, avoua l'Enfant-Loup. J'ai un garage et…

Kol se tourna vers les autres.

— Est-ce qu'il y en a un de vous qui milite dans un parti ou dans un syndicat ?

— J'ai été au parti communiste, répondit Zac, mais je n'y suis plus.

— Pourquoi ?

— Les discussions de cellule m'emmerdaient. Ça oscillait entre les trucs de boutiques et les problèmes personnels. Pas de discussions de fond...

— Moi, j'étais au PS, dit Hurel, et je me suis tiré un peu pour les mêmes raisons.

— Pareil pour moi, dit Rousseau. Pour eux, j'étais un « intello », une sorte de curiosité. Et puis, je dois dire que les dirigeants socialistes m'ont dégoûté. Dès qu'ils ont été au gouvernement, ils n'ont eu qu'une urgence : servir la messe à la droite.

Dylan était syndiqué, Dorith et Muriel aussi, Kol l'avait été, mais c'était tout.

— Nous ne militons plus dans une organisation – ou à peine –, mais nous sommes en colère comme l'étaient « les jeunes gens en colère » en Angleterre dans les années soixante.

Il insista :

— Mais nous nous sommes en colère *et* désespérés. Pourquoi désespérés ? Parce que nous sommes trop intelligents. Parce que nous connaissons l'histoire ; parce que nous sommes parfaitement conscients que la situation politique, économique et sociale est absolument insupportable et que nous restons les bras ballants. Nous devrions être des sauvages, des Huns, des barbares et nous attendons la révolution comme des canards au bord du lac qui attendent qu'on leur jette des miettes de pain le dimanche. Nous n'avons que des paroles de révolte à nous mettre sous la dent, des paroles qui nous empêchent de digérer et moisissent en nous.

— Je ne sais plus qui a dit que la pourriture était le laboratoire de la vie, fit remarquer Rousseau.

Kol reprit la parole :

— Je ne voulais pas venir, dit-il dans un profond soupir. Je me demandais ce que j'allais trouver…

— Comment ça « ce que tu allais trouver » ?

Kol expliqua patiemment :

— Comment on aurait tourné les uns et les autres.

— Ça va, t'es rassuré ? demanda Dylan, se retenant d'être trop agressif.

Kol plissa les yeux. Il sourit.

— Nous sommes les mêmes que nous étions et ça, c'est bien. Oui, ça me rassure, ça me fait chaud au cœur.

Il prit une profonde inspiration avant de reprendre :

— Vous ne croyez plus aux partis politiques, dit-il en se levant.

Il écarta les bras comme s'il voulait les embrasser tous.

— Vous ne croyez plus aux syndicats. Nous ne vivons plus que d'arrangements.

— Il faut déborder les organisations, proposa Hurel.

— Ça ne suffira pas. Il n'y a que l'action qui peut nous sauver de ce qui nous ronge de l'intérieur.

— Qu'est-ce que tu veux faire ?

— Je ne le sais pas encore mais je vais faire quelque chose et très vite, sinon je vais exploser.

Le septième mercenaire

Il n'était pas loin de minuit quand un taxi déposa une femme brune toute de noir vêtue, une Eurasienne longiligne, très élégante et racée. Elle n'avait qu'un sac en cuir, noir lui aussi. Dylan vint lui ouvrir.

— Bonsoir, je suis Victoria, la compagne de Richard. Vous devez être Dylan…

Dylan se pencha pour regarder de droite à gauche.

— Il est où l'artiste ? Il se gare ?

Et, gêné :

— Excusez-moi, mais je ne m'attendais pas à vous voir.

— Je sais, j'ai lu l'invitation : « pas de femme, pas d'enfants »…

— Pourquoi Bob…

Il se reprit :

— Richard…

— Il est décédé, l'interrompit Victoria.

Dylan laissa échapper un cri comme s'il venait de prendre un crochet au foie.

— Non ? Merde ! Ah, putain de merde ! Saloperie de… Il est… ?

Il se ressaisit, confus.

— Pardon, ça m'a fait mal, très mal. Je ne savais pas et…

Il prit son sac.

— Venez…

Et, faisant entrer Victoria :

— Qu'est-ce qui lui est arrivé ? Accident ? Cancer ?

— Suicide.

Dylan étouffa de nouveaux jurons, il se passa la main sur le front.

— Ah non, merde, c'est terrible. Il ne put que répéter :

— C'est terrible…

Victoria crut nécessaire d'expliquer :

— Richard faisait son numéro quand il est tombé : fracture du bassin. Après six mois de rééducation, il a repris. Il était devenu le clown aux béquilles mais il mettait les spectateurs mal à l'aise. Trop agressif. Il leur faisait peur. Il a fallu qu'il arrête.

— Vous aussi, vous étiez au cirque ?

— Je jonglais.

— Vous avez arrêté aussi ?

— C'était impossible de continuer sans Richard. Je me suis occupée de lui tant que j'ai pu…

Victoria marqua une pause :

— Il s'est tué en sautant d'une falaise dans la mer. Il voulait redevenir un oiseau…

— C'est arrivé quand ?

— Il y a trois mois. Quand votre invitation est arrivée, il y a quinze jours, je me suis dit qu'il aurait aimé être là. Alors, je suis venue mais je peux repartir si vous pensez que…

— Vous êtes là, vous restez.

Salle à manger

Dylan et Victoria restèrent un instant dans le vestibule comme si les rires et les exclamations qui venaient de la salle à manger dressaient un mur invisible qui les empêchait d'aller plus loin. Dylan demanda à voix basse :

— Je peux en parler ou vous préférez que nous ne disions rien, que nous inventions une excuse ?

— Vous pouvez en parler. Ne dites pas qu'il s'est suicidé…

Victoria fut accueillie par des sifflets, des bravos, des rires : « Je le savais que Richard changerait de sexe ! », « Un goal, c'est normal qu'il soit bien gaulé ! », « C'est sa fille ou sa femme ? »

Dylan les fit taire sèchement...

— Arrêtez vos vannes, dit-il d'un ton si grave que les blagues cessèrent d'un coup.

Et, après avoir échangé un bref regard avec Victoria :

— Je vous présente Victoria, la compagne de Richard qui nous a quittés il y a trois mois...

L'Enfant-Loup n'était pas sûr de bien comprendre.

— Il nous a quittés ?

— Bob est mort.

Victoria se fendit d'un sourire.

— Je ne veux surtout pas que cela vous gâche la fête ! dit-elle, avec une gaieté forcée. Je suis venue parce que je suis sûre qu'il aurait voulu être avec vous pour rire et dire des conneries. D'après lui, vous êtes des experts...

Il y eut comme une lézarde dans le temps, puis l'Enfant-Loup se força à plaisanter :

— Question conneries, vous pouvez compter sur nous, assura-t-il en s'inclinant. Vous avez ici de véritables spécialistes...

Hurel se servit à boire et fit tourner une bouteille de champagne.

— Je propose que nous levions nos verres à la mémoire et en l'honneur de Richard !

Tous levèrent leurs coupes.
— À Richard ! À Bob !
— Que nos femmes ne soient jamais veuves !
— Ni Dieu, ni maître, que des maîtresses !
— Un pour tous, tous pourris !

Projection

Dorith et Muriel se chargèrent d'installer le projecteur et l'écran tandis que Dylan, Kol et l'Enfant-Loup disposaient les fauteuils en arc de cercle.

— Camarades, commença Dylan avec une certaine solennité, vous allez voir ce que personne n'a vu depuis l'invention du cinématographe…

Il se servit cérémonieusement un verre de vodka.

— Qui se souvient que mon père avait filmé en super-huit le match de notre victoire contre Le Raincy ? Aucun d'entre vous ? Ça ne m'étonne pas. Moi-même, je l'avais oublié. J'allais bazarder tout son attirail quand une petite bobine est tombée du carton…

Dylan siffla sa vodka cul sec.

— Signe du destin ou signe du ciel ? En tout cas, c'était ce fameux film rangé et répertorié par papa.

— Dylan montra la bobine.

— Je vous demande de l'applaudir…

Ils applaudirent papa.

Dylan lança le petit film à Muriel pour qu'elle le charge sur le projecteur.

— Accrochez-vous ! Nous allons voyager dans le temps…

Et, d'une voix solennelle :

— Après la projection, j'aurai le plaisir de vous offrir à tous un DVD de ce chef-d'œuvre du septième art…

Dorith éteignit les lumières, mais Rousseau se leva d'un bond.

— Une minute !

Elle ralluma, l'interrogeant du regard.

— Avant de commencer, il nous manque quelque chose…, dit-il, l'air mystérieux.

Et, sans un mot, il fila dans le couloir où il avait laissé son gros sac de sport. Quand il revint personne n'avait bougé, ni osé dire quoi que ce soit.

Rousseau se plaça devant eux comme un prestidigitateur sur la scène d'un cabaret. Qu'allait-il sortir du sac ? Un lapin rose ? Un couple de tourterelles ? Un drapeau rouge ? Un drapeau noir avec tête de mort et tibias croisés ? Un ballon de hand ? Ménageant le suspense, il fit glisser la fermeture éclair de son sac avec une lenteur de strip-teaseuse s'effeuillant devant ses clients. Puis, toujours avec des gestes ralentis, Rousseau fouilla à l'intérieur et sortit… les maillots de l'équipe du lycée qu'il distribua à la volée.

— Mettez ça ! Pas question de faire un match sans porter nos couleurs !

Ils lui obéirent.

Kol, l'Enfant-Loup, Hurel et Rousseau purent enfiler le leur mais Dylan et Isaac furent condamnés à se le nouer autour du cou…

Rousseau insista pour que Victoria porte celui de Richard.

— S'il vous plaît…

Quand tous furent en tenue, Rousseau réclama à nouveau silence et attention.

— Camarades ! Maintenant, vous avez revêtu notre habit de lumière, notre armure comme les chevaliers de la Table ronde et c'est bien. Mais notre quête était bien plus que la quête du Graal…

Rousseau tira de son sac la coupe qu'ils avaient gagnée cette année-là !

— Putain! jura Isaac, c'est toi qui l'avais prise !

— Nono courait partout après le match pour la retrouver !

— Je me souviens que le dirlo râlait ferme qu'on se la soit fait piquer.

— C'est même toi qui as balancé que c'était un coup des gars du Raincy !

Rousseau les fit taire d'un geste.

— Silence dans les rangs ! J'ai dérobé la coupe parce que cette coupe, c'était la nôtre. Pas celle du lycée, pas celle de notre entraîneur tout Nono qu'il fût, pas celle du directeur ni du conseil de classe. La nôtre ! Notre Graal !

Il marqua un temps.

— Je savais qu'un jour je vous la rendrais. Eh bien, ce jour est arrivé. Nous allons revoir notre match victorieux et après la projection fêter notre trophée qui, désormais, demeurera ici, sur la cheminée de Dylan notre roi Arthur, celui qui nous a réunis dans son château de Camelot.

Ils applaudirent.

Rousseau alla déposer la coupe à côté d'une pendule à colonnades et retourna s'asseoir.

— Lumières ! cria-t-il, se tournant vers Dorith.

— Et :

— Moteur ! en direction de Muriel.

Le film durait huit minutes. Ils le projetèrent plusieurs fois, émus, troublés de se retrouver trente ans plus tôt. Chacun cherchait, sans se l'avouer, à retrouver son corps d'enfant, sa voix, des gestes comme si les petits bonshommes qui s'agitaient sur l'écran n'étaient pas eux mais des êtres inconnus, peut-être venus d'une autre planète. Bien sûr, il y eut de drôles de silences (l'équipe alignée avant le match, filmé en rang, un par un, fixant l'objectif, anxieux, sans sourire) ; bien sûr, il y eut des cris (Kol marquant le but de la victoire), il y eut des rires (Isaac réussissant une passe acrobatique avant de tomber cul par-dessus tête) ; bien sûr, il y eut aussi des larmes (Richard, leur goal, arrêtant un penalty), bien sûr... Tout cela était à la fois d'une grande drôlerie et d'une folle tristesse mais ils ne se lassaient pas de voir et de revoir les images, de se mesurer au temps...

— Ne vous foutez pas de ma gueule, prévint Dylan quand on ralluma, je vais vous poser une question sérieuse qui me vient après avoir vu le film...

Il prit son temps avant de se lancer :

— Aurions-nous pu être autre chose que ce que nous sommes ?

Hurel ricana que c'était un sujet pour le bac et qu'ils avaient passé l'âge ! Dylan l'ignora, se tourna vers l'Enfant-Loup :

— Toi, tu as repris le garage de ton père, Kol est – enfin, était – dans l'imprimerie, Isaac est dans le cinéma, Hurel dans la mécanique, Rousseau et moi sommes profs...

— Richard était clown, glissa Victoria. Et acrobate.

— Et alors ? demanda Hurel.

Dylan soupira.

— Je ne sais pas. Aurions-nous pu être des pros du sport ? Devenir des champions du monde de hand plus barjots que les barjots ? Des artistes, écrivains, cinéastes, dramaturges, poètes ? Des hommes politiques ?

Kol demanda :

— Tu penses que tu n'es pas à ta place ? Que tu méritais mieux ? Autre chose ?

— Si, je suis à ma place, ça va, ce n'est pas ça ! Je suis heureux d'enseigner, de vivre comme je vis avec mes groseilles, mais je suis sûr qu'il y a toujours en nous une part insatisfaite, un vide qui demeure jusqu'à la fin, un regret qui palpite au rythme de notre cœur.

— Tu devrais écrire, glissa malicieusement Dorith avant de se tourner vers sa sœur qui pouffa, mais se garda bien d'en rajouter.

Personne, sauf Victoria, ne remarqua leur petit manège.

— Qu'est-ce qui nous manque ? demanda l'Enfant-Loup.

— Ce qui manque à tous en ce moment, répondit Dylan. L'un est le reflet de l'ensemble.

Hurel applaudit.

— Merci, monsieur le professeur !

L'Enfant-Loup insista :

— Ça ne répond pas à ma question.

— Tu veux savoir ce qui nous manque ?

— Tu le sais ?

Kol prit Dylan de vitesse pour répondre :

— Il nous manque ce que je disais tout à l'heure.

— L'action ?

— Oui, agir.

— Tu crois qu'on n'est plus capables de rien ? Tu crois qu'on est trop vieux, trop malades ? Tu crois qu'on est morts ?

— Presque.

— Alors, tout le monde est mort, la terre est morte, le genre humain est mort, constata l'Enfant-Loup qui ne voyait pas où cette discussion menait.

Dylan lâcha :

— Pire, tout le monde survit.

— Dylan a raison. Je n'y avais jamais pensé, avoua Kol, mais ça ne suffit pas de vivre.

— Précise. Toi, qu'est-ce qu'il te manque ?

— Je ne sais pas. Un affrontement…

Rousseau s'inquiéta :

— Tu veux refaire de la boxe ?

— Non, je ne parle pas de ça. Je ne sais pas comment le définir… Il me manque peut-être un combat contre quelque chose qui me dépasse.

— Dieu ? ironisa l'Enfant-Loup.

Kol le rembarra :

— Je ne parle pas de Dieu, je m'en fous. Je parle de nos vies, de nos vies dans l'Histoire, dans le mouvement de l'Histoire. À quel moment peut-on avoir le sentiment d'en être un acteur, pas seulement un figurant qui tue le temps en attendant la fin ?

Dylan s'agita, levant les bras au ciel :

— Tu crois avoir la tête politique mais tu es un mystique ! s'exclama-t-il. Tu es Jacob luttant une nuit entière contre l'Ange ! La souffrance ne te fait pas peur. Au contraire, c'est la voie que tu choisis Tu la réclames, tu la provoques, tu désires le martyre !

Cuisine

L'Enfant-Loup refusait systématiquement de dîner chez des amis s'il ne pouvait débarrasser et faire la vaisselle avant de s'en aller. C'était pour lui la moindre des choses. Il ne supportait pas que ceux qui avaient préparé le repas se retrouvent avec tout à ranger et à nettoyer alors que c'était plié en un quart d'heure si tout le monde s'y mettait. Fidèle à son principe, il entra dans la cuisine de Dylan avec un plateau chargé de verres vides. Dorith rangeait les assiettes dans le lave-vaisselle. Il profita que Muriel n'était pas dans les parages pour lui demander :

— Pourquoi vous vous marrez tout le temps ?

— Parce qu'on est gaies ! La vie est drôle, non ?

— Il y a quelque chose que je ne pige pas.

— Tu sais ce que ma mère a dit avant de mourir : « J'ai assez ri. » Eh bien, Muriel et moi on veut rire au moins autant qu'elle et même plus, beaucoup plus…

L'Enfant-Loup s'adossa à l'évier.

— Pourquoi il n'y a pas de photos ici ?

— Dans la cuisine ?

— Dans la maison.

Dorith haussa les épaules.

— Ça fait mémère…

— À d'autres. Je suis mécano, je ne suis pas con.

— T'es sûr ?

— Il n'y a pas de photos sur les murs ni dans le salon, ni dans la salle à manger, ni dans les chambres, ni dans les chiottes, nulle part, et tu refuses qu'on vous photographie toi et ta sœur… J'en déduis – car je suis très fort dans la déduction ! – qu'il y a un os entre les photos et vous.

— Tu devrais faire flic.

L'Enfant-Loup posa son bras sur celui de Dorith.

— Qu'est-ce qui s'est passé ?

Elle se dégagea avec rudesse.

— De quoi tu me parles ?

— T'hésites pas – ni Muriel – à montrer ton cul, tes nichons, ta chatte à qui veut les voir.

— Tu veux que je te la montre ? demanda Dorith, prête à baisser le pont.

— Non, je veux savoir ce qui t'a – ce qui vous a – fait haïr la photo ?

— Tu délires ! T'as trop picolé ?

— Peut-être. Peut-être pas…

L'Enfant-Loup réfléchit à haute voix :

— Si un jour quelqu'un découvre par hasard cette putain de photo…

— Il n'y a pas de « putain de photo », ronchonna Dorith en mettant en marche le lave-vaisselle.

L'Enfant-Loup n'était pas décidé à lâcher prise.

— Tu l'as détruite ? Vous l'avez déchirée, brûlée ?

— Arrête de me poser des questions, ça me gonfle !

— Arrête de ne pas y répondre ! Dorith s'écarta brusquement.

— Je n'ai rien à dire ! Va rejoindre les autres ! Ils vont se demander ce qu'on fout.

L'Enfant-Loup lui bloqua le passage.

— Dis-moi ce que tu ne dis à personne.

— Si je ne le dis à personne, je ne vais pas te le dire à toi.

— Je suis « personne ».

— S'il y avait quelque chose à dire, pourquoi je te le dirais ?

— Parce que c'est le genre de chose qu'on ne peut dire qu'à un étranger.

— T'es l'ami de Dylan.

— Pour toi, je suis un étranger. Je suis ton ami, je t'aime comme j'aime Dylan, mais je suis un étranger…

Il y eut un grand silence, une colère muette. Dorith tremblait, ses lèvres s'agitaient sans qu'aucun son n'en sorte, sa respiration devint difficile. Où était Muriel ? Pourquoi n'était-elle pas à ses côtés pour faire front ? Sans sa sœur, elle se sentait perdue, désarmée.

— Pourquoi tu ne dis rien à Dylan ? demanda l'Enfant-Loup, le plus délicatement possible.

— Dylan ne pose jamais de questions.

— C'est un reproche ?

— Personne ne doit savoir, murmura-t-elle.

Tout lui semblait étrange et confus. Ses joues brûlaient, son cœur battait trop vite, elle étouffait. Elle fixa l'Enfant-Loup droit dans les yeux mais il ne se détourna pas.

— Personne ne saura, lâcha-t-il, sans desserrer les dents. Dorith comprit qu'il était inutile de résister.

— Nous étions trois, bredouilla-t-elle.

— Trois quoi ?

Dorith allait répondre quand Muriel fit irruption dans la cuisine avec une pile d'assiettes sales.

— Tais-toi ! cria-t-elle. Tu n'as pas le droit d'en parler ! Tais-toi !

— Il ne dira rien.

— Il ne faut pas.

— Si, il a raison, quelqu'un doit savoir.

— Nous nous sommes juré de…

— Demain, s'il nous arrive quelque chose, qui pourra se souvenir ?

Dorith attira Muriel contre elle, la serra dans ses bras.

— Jure que tu te tairas, dit-elle à l'Enfant-Loup.

— Parole d'homme. Personne ne saura.

— Nous étions des triplées, avoua Dorith, trois sœurs Montcalm. Dès notre naissance, nous avons été photographiées sous toutes les coutures. Le journal local en a même fait sa une. Et il y a eu une photo de nous dans *Le Parisien*... Un samedi matin, nous avions sept ans, nous posions chez un photographe professionnel à Cachan. Toutes roses, toutes belles, toutes frisées avec des rubans dans les cheveux. Il y a eu un flash et notre sœur est tombée à la renverse. Nous avons cru qu'elle avait eu peur ou qu'elle faisait une blague. C'était une blagueuse d'enfer. Elle était morte sur le coup...

— Crise cardiaque ?

— Rupture d'anévrisme. Elle avait une malformation...

Muriel ajouta d'une voix blanche :

— De ce jour, nos parents ont fait disparaître toutes les photos de la maison et nous ont interdit de nous laisser photographier...

Ils se turent.

L'Enfant-Loup voulait tout savoir :

— Comment s'appelait-elle ?

— Anouk.

— Vos parents avaient le goût des prénoms exotiques, remarqua-t-il pour détendre l'atmosphère.

Dorith esquissa un pâle sourire.

— Non, rien d'exotique là-dedans. J'ai compris beaucoup plus tard que nous portions le nom de femmes que mon père avait beaucoup aimées.

— Ta mère le savait ?

Muriel vola la réponse.

— Si elle le savait, dit-elle, elle n'en a jamais touché un mot jusqu'à sa mort.

Édito

Dylan, avachi sur un fauteuil, observait Muriel et Dorith qui repliaient l'écran et rangeaient le projecteur en chantonnant « Nous sommes des sœurs jumelles, nées sous le signe des Gémeaux ». Il semblait épuisé, trop d'émotions, trop d'excitation. Gagnés par la torpeur qui les assaillait, les autres ne valaient guère mieux. Zac, les yeux mi-clos, souriait aux anges; Hurel faisait tourner un fond de whisky dans son verre sans se décider à le boire ; Kol regardait Victoria du coin de l'œil, le maillot rouge lui allait à ravir ; l'Enfant-Loup ne tenait pas en place, se levant, s'asseyant, jouant avec la coupe du tournoi des As ; Rousseau hochait la tête, heureux de ce qu'il avait fait, heureux de ce qu'il avait vu, heureux…

Dylan, le front inquiet, murmura dans sa barbe :

— Impossible ?

— Qu'est-ce que tu grommelles ? demanda Dorith, venant s'asseoir sur l'accoudoir du fauteuil.

Il cherchait à se remémorer une phrase lue le matin même. Il eut soudain une illumination.

— « L'impossible est une frontière toujours reculante ! » proclama-t-il haut et fort pour réveiller tout le monde.

C'était la phrase qu'il cherchait.

— C'est de toi ?

— De Victor Hugo.

Kol grimaça d'admiration.

— D'où tu sors ça ?

— Je l'ai lu dans le journal.

— Je ne te crois pas !

— Je te jure : « une frontière reculante ». C'est beau, non ?

Et couvant Dorith du regard :

— J'aimerais savoir écrire des choses comme ça…

Kol ne lisait plus les journaux.

— Moi qui les aimais tant, je n'en lis plus aucun, plus un quotidien, pas même la feuille de chou locale. Plus de magazines, de mensuels, rien. Tout ça me fait gerber. Ils sortent tous des écoles de journalistes, alignent les mêmes phrases creuses, sans style, sans idées, du vomi d'information, comme dirait Rousseau.

— Ah oui ! Parlons de l'intelligence borgnesse de la presse ! s'exclama Isaac. Et pas seulement celle des critiques de cinéma.

L'Enfant-Loup en rajouta :

— Ces putains de journalistes vendent leur plume et leur conscience pour pas cher !

Rousseau ne voulait pas être en reste.

— C'est exactement ce que j'enseigne à mes étudiants : le capitalisme déprave l'homme. Il le fait par petites touches apparemment indolores, invisibles jusqu'à rendre l'individu totalement soumis à ses ordres et incapable de voir la raison de son malheur.

— Tu veux savoir quand j'ai arrêté de lire les journaux ? demanda Kol.

Dylan lui tendit la perche.

— Raconte.

— J'ai arrêté le jour où un enfoiré de journaliste a pris prétexte de la fermeture de notre imprimerie pour écrire un papier sur les ouvriers en général, le travail, les salaires. Il expliquait que nous étions des passéistes, qu'il serait temps que nous acceptions la modernité sans s'accrocher à nos vieilles lunes, à l'État-providence, la protection sociale, le Code du travail et tout le bazar qui handicape l'économie française. Il concluait que, d'ailleurs, cela ne représentait jamais que la suppression de deux cents emplois et qu'il n'y avait pas de quoi en faire une affaire nationale.

Kol sortit de sa poche-revolver un papier plié en quatre, l'édito de *Valeurs Françaises* dont il fit la lecture à voix haute :

— Écoutez ça : « Une imprimerie vieille de près d'un siècle ferme, est-ce un drame ou une chance pour notre économie ? Peut-on s'offrir encore le luxe du sentiment pour les vieilles choses ? Les vieilles entreprises ? Les vieilles méthodes de travail ? Les personnels dépassés par la modernité en marche ? Faut-il tendre l'autre joue ou se battre dans le cadre d'une économie désormais mondialisée au vingt et unième siècle ? La langue de bois n'est plus de mise. Il faut parler sans détour : se battre signifie décider, commander, imposer. Lorsque la crise est si profonde il est légitime de s'interroger comme Alain Minc s'interrogeait récemment sur une radio si "une certaine dose de dictature" ne sera pas nécessaire pour en sortir. C'est cela parler vrai. Et parler vrai signifie ne pas craindre d'effrayer quelques consciences frileuses qui s'effrayent de l'ombre de leur ombre. La France ne travaille pas, plus exactement elle ne travaille plus. Entre les RTT, les pauses-déjeuner, les pauses-cigarette, les congés payés, les délégations syndicales, les jours fériés, les après-midi "valises", les week-ends prolongés, combien de temps les ouvriers sont-ils réellement à l'œuvre ? Un patron américain a créé le scandale en avançant le chiffre de six heures par jour, pas plus, encadrés par des “syndicalistes fous”, accompagnés par les lamentations rituelles sur “la pénibilité”. Le propos était violent, provocateur, était-il faux ? Je ne le crois pas. C’était même d’autant plus douloureux que cela touchait cette plaie vive qui, au nom d’un passé révolu, entretient l’illusion d’une prétendue protection des salariés et, en réalité, ruine toute initiative, tue tout esprit d’entreprise et ne fait qu’accroître les dépenses d’un État ventripotent qu’il est urgent de mettre à la diète. Comment pouvons-nous résister à la Chine où, pour cent dollars par mois, les travailleurs acceptent – sans prendre la moindre pause – de travailler douze heures de rang, sept jours sur sept ? On me dira que ce sont des conditions inhumaines proches de l’esclavage. Je répondrai que c’est le prix de la modernité et que refuser de le payer, c’est refuser le futur. Tant que les ouvriers français et leurs syndicats politisés n’auront pas compris que nous ne sommes plus au vingtième siècle ni au dix-neuvième, que le monde a changé et que nous devons vivre avec ce changement, le précéder même, nous irons de catastrophe en catastrophe dans un pays qui ne sera plus un jour qu’un royaume d’assistés et de retraités vivant sur le dos des rares actifs qui resteront. Eh bien, oui, que cela plaise ou non, je l’affirme et je signe : la situation des salariés français, le niveau du chômage sont de leur entière et totale responsabilité et de ceux qui les illusionnent sur le recours à un État-providence. La suppression des emplois inutiles, la fermeture des entreprises non rentables comme cette imprimerie provinciale dont on nous rebat les oreilles, c'est de la destruction créatrice, c'est le moteur même de l'économie. »

Rousseau, les mâchoires serrées, voulait savoir :

— Quel est le connard qui a pondu ça ?

— Un certain Ramut...

— Pierre Ramut ? se fit préciser Isaac.

— Oui, Pierre Ramut... confirma Kol en vérifiant la signature. Tu le connais ?

— Je ne le connais pas, mais on sera dans le même jury au festival « Cinéma, Tennis et Golf » du Touquet.

— C'est quoi ce truc ?

— Des films sur le sport, fictions, documentaires...

— T'y vas pour le golf ou pour le tennis ?

— J'y vais pour les acteurs, pour voir des acteurs. Tu comprends ? J'aime les acteurs et les actrices. Pour moi, c'est ça le cinéma ! Tu peux faire toutes les acrobaties que tu veux avec la caméra, si tu n'as pas les acteurs, tu n'as pas de film. J'admire leur capacité à être le temps d'une prise. À *être* ! C'est-à-dire à irradier la vie au plus haut niveau d'intensité.

Rousseau approuva d'un applaudissement. L'Enfant-Loup applaudit aussi mais sa curiosité n'était pas satisfaite.

— Il n'y aurait pas un acteur ou une actrice qui t'irradie plus que les autres ?

Isaac rosit, se tortillant sur son siège.

— Dans *Gégène*, il y a une petite mignonne que j'aime comme un bonbon.

— Elle s'appelle comment « Fraise Tagada » ?

— Zélie…

— Elle sera au Touquet ?

— Pourquoi elle y serait ?

L'Enfant-Loup enfonça son doigt dans le ventre d'Isaac.

— Qu'est-ce qui pousse un type comme toi à aller faire le zouave dans un jury sur le golf et le tennis ?

— C'est elle qui doit remettre les prix, avoua Isaac, riant de la perspicacité de l'Enfant-Loup.

— Ça marche entre vous ?

— Tu connais la pancarte qu'on voit dans les rues en Italie « *lavorare in corso* », travaux en cours… Eh bien moi, c'est « *amore in corso* ».

— Il ne s'est encore rien passé ?

— Pas vraiment…

— De la fraise mais pas de tagada ?

— On peut dire ça comme ça.

Dylan revint sur Ramut dont il relisait le texte avec dégoût.

— C'est lui en photo, en haut à gauche ? demanda-t-il à Kol.

— Oui. C'est lui.

— Une tête de rat, des yeux chassieux et des joues en peau de fesses mal rasées…

Il précisa d'un ton volontairement pédant :

— Dans son portrait, je vois une sorte de mélange abject d'ignorance et de cruauté, d'inertie et de violence…

— Il a comme coquetterie de toujours porter un nœud papillon. Il paraît qu'il en a une collection impressionnante…

Victoria, qui se taisait depuis un bon moment, lâcha d'une voix sourde :

— C'est une ordure.

Tous les regards se tournèrent vers elle.

— Vous le connaissez ?

— Disons que je l'ai rencontré.

Victoria raconta sans larmes intempestives :

— Avec Richard nous avions été engagés pour animer la journée de Noël des enfants du personnel de *Valeurs Françaises*, dit-elle, pesant chacun de ses mots. Richard faisait son numéro d'équilibre sur une échelle quand un gosse a échappé à ses parents. En se précipitant pour le rattraper, le pied du père a heurté l'échelle. Richard est tombé à la renverse de tout son haut. Le gosse a été touché par l'échelle, mais rien de grave, alors que Richard s'est fracturé le bassin. Non seulement le père du gosse nous a injuriés pendant que j'appelais le Samu, mais il a porté plainte contre nous. *Valeurs Françaises* a refusé de nous payer ce qu'ils nous devaient sous prétexte que nous n'avions pas assuré le spectacle jusqu'au bout et traumatisé les enfants.

Elle conclut posément :

— Ce type, c'était Pierre Ramut…

Dans le silence glacial qui s'établit, Dylan se racla la gorge pour retrouver sa voix de prof :

— À votre avis, qu'est-ce qui pourrait arriver de pire à un mec comme ça ?

— Tu veux qu'on accompagne Isaac au Touquet pour lui refaire le portrait ?

— Mieux que ça…

— Lui casser le bassin ?

— Non.

— Qu'on lui fasse bouffer son journal feuille par feuille en guise de café gourmand ?

L'Enfant-Loup haussa les épaules. Il n'avait pas la moindre idée.

— On peut le faire virer ? risqua-t-il à tout hasard.

— Ces cons-là sont interchangeables et il retrouverait un job aussi sec dans un canard du même genre…

— Lui piquer tout son fric ? proposa Isaac.

— Peut-être… mais il doit avoir de quoi bien planqué en cas de coup dur.

— Qu'est-ce qui peut arriver de pire à un type comme ça ? répéta Rousseau, cherchant une réponse. Se faire entarter ?

— Pas mal mais réfléchissez, il y a mieux : sur quoi il écrit ?

Kol répondit sans hésiter :

— Sur la politique, l'économie...

— Plus précisément dans l'édito ?

— Sur le chômage, les assistés, les salariés, les entreprises, les...

— Et qu'est-ce qu'il ne fait jamais ?

Dylan se rattrapa, appuyant sur les mots :

— Qu'est-ce qu'il n'a jamais fait ?

— Il n'a jamais dû manifester ou alors avec le GUD, il n'a jamais dû faire grève, énuméra Rousseau, il n'a jamais dû...

— Il n'a jamais dû travailler, trancha gravement Kol.

Dylan approuva d'un hochement de tête.

— Il n'a jamais dû travailler, répéta-t-il en écho. Et ce qui pourrait lui arriver de pire serait de...

— Travailler ! s'exclama l'Enfant-Loup, heureux de fournir enfin une réponse.

Isaac fit remarquer :

— Il bosse dans son journal.

— Je ne te parle pas de ça, grogna Dylan, sa diarrhée éditoriale ce n'est pas du boulot, c'est de la merde. Je te parle du vrai travail, celui pour qui, toutes les semaines, il réclame plus de flexibilité, plus d'heures, plus de productivité, moins de salaire, moins d'aides sociales, toujours moins pour les ouvriers et toujours plus pour les patrons…

— Où tu veux en venir ?

Dylan plissa les yeux avec gourmandise.

— Imaginez : on l'attrape, on l'enferme et on le met au travail… Un mois, deux mois. Juste travailler : quarante, quarante-cinq heures, soixante heures par semaine pour assurer la fameuse compétitivité qu'il réclame tellement pour les ouvriers. Au bout de deux ou trois mois, on le paye au Smic moins 20 % pour faire la pige aux Chinois et on le remet dans la nature. Quand les flics l'interrogent, il ne peut dire qu'une chose : ils m'ont fait travailler. Et à la presse, il ne peut que pleurnicher : ils m'ont fait travailler. Et tout le monde se marre…

— Tu devrais être scénariste, le félicita Isaac.

L'Enfant-Loup n'était pas d'accord.

— Arrêtez vos conneries, on n'est pas les Brigades rouges !

— Non, on n'est pas les Brigades rouges, mais on peut être la Brigade du rire…, souffla Rousseau, l'air narquois.

— Ce ne sera pas « le tribunal du peuple », ce sera « l'atelier du peuple ! » renchérit Dylan en s'esclaffant.

Kol se souvint que, pendant la Commune, Varlin avait eu la même idée : faire travailler les bourgeois, les nantis…

— On lui ferait faire quoi ?

— Des trous dans des cornières, proposa spontanément Hurel. Des trous, des petits trous, des milliers de petits trous. Quand je bossais chez Schwartz en Angleterre, il fallait sortir six cents pièces de l'heure. Faudra que notre oiseau en sorte six cents s'il veut becqueter.

— Des trous dans des cornières ?

— Oui.

— Tu serais capable de nous fournir le matos ?

— Et comment ! Dans ma boîte, des trous à percer, il y en a des milliers par jour.

L'Enfant-Loup changea soudain son fusil d'épaule. Kidnapper Ramut, le mettre à l'établi... à la réflexion, il trouvait l'idée formidable !

— Si on fait ça, on va se marrer ! Putain, c'est sûr qu'on va se marrer !

— C'est super génial ! approuvèrent en chœur Dorith et Muriel. Ça nous remue la petite cuillère !

L'Enfant-Loup réclama le silence.

— Au garage, sous le pont, révéla-t-il, il y a une porte qui communique avec le bunker sur lequel ma baraque est construite. On pourrait y monter un petit atelier sans que personne le sache. C'est invisible de l'extérieur, totalement insonorisé et il n'y a que les vieux pour se souvenir de ce qu'il y a là. Je peux installer une perceuse à colonne...

— Tu fournis la machine, je fournis les pièces, enchaîna Hurel.

— Vivre et travailler au garage, gardarem lou boulot !

— Nous, on fera les courses, déclara Dorith. Rien que du surgelé et des produits à bas prix ! Ça le changerait des menus à 150 euros !

— Il aurait droit à une douche par semaine et des vêtements de travail, ajouta sa sœur. Et le dimanche, s'il veut aller à la messe qu'est-ce qu'on fait ?

— On lui lit *De la crucifixion considérée comme un accident du travail* !

Dylan intervint :

— Bon, on sait à quoi ressemble ce Ramut... On sait qu'il sera au Touquet avec Isaac. Faudrait peut-être essayer d'en savoir plus...

— Un type comme ça a forcément une page Facebook ou un blog où il raconte sa vie, suggéra Muriel.

Dorith compléta :

— On peut commencer par chercher de ce côté-là...

Pour Kol, c'était exactement ce qu'il ne fallait pas faire.

— C'est trop dangereux. Parce que si on le chope, tout le monde et les flics vont se lancer à sa recherche. Et la première chose qu'ils regarderont ce sera la liste de ses correspondants... Nous devons êtres anonymes, invisibles comme les ouvriers dans une entreprise, il ne faut pas qu'on laisse la moindre trace.

Il devait être trois heures du matin et ils avaient beaucoup bu. Tous s'échauffaient à propos de Ramut, sa tête de chancre, son nœud papillon, la pourriture de ses idées. Ils dressaient des plans, s'enflammaient à l'idée de le mettre au travail, se répartissaient les rôles dans ce qui était pour eux une farce, une comédie avec le rire comme arme ultime contre la réaction.

— Alors qu'est-ce qu'on fait ? s'énerva Isaac qui commençait à être saoul. On piapiatte ou on se lance ?

— On y va, bon Dieu de merde ! On y va ! jura Rousseau, excité par l'alcool lui aussi. Il n'y a pas une minute à perdre !

Seuls Kol et Victoria semblaient garder la tête froide, ramener sans cesse les questions pratiques sur le tapis. Kol invita tout le monde à réfléchir sérieusement avant de prendre une décision.

— Un : où, quand, comment on s'y prend pour l'embarquer sans que personne le sache ? Au Touquet ou ailleurs ? Deux : comment on le transporte chez l'Enfant-Loup ? Comment on installe son sous-sol pour qu'il puisse y vivre et bosser ? Comment faire ça sans jamais alerter les flics ?

Tous se regardèrent comme s'ils ne s'étaient jamais vus.

Dylan avoua :

— J'en sais rien, je n'ai jamais enlevé personne.

— Si, tu m'as enlevée ! s'exclama Dorith.

— Et moi aussi ! dit sa sœur en minaudant.

Victoria intervint avant qu'Hurel et Rousseau se lancent sur l'enlèvement des Sabines dont une exposition thématique venait d'être organisée au...

— Pour les recherches, vous n'aurez pas à les faire, annonça-t-elle. C'est fait. J'ai un dossier épais comme ça sur Ramut : adresse, téléphones, mail... tout ce qu'il faut. Je sais même par qui sa femme se fait baiser, le nom et l'adresse de la pension où ils ont placé leur fils. Tout...

— C'est pour le procès ?

Victoria fit non de la tête.

— Je voulais lui faire ce que vous allez faire.

— Le faire travailler ?

— Non, répondit-elle calmement, je voulais le tuer.

Elle sourit, consciente de l'embarras que ses paroles provoquaient.

— Mais je crois que votre idée est meilleure que la mienne. Ce serait trop doux qu'il meure et trop dur de me retrouver en prison à cause de ce salaud. Il faut qu'il vive comme je vis, comme un mort. Et si vous réussissez votre coup, c'est ce qui arrivera...

Ce fut comme une montée de gamme dont chaque note résonna dans le silence : Dylan cligna des yeux,

Kol se mordit la lèvre et fit claquer sa langue, l'Enfant-Loup se passa la main dans les cheveux, Hurel baissa la tête, Zac s'épongea le front, Rousseau croisa les mains à s'en faire blanchir les jointures, Dorith et Muriel se regardèrent…

— Levez-vous, ordonna brusquement Dylan, les yeux brillants, les joues en feu.

Tous se levèrent.

— Je déclare solennellement constituée « La Brigade du rire » !

Ils trinquèrent.

Le lendemain

Le jour pointait à peine lorsque Hurel arriva à l'usine. De loin, ce bloc de fer et de béton lui faisait toujours l'effet d'une pierre tombale géante. Une sépulture d'ogre posée au milieu de nulle part. À moins que ce ne soit l'arche de Noé échouée là, ou un vaisseau spatial tombé de Mars ? Le personnel ne serait pas là avant une heure, sauf l'entretien et la maintenance déjà à l'œuvre, mais invisibles.

Hurel ne descendit pas immédiatement de sa voiture. Il voulait prendre le temps de téléphoner à sa femme comme il le faisait chaque jour.

Chaque homme est porteur d'un secret.

La mort de leur fille à dix-sept ans d'un cancer foudroyant était celui d'Hurel. Il refusait obstinément d'en parler et plus encore qu'on lui en parle. C'était une affaire entre lui et lui. Seul Kol était au courant dans l'équipe, mais un regard avait suffi pour lui faire comprendre qu'il devait se taire.

— C'est moi, dit-il lorsque sa femme décrocha, je ne te réveille pas ?

— Non, je suis debout depuis longtemps. C'était bien?

— C'était entre hommes… Dylan avait exhumé un film super-huit de son père nous montrant pendant le match.

— Votre victoire ?

— Oui, le tournoi des As.

— Kol était là ?

— Oui Kol, Dylan, l'Enfant-Loup, tout le monde. Zac a pris au moins vingt kilos et Rousseau te plairait plus que jamais, pas un poil de gras et toujours le même sourire…

— Tu voulais me demander quelque chose ?

— Non, juste te souhaiter une bonne journée.

— Ah, souffla-t-elle, c'est gentil, oui, merci. Bonne journée à toi aussi.

— Je t'embrasse.

— Moi aussi, je t'embrasse.

— Essaye de dormir un peu cet après-midi…

Sa femme ne répondit pas. Hurel raccrocha. Avec Caroline, ils vivaient désormais séparés. Trop de douleurs les tenaient à distance l'un de l'autre. Hurel avait vieilli plus que les autres et les retrouvailles chez Dylan n'avaient fait que confirmer ce que son miroir lui disait chaque matin. Ses traits s'étaient durcis, ridés, figés comme un trognon de pomme moisi oublié sur une table de cuisine. Il ferma les yeux. Son excitation n'était pas retombée de la nuit. La perspective de s'offrir un crétin d'éditorialiste n'était qu'un début mais c'était déjà bien. C'était ne plus se contenter d'être l'analyste malheureux du quotidien, passer enfin à l'action, cogner dans le vrai. Son chagrin se muait en rage contre ce monde où les enfants mouraient sans que rien puisse les sauver. Il n'avait plus qu'une envie : se battre, donner des coups, en recevoir jusqu'à en finir.

— Je m'encolère, soupira-t-il.

Dans son entreprise, personne ne pouvait soupçonner que Monsieur le Directeur avait dans la tête Marx, Lénine, Kropotkine, Makhno, Durruti... Un Monsieur le Directeur ne pouvait être que le fidèle exécutant des ordres des actionnaires.

— S'ils savaient..., murmura Hurel.

Ce double jeu le ravissait.

Dans leur plan, Hurel avait une tâche précise : sous huitaine, il devait fournir huit ou dix mille plaquettes de fer à percer pour que tout soit en place avant l'arrivée de Ramut. La livraison posait problème. Comment justifier d'expédier ces plaquettes dans un garage du Nord ?

Très vite, il lui apparut que le plus simple serait que l'Enfant-Loup vienne en camion, charge nuitamment le matériel et reparte sans que personne de l'entreprise y soit mêlé. Il s'arrangerait plus tard pour inventer un sous-traitant fictif. Il appela aussitôt l'Enfant-Loup sur son portable.

— Ce qui serait bien, dit-il, c'est que tu viennes chercher maman pour l'emmener chez sa sœur. Je t'aiderai pour les bagages...

— Quand veux-tu que je passe ?

— Je vois avec elle et je te rappelle. Disons, mercredi ou jeudi en soirée...

— Ça roule !

Petit déjeuner

Dylan avait passé une partie de la nuit à relire ce qu'avait écrit Sciascia sur Aldo Moro. Il profita du petit déjeuner pour faire part de ses réflexions à ceux qui étaient encore là.

— Même si c'est pour déconner, il ne faut pas refaire les mêmes erreurs que les Brigades rouges, dit-il en posant le livre sur la table. D'abord, on ne veut tuer personne, ensuite on ne veut pas organiser de procès. On veut faire de la pédagogie, faire travailler Ramut, lui apprendre la réalité qu'il y a sous les mots dont il se gargarise. L'erreur, c'est que Moro était enfermé dans une cellule dissimulée derrière un mur de livres. Il n'avait rien à faire de la journée qu'à lire la Bible, écouter une messe enregistrée et répondre aux questions du chef du commando.

— Il écrivait des lettres aussi, fit remarquer Isaac.

— Que Moro écrive, c'était ça l'erreur, souligna Dylan en haussant le ton. Il était en relation avec l'extérieur, il y avait un point de contact et ça le condamnait d'avance. Nous, si on ne veut pas finir derrière les barreaux, nous ne devons surtout pas recommencer la même connerie. Kol a raison : personne ne doit savoir, rien ne doit sortir de chez l'Enfant-Loup. Pas de revendications, pas de déclarations à la presse, rien, silence complet et au boulot.

Victoria avait trouvé sur Internet un article du Code pénal. Elle leur fit la lecture tandis que Kol refaisait du café : « enlever, détenir ou séquestrer une personne est puni de vingt ans de réclusion criminelle… ».

— Nous sommes prévenus, conclut Kol, en faisant le service. À la moindre imprudence, nous plongeons. Nous sommes l'ennemi intérieur qui doit rester à l'intérieur, au secret.

Avec une petite moue teintée de scepticisme, Dylan ajouta :

— À partir de maintenant, nous entrons de fait dans la clandestinité.

— Je le suis depuis longtemps, assura Kol en souriant.

— T'as de la chance, dit Isaac, parce que, pardon, mais moi je ne réalise pas encore ce que ça veut dire…

— Dis-toi que c'est un film, suggéra Dorith. On joue des rôles mais sans caméra…

— Non, ce n'est ni un film ni un jeu, soutint Kol. C'est un geste politique. C'est très sérieux même si ça a l'air d'une farce.

— Tu veux nous empêcher de nous marrer ?

Dylan la rassura :

— Non, personne ne va nous empêcher de nous marrer. C'est même le but de l'opération ! D'ailleurs, si les Brigades rouges avaient relâché Moro au lieu de le tuer, là ç'aurait été une grande rigolade, parce qu'il serait revenu comme le spectre d'Hamlet au milieu de ses soi-disant amis qui déjà s'étaient tous attribué les places qu'il occupait…

— … et ce serait eux qui l'auraient tué, compléta Kol comme s'il lisait dans les pensées de Dylan.

Cours

Rousseau referma la porte avec un soupir de satisfaction. Il n'aimait pas partir de chez lui. Une fois parti, ça allait ; mais partir était douloureux. Il aimait rentrer. En fait, il n'aimait pas rentrer non plus. Il le redoutait, imaginant le pire, la catastrophe, l'horreur prête à le surprendre. Une fois à l'intérieur, une fois constaté que rien n'avait bougé, que les meubles, les objets, les livres étaient à la place où ils étaient quand il avait quitté la maison, ça allait. Rentrer chez lui, c'était retrouver une cachette sûre, un abri où nul ne viendrait le débusquer. Rousseau vivait sur ses gardes. Cela n'avait aucun sens mais il n'avait jamais réussi à tirer au clair ce sentiment étrange qui l'animait et nourrissait sa timidité. Un sentiment qui ne reposait sur rien ! Rousseau avait toujours payé ses dettes, ses impôts, remboursé ses prêts ; il était d'une fidélité sans faille et n'avait jamais manqué ni à sa famille, ni à ses amis. Pourtant, sous ses airs d'athlète bien mis au sourire charmeur, il se voyait comme un fuyard aux abois. Rousseau finissait par croire que c'était lui-même qu'il fuyait. Qu'il était à la fois son poursuivant et son poursuivi, traquant l'homme qu'il était pour tous et qu'il n'était pas pour lui-même.

Les enfants étaient à l'école et Sandra, sa femme, déjà à *Demain le jour*, l'hebdo où elle était secrétaire de rédaction. Rousseau n'avait cours qu'en début d'après-midi et il n'avait pas la tête à sortir ses notes ni à les relire. De toute façon, il savait ce qu'il avait à dire sur Hayek, Milton Friedman, les monétaristes et les théoriciens réactionnaires du

Mont-Pèlerin. Comme toujours, pour secouer son auditoire, Rousseau commencerait par évoquer Alan Budd, l'économiste en chef de Margaret Thatcher, qui expliquait sans fard comment le chômage de masse avait été sciemment organisé pour affaiblir la classe ouvrière « en recréant une armée de réserve de travailleurs et permettre ainsi aux capitalistes de faire des profits importants ». Rousseau aimait commencer ses cours en lançant une grenade au milieu de ses étudiants, fils et filles de bourgeois, de petits-bourgeois gavés des théories néolibérales.

Il se servit un café et s'installa à son bureau sans rien faire, sans même ouvrir son ordi pour consulter ses mails. Avec un sourire attendri, il décrocha l'entrefilet de *L'Équipe* qu'il avait fait encadrer à l'époque. Cette ligne et demie annonçant leur victoire contre Le Raincy avait fait la fierté de son père et lui avait valu une semaine de célébrité dans le quartier. Un temps où il y avait encore Jojo et Titine, Nénette, Jean et Aline, Momone et Gégène…

Un monde qui n'existe plus, pensa-t-il douloureusement. Rousseau n'arrivait pas à réaliser si ce qu'ils avaient projeté chez Dylan était le produit d'une soirée trop arrosée ou si cette décision marquait l'entrée dans l'histoire d'hommes et de femmes déterminés à y laisser leur trace.

Malgré les protestations de Dylan, Dorith avait récité un de ses poèmes :

J'ai tant de colère en moi
Que rien ne saurait l'éteindre
Ni l'amour d'une femme
Ni la tendresse d'une autre
Ni l'amitié de ceux qui me ressemblent.

Rousseau aurait pu l'écrire, même s'il était incapable de désigner l'origine de cette colère qu'il partageait avec Dylan. Kol était en colère contre l'injustice de son licenciement, Zac contre la stupidité des critiques de cinéma, Hurel contre quelque chose d'impalpable mais de terrible qui lui donnait ce visage blême, ce regard fixe, Dylan contre cette société où l'autorité du succès primait sur celle du talent, Victoria contre la mort de Bob, quant à l'Enfant-Loup, il était l'éternel insatisfait, brûlant d'un appétit de vivre que rien ni personne ne pouvait combler. Sept hommes, sept colères en un seul corps. Sept samouraïs, sept mercenaires, une redoutable fraternité …

Rousseau était plongé dans ses réflexions quand Sandra débarqua par surprise. Il raccrocha vivement le cadre à sa place habituelle, au-dessus de son ordinateur.

— T'as oublié quelque chose ? demanda-t-il, étonné de la voir rentrer chez eux à l'heure du déjeuner.

— Ils font un plan social.

— Quoi ?

Elle articula comme si elle parlait à un demeuré :

— Ils font un plan de licenciement au journal. Ils veulent en sniper une trentaine…

— En « sniper » ?

— Oui, faut s'y faire, c'est désormais comme ça que parle le DRH, « sniper »…

Rousseau prit sa tasse de café et vint s'asseoir sur le canapé où Sandra s'était laissée tomber.

— Du calme, dit-il, s'installant à côté d'elle. Raconte-moi…

Sandra soupira, les nerfs à vif.

— Ce matin, il y avait un CE prévu de longue date. En sortant, la bouche en cœur, ce connard de Moll nous a réunis pour nous annoncer de grands changements…

— Attends. C'est lequel celui-là ? Le rédacteur en chef ou le directeur du journal ?

— Moll, c'est le directeur, le rédacteur en chef, c'est Palamito, dit Calamito, dit Salaud-Mytho, Tamango, l'esclave, la voix de son maître…

— C'est lui qui ne suce pas que de la glace ?

— C'est rien de le dire.

Rousseau offrit sa tasse à Sandra. Elle avala une gorgée de café à moitié froid et se détendit.

— Les actionnaires trouvent que nous coûtons trop cher. Ils demandent de, je cite : « réduire la voilure » et de faire mieux avec moins. De tout miser sur le numérique.

— C'est des conneries ! Vous gagnez de l'argent…

— Nous gagnons de l'argent, mais nous pourrions en perdre !

La voix de Sandra monta dans les aigus.

— Au conditionnel : « nous pourrions » ! C'est au nom de ce risque au conditionnel – prévu par la loi – qu'ils veulent licencier trente personnes. Un tiers de l'effectif. Et quand on licencie, qui licencie-t-on en premier ? Les femmes. Et parmi les femmes comment fait-on le tri ? Il y a celles qui sont prêtes à tout et dont les dents rayent le parquet et celles qui ne l'entendent pas de cette oreille, ni de cet oreiller. Et, dans celles-là, Bibi est tête de liste…

— On te l'a dit ?

— Je n'ai pas besoin de l'entendre, j'avais qu'à voir la tête de Moll qui ne m'a pas quittée des yeux pendant qu'il faisait son speech.

— Qu'est-ce que vous allez faire ?

— Je ne sais pas, mais on doit faire quelque chose.

Rousseau reposa sa tasse vide sur la table basse. Après un moment où ni lui ni Sandra n'osèrent parler, il remarqua d'une voix rêveuse :

— C'est drôle que ça arrive maintenant…

Sandra se raidit. Sa respiration se fit plus lourde.

— Je ne vois pas ce qu'il y a de drôle là-dedans. Je risque de perdre mon boulot et…

Rousseau l'interrompit d'un geste.

— Kol a été licencié de son imprimerie, l'Enfant-Loup est plus radical que jamais, Hurel, à la tête d'une boîte de sous-traitance mécanique, joue les patrons en façade et ne pense qu'à tout faire sauter, Dylan écume de colère contre cette période dégueulasse que nous vivons...

— C'était ça ta fête ? ironisa Sandra.

— On a rigolé aussi mais on a beaucoup parlé de la situation générale, de nos situations particulières, de nos vies, nos espoirs, nos enfants...

— Et alors ?

— Je te raconterai.

Route

L'Enfant-Loup était parti avant l'aube pour ouvrir son garage, Dylan, Dorith et Muriel avaient filé au travail après le petit déjeuner, Kol et Victoria prirent la route les derniers pour rejoindre le Nord. Le ciel était d'un bleu presque noir, annonciateur d'orage. Rouler sur l'autoroute était monotone, Kol proposa de mettre de la musique mais Victoria refusa. Elle préférait le silence à peine troublé par le bruit régulier du moteur. La plupart du temps, elle regardait droit devant comme si elle s'efforçait d'ignorer ce qui se passait à côté d'elle. Kol ne fit pas d'effort pour alimenter une conversation. Le silence lui convenait aussi.

Il leur restait moins de cent kilomètres à faire. Kol n'arrivait pas à fixer son attention. Tantôt il pensait au stratagème qu'ils avaient mis en place pour s'emparer de Ramut et le mettre à l'ouvrage, tantôt à Betty dont l'absence le tourmentait. Il n'avait pas pu la prévenir de son départ et encore moins de son éventuel retour. Si jamais il revenait dans son cabanon... Il s'en voulait de ce qu'il considérait comme une lâcheté mais s'accordait des circonstances atténuantes. Comment aurait-il pu l'avertir ? Par prudence, ils étaient convenus de ne jamais se téléphoner, de ne jamais s'écrire ni se laisser de message. Betty arrivait toujours chez lui à l'improviste et repartait sur la promesse d'un « à bientôt ». La dernière fois qu'ils s'étaient vus, elle n'avait rien dit en partant. Avait-elle oublié ? Voulait-elle signifier par son silence que leur aventure finissait là ? Avait-il pu oublier le jour et l'heure de leur prochain rendez-vous ? Où était-elle maintenant ? Que faisait-elle ? Était-elle enfermée à triple tour avec mari, enfants et belle-mère ? Que faisait-elle sans lui ? Kol s'interrogeait sans fin. Comment avait-il pu négliger de s'assurer qu'elle allait bien...

— Elle est enceinte, dit soudain Victoria, comme si elle répondait à ses interrogations.

Kol sursauta.

— Qui ?

— Elle.

De qui Victoria parlait-elle, de Betty?

— Elle qui ?

— Elle…

Kol dévisagea Victoria, ne sachant si elle plaisantait ou cherchait un moyen d'amorcer enfin une conversation.

— Vous parlez souvent de vous à la troisième personne ? ironisa-t-il.

Victoria le fusilla du regard.

— C'est à vous que je parle.

— Vous me parlez à moi en fermant les yeux et disant « elle », comme si ce n'était pas vous.

— Comment voulez-vous que je fasse ?

Kol grommela sans oser la regarder.

— C'est vous qui êtes enceinte ?

— Non, c'est elle.

Il ne voulait pas discuter.

— Vous m'expliquerez la différence, dit-il d'un ton las.

Victoria se pencha vers lui :

— Vous n'avez jamais pensé que ce n'était pas vous quand vous faisiez une chose que vous ne vouliez pas faire ; quand il vous arrivait quelque chose que vous ne vouliez pas vivre ?

— Pas au point de parler de moi comme d'un autre.

— C'est que vous n'avez pas encore vraiment souffert.

Kol sursauta comme s'il venait d'être piqué par une pointe.

— Souffrir ? Pourquoi ?

— Parce que la vie nous corrige.

Cette idée le heurtait.

— Je ne suis pas d'accord, assura-t-il. Même si nous naissons dans les cris, le sang et la merde, nous ne sommes pas nés pour souffrir. Vivre, c'est éviter de souffrir. Nous sommes nés pour jouir de la vie, voire pour jouir tout court. Demandez à Dylan !

— C'est votre philosophie ou la sienne ?

— C'est ma façon de penser.

— C'est très particulier, conclut Victoria comme si elle se trouvait soudain confrontée à une terrible énigme.

Elle désigna le panneau indiquant l'approche d'une aire de stationnement.

— Arrêtez-vous là, faut que j'aille faire pipi... Ça presse.

Victoria se tortilla en serrant les cuisses.

— Vous auriez pu le dire plus tôt.

— J'aime bien attendre le dernier moment.

— Vous tenez donc à souffrir ?

— Qu'est-ce que vous croyez ? Qu'il suffit de dire ça n'existe pas pour que ça n'existe plus ? Vous croyez qu'il suffit de jouir ?

— Je n'ai pas dit que ça suffisait… protesta Kol.

Victoria lui posa un doigt sur les lèvres.

— Arrêtez de me répéter que je veux souffrir. Je n'ai pas dit ça non plus.

Le ciel se déchirait de trouées bleu lavande, la pluie s'éloignait. Il faisait presque chaud. Kol mit son clignotant et s'engagea sur la bretelle qui menait à l'aire de repos.

— D'accord, vous ne voulez pas souffrir mais vous souffrez ?

— Je ne veux pas me cacher derrière des mots, certifia Victoria en décroisant les jambes et croisant les bras sur sa poitrine. Les mots ne me servent à rien aujourd'hui. C'est même ça qui me fait souffrir. Ce n'est pas dur à comprendre, si ?

— Non, admit Kol. Ce n'est pas dur à comprendre. Mais une fois qu'on a compris ça, qu'est-ce qu'on fait ?

— C'est à vous de me le dire monsieur Je-ne-souffre-pas. Dites-moi ce que je dois faire.

Kol stoppa à la hauteur des toilettes.

— C'est vrai que vous êtes enceinte ?

— Elle, pas moi, dit Victoria, la main sur la portière.

— Arrêtons ce petit jeu, ça ne mène nulle part.

— Je ne joue pas. Je n'ai même jamais été aussi sérieuse.

Kol avança prudemment :

— Il va falloir vous décider vite si…

— Je vais me décider.

— Prenez quand même le temps de réfléchir.

— Ne vous inquiétez pas, je réfléchis. Je réfléchis…, répéta-t-elle, plongée apparemment dans une profonde réflexion.

Kol voulait en finir.

— Ne le prenez pas mal, je ne veux pas vous blesser, mais je vous pose la question brutalement : voulez-vous garder cet enfant oui ou non ?

Garage

Le garage de l'Enfant-Loup était mitoyen de sa maison bâtie sur un bunker allemand de la dernière guerre ; une construction invisible de la rue depuis qu'une fontaine avait été plaquée sur sa façade. Seuls les anciens pouvaient se souvenir de ce qu'il y avait sous les lierres, les glycines, les clématites et les mousses, mais beaucoup d'entre eux étaient morts ou ne se rappelaient plus rien.

Kol se gara en contrebas du pavillon qui paraissait posé sur un bloc montagneux d'où jaillissait une cascade couverte d'un rideau végétal. Il aida Victoria à monter son sac à l'intérieur et alla déposer ses affaires dans la cabane aménagée au bout du jardin. Depuis son adolescence, Kol fréquentait l'Enfant-Loup et sa famille. Les gens du voisinage l'avaient vu grandir, se marier, partir travailler ailleurs. Ce fut facile de justifier son installation par son divorce et un licenciement douloureux. L'Enfant-Loup présenta Victoria comme la nouvelle compagne de Kol et fit adroitement circuler la rumeur de leur union future pour couper court aux commérages.

Bunker

De la cuisine, on pouvait accéder directement au garage et du garage dans le bunker en passant sous le pont de graissage. L'accès était insoupçonnable. Pour entrer, il fallait franchir deux portes blindées. La première donnait sur la fosse, la seconde ouvrait sur la pièce principale du bunker ; deux autres pièces, plus petites, et un recoin pour les toilettes se trouvaient en dessous.

La perceuse à colonne fut installée dans la pièce du haut où, par prudence, on mura la meurtrière. La pièce du bas fut aménagée en chambre à coucher et cuisine rudimentaires. Ramut disposerait uniquement de couverts en bois, de vaisselle en carton et d'un sac de couchage pour dormir. Un four à micro-ondes encastré dans le béton au-dessus d'un petit évier lui servirait à cuisiner. Il ne devait rien y avoir qui puisse se transformer en armes ; pas de chaise, pas de tabouret, seulement le strict minimum pour un ouvrier non qualifié.

Des toilettes furent rétablies à leur ancien emplacement.

L'Enfant-Loup les aidait dès qu'il le pouvait, mais le garage accaparait presque tout son temps et la majeure partie du travail revint à Kol aidé par Victoria qui se révéla d'une grande habileté manuelle.

Il faisait chaud dans le bunker grâce à des radiateurs électriques scellés dans les murs. La perceuse à colonne était prête à fonctionner, la chambre meublée d'un lit une place fixé au sol, d'une armoire en fer sans porte, d'une table vissée au mur. Victoria en short, à peine couverte, se tenait debout, appuyée près de l'entrée. Kol sursauta quand il entendit Victoria tousser dans sa main.

— Je vous ai fait peur ? demanda-t-elle d'un ton narquois.

La pièce était plongée dans une semi-obscurité.

Kol essuya en hâte la sueur de son visage. Il finissait d'installer le pommeau de douche.

— Je tremble…

Victoria rit et remonta ses cheveux très haut comme si elle s'admirait devant une glace. L'endroit était étrangement silencieux alors qu'au-dessus de leur tête l'Enfant-Loup travaillait dans la fosse. Ils n'entendaient rien, ne pouvaient rien entendre tant le béton était épais. Un moment passa où ils s'observèrent comme deux pendus accrochés à la même branche. Ils se devinaient. Ils se cherchaient, feignant de se fuir. Et soudain, ils s'élancèrent l'un contre l'autre. Ils agirent dans l'urgence, sans précautions, sans retenue, emportés par le fleuve Amour sur le lit étroit installé pour Ramut. Il y avait de la fièvre dans chacun de leurs gestes, dans chacun de leurs baisers comme s'ils devaient se hâter de retrouver quelque chose qui aurait été perdu. Les mots s'envolèrent. Plus exactement, ils se perdirent en balbutiements. Victoria se cramponnait aux épaules de Kol, ses seins se soulevaient au rythme de sa respiration. Il fallait que Kol conserve les yeux ouverts tandis qu'elle se demandait pourquoi ils étaient ensemble alors qu'ils n'avaient aucune raison de l'être. Lui la tenait par la nuque, les mains enfouies dans sa fine chevelure noire et soyeuse. Quelqu'un qui les aurait surpris aurait cru voir deux lutteurs en colère, rageant, s'enrageant contre la chute de la lumière. Victoria haletait, emportée par le poids de l'homme qui l'écartelait à chaque coup de reins. Son corps l'irradiait d'une chaleur aqueuse. Kol sentait son cœur gronder mais il se retint de ralentir. Au contraire, il redoubla d'énergie, râlant, jurant, ravalant ses cris entre ses dents serrées.

Ils transpiraient.

Victoria tourna la tête à droite, à gauche comme pour échapper à ce qui la besognait, la perçait de douleurs bénignes. Elle brûlait, la lèvre supérieure légèrement perlée de sueur. Elle voulait que cela dure, ne pas s'abandonner sans résister à l'incendie de tous les méridiens du corps. Dans le sac et le ressac qui l'inondait, elle se laissa couler comme le nageur cède à la mer. Elle suffoquait, geignait dans un délicieux et léger délire. Ils ne furent bientôt plus qu'une glaise trempée, gorgée d'amour comme au jardin d'Éden. Kol se redressa au-dessus d'elle pour la dominer, les paumes plaquées contre ses seins. Il reprit haleine au spectacle de sa nudité et plongea pour écraser sa bouche sur la bouche de Victoria qui l'appelait d'un cri muet. Ils s'embrassèrent sans plus savoir qui ils étaient, où ils étaient. Dans un souffle, Victoria murmura « viens » et jouit par saccades dans un rire qui le surprit.

Touquet

Huit jours plus tard, il était trop tard pour reculer. Isaac Bergmann quitta l'hôtel Westminster quelques instants après Ramut qui partait en projection au festival « Cinéma, Tennis et Golf ». Pratiquement sur ses talons. Isaac se sentait agité. Ses pensées se pressaient dans son cerveau sans qu'il parvienne à les ordonner. Pour se calmer, il se répéta ce qu'il devait faire, dans quel ordre et à quel rythme. L'air vif lui redonna de l'allant. Il allongea le pas. En descendant vers la rue, il dépassa Ramut en train de signer un livre pour Dorith déguisée en Anne-Sophie Janvier, perruque blonde et lunettes rouges en plastique. Par discrétion, par prudence, il s'écarta d'eux sans se faire remarquer. Zac consulta sa montre comme s'il ne venait pas de la regarder à peine cinq minutes plus tôt et s'élança sur la chaussée. À peine avait-il traversé qu'il se mit à couvert derrière un camping-car et s'assura que tout se déroulait comme ils l'avaient décidé.

La rue était déserte, l'hôtel semblait vide de tout client.

Isaac vit Ramut monter dans la voiture de Dorith qui riait trop fort. Deux minutes après – trois peut-être –, une ambulance de l'HP s'arrêta à côté du véhicule en stationnement. Dylan et Kol en blouse blanche d'infirmier en descendirent accompagnés d'une femme un stéthoscope autour du cou, Suzana. Ramut, inconscient, fut extrait de la voiture et rapidement installé sur un brancard qu'ils poussèrent à l'intérieur de l'ambulance. Suzana remonta à bord la dernière et Dorith claqua la portière d'un coup sec pour donner le signal du départ.

Tout cela avait été très vite !

Muriel – en jogging rose –, dissimulée à l'arrière de la voiture de Dorith, se montra alors, une seringue à la main. Elle adressa un baiser du bout des doigts à sa sœur qui agitait en riant la carte magnétique de la chambre de Ramut.

Isaac transpirait. En s'épongeant le front – un tic dont il n'arrivait pas à se défaire –, il rejoignit Dorith après s'être assuré une fois encore qu'ils étaient seuls dans la rue.

Ramut occupait la chambre 407 du Westminster.

Isaac et Dorith remontèrent au quatrième étage par l'escalier de secours sans croiser quiconque. Aussitôt qu'ils furent à l'intérieur, Dorith dégrafa sa robe et d'un seul mouvement se courba pour l'ôter tandis qu'Isaac commandait un dîner fin et du champagne.

— Oui la 407, Pierre Ramut…

À son tour, Isaac tomba la veste, ôta sa chemise et passa un peignoir de bain que Dorith lui tendit. Il se posta près de la porte, aux aguets. Jusque-là tout s'était déroulé selon le plan, à la minute près. Il s'appliqua à respirer calmement, à s'assurer qu'il tenait solidement sur ses jambes, à vérifier que ses mains ne tremblaient pas.

L'attente ne fut pas longue.

Quelques instants plus tard, le service d'étage s'annonça de trois coups discrets.

— Room service !

Isaac ouvrit vivement la porte.

Au même instant, Dorith traversait la chambre toute nue pour attirer l'attention du serveur tandis qu'Isaac réceptionnait le chariot sans montrer autre chose qu'une manche de peignoir de bain.

Quand il referma, à la poignée de la 407 était accroché « Ne pas déranger ».

Une demi-heure plus tard, Isaac et Dorith sortaient ensemble de l'ascenseur, emportant avec eux les bagages de Ramut comme si c'étaient les leurs. Ils se dirigèrent d'un pas égal vers la sortie du Westminster. Dorith avait ôté sa perruque blonde d'Anne-Sophie, rangé lunettes rouges et robe à balconnet. Elle portait un ensemble strict bleu marine, des chaussures plates et ses cheveux étaient noués en chignon. Démaquillée, elle était méconnaissable.

— Bonsoir monsieur, bonsoir madame…

Le concierge les salua d'un sourire automatique.

Une fois dehors, Dorith récupéra le sac et la valise de Ramut qu'Isaac tirait.

— Tu files à la projection ?

— Zélie me garde une place. À plus !

Ils se séparèrent rapidement.

Muriel attendait Dorith au volant de sa voiture. Dès que sa sœur eut mis les bagages de Ramut dans le coffre, elle démarra.

Dorith l'avait mauvaise.

— J'ai cru que tu ne le piquerais jamais ! reprocha-t-elle à Muriel. Ce salaud était à deux doigts de m'embrasser !

— J'avais le fou rire…

— C'était pas le moment !

— Quand j'ai planté la seringue, j'avais des spasmes à force de me retenir.

— T'as pissé dans ta culotte ?

— Non, mais c'était moins une…

Dorith déposa un baiser sur la joue de sa sœur

— T'es conne, mais je t'aime. T'as été géniale ! Une vraie doctoresse…

Mumu lui rendit son baiser.

— Qu'est-ce que tu lui as dit ? Il ne marchait pas, il galopait !

— J'ai fait ma fatale flatteuse, la blondasse qui montre ses lolos et débite des compliments, imparable !

— J'aurais aimé être une petite souris…

Muriel voulait tout savoir :

— Et là-haut, ç'a été ?

— On a fait ce que Victoria nous avait dit. On a foutu le bordel, balancé la bouffe par terre et ravagé le lit comme si on avait baisé toute la nuit…

Muriel insinua, tout sourires.

— Tu baiserais avec Isaac ?

— Tu m'as bien regardée ?

— Même pour la cause ?

— Même…

Le jugement tomba, sans appel :

— T'es pas une vraie révolutionnaire.

Combien de fois leur père avait-il raconté qu'à la Libération Arletty, accusée d'avoir couché avec un Allemand, avait déclaré au tribunal : « Qu'est-ce que vous voulez, monsieur le président, mon cœur est français mais mon cul est international ! » Grandiose, Dorith fit vibrer l'Arletty qui sommeillait en elle :

— Ma tête est à la révolution mais mon cul à Dylan !

Muriel approuva bruyamment.

— Le mien aussi !

Elles éclatèrent de rire.

— Tu sais ce qu'on a fait ? demanda Dorith lorsqu'elles retrouvèrent un peu de calme.

— Ne me dis pas que tu l'as suc…

Dorith soupira :

— Arrête de fantasmer ! On s'est servi deux coupes de champagne et on a trinqué avant de partir… Ç'aurait été bête de gâcher toutes ces bonnes choses…

— T'es pas gênée, ronchonna Muriel. Tu t'offres du champagne pendant que je poireaute ici !

— Qu'est-ce que tu crois que j'ai dans mon sac ?

L'Enfant-Loup n'avait pas eu de mal à convaincre Suzana. Elle avait tout de suite été partante. Pour elle, tout ce qui pouvait l'éloigner de la routine de l'hôpital était bon à prendre.

Elle ne supportait plus les conflits avec les médecins, l'absence de considération, les rapports de plus en plus mauvais avec la direction à cause du manque de personnel. Elle avait sorti sans problème de son service ce qu'il fallait pour endormir Ramut et avait procuré une ambulance à la Brigade du rire. Officiellement le véhicule était en panne mais l'Enfant-Loup s'était fait un jeu de le remettre en marche.

Kol, Dylan et Suzana filaient par la forêt en direction d'Étaples, évitant les petites rues où leur passage aurait été moins discret. Peu de maisons étaient éclairées et ils ne virent pratiquement personne. Peut-être un ou deux promeneurs de chiens, une ado appuyée contre un réverbère et un couple sportif qui faisait son jogging à la nuit tombante…

Suzana surveillait Ramut endormi à l'arrière de l'ambulance. « *Me gusta* », songeait-elle, avec un sourire vengeur.

Ce type à nœud papillon la consolait de tous les salauds qui lui avaient fait du mal. Jusque-là Suzana n'avait pas eu de chance avec les hommes. Elle avait connu des cons, des méchants, des idiots et finissait par se demander ce qui en elle attirait les tordus en tout genre. L'interne avec qui elle était avant de connaître l'Enfant-Loup était un con fini – Suzana avait toute une théorie sur le con en formation et le con fini –, celui d'avant donnait dans la domination et le précédent passait plus de temps à se regarder dans la glace, à se limer les ongles et à se peigner qu'à lui adresser la parole. Et il y en avait eu d'autres dont elle refusait de se souvenir.

L'Enfant-Loup était fêlé dans son genre, toujours prêt à partir au quart de tour, d'une impatience maladive, bagarreur mais c'était un dingue amusant et affectueux. Si elle n'avait craint que cela lui porte malheur, Suzana aurait avoué qu'elle l'aimait. Et elle était sûre que l'Enfant-Loup l'aimait en retour ! Ce n'était pas un conte de fées mais cela finirait peut-être par y ressembler : ils se marieraient et auraient beaucoup d'enfants…

Suzana s'assura une dernière fois que Ramut supportait bien le puissant anesthésiant qu'elle venait de lui administrer, puis elle ouvrit la petite fenêtre à glissière qui séparait la cabine du conducteur.

— On est tranquilles pour un bout de temps.

Il y avait quelque chose d'assuré dans sa voix. Kol regarda sa montre.

— On devrait y être dans deux heures.

L'Enfant-Loup roulait loin devant eux, tractant avec une dépanneuse la voiture de Ramut dissimulée sous une bâche en plastique épais.

— Ce que lui a mis Muriel ne suffisait pas ? demanda Dylan qui conduisait.

— C'était juste pour l'assommer. C'est à base de curare, un produit qu'on utilise pour calmer d'un coup les grands agités…

— C'est du costaud ?

— Oui, c'est du costaud, mais l'effet dure un quart d'heure, pas plus…

Kol se tourna vers Suzana :

— Je suis content que vous soyez là. Depuis le temps que je voulais vous rencontrer…

— Moi aussi.

— C'est quand même pas banal de faire connaissance comme ça.

Elle lui sourit.

— Avec l'Enfant-Loup faut s'attendre à tout !

Bunker 2

Les consignes étaient très strictes : pas de sms, pas de photos, pas d'appels téléphoniques, le moins de contacts possible entre eux, sauf face à face. Après une longue discussion, Kol avait convaincu tout le monde non seulement de porter des masques, mais d'apparaître toujours en combinaison de travail, les mains gantées et les pieds chaussés de chaussures de sécurité. Rien ne devait permettre à Ramut de les identifier de quelque manière que ce soit.

— Il suffit de regarder mes mains ou celles de l'Enfant-Loup pour savoir que nous sommes des ouvriers ou de voir comment les filles sont habillées pour se faire une idée de qui elles sont…

Dorith et Muriel avaient évidemment proposé de rester toutes nues et parfumées !

— On disait ça pour rire ! protestèrent-elles, quand Dylan et Kol s'emportèrent.

Chacun avait été chargé d'acheter sa combinaison de travail afin qu'elles ne proviennent pas toutes du même magasin, *idem* pour les chaussures, les gants et les masques qui constituaient l'uniforme des volontaires de la Brigade du rire.

Ramut ouvrit les yeux avec le sentiment d'avoir passé la nuit dans une poubelle ou dans un égout. Il puait. Son visage était verdâtre, ses mains froides. Il ne pensait pas, il ne souffrait pas. Il se contentait de rester couché sur le brancard avec une expression contemplative, sans parvenir à mettre ses idées en place. Quelque chose en lui s'était rompu, débranché sans qu'il soit capable de rétablir le contact. Il ne se souvenait de rien. Pas un mot, pas une image, seul un affreux sentiment de vide l'oppressait. S'était-il évanoui ? Avait-il la gueule de bois ? S'était-il battu ? Mais avec qui ? Pourquoi ? Il restait sur le dos, observant au-dessus de lui les nains de Blanche-Neige à la lueur glauque d'un néon. Sept visages figés dans du plastique penchés sur le lit de camp où il était allongé. Il ferma les yeux : c'était un cauchemar.

— Ça va ? demanda Dormeur (Hurel) en lui tendant un verre d'eau et deux cachets de Doliprane. Prenez ça, ça ne vous fera pas de mal.

Ramut ne rêvait pas. Il se redressa d'un coup :

— Qu'est-ce que c'est que cette connerie ? Qu'est-ce qui m'est arrivé ? Où je suis ? demanda-t-il, la voix pâteuse.

— Vous êtes avec nous.

— Vous m'avez kidnappé ? s'affola-t-il en refusant les cachets.

— Kidnappé ? Non, expliqua Dylan sous le masque de Prof. Nous vous avons recruté.

— Recruté pour quoi ?

— Pour un emploi…

— Qu'est-ce que vous me voulez ? Je vous préviens que…

— Du calme, intervint Kol (Grincheux). Nous voulons vous offrir un CDI.

Ramut poussa un long soupir :

— Écoutez, je ne sais pas à quoi rime cette connerie et je ne veux pas le savoir. Si c'est une blague des organisateurs du festival, bravo, félicitations, c'est réussi. Maintenant assez joué comme ça, je vous prierais de me raccompagner à mon hôtel.

— Vous êtes à vôtre hôtel, dit l'Enfant-Loup (Joyeux). Ramut regarda autour de lui.

— Dans la cave ?

— Dans votre nouvelle chambre. Tout confort moderne : eau chaude, eau froide, eau mitigée...

— Vous me faites chier, ce n'est pas drôle.

Prof reprit la parole :

— Un salarié doit pouvoir travailler n'importe où, n'est-ce pas ? Je me souviens d'un long papier de vous sur la « mobilité nécessaire des salariés ». Sur la France paralysée, calcifiée par les pesanteurs syndicales et les enracinements mortifères...

Ramut voulut se lever. Timide (Rousseau) et Grincheux l'en dissuadèrent.

— Je suis prisonnier ? demanda-t-il, haletant. J'ai été enlevé ? Je suis otage ?

— Si vous considérez les salariés d'une entreprise comme otages des actionnaires alors oui vous l'êtes, expliqua Kol. Sinon, considérez-vous comme attaché à l'entreprise comme les salariés le sont à la leur...

— Qui êtes-vous ?

— Nous sommes vos employeurs..., affirma Prof.

— Ne vous foutez pas de ma gueule.

— Si ça peut vous rassurer, nous ne sommes ni Action directe, ni les Brigades rouges, ni la Fraction armée rouge, ni Al-Qaïda, ni quoi que ce soit de ce genre…

Ramut se massa le front. Il pensa que c'était un coup d'Alex qui, non seulement baisait sa femme, mais guignait sa place au journal, ce petit salaud, cette petite ordure qui…

— Vous avez devant vous le conseil d'administration de notre entreprise. Je suis le DRH…, dit Kol qui commençait à avoir chaud sous le masque de Grincheux.

Il chercha Simplet (Victoria) du regard et se pencha vers Ramut lorsqu'elle lui fit signe de continuer.

— Quel âge avez-vous ?

— L'âge de mes artères.

— Je dois le savoir pour votre entretien d'embauche.

— J'ai cinquante-huit ans et je vous emmerde, grogna Ramut, haussant les épaules.

— Vous avez plusieurs fois pris position pour l'allongement de l'âge légal de la retraite à soixante-cinq ans, voire à soixante-huit…

— Et alors ?

— Alors, il vous reste sept ans à travailler peut-être même dix…

— Avant ma retraite ?

— Oui, selon vos critères.

— Eh bien, je m'en réjouis ! Et je vais vous faire une confidence, si tout va bien, je ne prendrai jamais de retraite !

— Même si vous y avez droit ?

— Je peux continuer à travailler et toucher ma pension, alors je ne risque pas de m'arrêter…

— C'est parfait que vous le preniez comme ça.

— Comment voulez-vous que je le prenne ? Vous croyez que je vais me tourner les pouces en attendant que ça me tombe tout rôti dans la bouche ?

— C'est long sept ans quand on travaille.

— Quand on fait un métier de merde comme vous, mais pas pour moi.

— Je ne fais pas un métier de merde, corrigea Kol.

— Vous faites quoi ?

— Je travaille, je ne suis pas comme vous.

— Ah, parce que je ne travaille pas ?

— Si, vous travaillez mais la caissière de supermarché aussi travaille, l'ajusteur-outilleur, le conducteur de trains…

Ramut grommela :

— Qu'est-ce que vous voulez dire ?

— Je veux dire que ce que vous faites n'a rien à voir avec le travail de la majorité des citoyens.

— Chacun est libre de ses choix.

— Vous croyez ?

— Ce qui compte, c'est l'esprit d'entreprise, le talent, l'énergie et n'allez pas me sortir les vieilles conneries sur le déterminisme social, Bourdieu assaisonné à la lutte des classes !

Hurel intervint :

— Votre père était médecin, non ?

— Il était chirurgien ! Et son père boucher, si vous voulez tout savoir. S'il a gagné beaucoup d'argent, c'est grâce à son talent, à sa force…

— Et à la clinique de son beau-père…

— Foutaises ! C'était un truc de merde qu'il a transformé en un outil ultra-moderne !

— Comment définiriez-vous votre travail ? demanda brusquement Timide.

— Mon travail ? Je fais travailler ma tête, c'est tout.

— Moi aussi.

— Grand bien vous fasse et d'ailleurs, je me fous de ce que vous faites ou ne faites pas. Je m'en fous !

Ramut, furieux, trop fatigué pour se lever les dévisagea. Il transpirait.

— Ça y est ? C'est fini ce cirque ? Je peux partir ?

Kol lui fit signe de ne pas bouger.

— Vous vous foutez de ce que nous faisons, mais ne vous foutez pas de l'allongement de l'âge de la retraite…

— Vous croyez qu'on a le choix ? soupira Ramut qui avait hâte d'en finir. Si on n'allonge pas la durée de cotisations et si on n'augmente pas lesdites cotisations, dans vingt ans il n'y aura plus de retraite pour personne.

— Sauf pour les patrons…, précisa Hurel. Pour eux, c'est par millions d'euros que ça se compte. De mémoire : Danone 6 ou 8 millions d'euros, BNP 6 millions, Total 1,5, Sanofi pareil, et le pompon LVMH aux alentours de 15 millions, c'est ça, non ?

— On peut faire dire n'importe quoi à des chiffres !

— Ceux-là sont officiels.

— C'est trop facile de tout mettre sur le dos des patrons ! Mais les patrons ne volent pas leur argent. Ce sont des hommes de talent, qui savent prendre des risques, qui pensent à demain. Qu'est-ce que vous feriez sans eux ?

L'Enfant-Loup s'en mêla :

— Vous connaissez le vieux slogan anarchiste : « Le patron a besoin de toi mais toi tu n'as pas besoin de patron ! »

— Et les vaches seront bien gardées ?

— En tout cas, il va falloir vous mettre au boulot.

— Je suis bien d'accord. Je peux vous le jurer : dès que je retourne au journal, je m'y mets. On boucle le mardi soir.

Prof le ramena à la réalité.

— Vous ne retournerez pas tout de suite au journal. Mardi, par exemple, c'est un jour ouvrable et vous n'avez pas encore droit à des RTT.

— Ça suffit. Arrêtez ce délire. Je dois être au journal lundi matin et mardi pour le bouclage.

— Désolé mais vous avez été…

Dylan chercha ses mots avec gourmandise :

— … muté !

— Je n'ai pas du tout été muté ! se défendit Ramut.

— Si, dans le cadre d'une réorganisation générale du travail pour améliorer la compétitivité et nous faire gagner de l'argent.

Ramut blêmit. Il tremblait.

— Vous voulez une rançon ?

Dormeur le rassura :

— Non, nous ne voulons aucune rançon. Vous allez payer de votre personne…

Soudain, Ramut paniqua quand il prit conscience qu'il était sur un brancard hospitalier.

— Qu'est-ce que vous voulez ? Vous voulez me prendre mes organes pour les débiter en tranches ? C'est ça ? Vous voulez me vendre à la découpe ?

Grincheux laissa tomber d'une voix suave :

— Ce serait une idée. Vous vous souvenez de cet édito où vous affirmiez que les pauvres possédaient un capital qu'ils ne savaient pas exploiter : eux-mêmes. Qu'aujourd'hui on pouvait très bien vivre sans un rein, un œil, voire une main…

Ramut ne préférait pas continuer sur ce terrain. Il fit diversion :

— Vous voulez quoi, si vous ne voulez pas de rançon ? Instruire mon procès? Me juger ?

— Non, vous seriez condamné d'avance. Nous voulons vous employer.

— M'employer ?

— Oui, vous employer…

— À quoi ?

— À percer des trous.

— Vous êtes fous ! s'exclama Ramut. Vous êtes déments ! Vous êtes…

— Il faudrait savoir. Ne sommes-nous pas des patrons selon votre cœur, pleins d'esprit d'entreprise, de talents, d'audace ? Les yeux fixés sur le futur, nous n'hésitons pas à prendre de très grands risques, à embaucher. Pourquoi serions-nous dingues ?

— Vous venez de trouver un emploi. Un CDI… félicitations, dit Dormeur.

— Un CDI ? ricana Ramut, s'essuyant le front, roulant des yeux d'un coin à l'autre de la pièce. Je suis chez les fous !

Kol lui montra la perceuse JET.

— Vous voyez ça… ?

— Je ne suis pas aveugle !

— C'est une perceuse à colonne. C'est pour faire des trous dans une pièce de métal. De la belle mécanique. Et la marque devrait vous plaire : JET. Ça fait chic, ça fait riche, ça fait « jet-set »…

— C'est tout ce que vous avez à me raconter ?

Kol prit une plaque de duralumin.

— À gauche, vous avez les pièces à percer, à droite le bac dans lequel vous devez mettre celles qui sont faites.

Il y eut un silence.

— Je peux dire quelque chose ?

— Une question ?

— Une remarque…

— Je vous écoute, dit Kol.

— Ce que vous me dites, la perceuse, les trous, les bacs… ça ne m'intéresse absolument pas. Je peux même affirmer que j'en ai rien à foutre.

Il agita les mains.

— Mais alors rien à foutre ! Et *rien* est un faible mot !

— Dommage.

— Soyez gentils : arrêtez de m'emmerder avec la mécanique et trouvons une solution pour nous séparer sans bobo. Ni pour vous, ni pour moi.

— Vous avez la solution sous les yeux.

Ramut soupira.

— Qu'est-ce que vous voulez que je fasse de votre perceuse JET machinchouette? Vous voulez me la vendre ? Vous me prenez pour un ferrailleur ? Pour un Rom ?

Grincheux le détrompa :

— Nous ne voulons rien vous vendre. C'est vous qui allez nous vendre quelque chose.

— Vous vendre ? Qu'est-ce que vous voulez que je vous vende ?

— Votre force de travail.

— Pardon ?

— Vous allez travailler pour nous.

— Vous voulez que j'écrive quelque chose ?

— Pendant votre temps libre vous pourrez faire ce que vous voudrez, écrire par exemple, mais sinon vous aurez autre chose à faire.

— Parlez-moi français. Je ne comprends rien à vos…

Grincheux lui passa la plaquette métallique qu'il tenait à la main.

— Vous allez faire des trous avec la perceuse.

— C'est une blague ?

— Non, c'est du boulot. Vous voyez, il y a deux marques sur chaque pièce, vous devrez percer deux trous exactement sur ces marques.

— Vous vous croyez drôle ?

— Je respecte trop le travail pour m'en moquer. Ce que je dis est très sérieux.

— Si vous vous imaginez que…

— Attendez, je n'ai pas fini.

Ramut ne voulait plus rien entendre :

— Vous pouvez raconter n'importe quoi, je m'en branle ! Si vous comprenez le français ? Je m'en bran-le !

— J'espère que vous le comprenez aussi bien que je le comprends. Si je reprends vos éditoriaux, il faut supprimer les trente-cinq heures. Selon vous, il faut revenir à la semaine de quarante heures, voire faire quarante-huit heures si nécessaire et même plus. C'est bien ce que vous avez écrit ?

— Oui et je maintiens que c'est la seule solution pour nous sortir de la merde où nous sommes ! s'énerva Ramut. Mais pourquoi discuter de ça ?

— Vous avez aussi écrit que la France est pénalisée au plan mondial par le « coût du travail » et les « charges sociales » qui paralysent les entreprises.

— Qu'est-ce que vous voulez que j'écrive d'autre ? C'est la réalité, non ?

— Quelle réalité ? Il n'y a que les gogos et les hypocrites qui peuvent considérer le travail comme un coût. Non seulement le travail ne coûte pas au capital, mais c'est la source inépuisable de ses profits, sa poule aux œufs d'or !

Ramut redressa la tête, il était sur son terrain :

— Vous ne vous êtes jamais demandé pourquoi la Chine était en train de devenir la première économie mondiale ?

— Si, parce que c'est une dictature qui a rétabli l'esclavage.

— *Bullshit* ! Ils sont capables de faire mieux et moins cher que nous et c'est bien ça le problème.

C'est simple : ou nous sommes capables de faire comme eux ou nous crevons.

— Il n'y a pas d'alternative ? suggéra Rousseau (Timide).

— Le communisme est mort, les socialistes se sont convertis au néolibéralisme, ils sont même plus à droite que la droite ! Et ils ont raison : c'est ça l'avenir, c'est ça le progrès ! Il faut faire ce qu'ont eu le courage de faire les Allemands : dérégulation du droit du travail, diminution des indemnités chômage, sanctions contre les chômeurs refusant un emploi, relèvement de trois points de la TVA et…

Kol lui coupa la parole. Il ne pouvait pas le laisser dire n'importe quoi :

— Et de plus en plus d'inégalités, de la précarité et du travail à temps partiel pour des millions de travailleurs, de la pauvreté, de la misère sauf pour 1 % des plus riches qui accaparent tous les revenus de la planète !

— Je ne veux pas débattre avec vous, bougonna Ramut, accablé. Les bras m'en tombent ! Vous retardez d'un siècle. Ça ne sert à rien d'essayer de vous convaincre. Continuez de vivre dans vos rêves et laissez-moi vivre dans le monde, le vrai.

Prof intervint :

— Vous militez toutes les semaines pour la baisse du « coût du travail »…

— Si vous me lisez, vous devez avoir compris que c'est la clef de tout.

Prof avait en tête une vidéo vue sur Internet où, sous le titre *Les Héritiers*, on voyait Ramut expliquer à son fils ce qu'était le luxe ; qu'il voulait lui transmettre comme héritage son goût du beau. Dylan saisit le poignet de Ramut.

— Ça vaut combien une montre comme ça ? Rumat retira vivement sa main.

— C'est un cadeau.

— N'empêche, ça vaut dans les 30 000 ou 50 000 euros, non ?

— Je ne demande pas le prix de ce que l'on m'offre.

— Vos chaussures valent combien ?

— Je ne vous répondrai pas.

— Et votre chemise, c'est du sur-mesure ?

— Je dois à mes spectateurs d'être toujours impeccable quand je passe à la télé. Ce que je porte sur moi, c'est tout simplement la marque de mon professionnalisme.

— Votre professionnalisme, comme vous dites, n'est pas gêné de réclamer de baisser les salaires alors que rien que votre montre représente au moins une trentaine de Smic ? Et je ne parle pas du reste…

— On ne vous a pas appris à l'école à ne comparer que ce qui est comparable ?

— Si, et au catéchisme j'ai appris « ne fais pas à autrui ce que tu ne veux pas qu'on te fasse ».

— Je ne fais de tort à personne !

— *A minima*, vous êtes complice de ceux qui en font. Vous êtes leur porte-parole, leur héraut et à ce titre…

Grincheux fit signe à Prof de se taire.

— Ne discutons pas plus longtemps, M. Ramut doit aller se reposer pour être en forme demain.

— Où vous voulez que j'aille ?

— Votre chambre est à l'étage en dessous. Vos affaires y sont déjà…

Kol se pencha vers lui.

— Je vous explique : vous allez travailler quarante heures hebdomadaires ou quarante-cinq, voire quarante-huit si nécessaire sur la perceuse à colonne. Vous ferez les 3×8, à partir de demain. Premier service de midi à vingt heures, puis la semaine suivante de vingt heures à quatre heures du matin et la troisième de quatre heures du matin à midi avant de recommencer…

— C'est ça, comptez là-dessus !

Dylan ignora sa remarque.

— Pour parler comme vous, nous avons des objectifs de compétitivité : vous devez faire six cents pièces à l'heure. Votre salaire – ce mot que vous détestez – sera au niveau du Smic moins 20 % afin de rivaliser avec les Chinois. De ce salaire, nous retiendrons un forfait pour votre nourriture, votre logement, l'eau et l'électricité. Chaque semaine, nous prenons à notre charge de vous fournir un bleu lavé et repassé.

— C'est tout ? Je n'ai jamais rien entendu d'aussi con !

— Presque. À soixante-cinq ans vous pourrez faire valoir vos droits à la retraite à moins que cela soit passé à soixante-sept ou soixante-huit ans…

Ramut explosa :

— Vous n'auriez pas dû dire ça ! C'est too much !

— Ce sont les idées que vous défendez…

— Cause toujours, tu m'intéresses…

Ramut se mit à rire en secouant la tête :

— Putain et moi qui marche comme un abruti ! Où sont les caméras ?

— Les caméras ?

— OK, j'avoue, je me suis fait avoir et bien avoir ! Je reconnais ma défaite ! Bravo, c'est super, j'ai tout avalé !

— De quoi vous parlez ?

— Eh, ne me prenez pas pour un taré, moi aussi je regarde *La Caméra cachée* à la télé… C'est qui la blonde qui m'a piégé ? Une actrice ?

— Vous croyez que c'est un jeu ? demanda Dormeur.

— Appelez ça comme vous voulez : jeu, télé-réalité, divertissement, et soyez assez aimable pour me faire raccompagner à l'hôtel. Surtout que, demain, au journal…

— Demain, on vous attendra.

— Ne soyez pas lourd ! J'ai perdu, vous pouvez vous marrer. Tout le monde peut enlever son masque et applaudir, c'est fini. Vous m'avez eu et bien eu, mais je suis beau joueur et j'applaudis aussi !

Ramut applaudit, encourageant les autres à l'imiter.

— Allez, tout le monde applaudit !

Cela n'amusait pas Grincheux.

— Qu'est-ce qui vous fait croire que c'est une farce ?

— Tout, vos masques de nains – je me demande où est Blanche-Neige ! – vos bleus de travail à la con, vos gants et surtout le coup de la retraite ! Comme si j'allais rester sept ans dans cette cave à faire des trous ! C'est de la science-fiction !

— C'est pourtant ce que vous allez faire, dit Kol d'un ton froid.

— Où est le responsable de l'émission ?

Simplet, qui jusque-là s'était tu, s'avança.

— Le seul responsable, c'est moi, dit Victoria.

— Vous, Simplette ? Super, vous devez être l'animatrice ! Plus l'animateur est con, plus ça marche. Non, je vous parle du responsable de la production.

— Vous voulez les voir ?

Ramut leva un sourcil.

— Ils sont plusieurs ?

Le regard de Victoria prit une noirceur d'orage.

— Oui, nous sommes six, la septième est une femme, répondit-elle.

Lendemain matin

Après avoir frappé plusieurs fois, la femme de ménage du Westminster au Touquet se décida à ouvrir la porte de la chambre de Ramut malgré le « Ne pas déranger » accroché à la poignée. La chambre était en désordre. Des restes de repas traînaient sur la moquette, il y avait des coupes de champagne renversées et le lit chaviré sens dessus dessous ne laissait aucun doute sur ce qui s'était passé. Il flottait dans l'air une vague odeur d'urine, de parfum oriental et de cigare. La femme de ménage ouvrit les fenêtres en grand, fourra les draps, l'alèse et les taies dans un sac de linge sale et se mit à tout ramasser, soupirant contre la saleté et le sans-gêne de certains clients. Une demi-heure ne suffirait pas à tout nettoyer…

Boulevard Saint-Germain

Fabienne, la femme de Ramut, n'aimait pas l'appartement qu'ils occupaient au dernier étage d'un immeuble haussmannien. Trop grand, trop vide, sans âme, meublé par un décorateur qui n'avait jamais dû s'asseoir dans les fauteuils choisis pour eux, ni manger sur la table glaciale en lave émaillée. Un placement dans la pierre, rien d'autre. Parfois l'ennui, la colère, la poussaient à faire « des cochonneries » rien que pour le plaisir de saloper la blancheur immaculée de la moquette et du canapé en cuir. Elle sortait tout juste de son bain quand Alex, le responsable des pages « Culture » de *Valeurs Françaises*, lui téléphona.

— Il est là ?

— Pourquoi veux-tu qu'il soit là ?

— On le cherche pour la conf'…

Fab plaisanta, laissant choir la serviette mouillée qui l'enveloppait et la piétina avec plaisir.

— Vous avez fouillé dans les poubelles ?

— T'as pas idée où il peut être ?

— T'as appelé au Touquet ?

— Il n'y est plus.

— Il va arriver.

— T'es sûre ?

— Il est parti quand ?

— Ils n'en savent rien, ils ne l'ont pas vu partir.

— Pourtant, ce n'est pas son genre de ne pas vouloir se faire remarquer…

— Ses bagages ne sont plus dans sa chambre.

— Au choix : il est sur la route ou avec sa mère.

— Son portable ne répond pas.

— Alors, il est avec sa mère.

— Elle est au Touquet?

— Elle est enterrée à Montreuil-sur-Mer…

— Si tu arrêtais de déconner cinq minutes!

Fab soupira, adressant un salut amical au grand miroir design en forme de pin-up des années cinquante. Comme tous les matins, son miroir lui confirma qu'elle était la plus belle. Fab avait les seins hauts, les fesses fermes et les jambes sans la moindre trace de cellulite. Malgré un ou deux kilos en trop sur le ventre, elle se trouvait encore tout à fait bien… L'absence de Ramut n'était pas capable d'entamer ce qu'elle avait en tête et qui la rendait impatiente et heureuse. *Spiritus prompus est caro autem infirma.* « L'esprit est prompt mais la chair est faible », pensa-t-elle avec amusement en souvenir de l'unique phrase qui lui restait de ses cours de latin. Sa main musa à la fourche de ses jambes.

— Qu'est-ce que tu veux que je fasse ? dit-elle à Alex. Je ne sais pas où il est ni ce qu'il fait. Commencez la conf' sans lui, il arrivera quand il arrivera…

Alex répéta en écho : « OK, il arrivera quand il arrivera. »

— On déjeune toujours ensemble ?

— Je sors du bain.

— T'es toute nue ?

— Toute nue et toute mouillée.

— Montre-moi.

Fab fit glisser le combiné entre ses cuisses, remonta sur son ventre, passa sur ses seins avant de reprendre la communication.

— T'as vu ?

— Je trique.

— Je suis toute parfumée de partout… Eau de rose, ça t'ira ?

Alex feignit d'avoir mal compris.

— Pétales de rose ?

— Pourquoi pas…

Les Sept Dormants

Ramut avait mal dormi sur le lit rivé au sol de la pièce du bas. Il s'était réveillé au milieu de la nuit, promenant un regard anxieux sur ce qui l'entourait : l'armoire métallique, le micro-ondes encastré dans le béton, la table, le tabouret inamovibles. Au matin, c'était une bête en cage qui donnait des coups de pied contre la porte en fer qui protégeait l'entrée et tentait d'ouvrir la meurtrière fraîchement murée. Des efforts aussi vains que pathétiques qui se conclurent par une grande crise de larmes et des écorchures aux mains.

Ramut refusa obstinément de travailler, de se laver, d'enfiler le bleu propre préparé pour lui. Il resta pratiquement toute la journée allongé sur son lit, les bras le long du corps, ou il fit les cent pas dans la pièce du haut, tournant autour de la perceuse, marmonnant les phrases incompréhensibles d'un discours ou d'un article qu'il ferait dès qu'il...

Après l'avoir quitté, en remontant boire un café dans la cuisine, l'Enfant-Loup s'ouvrit à Kol d'une idée qui ne le quittait plus depuis la veille au soir.

— Tu te souviens de ce que Victoria lui a dit quand Ramut lui a demandé combien nous étions ?

— Pas précisément, répondit Kol.

— Elle lui a dit : « Nous sommes six et la septième est une femme... »

Kol attendit la suite, redoutant le calembour ou la blague. Mais l'Enfant-Loup était très sérieux.

— Je n'ai pas réagi sur le moment, dit-il, mais je n'arrête pas d'y penser. Cette phrase, je la connais. Pas exactement comme ça, mais je la connais.

— Tu l'as lue ?

— Non. C'est une histoire que ma mère nous racontait à mon frère et moi quand nous étions petits. La légende des Sept Dormants.

— Jamais entendu parler...

— C'est un truc chrétien. Ma mère était croyante et elle a toujours essayé de nous emmener à l'église. Mais ça n'a pas marché.

L'Enfant-Loup sourit.

— Je te raconte, commença-t-il, revoyant sa mère assise au bord du lit dans la chambre qu'il partageait avec son frère. C'est l'histoire de sept frères, sept chrétiens au moment où les Romains les persécutent. Les sept frères refusent d'abjurer leur foi et sont murés dans une grotte où ils se sont endormis mystérieusement. Ils y sont enfermés avec leur chien. Plusieurs siècles passent. L'Empire romain devient chrétien et la grotte est rouverte. Les frères sortent de leur sommeil dans la lumière du Christ et vont tout droit au Paradis après être morts chrétiennement. Tous, sauf le dernier qui refuse tout net de monter au Paradis si son chien n'y monte pas avec lui. L'empereur, le clergé, les notables s'y opposent vigoureusement. Un chien aux cieux, sacrilège, impensable ! Le dernier frère tient bon : ou il part avec son chien ou il ne part pas. Il insiste, insiste encore…

L'Enfant-Loup ricana.

— Il n'en démord pas ! Si tu vois ce que je veux dire. Et, marquant une pause pour assurer son effet :

— Finalement, le frère récalcitrant est autorisé à monter au Paradis avec son chien… Tu sais pourquoi ?

— Parce que Dieu aime les animaux ?

— Parce que le chien, c'était Dieu lui-même ! triompha l'Enfant-Loup. Et qu'il voulait mesurer la fidélité des hommes qu'il n'avait jamais abandonnés !

Kol se gratta la tête et fit une petite grimace :

— C'est marrant ton truc, mais ça ne marche pas. Nous, nous sommes six et la septième est une femme, comme l'a dit Victoria.

— Nous sommes sept, corrigea l'Enfant-Loup. Bob est déjà au Paradis, mais c'était notre frère. Notre septième frère…

— Qu'est-ce que tu veux dire ? soupira Kol. Que Victoria est une chienne ou que c'est Dieu en personne ?

L'Enfant-Loup se pinça les lèvres entre son pouce et son index : qu'une femme soit Dieu, c'était une question à laquelle il refusait de répondre.

Bunker 3

Le deuxième jour, à peine Kol et l'Enfant-Loup entrèrent-ils dans le bunker que Ramut se jeta sur eux armé de sa fourchette en bois. Kol l'esquiva avant qu'il réussisse à lui ôter son masque et l'Enfant-Loup le scia en deux d'un crochet au foie. Ramut, souffle coupé, tomba à genoux, râlant comme s'il allait mourir. L'Enfant-Loup ramassa la fourchette en bois.

— Si vous recommencez ce genre de connerie, menaça-t-il en plaquant Ramut au sol, je vous arrache un œil. Compris ?

Livide, effrayé, le menton agité de tremblements, Ramut ne parvint pas à répondre à ce masque grotesque qui le dominait. Sa peur répondit pour lui :

— Vous êtes des Khmers rouges ! glapit-il, s'appuyant sur le lit pour se relever. C'est ça, hein ? Vous avez monté votre petit camp de rééducation et vous pensez que je vais me laisser faire ?

— Quelle ingratitude ! s'offusqua Kol, goguenard. Notre entreprise vous offre une chance unique de parler du travail en connaissance de cause. Dans vos éditos, vous inventez un salarié imaginaire. Il n'a ni visage, ni identité, ni vie. Il n'a pas de pensées, pas de sentiments. Il n'a ni chaud, ni froid, ni joies, ni peines. Il ne s'enthousiasme pas, il ne souffre pas. Il n'a ni passions, ni sexualité. Eh bien, ce salarié, c'est vous maintenant. Il a votre visage et votre identité. C'est votre jumeau, votre double. Sa vie et la vôtre ne font qu'une. Sa vie dépend de la vôtre…

Ramut haletait, roulant des yeux de Kol à l'Enfant-Loup, de l'Enfant-Loup à Kol.

— Pourquoi vous portez toujours des gants ?

— Ce sont des gants de sécurité.

— Et votre déguisement ? C'est quoi ce déguisement ?

— Ce n'est pas un déguisement. Ce sont des bleus de travail, exactement comme les vôtres. Vous n'en aviez jamais vu ?

Ramut blêmit. Sa bouche formait des mots muets qu'il n'arrivait pas à prononcer.

— Vous croyez que je vais avaler ça ?

— Que voulez-vous que je vous dise ?

— Vous voulez me tuer, lâcha-t-il enfin, le regard effrayé. Hein, c'est ça ? Vous voulez me tuer ? Vous ne voulez pas vous tacher ni laisser de traces? Vous voulez m'égorger !

L'Enfant-Loup le houspilla.

— Arrêtez de vous monter le bourrichon ! Vous n'êtes pas Aldo Moro, vous n'êtes pas aux mains de l'État islamique ni de la CIA.

Et, tout sourires :

— À quoi ça nous servirait de vous tuer ? Nous voulons que vous rapportiez du cash, que vous soyez compétitif et productif.

— Je vous avertis, dit Kol, si vous ne travaillez pas, vous ne mangerez pas.

— Je ne travaillerai pas! Jamais!

— Eh bien, vous continuerez de jeûner.

Dans le dossier réuni par Victoria, ils avaient trouvé un des éditoriaux de Ramut où il exhortait le gouvernement à refuser de payer les jours de grève des employés de la RATP malgré l'accord de sortie de crise négocié avec les syndicats. L'Enfant-Loup lui en fit la lecture comme un magistrat énonçant un verdict.

— « L'entreprise ne doit pas être la seule à subir les conséquences des arrêts de travail de la trop fameuse “certaine catégorie de personnel”. Ceux qui prennent le risque de la mettre en péril doivent payer pour ce qu'ils font. C'est une mesure de justice. Pas de travail, pas de salaire. »

Police

La disparition de Pierre Ramut n'avait pas été ébruitée dans les journaux. Une enquête discrète était en cours. Les organisateurs du festival confirmèrent que Ramut était absent à la projection du soir, mais ce n'était pas la première fois qu'il se dispensait de la séance de vingt et une heures ; le directeur du Westminster fit certifier par le serveur du room service que l'éditorialiste avait bien dîné dans sa chambre en compagnie d'une jeune femme. Qui était cette jeune femme ? Cliente de l'hôtel ? Membre du jury du festival ? Spectatrice ? Admiratrice ? Prostituée ? Le serveur l'ignorait. Il ne l'avait jamais vue. Elle était jolie, nue et blonde, c'était tout ce qu'il pouvait dire, répétant même par trois fois « elle était sacrément gaulée ». La femme de ménage, qui avait fait sa chambre le lendemain, décrivit le lit chamboulé, les coupes renversées, les restes de repas sur la moquette, l'absence de bagages, mais rien d'autre sinon qu'elle avait encore une dent contre ces clients dégueulasses à cause de qui elle avait passé plus d'une heure à tout nettoyer. Elle avait dû shampouiner la moquette, envoyer toute la literie au nettoyage, tout frotter, aérer et désinfecter avant l'arrivée de nouveaux clients ; parmi les membres du jury du festival, seul Isaac se souvenait avoir aperçu Ramut ce soir-là. Il conversait avec une jeune fille devant le Westminster, mais Isaac ne s'était pas arrêté. Autant par discrétion que parce que lui-même était en retard pour la projection…

Quant à Fabienne Ramut, elle n'avait pas la moindre idée de l'endroit où son mari pouvait se trouver.

La voiture de Ramut demeurait introuvable et les chances de localiser son portable ou son ordinateur étaient très minces. La liste de ses correspondants, des lecteurs de son blog, de son compte Twitter et de sa page Facebook ne menait nulle part. Il n'y avait aucune trace de retraits sur ses cartes de crédit, ni de chèques qu'il aurait pu émettre. Le lieutenant Denis, chargé de l'enquête, classa provisoirement le dossier et passa à des questions plus importantes.

Treize heures

Alex et Fab se retrouvaient le plus souvent possible dans un charmant deux pièces sous les toits prêté par un ami parti pour un an à New York. Leurs seules obligations étaient d'arroser les plantes, d'aérer et de faire un peu de ménage…

— Tu es sûre qu'il n'y a rien d'autre ? demanda Alex en se déshabillant.

— Non, rien d'autre. Il n'était pas à la projection du soir au Touquet, répéta Fab, rejetant la couette d'un grand geste circulaire. D'après les flics, il a téléphoné à notre fils et dîné dans sa chambre. Ses bagages n'étaient plus là le lendemain matin...

Le lieutenant qui avait reçu Fab était demeuré discret. Jamais il n'avait mentionné la mystérieuse jeune fille blonde, ni l'état de la chambre...

— Ils sont dans le brouillard le plus complet ! s'amusa Fab, lançant sa culotte derrière elle comme on lance une coupe de cristal pour se porter bonheur.

Elle s'allongea et laissa Alex admirer ses fesses.

— Il a dîné dans sa chambre tout seul ? demanda-t-il en la rejoignant.

— Qui veux-tu qui dîne avec lui ?

— Une fan à la con... un jeune éphèbe...

Fab ricana.

— Tu coucherais avec lui, toi ?

— Tu l'as bien fait !

— Mais moi, je suis une vraie perverse, toi tu es un innocent !

— Rigole si tu veux, n'empêche qu'il y a quelque chose qui cloche dans tout ça. Quoi ? Je n'en sais rien. Mais ce n'est pas net. On ne disparaît pas comme ça. Pas lui. Pas Pierre Ramut, l'éditorialiste-vedette de

Valeurs Françaises, l'homme au nœud papillon, le paon prétentieux invité permanent des télés, des radios… Il ne t'a pas appelée ? Pas un sms, pas un mail…

— Na-da, articula Fab. Silence radio !

Sa main glissa sur le sexe d'Alex.

— T'es inquiet ? Ça te fait débander ?

— Ça me ferait chier que les flics mettent leur nez dans nos affaires…

— Et si tu mettais le tien dans les miennes ?

— T'es une vraie salope !

— Je suis ta petite pute, non ?

Fab glissa un oreiller sous son ventre.

— Viens…

— Comme ça ?

— Oui, j'ai envie…

Alex l'enjamba, l'embrassa dans le cou et se laissa glisser jusqu'à ses fesses.

Fab frissonna quand il les écarta.

— Je suis sûre que c'est toi qui l'as fait kidnapper pour piquer sa place au journal !

— C'est ce que la police veut croire, affirma Alex, jouant le jeu. Mais moi, je sais que c'est toi. Tu l'as découpé en morceaux avant de le jeter à la Seine pour faire main basse sur son fric. Le tueur est une femme !

— Une femme cupide ?

— Une femme dangereuse…, dit-il en la prenant comme elle voulait.

Fab méprisait son mari, « l'autre connard » ou « l'espèce d'abruti », selon l'humeur du moment. Elle n'avait pas non plus beaucoup d'affection pour leur fils placé en pension : « Moins je le vois, mieux je me porte. » La disparition de Ramut ne l'affectait pas un instant, seule la curiosité de savoir où il avait pu passer l'excitait un peu. Au fond, s'il ne devait jamais réapparaître, elle n'en serait pas malheureuse. Au contraire. Plus besoin de jouer à l'épouse du grand éditorialiste dans les dîners mondains assommants où son mari aimait pérorer, fini les mensonges et les simagrées. Quant au reste, Alex était parfait, toujours prêt, attentif et ardent.

Code

Kol aida l'Enfant-Loup à désosser la voiture de Ramut, à en sortir le moteur, à découper la carcasse. Quand ils eurent fini, il ne restait plus de l'Alfa Romeo que des morceaux bons à envoyer à la ferraille. Personne ne risquait de mettre la main dessus. Ils s'accordèrent une pause avant de descendre dans le bunker.

— Tu crois qu'on peut tenir combien de temps avec lui en dessous ? demanda l'Enfant-Loup tendant une tasse de café à Kol.

— Le temps qu'il faudra, répondit-il laconiquement.

Il sourit.

— En tout cas, assez longtemps pour qu'il sache de quoi il parle…

— Tu sais ce que je vais faire ?

L'Enfant-Loup ne laissa pas le temps à Kol de lui répondre.

— Je vais lui offrir le Code du travail pour qu'il le potasse sérieusement. On le gardera tant qu'il ne l'aura pas lu de la première à la dernière page !

Kol déposa le Code du travail offert par l'Enfant-Loup sur le sac de couchage de Ramut en même temps que *Salaires, prix et profits*, *Travail salarié et capital* de Marx, *Le Rôle de la violence dans l'histoire* d'Engels, un recueil des discours de Robespierre, les œuvres complètes de Saint-Just en un volume et les *Mémoires* de Louise Michel…

— Vous lirez ça, dit-il. Ça vous évitera de dire n'importe quoi sur le marxisme et sur la Révolution.

— Vous cherchez à m'embrigader ?

La question amusa Kol.

— Je veux vous éclairer.

— Je me fous de vos livres. Donnez-moi à manger, dit Ramut, blanc de rage. J'ai faim, merde ! Je n'ai même plus de biscottes !

— Comme me disait ma mère « tout travail mérite salaire ». Vous savez ce qu'il vous reste à faire.

— Ne me faites pas chier avec ça.

Kol rajusta son masque de Grincheux.

— *Valeurs Françaises* n'est pas votre seule source de revenus, n'est-ce pas ?

Ramut murmura d'un ton las :

— Pourquoi vous me le demandez ? Vous savez que j'interviens à la radio, à la télé, j'écris des livres. J'ai de quoi vous payer si c'est ça que vous voulez et…

Kol l'arrêta d'un geste.

— Dans *La France debout*, j'ai lu ce que vous écrivez contre ce que vous nommez « l'assistanat ».

Kol fit chauffer de l'eau pour se faire un café.

— Vous en prendrez ?

Ramut semblait désemparé.

— Il n'y a qu'une tasse.

— Je prendrai le mien après, dit Kol en dévissant le pot de Nescafé.

Il fit le service.

— Vous ne voulez pas que la France soit un peuple d'assistés, c'est ça ? demanda-t-il en tendant la tasse en carton à Ramut.

— Puisque vous me lisez, vous le savez.

— Je suis d'accord avec vous.

Ramut marqua son étonnement d'un signe discret.

— Tant mieux, au moins ça prouve que vous n'êtes pas complétement taré.

Kol hocha la tête, il réfléchissait.

— Les journaux reçoivent des aides de l'État, non ? demanda-t-il après un long silence.

— Oui, il y a une contribution nécessaire.

Kol prit à nouveau le temps de la réflexion.

— Je ne sais plus exactement les chiffres mais, si ma mémoire est à peu près bonne, *Le Figaro* reçoit 17,2 millions d'euros, *L'Express* : 6,2, *Le Point* : 4,5, *Libé* : 9,9, *L'Obs* : 7,8…

— Et alors ?

— Alors, vous serez d'accord avec moi qu'il faut supprimer ces aides. C'est de l'assistanat ! Les journaux qui défendent le libéralisme économique doivent impérativement montrer l'exemple et mener leur entreprise sans aucune aide du « champ étatique » comme vous l'écrivez…

— C'est absurde !

— Pourquoi ça serait absurde ? C'est logique. Ou vous êtes contre l'assistanat ou vous êtes pour. Vous ne pouvez pas seulement l'être quand ça vous arrange.

— S'il n'y avait pas les aides de l'État, il n'y aurait plus de presse en France. C'est ça votre idée ? Un seul journal, un journal d'État, une *Pravda* ?

— Je veux que la loi soit la même pour tous.

— Soyez gentil : épargnez-moi les grandes phrases toutes faites.

Ramut avala sa dernière gorgée de café.

— OK, si le terme de « loi » vous gêne, parlons de principes, dit Kol en rinçant le gobelet de Ramut avant de se servir. Par principe, je souhaite que l'égalité soit établie entre tous. L'égalité est le principe fondateur de la République, n'est-ce pas ?

Ramut haussa les épaules. Il ne voulait pas discuter. Ça l'assommait.

— Pourquoi vous vous en prenez à moi ? demanda-t-il accablé. Je ne suis rien, *peanuts*. Je ne représente rien. Ce n'est pas parce que j'écris dans la presse, qu'on m'entend à la radio ou qu'on me voit à la télé que je vaux quelque chose. Je ne suis pas le boss de *Valeurs Françaises*, merde ! C'est Damien Noailles. Si vous devez vous en prendre à quelqu'un, allez-vous en prendre à lui ou à un député ou un ministre, pas à moi ! Ce n'est pas dur à comprendre !

Et, faisant un grand geste des deux mains :

— Allez kidnapper donc le président de la République, vous vous ferez des copains !

Kol le laissa se calmer.

— Vous n'êtes pas le boss de *Valeurs Françaises*, dit-il posément, ni député ni ministre, d'accord, mais vous défendez leurs idées.

— Les idées ? s'étouffa Ramut. Mais quelles idées ? Qu'est-ce que j'en ai à foutre des idées ? Je défends les idées qui me permettent de vivre à la place qui est la mienne. Voilà ce que je défends.

— Vous n'avez aucune conviction ?

— Des convictions de quoi ? Je n'ai qu'une conviction : le monde est comme il est et ce ne sont pas mes convictions qui vont le changer.

— Expliquez-moi ça. Vous ne croyez pas aux idées que vous développez toutes les semaines dans le journal ?

— Quand vous déciderez-vous à comprendre que ce qui guide le monde ce ne sont plus les idéologies, mais le bizness ? En écrivant ce que j'écris, je défends le bizness pas une idéologie ! Mais mes idées font marcher le bizness et font marcher le monde alors que les vôtres ne font que l'entraver, le ramener en arrière.

— Vous faites marcher le monde du bizness, rectifia Kol. Parce que les autres, en France, en Europe, dans le monde, ceux qui ne sont pas dans le bizness comme vous dites, ils sont tous en train de crever.

Ramut pointa un doigt accusateur sur la poitrine de Kol.

— Il ne fait crever que ceux qui, comme vous, n'arrivent pas à vivre avec leur temps. Et s'il y en a qui crèvent, qu'est-ce que ça peut faire ? C'est normal, c'est la loi de la sélection naturelle. Lisez Darwin !

— L'injustice sociale justifiée par le fric, c'est une loi de la nature ?

— Évidemment ! Je ne vais pas vous faire un cours d'histoire : c'est le même scénario depuis que l'homme est homme !

Ramut fit un pas déterminé vers Kol.

— Je suis un journaliste, martela-t-il. Je ne suis ni un délinquant, ni un criminel. Vous avez le droit de ne pas être d'accord avec ce que j'écris, mais vous n'avez pas le droit de me priver de liberté. Vous n'êtes ni mes juges, ni mes employeurs, ni ma famille.

Et, les lèvres pincées :

— La plaisanterie a assez duré, laissez-moi partir.

Kol avala son café en tournant le dos à Ramut.

— Au nom de quoi devrais-je vous laisser partir ?

— Pour mille raisons ! Ne serait-ce qu'au nom de la liberté de la presse !

Kol fit volte-face.

— La liberté de la presse ? Ne me faites pas rire avec la liberté de la presse ! Il n'y a de liberté que pour vos patrons et leurs actionnaires. Pour les autres, pour vous, pour les lecteurs, il n'y a ni liberté ni presse, que de la propagande au profit d'un monde où les riches sont chaque jour plus riches et les pauvres chaque jour plus pauvres.

— Vous dites n'importe quoi ! Vous ne connaissez rien à la presse. N'oubliez pas à qui vous parlez !

— Vous n'êtes pas journaliste, monsieur Ramut, susurra Kol d'un ton doucereux. Vous croyez l'être mais vous ne l'êtes pas. Vous êtes un chien domestiqué qui fait où on lui dit de faire.

— C'est jouissif de m'insulter ?

— Je ne vous insulte pas, je vous tends un miroir pour que vous puissiez vous voir en face.

— C'est trop facile, répliqua Ramut.

Il haletait.

— Si la liberté de la presse vous emmerde, si vous ne voulez pas de fric, si vous ne voulez pas être ni mes juges ni mes bourreaux, si vous ne voulez pas m'embrigader, si vous n'en avez rien à foutre de moi, de ce que je suis, de ce que j'écris, qu'est-ce que je fais ici ? Vous devez me relâcher.

La sueur glissa du front le long du nez jusqu'à la bouche de Kol. Il fut tenté d'arracher son masque pour contrer Ramut les yeux dans les yeux.

— De quoi parlez-vous ?

— Ignorez-vous ce que le mot « humanité » veut dire ? La compassion, la pitié, l'humanité, ça ne signifie rien pour vous ?

— Quelle humanité ? s'emporta Kol. De notre humanité ? Parlons plutôt de la vôtre et celle de vos semblables prêts à virer n'importe qui pourvu que ça puisse rapporter cent sous de plus !

Et, contenant sa colère :

— Vous nous ignorez, vous nous méprisez, nous ne sommes à vos yeux que des « variables d'ajustement », de la chair à profit. Ah, elle est jolie votre humanité ! Elle est belle ! Des milliers d'emplois supprimés chaque jour, des millions de personnes vivant sous le seuil de pauvreté, la misère qui gagne partout alors que les milliardaires fleurissent sur tous les continents, et il faudrait que nous soyons aimables, polis, bien intentionnés, humains plus qu'humains ?

Valeurs Françaises

La réunion eut lieu en petit comité dans le bureau de Damien Noailles, le patron de *Valeurs Françaises*. Étaient présents : Alex, dont la liaison avec la femme de Ramut était un secret de polichinelle, maître Moschino, l'avocat du groupe, représentant les actionnaires, Maïa Schultz, la DRH que tout le monde soupçonnait d'être la maîtresse de Damien sans que personne n'ait jamais pu les coincer, et Jean-Pierre Georges, un délégué syndical CGC sur qui on pouvait compter. Lorsque la porte fut fermée et tout le monde assis avec interdiction de sortir, maître Moschino prit immédiatement la parole :

— Ce qui va se dire ici est strictement confidentiel. Plus que confidentiel : top-secret. Je ne tiens pas retrouver quoi que ce soit mercredi dans *Le Canard*.

Alors, merci de ne pas prendre de notes, d'éteindre vos portables et de les poser sur la table…

Jean-Pierre Georges s'insurgea :

— Il n'en est pas question ! Si vous n'avez pas confiance…

Damien l'interrompit d'un geste de la main.

— Jean-Pierre, faites ce qu'il vous demande.

Et, le premier, il posa son portable éteint sur la table de réunion. Les autres s'exécutèrent. Maître Moschino lui passa la parole :

— Damien, c'est à vous…

Damien hocha la tête, embarrassé.

— Au jour d'aujourd'hui, à part que Pierre a disparu, nous ne savons rien. Nous sommes dans le noir le plus total. *Black is black*…

Il se tourna vers Alex.

— Tu as pu parler à Fab ?

— Elle ne sait que ce que les flics lui ont dit, c'est-à-dire pas grand-chose, et elle n'a pas la moindre idée de l'endroit où Pierre peut se trouver. On a cru qu'il pouvait être sur la tombe de sa mère, mais non…

— Pas d'appels, de sms, de mails… Rien ?

— Rien.

Alex eut furtivement la vision de Fab à genoux devant lui avalant son sexe tandis qu'il la tenait par les cheveux. Il se retint de rire : qu'aurait-elle pu dire ? Il fit un geste de la main pour chasser cette vision importune. L'image disparut, mais aussitôt d'autres l'assaillirent : Fab s'offrant comme un garçon, Fab réclamant qu'il vienne à grands cris, Fab qui…

Il sortit d'un coup de sa rêverie quand Maïa Schultz proposa d'un ton tranchant que chacun dise ce qu'il savait sur Ramut. Peine perdue. Les réponses furent unanimes : « Rien. Rien de rien. »

On tournait en rond.

— Il y a peut-être une chose, suggéra Damien, le front soucieux. Une chose que l'officier chargé de l'enquête n'a pas dite à Fab…

Il soupira :

— D'après les témoins de l'hôtel, Pierre a passé la nuit avec une jeune fille blonde…

— Une pute ? ricana Alex.

Puis il s'excusa :

— Pardon, je n'aurais pas dû dire ça…

Damien accepta ses excuses, avouant que ç'avait été aussi sa première idée.

— En tout cas, l'état de la chambre le lendemain matin ne laissait aucun doute sur ce qu'ils avaient fait.

— Ils en sont sûrs ?

— Certains. Pierre a commandé un dîner pour deux au room service, le garçon d'étage est formel :

il était avec une blonde qui se promenait toute nue dans sa chambre…

Alex n'arrivait pas à y croire.

— Excusez-moi, je vais être très cru : ce n'est pas avec son physique que Pierre peut lever une jeune beauté. Donc, c'est…

— Il y a des hommes laids qui ont de très belles femmes, fit remarquer Maïa Schultz.

— Tu penses à qui ? persifla Damien en la regardant au-dessus de ses lunettes.

Maïa Schultz tenta de se rattraper.

— Je ne sais pas…, bafouilla-t-elle. À Michel Simon, à Gainsbourg, par exemple.

— Et à qui d'autre ?

Maître Moschino les ramena vivement au sujet de la réunion :

— Nous savons qu'il a appelé son fils à Sainte-Eulalie où il est en pension à dix-neuf heures trente-deux. La conversation a duré quatre minutes. Après, plus aucun appel sauf au room service avec le téléphone de l'hôtel…

— Ils ont vérifié ?

— Bien sûr.

— Les flics ne peuvent pas localiser son portable ou son ordi ? demanda Jean-Pierre Georges.

— Dans les séries télé, oui. Dans la réalité si le portable est éteint et l'ordi aussi, en France il n'y a aucun moyen pour l'instant. On serait aux États-Unis…

— Et son Alfa ?

— Aucune trace, dit l'avocat.

— Avec tout ça, nous voilà bien avancés, constata sombrement Damien. Sauf réapparition miraculeuse, Pierre ne donnera pas son édito cette semaine.

Il tendit le bras vers Alex.

— Tu sais ce qui te reste à faire.

Alex protesta pour la forme :

— On pourrait se donner une deadline.

Damien ne voulait pas en entendre parler.

— Elle est déjà dépassée. J'attends ton papier à vingt heures au plus tard.

— Je parle de Pierre ?

— Pas un mot. Les flics nous ont demandé de ne rien laisser fuiter de sa disparition. On va leur obéir. Mais s'il ne s'est rien produit, disons mercredi, on met les pieds dans le plat.

L'avocat s'inquiéta :

— Vous ne craignez pas que cela puisse être dangereux pour Pierre ?

— Dangereux ?

— S'il est retenu, on ne sait pas ce qui…

— Maître, l'interrompit Damien, nous ne sommes pas en Syrie ou au Congo. Pas de revendication politique, pas de demande de rançon. Pour l'instant, rien n'indique qu'il a été enlevé...

— Et tout nous laisse croire qu'il fait une fugue avec une poule, conclut Maïa Schultz, qui avait retrouvé son assurance coutumière.

Téléphone

Damien Noailles attendit que tout le monde ait quitté son bureau pour appeler son ami Bernard Rénie, le ministre de l'Intérieur.

— Jacqueline, bonjour, c'est Noailles, dit-il à l'assistante du ministre qui était aussi une amie. Vous pouvez me passer Bernard ?

— Je suis désolé, Damien, monsieur le ministre est à l'étranger. C'est pressé ?

— Assez, oui.

— Vous voulez que je vous passe Widerman ?

— C'est ça, passez-le-moi. On se voit toujours dimanche ?

— Et comment ! À treize heures, c'est noté.

L'assistante de Bernard Rénie mit Noailles en contact avec le directeur de cabinet du ministre.

— Bonjour, cher ami, que puis-je pour vous ?

— Je venais aux nouvelles à propos de Ramut...

— Il n'y a rien de neuf, à ma connaissance. Vous avez eu le rapport de la gendarmerie ?

— Oui, je l'ai eu.

— Pour l'instant, je ne vois pas de raisons de passer à la vitesse supérieure. Après tout, ce ne serait pas la première fois qu'une jolie blonde kidnappe un célèbre chroniqueur.

— Vous connaissez Ramut ?

Widerman étouffa un petit rire.

— Bien sûr que je le connais ! Ce n'est ni Brad Pitt ni Johnny Depp, mais les hommes de culture et de pouvoir ont un charme parfois très surprenant. Souvenez-vous de Sartre.

Noailles crut entendre Maïa lui parler des hommes laids.

— Si nous n'avons pas de nouvelles disons… dans quarante-huit heures, qu'est-ce qui se passe ? demanda-t-il pour ne pas s'attarder sur le sujet.

— Comme il s'agit d'un journaliste, il est vraisemblable que le parquet ouvrira assez rapidement une information confiée à un juge d'instruction du TGI de Boulogne-sur-Mer. Les gendarmes travailleront alors sur commission rogatoire du juge.

— Ce sera plus efficace ?

— Ils pourront pousser leurs investigations beaucoup plus loin…

Noailles insista :

— Et si ça ne donne rien ?

Widerman commençait à s'impatienter :

— Pour relancer l'enquête, il sera peut-être nécessaire de confier la suite à la police judiciaire, en l'occurrence la brigade criminelle de la direction régionale de police judiciaire de Lille.

— Le ministre est au courant ?

— Il sait tout !

Et, sur un ton badin, Widerman ajouta :

— N'est-ce pas le rôle même d'un ministre de l'Intérieur que de tout savoir ?

Deux heures plus tard

Alex et Fab étaient au lit pour fêter la promotion d'Alex, nouvel éditorialiste de *Valeurs Françaises*. Pour chasser le fantôme de Ramut qui flottait dans l'air, Alex embrassa les seins de Fab qui somnolait à ses côtés.

— Je ne comprendrai jamais comment une belle femme comme toi a pu se marier avec un type comme lui…, dit-il, laissant sa main glisser plus bas.

— Par désespoir.

Alex se redressa.

— Pour une fois, réponds-moi sérieusement.

— Je te réponds sérieusement : par désespoir.

— Je ne te crois pas.

Fab se tourna pour s'allonger sur le ventre.

— Tu as tort, dit-elle sans regarder Alex. C'est très simple. J'étais folle amoureuse d'un type à la fac, prête à tout pour lui, j'aurais mangé sa merde. Un athlète, grand, costaud, avec un sourire qui me faisait fondre et des yeux comme des piscines. Il semblait ne pas me voir, ne recevoir aucun des signaux que je lui envoyais. Un jour, n'y tenant plus, je l'ai coincé dans une salle de TP et je me suis offerte sans retenue. J'avais discrètement enlevé ma culotte…

— C'est bien toi, ça !

— Peine perdue. Il a été très gentil pour me dire non. Il m'a expliqué qu'il aimait une autre femme, qu'il ne tenait pas à avoir d'aventures. Il m'a fait des compliments sur ma beauté, « mon chien », comme il disait, et il m'a plantée là. J'étais désespérée. Pour moi, c'était lui ou rien. Ou le premier venu. Ç'a été Ramut comme on tire au hasard sur un passant dans une rue…

— Un suicide ?

— Un geste surréaliste. Je ne sais pas si tu peux comprendre ça. En prenant le plus laid, je me vengeais du plus beau.

— Tu te mortifiais. T'es bien une catho…

— Je voulais lui faire honte.

— Honte ?

— Qu'il voie à quoi il m'avait condamnée.

Alex s'esclaffa :

— Il t'a vue avec l'autre singe ?

— Je ne sais pas. Mais je m'en fous. J'ai fait un truc qu'il ne pourra jamais oublier. Et, au moins dans l'imaginaire, il faudra bien qu'il y soit confronté un jour dans ce monde ou dans l'autre.

Bunker 4

Le lendemain, tôt le matin, Grincheux trouva Ramut dans la pièce du haut, en bleu près de la perceuse. Il avait enfilé les chaussures de sécurité et tenait les lunettes de protection à la main.

— Ça marche comment cette merde ?

— Vous êtes décidé à vous y mettre ?

Ramut n'avait pas besoin de répondre. Kol hocha la tête, il avait compris.

— Je vous porterai un sandwich tout à l'heure. Vous pourrez prendre cinq minutes à la pause pour le manger…

Puis il s'installa sur le tabouret arrimé à la perceuse.

— Je vous explique. Quand on fait une pièce unique on travaille debout mais quand on fait des séries, mieux vaut être assis.

À gauche de la perceuse, il y avait la caisse contenant les pièces à percer et à droite une caisse vide attendant les pièces terminées. Kol attrapa une plaque dans la caisse de gauche et la leva devant les yeux de Ramut.

— Vous allez percer du duralumin de dix millimètres d'épaisseur de cent vingt par cent…

Il montra à Ramut le traçage préalable qui indiquait précisément où il devrait percer.

— Vous voyez, les trous à faire sont à quinze millimètres des contours de la plaque. Vous me suivez ?

— Oui, marmonna Ramut.

Kol mit la perceuse en marche.

— Ça, c'est le bouton pour le démarrage. Il est noir. Le gros rouge que vous voyez au-dessus, c'est le bouton d'arrêt d'urgence dont, *a priori*, vous n'aurez pas à vous servir… Le danger, c'est que la pièce se mette à tourner sous l'effet d'un blocage de copeau et vous entaille la main. Il faut aussi faire attention au dégagement du foret après chaque trou… Mais, si vous travaillez exactement comme je vais vous le montrer, il n'y a aucun risque.

Chaque mot s'abattait sur Ramut comme un sac de plomb. Son visage s'allongeait à mesure que les explications avançaient. Ses épaules se voûtaient, il sembla s'affaisser. Kol ne s'en formalisa pas, il poursuivit sa description de la machine :

— Ça, c'est le mandrin dans lequel est serré le foret. Vous voyez ce que c'est ?

— Je sais ce qu'est un mandrin, grogna Ramut, fermant les yeux à moitié.

— Tant mieux. Parce que celui-là est spécial. Il est bloqué de telle sorte que vous ne puissiez pas sortir le foret au cas où il vous viendrait à l'idée de l'utiliser pour autre chose…

— Vous avez pensé à tout, ricana Ramut, l'œil mauvais.

— La sécurité…

Kol plaça la pièce sur la table.

— Nous vous avons installé deux cales pour coincer parfaitement les pièces et les centrer. Vous n'aurez pas à utiliser l'étau dont on se sert habituellement. Donc, je passe. J'avance…

Kol descendit le levier pour percer le premier trou. Le foret entama le duralumin, dégageant un peu de limaille avec une odeur de fer chauffé.

— Et d'un !

Kol s'arrêta un instant pour aller chercher de l'huile de coupe et de quoi l'étaler.

— On appelle ça la « soupe », dit-il en trempant le pinceau dans le pot. Vous aurez intérêt à lubrifier régulièrement votre zone de travail…

Kol fit ce qu'il venait de dire et attaqua le deuxième trou. Puis il sortit la pièce pour la montrer à Ramut. Les deux trous étaient parfaitement nets et sans bavures.

— Vous voyez, c'est nickel, dit-il en soufflant sur la pièce. Dès que c'est fait vous la mettez là, dans la caisse vide et vous recommencez…

Kol céda sa place à Ramut.

— Mettez vos lunettes et à vous maintenant…

Ramut posa précautionneusement une pièce sur la machine, vérifia qu'elle était bien calée et perça. Puis, il la retourna et recommença l'opération en soupirant comme un enfant puni qui fait des lignes.

— Il va falloir que vous augmentiez la cadence, remarqua Grincheux. Vous devez sortir six cents pièces de l'heure…

— Et si je n'y arrive pas ?

— Nous ferons des retenues sur salaire.

Sandwich

Kol avait de plus en plus de mal à supporter son masque de Grincheux. Il se trouvait ridicule. Le plastique le faisait transpirer et il respirait mal. À dix heures, il apporta à manger et à boire à Ramut.

— Alors, ça avance le boulot ?

Ramut stoppa net la perceuse pour dévorer le sandwich jambon-beurre-cornichons que Kol lui tendait. Il avait fait cent, peut-être cent cinquante pièces mais pas plus. La radio posée sur la machine était éteinte.

— Vous n'écoutez pas les infos ?

— Je n'ai rien entendu sur moi.

— Sur nous non plus, rassurez-vous…

Ramut se rebiffa :

— Je suis une personnalité publique. On me connaît. J'ai une femme, un fils, j'ai disparu. Ma famille, mon journal ne peuvent pas rester inactifs. La police doit…

— … enquêter en silence ? avança Kol, achevant la phrase de Ramut.

— Ils vont vous retrouver !

— C'est à voir.

— Vous vous croyez si malins que ça ?

— Nous ne sommes pas des crève-la-faim qui n'ont pas d'autres idées que vivre un jour de plus ni des charlots sans conscience politique, sans conscience sociale, avec seulement la misère à se mettre sous la dent comme dans *Les Temps modernes*.

— Vous êtes bien présomptueux !

— Nous savons qui nous sommes.

Ramut termina son sandwich en grommelant des phrases que Kol ne comprit pas. Il avala une gorgée d'eau directement à la bouteille.

— Il n'y a pas de fromage ?

— Avec ce que vous gagnez, vous n'avez pas les moyens. C'est comme les fruits, trop chers pour un smicard…

Les mâchoires serrées, le souffle court, Ramut demanda brusquement :

— Où je suis ?

Kol ne prit pas sa question au sérieux mais s'écarta de lui.

— Où vous êtes ? Au boulot…

— Je ne vous parle pas de ça, s'énerva Ramut. Je vous demande où vous m'avez enfermé. Dans quel coin de France? Parce que nous sommes en France, n'est-ce pas ?

Il fit un grand geste circulaire.

— Je suis dans un bunker de la dernière guerre ?

Kol confirma :

— Un bunker allemand construit par des entreprises françaises comme le mur de l'Atlantique.

— Nous sommes au bord de la mer ?

— Ça vous plairait d'être au bord de la mer ?

— Répondez, merde !

— Nous sommes au Boulot, département du Travail dans la région des CDI.

— Vous vous croyez fin ?

Kol regarda sa montre, la pause s'achevait.

— De quoi vous plaignez-vous ? demanda-t-il, incitant Ramut à se remettre au travail. Il y a plus de cinq millions de personnes qui cherchent un emploi. Vous devriez être content d'en avoir trouvé un.

— Mais je ne veux pas faire ça !

— Vous croyez vraiment que tous les salariés font ce qu'ils voudraient faire ?

Cabanon 1

Kol occupait un cabanon dans le jardin de l'Enfant-Loup. En réalité, ce n'était ni une cabane ni un cabanon mais une petite construction en bois plus proche du chalet de montagne que de l'Algeco. Franck, le frère de l'Enfant-Loup, l'avait construit pour lui mais il avait quitté la France, s'était marié et ne l'avait jamais habité. Kol observa avec amusement que ça ressemblait furieusement à ce qu'il avait en Dordogne : une table, une chaise, un lit de 120, un coin-cuisine, une douche et des W.C. Le minimum de confort, une rudesse, un ascétisme mais une bonne odeur de bois fraîchement coupé.

L'idée l'amusait.

— Ça sent le sapin ! dit-il à voix haute, ricanant de sa propre remarque.

Un mois plus tôt, dans un décor semblable, il attendait Betty, relisant une fois encore les *Douze Césars* de Suétone, un de ses livres de chevet. Il s'était douché, rasé de près, il avait enfilé des vêtements propres et avait préparé un goûter : du cake, du thé vert, du vrai jus d'orange.

Betty tardait.

Quand enfin elle arriva, Kol vit tout de suite qu il y avait peu de chances qu'ils déplient le canapé-lit. Betty semblait terriblement préoccupée, lasse, le regard absent.

— C'est le bordel ?

Après la fermeture de l'imprimerie, Betty n'avait retrouvé qu'une place d'aide-soignante à l'hôpital de Périgueux, dans le service de gériatrie. Des horaires très durs, notamment la nuit où il n'y avait plus qu'elle et une infirmière pour s'occuper de cinquante lits répartis sur deux étages. Mais ce n'était pas cela qui la minait. Depuis un mois sa belle-mère, grabataire, habitait chez eux, dans leur chambre, et c'était insupportable. Plus aucune intimité n'était permise, plus de calme, de silence, tout tournait autour de la vieille alitée, de ses douleurs, de ses plaintes, de ses déjections. Son mari, déjà distant, devenait chaque jour plus morose, plus maussade, et ses enfants fuyaient la maison au moindre prétexte. Quand elle ne les invectivait pas, la vieille s'abrutissait de télé jour et nuit ou écoutait de la musique à fond, prétextant sa surdité.

Kol embrassa Betty, mais elle lui rendit son baiser machinalement.

— Je suis au purgatoire.

Et, avec des larmes retenues :

— Quels péchés ai-je commis pour vivre comme ça ?

Kol l'embrassa à nouveau et tenta de la rassurer, de la consoler.

— Aucun : tu es sans péchés ! Tu es une sainte, répondit-il en lui prenant les mains.

Elle le gratifia d'un triste sourire et s'excusa :

— Il faut que j'y aille…

— Déjà ?

— Déjà, c'est un mot de reproche.

Kol s'était gardé de répliquer. Il l'avait aidée à se lever avant de la raccompagner. Soudain il se souvint qu'en partant Betty lui avait demandé : « Tu crois à l'amour ? » et qu'elle avait filé sans lui laisser le temps de donner de réponse.

Betty, une heure plus tard

L'appartement avait pris une drôle d'odeur de médicaments et d'excréments que Betty n'arrivait pas à chasser, ni en laissant toutes les fenêtres ouvertes, ni en vidant des bombes de désodorisant. Sa belle-mère s'était mise à gémir, à la houspiller dès qu'elle était rentrée.

— Viens tout de suite ! Je me suis salie. Oh mon Dieu, quel malheur ! Qu'est-ce que tu fiches ? Où t'étais encore ?

Betty connaissait par cœur la litanie de reproches, d'accusations, de malédictions que la vieille lui réservait matin, midi et soir. Elle avait la tête ailleurs. En téléphonant au collège, elle avait découvert que son fils aîné lui avait menti. Il lui avait réclamé de l'argent pour un atelier dessin mais aucun atelier dessin n'était prévu dans l'aménagement des rythmes scolaires. Quant au plus jeune, son bulletin scolaire oscillait entre le médiocre et le catastrophique, doublé d'un avertissement de conduite avant renvoi définitif.

La vieille criaillait :

— C'est ça ? Tu voudrais que je sois morte ? Hein, ça t'arrangerait que je sois morte ? Tu me laisses crever ? Oh mon Dieu, je suis bien malheureuse !

Betty n'en avait rien à fiche de la laisser mariner dans sa merde. Déjà à l'hôpital…

La veille, elle et son mari s'étaient disputés à cause d'elle. Il n'avait que sa mère à la bouche, mais ne voulait rien faire pour elle : ni la faire manger, ni la changer, ni la laver.

— C'est ton boulot ! répétait-il en boucle. Tu le fais bien pour les autres, tu peux bien le faire pour ma mère !

— Ta mère ! Ta mère ! Ta mère, c'est TA mère, pas la mienne ! Si tu ne veux pas t'en occuper de TA mère, t'as qu'à prendre quelqu'un !

Ils en étaient presque venus aux mains.

Betty ferma les yeux.

Si elle additionnait la grève, son licenciement, ses fils, son mari, sa belle-mère, l'hôpital, les nuits lamentables, les ménages, la note était lourde et sa vie ne pesait rien sur la balance. Lentement une certitude émergea du brouillard qui flottait dans sa tête depuis trop longtemps : elle était en train de mourir, de partir en capilotade, comme aurait dit sa sœur. Peut-être même était-elle déjà morte malgré Kol et leurs heures d'amour volées ?

Elle se décida très vite, sans penser vraiment à ce qu'elle faisait. Elle ramassa quelques affaires dans le sac de sport de son fils aîné et quitta l'appartement sans dire où elle allait. Sa belle-mère gueulait des « Au secours ! » à s'étouffer mais elle n'était plus là pour l'entendre.

Rien ne laissait prévoir qu'elle prendrait une telle décision. Rien ne l'annonçait. C'était un jour ordinaire semblable à tous les jours ordinaires qui constituaient sa vie. Comme d'habitude, quand elle était de jour, après avoir fait un crochet chez Kol, elle était rentrée de l'hôpital avant de prendre une douche et d'aller faire ses heures de ménage chez les vieux qui l'employaient quatre fois par semaine de seize à dix-huit heures.

Au fond, songeait-elle, ce n'était pas si compliqué de partir. Il n'y avait pas de quoi en faire une montagne. Il lui avait juste fallu un peu de courage. C'était une chose toute bête qu'ouvrir la porte, sortir et la refermer derrière soi. Elle l'avait déjà fait des milliers, peut-être même des millions de fois sans y penser ! Elle avait quand même été étonnée de la facilité avec laquelle elle l'avait fait cette fois-là. Naturellement.

Il y avait longtemps qu'elle n'avait pas marché dans la rue avec un tel plaisir, les yeux mi-clos, un sourire au coin des lèvres. Elle ne savait pas où elle allait, mais elle était sûre d'une chose : jamais elle ne retournerait d'où elle venait.

Chronomètre

Assise dans un coin du bunker, un cahier sur les genoux, un chronomètre à la main, Victoria (Simplet) observait Ramut prendre la pièce en duralumin dans le bac de gauche, la placer entre les cales, percer, la retourner, percer puis mettre la pièce terminée dans le bac de droite et recommencer. Bac de gauche, perceuse, bac de droite. Bac de gauche, perceuse, bac de droite. Bac de gauche, perceuse, bac de droite…

— Vous allez rester longtemps là ? marmonna Ramut sans quitter sa tâche.

— Je vous chronomètre.

— Vous n'avez que ça à foutre ?

Bac de gauche, perceuse, bac de droite.

— Vous devez sortir six cents pièces à l'heure. Vous n'y êtes pas encore…

— Eh bien, tant pis pour moi !

— Tant pis surtout pour votre salaire.

Bac de gauche, perceuse, bac de droite.

– Mon salaire ! Mon salaire ! Mais de quoi vous me parlez ?

— Je vous parle de ce que vous allez toucher à la fin du mois. Vous savez, ce mot que vous détestez écrire : sa-lai-re. De l'argent que vous allez recevoir…

Bac de gauche, perceuse, bac de droite.

Victoria l'encouragea à accélérer :

— N'oubliez pas que vous devez concurrencer les Chinois.

— Et mon fameux salaire, c'est vous qui allez me le payer ?

— Qui d'autre voulez-vous que ce soit ? Nous sommes vos employeurs.

Bac de gauche, perceuse, bac de droite.

— Vous êtes mes kidnappeurs, mes geôliers, mes kapos, tout ce que vous voulez, mais pas mes employeurs !

— Je ne vous comprends pas. Vous avez toujours défendu l'entreprise, prôné la compétitivité, la productivité, la rentabilité du capital. Vous êtes en première ligne pour appliquer vos idées et faire baisser le coût du travail.

— Vous croyez que percer des trous va sauver l'économie française?

— Je ne sais pas si ça va la sauver. En tout cas ça la fait fonctionner. Vous ne percez pas des trous en vain. Toutes ces pièces servent à quelque chose.

— J'aimerais bien savoir à quoi !

Bac de gauche, perceuse, bac de droite.

– À être assemblées avec d'autres pièces qui finiront en objet industriel, en vente sur le marché. Vous êtes une petite main, mais une petite main indispensable au bon fonctionnement de la machine économique.

Ramut haussa la voix :

— Et si je m'arrêtais ? Si je ne voulais plus percer ces putains de plaques, ni rien faire du tout ?

— Vous vous feriez du tort.

Bac de gauche, perceuse, bac de droite.

Ramut lâcha la perceuse et se retourna vers Victoria :

— C'est vous que ça ferait chier ! Ça mettrait par terre votre joli scénario!

Victoria sourit sous son masque.

— Vous savez pourquoi j'ai choisi d'être Simplet ?

— Parce que vous êtes une cruche ?

— Parce que je suis pour les solutions simples.

Elle expliqua :

— Ici vous gagnez votre vie comme prévu dans la Bible : « À force de peines tu tireras subsistance… » Vous n'avez jamais lu ça ?

Ramut se retint de cracher par terre pour marquer son mépris. Il haussa les épaules.

— Si vous arrêtez de travailler, nous cessons de vous payer, certifia Victoria d'un ton paisible. Et si nous ne vous payons pas, vous n'aurez plus de quoi acheter votre nourriture…

— Vous radotez. On me l'a déjà dit.

Victoria pointa du doigt la perceuse.

— Eh bien si vous le savez, vous devriez vous y remettre. Vous allez couler votre temps.

— Couler quoi ?

— Dépasser le temps qui vous est imparti… Ramut reprit le travail en ricanant :

— Vous n'oseriez pas me laisser crever la bouche ouverte.

— Oh si ! Sans hésiter, répondit sèchement Victoria. Si vous mourez ici qui le saura ? Personne. Nous vous enterrerons dans le sous-sol, nous coulerons une nouvelle dalle de béton et, deux mois plus tard, même votre nom aura disparu de toutes les mémoires.

Bac de gauche, perceuse, bac de droite.

— Vous croyez que la police reste les bras croisés ?

— Je ne suis pas certaine que vous soyez leur première préoccupation.

— Alex finira par manger le morceau. Je le connais, c'est un lâche.

Bac de gauche, perceuse, bac de droite.

– Qui est un lâche ?

À nouveau, Ramut interrompit sa tâche.

— Je ne vous demande rien, sinon un minimum d'honnêteté, dit-il en mettant de la soupe sur la pièce qu'il devait percer. Cet enfoiré a piqué ma place au journal, il baise ma femme et il a monté ce coup pour montrer à tous qu'il en avait. Mais il n'en a pas. Alors, merci de ne pas faire semblant de savoir de qui je parle quand je parle de lui.

— Si vous voulez que cet Alex soit dans le coup, il est dans le coup mais ça, c'est votre histoire. Pas la nôtre.

— Foutaises !

Bac de gauche, perceuse, bac de droite.

Ramut s'essuya le front du dos de la main.

— Vous allez porter ce masque encore longtemps ?

— C'est gai, non ?

Ramut ragea.

— Je serai là quand les flics vous forceront à l'enlever et comptez sur moi pour me régaler de voir la tête que vous ferez !

Bac de gauche, perceuse, bac de droite.

Victoria faillit dire où et comment Ramut avait déjà vu sa tête, mais elle se tut.

— Je ne pensais pas à ça, dit-elle en se levant. Pas du tout. Non, notre problème est celui de beaucoup de patrons français : nous vous employons au noir, vous êtes un travailleur clandestin, un sans-papiers.

Il ne faudrait pas que l'Inspection du travail, l'Urssaf, la Sécu nous tombent dessus…

Cabanon 2

Victoria ferma la porte et posa son masque de Simplet et son cahier de chronométrage sur le lit. Ramut parvenait maintenant à faire trois cent cinquante pièces à l'heure, encore loin du compte.

— C'est trop doux comme régime…, soupira-t-elle en s'asseyant sur la couverture.

Kol vint s'installer près d'elle.

— Patience. Il finira par les sortir, ses six cents pièces à l'heure…

— N'empêche, c'est trop doux.

— Qu'est-ce que tu voudrais qu'on fasse ?

Victoria ne répondit pas.

— Tu voudrais qu'on le casse en morceaux ?

Elle baissa la tête.

— Tu voudrais qu'on le tue ?

— C'était ma première idée…

— Ça ne servirait à rien, dit Kol en la forçant à le regarder. Je ne veux pas creuser sa tombe et la mienne en même temps.

Il se reprit :

— Sa tombe et la nôtre, insista-t-il. Si on le tuait, nous serions morts même si nous ne l'étions pas vraiment. Souviens-toi de ce qu'on disait avec Dylan : si les Brigades rouges n'avaient pas tué Aldo Moro, elles auraient remporté une immense victoire en le remettant en circulation alors que tous ses amis politiques avaient déjà fait une croix sur lui et l'avaient remplacé sans remords. Mort, elles en ont fait un martyr et se sont lavé les mains de leur responsabilité. Ramut est un crétin, un bouffon suffisant, dangereux par sa crétinerie et sa morgue qui passent pour de l'autorité et du savoir. C'est cela que nous allons ramener à sa juste mesure. Nous allons ramener Ramut au réel. À la violence du réel…

— Tu parles bien, ironisa Victoria.

Elle eut un de ces gestes gratuits d'affection comme en ont parfois les enfants ou les chats qui viennent sur vos genoux et se frottent contre vous, ronronnant de plaisir…

Kol la serra contre lui.

— Ne te fous pas de moi.

— Je n'oserais pas.

— Tu n'es qu'une peste !

— Et toi, le choléra…

Ils s'embrassèrent.

— C'est un jeu curieux la vie, dit Kol, plein de mélancolie. Un jeu où tout le monde perd, l'homme le plus riche du monde, la reine de beauté, le pape comme le plus paumé des paumés. Il ne se joue qu'une fois. Il n'y a ni revanche ni belle. À la fin, tu as juste le droit de te demander comment tu as joué la partie, ta partie. Pas pourquoi tu l'as bien jouée ou mal jouée, question réservée aux imbéciles qui veulent mettre un prix sur tout. Non, ce qui compte, c'est comment tu as joué dans le peu de temps entre ta naissance et ta mort. Comment ! Et c'est ce « comment » qui te juge…

— Tu parles toujours de la mort ?

— C'est toi qui as mis ça sur le tapis.

— C'est très dur pour moi de voir Ramut ici et de penser que Richard…

Victoria n'acheva pas sa phrase.

— Il te manque tant que ça ?

— Oui, je me le répète sans arrêt : il me manque. Ça résonne dans ma tête : manque… manque… manque…

— Moi aussi, il me manque, avoua Kol.

— C'est vrai ? demanda Victoria d'une voix où perçait la surprise.

— Je ne peux pas admettre l'injustice qui l'a tué. Bob, c'était notre goal. Pardon : Richard… Je n'étais pas vraiment proche de lui mais personne ne l'était. Tu dois savoir mieux que nous tous à quel point il était secret, mais il était de l'équipe ! Il était le gardien de la maison. Celui sur qui nous comptions en dernier recours.

Kol fit une pause avant de continuer :

— Il est le premier d'entre nous à partir, reprit-il gravement. S'il n'est plus là, la cage est vide, tu comprends ? Il n'y a plus de dernier recours. Au mieux, nous sommes face à nous-mêmes, au pire face au rien. Maintenant qu'il n'est plus là pour nous défendre, je me demande qui sera le prochain…

— Tu as peur que ce soit toi ?

Kol répondit sans détour :

— J'aimerais mieux que ce soit moi plutôt que n'importe lequel d'entre nous.

Victoria s'allongea sur le lit, cacha son visage sous le masque de Simplet.

— Viens, dit-elle, j'ai envie de jouir.

Plus tard

Kol s'étonnait lui-même de ce que la mort de Bob – il ne parvenait pas à l'appeler Richard – lui pèse tant. Il ne cessait d'y réfléchir.

— Nous sommes voués à nous disloquer et à nous reformer sous d'autres formes, dit-il comme s'il répondait à une question qui ne lui avait pas été posée.

Victoria lui sourit.

— Tu crois en la réincarnation ?

— Je ne crois en rien du tout au sens religieux de croire. Je suis d'accord avec Lucrèce, je ne suis qu'un agrégat d'atomes qui ignorent leur origine et dont j'ignore ce qu'ils deviendront quand je serai mort. La réincarnation est une idée consolatrice, mais ce n'est rien d'autre qu'une idée…

— Des millions d'Indiens y croient.

— C'est bien ce que je dis, c'est une croyance, une superstition, mais pour moi ce n'est pas différent de croire à la réincarnation qu'au Père Noël !

— Tu ne crois en rien ?

Kol évita de répondre comme il n'avait pas répondu à Betty.

— Bob est enterré où ? demanda-t-il, lui donnant un baiser sur la main.

Victoria secoua la tête, Richard n'était pas enterré.

— L'idée d'être enfermé dans une caisse lui aurait fait horreur. Il a été incinéré et j'ai dispersé ses cendres dans la mer…

— Sa famille était d'accord ?

— Ses parents étaient morts et sa sœur n'est pas venue au crématorium. Elle est internée près de Rouen. Je ne suis même pas sûre qu'elle sache qu'il n'est plus là.

Kol bascula au-dessus de Victoria pour la regarder en face.

— Il n'y avait personne ?

À nouveau, Victoria l'embrassa.

— Si, il y avait nos amis du cirque, nos collègues. Tous en costumes de scène ! Tu aurais vu la tête des croque-morts. Ils n'avaient jamais vu ça ! À la fin, les musiciens ont joué la *Marche américaine* de Sousa et on a chanté une chanson de corps de garde sur cet air. C'était très gai, très drôle et plein de larmes…

Victoria résista à l'émotion qui la gagnait. Elle ne voulait pas, elle ne devait pas pleurer.

— J'aurais aimé être là, dit Kol en lui caressant le visage. Pourquoi n'a-t-on rien su ?

— Richard m'avait interdit de parler à qui que ce soit de son accident. Il ne voulait pas qu'on le voie avec des béquilles comme s'il sortait de la cour des Miracles. C'était un oiseau. Les oiseaux vivent dans les nuages, pas collés au sol.

— Il se sentait piégé comme un étourneau englué dans de la mélasse ?

— Pire que ça : crucifié comme une chouette sur la porte d'une grange.

Ils se turent, laissant leurs mains parler pour eux, courant sur le corps de l'un, sur le corps de l'autre. Victoria attira Kol contre elle.

— Viens, dit-elle.

Il la prit avec douceur.

— Je peux te demander une chose ?

— Quoi ? murmura Victoria, fermant les yeux.

— J'aimerais aller avec toi sur la falaise d'où il s'est envolé…

Samedi

Ramut travaillait aux pièces dans le sous-sol de la maison de l'Enfant-Loup depuis une semaine. Tous s'y retrouvèrent le samedi pour une prétendue fête d'anniversaire. Un bon prétexte offert aux voisins qui pourraient bavarder et cancaner à loisir sur le remue-ménage.

Rousseau arriva accompagné de Sandra, sa femme, Dylan avec Dorith et Muriel sur leur trente et un, plus belles que jamais ; Hurel et Isaac débarquèrent ensemble d'un camion de location transportant six caisses de pièces vierges à percer. Victoria et Kol s'étaient chargés d'acheter les provisions, la boisson, un gros gâteau et des bougies tandis que l'Enfant-Loup finissait la réparation d'un break des pompes funèbres. Suzana avait pu se libérer. Elle se fit déposer en début de matinée par une ambulance…

À midi la Brigade du rire était au complet.

Kol résuma la situation :

— Sur le plan de la production, il y arrive presque. Il fait des heures sup aujourd'hui pour rattraper son retard.

— Il ne se plaint pas ?

— Ça dépend des jours… Il voulait téléphoner à son fils, écrire à sa femme, mais j'ai refusé. Je lui ai expliqué que nous étions en régime de black-out total. Il m'a injurié mais bon…

Kol se tourna vers Hurel.

— Tu pourras charger demain matin, c'est prêt…

— C'est bien ?

— C'est propre, correct. Tel que l'Enfant-Loup a organisé son poste, ou il le fait ou il ne le fait pas, mais il ne peut pas le saboter.

Rousseau fit remarquer qu'absolument rien n'avait filtré dans la presse, ni dans les quotidiens ou les hebdos, ni à la radio et encore moins à la télé. Il sortit *Valeurs Françaises* de son sac pour le faire circuler. Aucun article ne faisait allusion à la disparition de Ramut. L'éditorial était signé Alexandre Camiri…

— Cela veut dire que les flics ont imposé le silence, conclut Dylan, passant le journal à Kol.

— Ils nagent dans le potage ! ricana l'Enfant-Loup.

— En parlant de ça, on pourrait peut-être passer à table, risqua Dorith qui avait faim.

— Ça ne nous empêchera pas de discuter, ajouta Muriel, pouffant de rire.

Dylan les embrassa, roucoulant.

— Vous avez raison mes gourmandes, à table !

Et, se tournant vers Kol :

— Tu sais ce que m'a appris un ethnologue ? La civilisation, c'est les femmes grasses et la cuisine chaude !

Plus tard

Au dessert, pour mettre de l'ambiance, Muriel et Dorith apportèrent le gâteau, les régalant à deux voix d'un fameux couplet :

On a chanté les lis, les pâquerettes,
Les boutons-d'or, les frais lilas en fleur
On a chanté les pinsons, les fauvettes,
Les rossignols et les ruisseaux jaseurs
On a chanté l'amour, la poésie
Et le ciel bleu de la belle Italie
Moi qui n'suis pas la moitié d'un farceur,
J'vais vous chanter, j'vais vous chanter, les pieds d'ma sœur.

Rires, applaudissements, leur entrée fut saluée comme il se doit. Un vrai succès ! L'Enfant-Loup ne dénombra que sept bougies tremblotantes sur la crème pâtissière barrée d'un « Bon Anniversaire » en nougatine.

— On aurait pu en mettre 89 ou 93…

— Ah non ! Tu ne vas pas remettre ça !

— Quoi ? On ne peut plus rigoler ?

Suzana fut désignée pour les souffler puis, sous les hourras, ce fut Hurel – fort en maths – qui partagea les parts.

Dylan déboucha le champagne et servit la compagnie à la régalade sans craindre d'en renverser au passage.

— Il n'y a rien de pire que de ne pas savoir, commença Victoria, se parlant à elle-même. Les flics ne savent pas pourquoi, ni quand, ni où Ramut a disparu. Ramut ne sait pas qui l'a kidnappé, ni pourquoi, ni même où il se trouve. Leur ignorance sécrète l'angoisse, un acide qui les ronge et qui risque de ronger Ramut au point de lui donner l'idée de se foutre en l'air.

— Tu sais pourquoi Bob a sauté de la falaise ? demanda soudain Hurel avec une pointe d'agressivité.

Victoria sursauta.

— Qui t'a dit ça ?

— Personne, répondit Hurel, regrettant ses paroles. J'ai cherché sur Internet, tout y est…

Ils mangèrent soudain, silencieux, la tête penchée sur leurs assiettes, méditant ce qu'ils venaient d'entendre. « Un pieux mensonge, un mensonge par omission », pensait Rousseau mais il se tut. Il était inutile de se lancer dans ce genre de considérations…

Victoria reprit son souffle et retrouva son calme.

— Oui, je sais pourquoi Bob a sauté de la falaise, dit-elle en regardant Hurel en face. Je suis dans le deuil, je ne suis pas dans l'angoisse.

Isaac avoua qu'il n'avait pas pensé au risque du suicide.

— On devrait peut-être installer des caméras pour le surveiller vingt-quatre heures sur vingt-quatre..., proposa-t-il. On pourrait aussi organiser un tour de veille.

Kol balaya la proposition d'un ample geste de la main :

— Il faut du courage pour se supprimer...

L'Enfant-Loup l'approuva :

— Il est mou, il est flasque, il a du beurre dans les bras et de la merde dans la tête ! Ce type n'a rien dans le ventre !

Kol se mordit la langue pour ne pas avouer que la remarque valait autant pour lui que pour Ramut. Il avait si souvent pensé à se donner la mort sans jamais...

— Il pourrait se mutiler ? Se percer une main ? lança soudain Dorith, les yeux rieurs.

— Avec la machine, il pourrait même se percer les deux et le pied ! précisa Muriel.

Cela amusa beaucoup l'Enfant-Loup. Il imaginait Ramut montrant ses stigmates à la télé et les foules venir en pèlerinage au bunker comme à la grotte de Lourdes.

— Sérieusement, tu crois que Ramut pourrait se tuer ? demanda-t-il la bouche pleine à Suzana.

— C'est toujours possible, répondit-elle, mais je pense que le risque est faible. Ramut est trop imbu de lui-même, trop dans le narcissisme pour détruire l'image qu'il se fait de sa personne. Se suicider briserait le petit monument pour la postérité qu'il entend se construire livre après livre, article après article. Pour moi, Ramut finira à l'Académie française et dans les poubelles de l'Histoire…

Elle ajouta, l'air malicieux :

— Ce qui est un peu la même chose.

L'Enfant-Loup lui donna un baiser sur la joue.

— Dommage, après ce qu'il aura fait ici, ç'aurait été le premier ouvrier à entrer à l'Académie !

Dylan décréta qu'ils avaient assez dit de conneries. Il se resservit une part de gâteau et une coupe de champagne avant d'exposer la question qui le chagrinait :

— Détail, mais pas tant que ça : est-ce qu'on lui fait lire *Valeurs Françaises* ?

— L'édito d'Alex Machin qui le remplace ? Ça va le rendre fumasse…

Sandra intervint :

— Vous savez qui est Alexandre Camiri ?

Non, ils ne savaient pas. Personne n'avait entendu ce nom, sauf Victoria.

— C'est l'amant de la femme de Ramut, n'est-ce pas ?

— Oui, confirma Sandra. Leur liaison est de notoriété publique.

— C'est trop beau ! s'enthousiasma Zac. S'il lit ça, il pensera que c'est un coup de ce type et de sa femme pour se débarrasser de lui.

— Il y pense déjà, assura malicieusement Victoria.

— Il ne faut surtout pas le détromper ! C'est peut-être même une idée qui pourrait traîner dans l'air, fit remarquer l'Enfant-Loup.

Kol répéta qu'il était contre toute expression publique. Ce qu'ils faisaient devait rester secret et inconnu.

— Notre anonymat est une force. Notre secret doit être tellement secret que même le secret doit l'ignorer.

— Putain, tu me le rediras demain ! s'esclaffa l'Enfant-Loup qui pensait à quelque chose de plus farce qu'une médiatisation.

— Vous travaillez dans un journal ? demanda-t-il à Sandra.

— Oui, je suis secrétaire de rédaction à *Demain le jour*. Peut-être plus pour longtemps mais encore un peu…

— Je suis sûr qu'il y a une pipelette en chef chez vous. Avec qui pourriez-vous évoquer cette éventualité pour qu'elle fasse le tour de Paris ?

— Vous voulez que je raconte qu'Alexandre Camiri est derrière la disparition de Ramut ?

— Oui, non, rien d'aussi direct. Quelque chose comme un écho très vague que vous auriez entendu et qui paraîtrait vraisemblable.

Sandra sourit.

— Je peux en toucher deux mots à Olga qui s'occupe des archives. Si je lui présente ça comme top-secret, vous pouvez être sûrs qu'elle le répétera à tous ceux qui viendront lui demander quelque chose…

Muriel suggéra qu'avec sa sœur elles pourraient faire la même chose avec Ramut quand elles descendraient prendre son linge et lui apporter des provisions pour la semaine.

Dorith s'y voyait déjà :

— On bavarde… on bavarde… et on lâche un mot sur Monsieur Camiri…

— Ou monsieur Alexandre ? Monsieur Alex ?

— Oui, monsieur Alex ! Ça fait patron de clandé…

Quand les deux sœurs eurent fini de rire, Suzana reprit la parole :

— C'est une bonne idée. Ça offrirait à Ramut un baume contre la déprime, une explication à sa situation…

— Pour chasser l'angoisse ? plaisanta Kol.

Rousseau et Kol débattaient des mérites comparés de la boxe, « un sport qui nous apprend à affronter notre propre peur », et du vélo, « un sport individuel qui se pratique en équipe ». L'Enfant-Loup attendit que le café soit servi pour faire son annonce :

— Un peu de silence, s'il vous plaît. Il faut que je vous dise quelque chose qui nous concerne directement…

Il avait parlé d'un ton si solennel que tous se turent, craignant une catastrophe.

— Voilà, dit-il en joignant les mains comme un prêtre, Gus, un policier municipal adjoint aux sports, est venu me voir…

L'Enfant-Loup fit un signe pour ne pas être interrompu.

— Il savait que j'avais joué au hand avec Kol et il n'a pas eu de mal pour trouver que ceux qui sont ici aujourd'hui étaient dans l'équipe. Madame Peltier, ma voisine qui sait tout sur tout le monde, s'est fait un plaisir de lui raconter…

Dylan, n'y tenant plus, intervint :

— Merde, arrête de tourner autour du pot ! Qu'est-ce qu'il voulait ton flic… ?

L'Enfant-Loup prit un air embarrassé :

— Gus entraîne les jeunes ici. Alors, il a pensé que ce serait bien d'organiser un match des juniors contre les anciens... Il m'a dit « contre les vieilles gloires ».

— Et les vieilles gloires, c'est nous ? demanda Isaac, lissant son crâne chauve du plat de la main.

— Oui, c'est nous.

Isaac hocha la tête comme s'il venait d'être frappé d'une évidence renversante.

— Pour ce qui est des gloires, dit-il, ça se discute mais pour être vieilles, c'est clair et net : nous sommes vieux...

Dylan sortit son ventre.

— Tu nous vois jouer deux fois trente minutes ?

— J'ai plus de souffle, avoua Hurel.

— Et moi, tu crois que j'en ai ? grogna Isaac. Et je ne te parle pas des jambes !

Kol avait une question qui lui brûlait les lèvres :

— Qui tu veux mettre dans les buts ? demanda-t-il à l'Enfant-Loup. Bob n'est plus là et pas un d'entre nous...

— On demandera à Gus de nous passer un jeune.

— J'ai qu'à m'y mettre, moi, dit Isaac. Pour courir, je suis moyen mais en largeur, j'assure.

— Ah non, plutôt moi ! protesta Dylan. Je suis plus grand et...

— Moi, je peux, trancha Victoria.

— Tu peux quoi ?

— Je peux jouer goal. Avec Richard on s'est souvent amusés à ça... Je connais tous ses trucs !

Ils se regardèrent : une femme dans les buts ? La proposition les laissait muets. L'Enfant-Loup n'en demandait pas tant. Il en profita pour plier l'affaire d'un ton sans réplique :

— Le match a lieu cet après-midi à cinq heures à la salle de sport…

Hurel apostropha la compagnie :

— À part Kol et Rousseau, est-ce qu'il y en a parmi vous qui font encore du sport ?

Ni lui, ni Zac, ni Dylan, ni l'Enfant-Loup n'en faisaient. Mais Kol et Rousseau n'en faisaient plus non plus.

— Pour moi, c'est fini le vélo, avoua Kol. J'ai dû vendre le mien…

— Dommage, ça avait l'air de te réussir, t'as la forme.

— Je continue de faire attention à ce que je mange, expliqua-t-il. Parce que dans la vie comme dans les côtes, t'as vite fait de regretter les bons desserts ou le hareng pommes à l'huile… Ça reproche, comme on dit.

Rousseau avait aussi renoncé à la savate et à la canne d'assaut.

— Je fréquente quand même encore une salle, précisa-t-il en serrant les poings. J'entraîne mes deux fils. Je ne sais pas si j'en ferai des champions, en tout cas, je préfère qu'ils fassent du sport que des conneries.

— Ils en font ?

— Le petit pas encore mais Camille, mon aîné, est un tagueur fou. Il nous en fait voir de toutes les couleurs, si je peux dire. Tout son argent de poche passe dans l'achat de bombes de peinture : des bleues, des rouges, des jaunes ! À treize ans, je suis déjà allé le chercher une fois chez les flics. Avec deux copains, ils avaient bombé un couloir de métro.

Chacun y alla d'un petit commentaire sur l'imagination des enfants pour rendre chèvres leurs parents. Dylan coupa court à la discussion :

— Les jeunes qui vont jouer contre nous ont quel âge ? demanda-t-il, semblant émerger du sommeil.

— Quinze… seize ans…

Il y eut un murmure effrayé.

— Quinze, seize ans ! L'âge qu'on avait quand…

— On va se prendre une branlée, prophétisa Hurel, pour couper court à la litanie des souvenirs.

Lecture

Isaac alla faire la sieste pour préparer le match. Il serait bien allé surveiller Ramut, mais même en combinaison de travail et avec un masque, il craignait d'être reconnu. Ce furent Dormeur et Timide qui descendirent dans le bunker tandis que les autres s'occupaient de la vaisselle. Ils trouvèrent Ramut assis sur son lit, fourbu, presque prostré.

— Ça ne va pas ?

— Je suis crevé, bredouilla Ramut, qui venait de terminer quatre heures supplémentaires.

Il montra ses paumes noircies, entaillées de minuscules coupures.

— Vous avez vu mes mains ?

— C'est le métier qui rentre, fit remarquer Hurel sans s'émouvoir.

Rousseau tendit *Valeurs Françaises* à Ramut.

— Nous vous avons apporté de la lecture…

— Ils parlent de moi ?

— Je ne sais pas. Je ne l'ai pas encore lu…

Ramut prit le magazine qu'il feuilleta fébrilement sans y trouver son nom. Il s'arrêta net sur l'édito paru sous le titre « L'invasion arabo-musulmane ». Et, prenant Hurel et Rousseau à témoin, il lut à voix haute :

— « Le printemps arabe a libéré des monstres que les régimes autoritaires tenaient solidement cadenassés pour notre sécurité. Des monstres incontrôlables mais pas incontrôlés, nés de la pauvreté, de la misère africaine, qui vont s'attaquer à l'Europe sur trois fronts : l'immigration – qui va proliférer comme les métastases d'un cancer –, les trafics – dont l'ampleur même noiera toute velléité de les combattre –, l'islamisme – qui à terme imposera la Charia sur tout le continent… »

Il chiffonna *Valeurs Françaises*, le déchira avant de le jeter rageusement loin de lui.

— Le salaud ! Le salaud ! Non seulement il me pique ma femme, mais il me pique aussi mes idées !

Et, pointant un doigt accusateur sur Dormeur et Timide :

— Il vous paye combien ?

Timide répondit calmement :

— C'est votre travail qui nous paye. Rien d'autre...

— *Bullshit* ! C'est pas avec vos trous de merde que vous allez faire fortune !

— Au bout d'un certain temps, si.

— « Au bout d'un certain temps » ! Mais jusqu'à quand vous croyez que je vais me crever à faire ça ?

— Jusqu'à la retraite, assena Dormeur.

Ramut se leva d'un bond et battit des bras comme s'il tentait de s'envoler.

— C'est un cauchemar ! Vous êtes un cauchemar ! Vous ne dites que des conneries, vous ne me faites faire que des conneries, vous me faites vivre dans la connerie et pendant ce temps-là l'autre enculé d'Alex vit à mes crochets et me pique ma place !

Ramut reprit son souffle.

— Ça a assez duré, dit-il en baissant la fermeture éclair de son bleu pour l'enlever. Laissez-moi partir. Il faut que j'aille régler ça et vite.

Hurel et Rousseau se consultèrent du regard.

— Je ne crois pas que ce soit possible, s'excusa Timide. Vous n'êtes pas depuis assez longtemps dans l'entreprise pour avoir droit à des vacances.

— Sans compter que ce n'est pas la période, ajouta Hurel.

Match aller

La salle de sport avait été ouverte spécialement pour eux. L'Enfant-Loup, Kol, Rousseau et Hurel portaient leurs maillots rouges traditionnels, Dylan et Isaac des t-shirts d'un rose improbable trouvés dans les réserves comme les shorts et les baskets. L'ensemble était pour le moins hétéroclite. Ils s'en moquaient. Ça ne les dérangeait pas d'avoir l'air de clowns, au contraire, « ça déconcentrera l'adversaire », prétendait Isaac. L'entrée de Victoria sur le terrain fit sensation. Moulée dans un justaucorps noir, coiffée d'une casquette des Forty Niners, gantée de cuir épais, elle rejoignit l'équipe en petites foulées, souriant aux spectateurs qui l'applaudissaient.

— C'est quoi ça ? demanda Gus à voix basse, roulant des yeux.

— Ça ? C'est notre goal, répondit l'Enfant-Loup en lui adressant un baiser du bout des doigts.

Ils joueraient selon une formation particulière tenant compte de la forme des uns et des autres : à l'avant Kol, l'Enfant-Loup et Hurel (les plus véloces), à l'arrière les grands et gros de la troupe, Rousseau à droite, Dylan à gauche et Isaac au centre, reprenant sa place historique de meneur de jeu.

Kol résuma leur stratégie :

— Dylan et Zac restent à l'arrière, nous on descend en se passant la balle. Aux neuf mètres, on sert Rousseau qui tire dans le tas…

— Comme avant ?

— Oui, comme d'hab'. Il suffira que tu le fasses une fois, deux fois, trois fois pour que leur défense prenne la poudre d'escampette…

— … et tu finiras ?

— Moi ou l'Enfant-Loup.

— Nous on ne bouge pas de l'arrière ? se fit préciser Dylan.

— S'ils nous contrent, on essaiera de revenir, mais c'est pas sûr qu'on puisse leur courir après à chaque fois, constata Kol avec un sourire contrit. Il faut que Zac et toi soyez toujours là pour limiter les dégâts.

Ils firent un cercle en se tenant par les épaules, partagés entre l'envie de rire et l'orgueil de vendre leur peau le plus cher possible.

— OK pour tout le monde ?

Kol prononça la phrase rituelle :

— Un seul conseil : marquer des buts.

Pour débuter le match, Gus tenait à jouer avec ses jeunes. L'Enfant-Loup et les autres vinrent s'aligner en face d'eux. Gus commanda :

— Pour les vieilles gloires, hip hip hip !

— Ouah !

— Hip-hip-hip !

— Ouah !

— Hip-hip-hip !

— Ouah !

L'Enfant-Loup dirigea la réponse trois fois sur le même ton :

— Pour les jeunes cons, hip-hip-hip !

— Hourrah !

La vingtaine de spectateurs applaudit. Le match pouvait commencer.

En tant qu'invité, Kol eut l'honneur de l'engagement. Au coup de sifflet, il passa la balle à Zac qui la fit circuler à toute l'équipe pour que chacun la touche au moins une fois. Ils arrivèrent en trottinant aux neuf mètres. Hurel envoya le ballon à Rousseau, Rousseau le passa directement à Kol qui fit mine de s'engager dans la défense pour shooter ou servir l'Enfant-Loup sur l'aile. Mais, au dernier moment, dans un ballet réglé depuis des lustres, Kol feinta son tir et servit Rousseau revenu derrière lui.

Sans hésiter, Rousseau arma son bras et tira droit devant, de toutes ses forces. Comme un seul homme, les jeunes sautèrent sur place en levant les bras pour protéger leurs buts de cette première attaque. Gus sauta peut-être plus haut que ses joueurs, en tout cas, il prit la balle en pleine face, à la volée.

À peine commencé, le match fut interrompu.

Gus saignait du nez et ne savait plus vraiment comment il s'appelait. On l'évacua, soutenu par sa femme et une amie. Suzana les rejoignit au vestiaire avec la trousse de secours, tandis qu'un remplaçant entrait sur le terrain,

La défaite des « vieilles gloires » ne fut pas humiliante : 21 à 17. C'était honorable. Victoria surtout, dans les buts, fit merveille en arrêtant trois penaltys. À la fin Isaac, accroché aux poteaux de but, haletait comme un poisson hors de l'eau, Hurel restait les bras en croix sur le parquet, Dylan se faisait masser les jambes par Dorith et Muriel, Rousseau buvait des litres d'eau et s'arrosait la tête. Kol et Victoria, pliés en deux, se regardaient sans rien dire, front contre front. Gus réapparut accompagné par Suzana. Il avait du coton dans le nez et une serviette humide sur le front. Il avait aussi les yeux aux violettes mais n'en tenait pas rancune à Rousseau.

— Si vous voulez, demain, à onze heures, on fait la revanche, dit-il en lui tendant la main.

Dylan souffrait de crampes aux cuisses, Hurel transpirait à grosses gouttes, Isaac n'avait toujours pas repris son souffle et les autres traînaient la patte en quittant le terrain. Dorith leur ouvrit la porte des vestiaires.

— Les douches vous attendent ! dit-elle. Nous avons apporté des serviettes et du savon…

Et, se tournant vers Victoria :

— Tu peux utiliser la salle de bains chez l'Enfant-Loup…

Il y eut des protestations.

— Privilège du sexe, trancha Dorith.

Les hommes se déshabillèrent en rigolant pour cacher leur gêne. C'étaient des soldats qui portaient sur leurs corps les traces des campagnes qu'ils avaient faites, une géographie pileuse ou glabre, musclée ou bedonnante, flasque ou durcie par le temps. Ils évitèrent de se comparer, même si aucun ne put résister à la tentation d'observer les autres tant d'années après.

Dylan les interpella :

— Eh les gars, je ne veux pas en voir qui baissent la tête ! Ne me dites pas que vous avez honte de vous mettre à poil ? Vous savez, il n'y a pas de « parties honteuses ». Tous les culs sont des culs, toutes les bites sont des bites, toutes les chattes sont des chattes ! Le cul du pape n'est pas différent du mien et la chatte de la reine d'Angleterre n'est pas fendue à l'horizontale !

— C'était quand la dernière fois ? demanda Isaac, interrompant sa diatribe.

Dylan répondit que c'était un temps que les moins de trente ans ne peuvent pas connaître.

Isaac se mit à tousser sous le jet qui l'inondait.

— Putain, j'ai de l'asthme, dit-il, essayant de rentrer son ventre. Et j'ai les yeux qui me brûlent…

— T'as pas d'asthme ! claironna l'Enfant-Loup. Quelque chose t'étouffe et tu ne veux pas voir ce que c'est !

— Tu fais psy maintenant ? Tu veux que je m'allonge et que je te raconte ma vie ?

— Pas la peine, c'est déjà fait.

— Parce que je tousse et que j'ai mal aux yeux ?

L'Enfant-Loup prononça son diagnostic un doigt en l'air, le front soucieux :

— Demandez à Kol, c'est comme pour la baise, le corps ne ment pas, déclara-t-il.

Et à Zac :

— Tu peux toujours nous raconter ce que tu veux – te raconter ce que tu veux –, tes yeux parlent pour toi et disent la vérité.

— C'est vrai, confirma Dylan, pour les Grecs comme pour les Romains, faire l'amour avait à voir avec la vérité !

— … et avec la mort, ajouta Kol en lançant le savon à l'Enfant-Loup.

Les désignant d'un large geste du bras, Rousseau s'exclama :

— Quel dommage que Lucian Freud ne soit pas avec nous, quel tableau il aurait fait !

— Laisse tomber Freud, lança Hurel. On a assez de l'Enfant-Loup !

— Je te parle du peintre !

Kol s'en mêla :

— J'ai vu ses tableaux ! C'est impressionnant Des corps énormes, de la chair, des sexes qui ont l'air de sexes…

— Même si on me le donnait, j'en mettrais pas un chez moi ! grogna Isaac, se redressant sous le jet d'eau brûlant.

L'Enfant-Loup tenait à avoir le dernier mot :

— T'as raison, dit-il, ça coûte trop cher. Toi, il suffit de te regarder dans la glace et la farce est faite !

Il y eut des rires.

Isaac protesta :

— T'es salaud de me dire ça ! Tu crois que c'est facile d'avoir besoin d'un chausse-pied pour rentrer dans ses fringues et un tire-bouchon pour en sortir ?

Dylan vint en renfort :

— L'Enfant-Loup ferait mieux de la boucler avec ses réflexions à la con ! On s'en fout d'avoir du bide. On est beaux comme on est et on emmerde ceux que ça défrise !

Il aspergea l'Enfant-Loup.

— Tu crois que ça plaît aux filles de compter les côtes des maigrichons ? Des maigrelets ? Des squelettes ?

Il caressa sa panse avec fierté.

— Souviens-toi : le bonheur, c'est le confort !

L'Enfant-Loup invita Dylan à tâter ses abdominaux.

— Touche !

— Qu'est-ce que tu veux que je touche ? T'es enceinte ? T'as envie de chier?

— Touche, merde !

Dylan posa la main sur les muscles saillants de l'Enfant-Loup sans rien éprouver de particulier, ni sentir quoi que ce soit. Il grimaça, incrédule.

— Et alors ?

— Alors ?

L'Enfant-Loup plaqua ses mains sur son ventre et les retira vivement, comme sous le coup d'une grande douleur. Son visage prit un air de grand sérieux.

— C'est froid l'acier, non ?

Puis il éclata de rire.

Sandra s'était portée volontaire pour surveiller Ramut pendant le match. Il l'accueillit avec une grimace de dédain.

— Qui êtes-vous ?

— Atchoum ! répondit-elle joyeusement, refermant derrière elle.

Cela n'amusa pas Ramut.

— Vous n'étiez pas là avant, dit-il, avalant une tasse de Nescafé comme une purge.

— J'étais là mais je ne me montrais pas, plaisanta-t-elle.

— À d'autres.

Ramut la détailla de la tête aux pieds. Sandra ne portait pas de chaussures de sécurité mais des mocassins roses.

— Vous n'êtes pas comme eux…

Il répéta sa question sans quitter des yeux ces mocassins roses qui l'intriguaient.

— Qui êtes-vous vraiment ?

— Je suis ce qu'ils sont, c'est tout.

— Non, j'ai du flair. Je le sens, je le sais, vous êtes quelqu'un de différent.

Sandra minauda.

— Vous voulez dire que je suis une femme ?

— Je vois bien que vous êtes une femme ! Mais pas comme la fille athlétique ni comme les deux avec des gros seins…

— Ce sont mes seins qui vous intéressent ?

— Je me fous de vos seins. Pourquoi êtes-vous là ?

Sandra s'appuya sur la perceuse.

— Je me suis dit qu'un peu de compagnie ne vous ferait pas de mal avant que vous repreniez.

— Je n'ai pas besoin de compagnie. Vous voulez me tirer les vers du nez ?

— Pour quoi faire ?

— Vous ne voulez pas me poser de questions ?

— Non.

— Si vous voulez me juger, vous devez m'interroger.

— Quelle idée ! Personne ne vous juge.

— Alors, dites-moi ce que je fais là !

— Vous travaillez…

La remarque exaspéra Ramut.

— Taisez-vous ! Taisez-vous ! Je ne veux plus entendre ces conneries. Dites-moi plutôt qu'est-ce que vous foutez là ?

Sandra répondit, un sourire dans la voix :

— Je vous regarde…

— Ah, la belle affaire ! Vous vous croyez au musée ou au zoo ?

À nouveau Sandra différa sa réponse :

— C'est étonnant à quel point vous ressemblez à ce que vous écrivez, dit-elle en le jaugeant dans le silence qui s'installait entre eux.

Ramut rougit. Ce n'était sûrement pas un compliment. Il fit un pas en avant.

— Ce que j'écris ne vous concerne en rien.

Il était menaçant.

Dylan avait averti Sandra qu'il y avait le risque de voir Ramut l'agresser, lui ôter son masque, voire tenter de s'évader. Elle devait rester sur ses gardes prête à se défendre comme Rousseau le lui avait montré : feinte du gauche, coup de pied bas, crochet du droit, coup de genou dans les parties, coup de tête…

— Avez-vous déjà été licencié ? demanda-t-elle en prenant ses distances.

La question de Sandra arracha un sourire mégalomane à Ramut :

— Je me flatte d'être toujours parti avant.

— Vous ne savez donc pas non plus ce que cela fait d'être licencié, de perdre son emploi, ses revenus ?

— Je ne suis pas idiot !

— Lorsque vous écrivez que les salariés français retardent d'un siècle, qu'ils se battent pour des acquis qui n'ont plus aucun sens à l'heure de la mondialisation, que le progrès est au prix de leurs sacrifices, ce ne sont que des mots pour vous. Ces hommes et ces femmes qui sont les victimes de ce système que vous louez sans réserve ne sont rien ni personne et, selon vous, le monde se porterait mieux s'ils disparaissaient totalement…

— Vous voulez me faire pleurer ?

— J'essaye de vous faire comprendre une réalité qui vous échappe.

Ramut éclata de rire.

— Qu'est-ce que vous croyez, que ces salariés que vous idéalisez vont renverser le système ? Quelle plaisanterie ! Ceux qui aujourd'hui ont le privilège d'avoir un travail sont, de fait, solidaires des privilégiés qui leur permettent de travailler. Des capitalistes, comme vous diriez. Ouvrez les yeux !

Il assena, appuyant sur chacun de ses mots :

— La classe ouvrière est devenue une classe privilégiée et, comme toutes les classes privilégiées, elle défend d'abord et avant tout ses privilèges. Leurs ennemis, ce ne sont pas les patrons, ce sont les immigrés, les sans-papiers, les chômeurs, les RSA, les RMI, tous les laissés-pour-compte prêts à leur manger la laine sur le dos. La lutte des classes est terminée madame Atchoum et Warren Buffett a raison, ce sont les riches qui l'ont gagnée.

— Jusqu'à quand ?

— Jusqu'à la fin des temps. Alors, arrêtez de me bassiner avec vos conneries, vos bons sentiments de gauche et vos délires révolutionnaires. Faites plutôt l'effort de comprendre que c'est à vous…

Il insista :

— À vous…

Et conclut avec un accent de triomphe :
— À vous que la réalité échappe.

Teinture

Betty ignorait que son mari avait signalé sa disparition à la gendarmerie ; que sa belle-mère était morte la nuit même de son départ ; que ses fils ne voulaient plus vivre avec leur père et avaient trouvé refuge chez sa sœur, à vingt kilomètres de chez eux… Cela n'avait d'ailleurs aucune importance pour elle. Elle ne pensait jamais à l'*avant* depuis qu'elle avait refermé la porte derrière elle. Betty s'était installée dans l'ancien cabanon de Kol, en haut d'une butte, au milieu d'un petit massif forestier où personne ne passait jamais.

Elle avait changé de tête.

Betty s'était teinte en blonde et, comme il restait un peu de teinture, s'était teint aussi les poils pubiens. Le résultat se révéla assez curieux : en haut, ça allait mais en bas c'était jaune poussin ! Loin de la déprimer, cela l'amusa et l'occupa un moment dans cette pièce vide où elle n'avait rien de mieux à faire qu'à réfléchir sur elle-même, sur ce qu'elle allait faire, ce qu'elle ne voulait plus faire…

En arrivant dans le cabanon, Betty n'avait trouvé qu'une tasse dans l'évier. Kol était parti avec ses affaires, ses livres et ce petit pastel qu'elle voyait toujours quand ils faisaient l'amour. Il ne reviendrait pas. Betty n'avait donc rien à espérer de ce côté-là. D'ailleurs, elle n'était pas certaine que ç'aurait été une bonne idée de se remettre avec un homme alors qu'elle venait d'en quitter un, trois si elle comptait ses fils. Pourtant, s'il y en a bien un qui lui plaisait, c'était Kol…

Betty, pour la première fois de sa vie, n'avait rien à faire. Vraiment rien ! Quand elle y songeait, elle ne parvenait pas à trouver dans sa mémoire la dernière fois où elle n'avait rien eu à faire. Jusque-là – même enfant –, tous les jours de sa vie avaient été remplis de tâches contraignantes : les devoirs, les cours, l'aide à la maison, le catéchisme, le sport, les courses, le ménage, la cuisine, s'occuper des enfants, de son mari, de la famille, travailler à l'imprimerie, le piquet de grève…

Pas une seconde à elle !

Et soudain, plus rien. Plus rien à faire. C'était à la fois angoissant d'être à ce point désœuvrée et réjouissant. Tout devenait possible !

Combien de temps tiendrait-elle dans la cabane ?

Elle avait des provisions pour trois, quatre jours, pas plus. Ça lui laissait le temps de se décider à partir droit devant elle ou filer vers le nord ou vers le sud. Elle verrait. Elle ne voulait pas y penser. Elle ne voulait penser qu'à elle. Après sa teinture, elle s'était soigneusement verni les ongles des pieds et des mains d'un rouge sanglant. De la même couleur que le rouge à lèvres qu'elle avait acheté en chemin. Elle s'était frictionné tout le corps avec une huile où se mêlaient de l'olive, du miel, du chèvrefeuille et même de la pomme si elle en croyait la notice. Puis, après avoir déplié le canapé, elle s'était allongée nue dans le lit pour jouir de ce moment de paix absolue.

Rêves

Betty s'assoupit. Depuis quelque temps, dès qu'elle se couchait, elle s'assoupissait. Elle ne dormait pas vraiment mais se laissait envahir de rêves qu'elle notait scrupuleusement dans un petit cahier, comme on conserve les fleurs d'un herbier. Lorsque Betty relisait son cahier, elle n'y comprenait rien ou pas grand-chose. Elle éprouvait le sentiment perturbant que quelqu'un lui avait tenu la plume ; qu'une voix supérieure lui avait dicté ces rêves. Ils n'étaient pas d'elle. Une autre les avait rêvés à sa place, dans sa tête. Si Kol avait été là, il aurait sans doute su quoi en penser. Mais à part une tasse, il n'avait rien laissé, pas un vêtement, pas un mot, pas une adresse. Pourtant, c'est pour lui que Betty écrivait ; pour ce fantôme, pour personne d'autre.

Rêve 1 : elle est dans la cour d'une maison en été. Il fait très chaud. Elle porte une petite robe blanche, des socquettes et des tennis blanches. Elle joue à la balle avec son frère – mais elle n'a pas de frère –, habillé lui aussi tout en blanc, un bloomer et une chemisette qui pourrait être un corsage de fille. Soudain, ça coule entre ses jambes, ça dégouline le long de ses cuisses, sur ses chaussettes, ses chaussures. Elle s'est souillée. De quoi ? Elle ne sait pas. Elle n'ose pas regarder ce qui coule d'elle. Elle pleure. Elle va être punie, battue ? Son frère rit et rit encore comme s'il ne pouvait plus qu'être ce rire dément qui la cingle comme autant de coups sur les fesses.

Rêve 2 : elle est dans un musée où elle n'est jamais allée. Les quelques toiles qui sont présentées ne lui plaisent pas, médiocres, noirâtres. Elles lui font peur ou la dégoûtent. Il n'y a qu'elle qui visite ce musée. Tout semble abandonné. En revanche, dans toutes les salles, il y a des gardiennes. Beaucoup de gardiennes. Des femmes âgées en uniforme noir qui parlent ou qui tricotent. Elle est sûre qu'elles médisent d'elle. Qu'elles se moquent et lui veulent du mal. Elle ne s'attarde pas. Une fois dans un sens, une fois dans l'autre, une salle succède à une autre salle sans qu'elle puisse trouver la sortie indiquée. L'angoisse la saisit. Elle se hâte, allonge le pas, marche vite puis court sous le regard des gardiennes qui la houspillent. Elle arrive dans une salle totalement vide. Sauvée ! Il n'y a qu'une toile pendue au mur. Elle s'arrête, essoufflée. Quand elle se reconnaît dans le miroir qui lui fait face, elle se réveille avec en tête la phrase : « Ça s'imposera. »

Rêve 3 : elle est avec sa sœur dans le Sud. Elles se font bronzer sur une grande pierre plate au bord d'une rivière. Il doit être midi car elles ont faim. Pour aller manger, il faut aller de l'autre côté de l'eau. Sa sœur lui ordonne d'y aller. Mais elle n'obéit pas. Elle ne veut pas traverser seule. Elle veut que sa sœur nage avec elle. Sa sœur refuse, se fâche. C'est l'aînée, ce n'est pas à elle d'aller faire des courses. Mais Betty s'entête, elle non plus ne veut pas y aller. L'eau doit être froide, dangereuse. Il y a une chute d'eau ou comme un petit torrent qui risque de l'emporter dans le courant. Il y a des tourbillons. Soudain, sa sœur se lève, la tire par le bras et la pousse dans la rivière.

Jardin

Ils dînèrent dehors, dans le jardin éclairé par deux guirlandes de lampions. Le ciel était serein et l'atmosphère un peu fraîche, ce qui n'était pas désagréable. Deux gros baffles diffusaient « Ain't

Misbehavin », un vieux standard de Fats Waller, gai et entraînant. L'Enfant-Loup avait convié sa voisine, madame Peltier, et son mari ainsi que Gus, sa femme et l'amie de sa femme qui avaient assisté au match. Gus leva son verre pour célébrer la victoire de ses jeunes. Et, se moquant de ses yeux au beurre noir et son nez meurtri, il trinqua avec Rousseau :

— Pour me refaire le portrait, je te retiens ! Pas besoin de chirurgie esthétique…

Rousseau s'excusa encore une fois et les deux hommes se donnèrent l'accolade.

Le vent forcit, levant une fumée blanche du barbecue où s'activaient Isaac et Dylan secondés par Dorith et Muriel, un tablier sur le ventre, un fichu sur la tête ; la chaleur qui montait du charbon de bois leur colorait les joues.

— Vous savez qu'ici le maire a fait un truc extraordinaire, annonça Dylan en retournant les merguez et les côtelettes.

— Un rond-point carré, suggéra Isaac.

— Il a fait le concours de Miss Moche ! dit Dorith.

— Il a transformé l'église en bar de nuit ! renchérit Muriel.

— Arrêtez, je ne déconne pas.

Isaac fit gentiment mine de s'intéresser :

— Qu'est-ce qu'il a fait ?

Dylan raconta avec patience :

— Ils avaient un petit groupe de HLM dans la commune. Quatre immeubles de cinq étages particulièrement pourris qu'il fallait restaurer. Le maire a lancé un appel d'offres auprès des entreprises et – c'est complétement illégal – il a conditionné l'obtention des travaux à l'entreprise qui s'engagerait à employer tous les chômeurs des immeubles.

— Les locataires ?

— Oui, les locataires qui pointaient à Pôle emploi ou au RSA. Et ça a marché.

— C'est une super bonne idée ! s'exclama Dorith.

— T'as dit que c'était illégal ?

— Oui, expliqua Dylan, partant du principe que la République est une et indivisible, tout le monde doit être traité à égalité. Il ne peut pas y avoir de conditions pour obtenir un marché public. Sinon, c'est la mafia qui dirige, qui ordonne de prendre tel ou tel…

— Le maire se foutait de la légalité ?

— Il a pris le risque. Ce n'était pas gagné d'avance parce que les types, dans les immeubles, ils n'étaient pas tous chauds pour se mettre au boulot. Les contremaîtres des entreprises sont même allés les chercher un par un. Ils ont fait du porte-à-porte. Les plus nases ont fait manœuvres, les un-peu-mieux ont fait la peinture et les plus dégourdis les enduits et les plâtres…

L'Enfant-Loup vint avec Suzana réclamer des merguez et du pain.

— Je raconte l'histoire des HLM, annonça Dylan en les servant.

— Si on a le temps, on passera y jeter un coup d'œil, promit l'Enfant-Loup. Ça vaut le déplacement. Vous n'avez jamais vu de HLM aussi nickels. C'est presque devenu un quartier chic !

Rien que d'y penser, ça le faisait rire.

— Et là-bas, c'est la paix sociale ! Vous verriez ça !

— Parce que c'est tout beau, tout propre ?

— Parce que si un type, qui s'est fait les cinq étages d'une cage d'escalier au Roulor, pince un petit con en train de taguer « nique ta mère », tu peux être sûr qu'il décroche le fusil et l'allume…

Kol et Victoria se partageaient la même assiette de salade fenouil-parmesan quand madame Peltier s'approcha d'eux. C'était une petite femme rondouillarde aux cheveux étrangement teints en orange. Elle connaissait Kol de longue date.

— Tu ne me présentes pas ? demanda-t-elle, tendant la main à Victoria.

— Victoria, dit cérémonieusement Kol.

Puis, se tournant vers la voisine :

— Madame Peltier qui fait les meilleures tartes aux pommes que je connaisse…

Victoria serra la main de madame Peltier.

— Enchantée, dit-elle timidement.

— Moi aussi. J'ai beaucoup entendu parler de vous.

Comme toujours, madame Peltier voulait tout savoir.

— Qu'est-ce que vous faites dans la vie ?

— Je suis jongleuse.

— C'est un métier ça ?

— C'est un art, répondit Victoria en la regardant droit dans les yeux.

Madame Peltier bafouilla :

— Ah oui, oui, bien sûr, ce doit être difficile…

— C'est dangereux, spécifia Victoria, s'amusant de l'embarras de la voisine. Et vous, qu'est-ce que vous faites à part les tartes aux pommes ?

— Je ne fais plus rien. J'étais dans la confection de sous-vêtements pour dames, mais l'usine a fermé et je n'ai rien retrouvé.

Victoria sourit.

— Les dames vont maintenant sans sous-vêtements ?

— Vous ne croyez pas si bien dire ! Moi, je voulais qu'on manifeste toutes nues dans la ville pour que tous les habitants voient ce qu'ils perdaient en perdant l'usine !

— Vous l'auriez fait ? demanda Kol, étonné d'une telle véhémence chez madame Peltier d'ordinaire si réservée.

— Je ne suis pas une strip-teaseuse mais je n'aurais pas eu peur de montrer mon cul à tous ceux qui nous ont laissés tomber.

Elle se tourna vers son mari :

— Hein que je l'aurais fait ?

Monsieur Peltier acquiesça en rougissant. Imaginer sa femme nue en ville se montrant à tous…

Hurel n'écoutait ni ne regardait ce qui se passait autour de lui. Il ne mangeait pas non plus, se contenant de faire tourner du gin dans son verre comme s'il espérait son assentiment avant de l'avaler cul sec. Il s'était mis un peu à l'écart pour appeler sa femme :

— Si, je t'assure, nous avons fait un match, la même équipe qu'avant avec quelques années de plus…

— Tu as tenu le coup ?

— Le cœur ça va, mais c'est le souffle.

— Quand même, tu devrais faire attention.

— Ne t'inquiète pas, dit Hurel, observant son verre vide avec dépit.

— Si, je m'inquiète. Je m'inquiète même beaucoup.

— Qu'est-ce qu'il y a ?

— Je crois que je perds la tête…

— Qu'est-ce que tu racontes ?

En s'éveillant, la première pensée de la femme d'Hurel était toujours pour sa fille.

— Ce matin, en m'habillant, j'ai enfilé ses vêtements sans y prendre garde. Quand je me suis vue dans la glace, j'ai cru qu'elle était revenue…

Chef

Kol s'éclipsa pour porter discrètement à Ramut une assiette avec deux merguez, de la salade de fenouil, de la semoule et une part de tarte.

— Cadeau, dit-il en la déposant sur la table.

Ramut sortit de la douche entortillé dans une serviette ce qui lui donnait une allure de vieux chat mouillé.

— Cadeau du chef ? ricana-t-il en découvrant ce que Kol avait apporté.

— Cadeau tout court. Il n'y a pas de chef chez nous. Pas même de chef cuistot !

— Ce n'est pas vous qui commandez ?

— Non, ni moi ni personne

— Même pas celui qui a le masque de Prof ?

— Ce n'est pas le chef non plus.

— Et Simplette ?

— Personne. Nous sommes un collectif autogéré. Toutes les décisions se prennent collectivement, à la majorité. Un homme, une femme : une voix chacun, c'est la règle.

Kol et Victoria dormaient dans le cabanon, l'Enfant-Loup migra avec Suzana dans la chambre de ses parents où il ne mettait jamais les pieds. Il laissa la sienne à Dylan, Dorith et Muriel, quant à Rousseau et Sandra, ils héritèrent du canapé-lit du salon tandis qu'Isaac et Hurel se partageaient les lits superposés de l'ancienne chambre des garçons.

En entrant dans la salle de bains du premier, l'Enfant-Loup tomba sur Dorith et Muriel qui se préparaient pour la nuit.

— Oh, excusez-moi ! dit-il, se reculant déjà.

Dorith le retint.

— Attends.

— Ferme la porte, dit Muriel, assise sur les toilettes.

— Je ne voudrais pas être indiscret…

Dorith et Muriel n'avaient sur le dos que des petites nuisettes transparentes, une rose et une verte. Muriel se leva.

— Ferme, ordonna-t-elle en tirant la chasse.

L'Enfant-Loup obéit mais resta près de la porte. Dorith s'approcha de lui, se démaquillant avec un coton.

— Je n'aurais jamais dû te dire ce que je t'ai dit, mais puisque c'est fait, c'est fait.

— Tu n'en as parlé à personne ? demanda Muriel, rejoignant sa sœur.

— Je vous ai donné ma parole. Je peux vous le répéter : c'est entre vous et moi, c'est tout.

— Même Suzana ?

— Pourquoi le dirais-je à Suzana ?

— Parce que tu as l'air de bien l'aimer...

— Je n'ai pas seulement l'air, j'ai les paroles aussi : je l'aime.

— Justement.

L'Enfant-Loup les dévisagea. Démaquillées, c'était plus facile de les distinguer l'une de l'autre. Il sourit, soupçonnant les deux sœurs de lui préparer un nouveau tour.

— Qu'est-ce que vous mijotez ?

Elles ne plaisantaient pas.

— On veut que tu nous dises quelque chose sur toi que personne ne sait, exigea Dorith d'un ton sans réplique.

— Secret contre secret, si tu préfères, nuança Muriel.

L'Enfant-Loup ne put s'empêcher de rire.

— C'est idiot ! Je n'ai qu'un secret et il est ici, dans le bunker ! Un secret mal rasé et très très laid...

Dorith ne voulait rien entendre.

— Je suis sûre que tu as quelque chose sur le cœur dont tu es le seul à avoir la clef.

— Une histoire d'amour ?

— Si tu veux…

— Quelque chose de caché…

— Vous voulez que je vous raconte une aventure avec une femme ?

— Ce que tu veux mais que ça vienne des profondeurs.

— Des profondeurs de quoi ? De mon slip ?

— De ton âme, répliqua sèchement Dorith.

L'Enfant-Loup comprit qu'il ne s'en sortirait pas sans leur donner quelque chose. Après un instant de réflexion :

— Elle avait dix-sept ou dix-huit ans, commença-t-il en soupirant, je ne sais plus comment je l'ai rencontrée. Je ne sais même plus son nom. C'était une fille un peu ronde, un peu molle aux grands yeux bleus, aux cheveux noirs. Nous avons fait l'amour chez moi, dans la chambre que je louais au sixième étage d'un vieil immeuble. Le lit n'était qu'à une place. Elle avait la peau très blanche, très douce, fine et délicate, presque transparente et des seins lourds un peu tombants. Nous avons fait l'amour parce que c'était un dimanche et qu'il n'y avait rien de mieux à faire. Vous savez, j'étais un sauvage. Elle acquiesçait à tout ce que je lui demandais avec une sorte de tendre résignation. Et je lui en ai beaucoup demandé ! Quand il a fait nuit, je l'ai raccompagnée jusqu'à chez elle. Je me souviens qu'elle habitait dans un passage qui donnait sur un boulevard.

L'entrée était sous un porche voûté éclairé par une lanterne à l'ancienne. Nous nous sommes embrassés en nous promettant de nous revoir. Nous nous mentions mais qu'importe, c'était agréable de faire semblant. Le lendemain, j'ai lu dans le journal qu'une fille avait été assassinée avec sa mère dans sa rue.

— C'était elle ? demanda Dorith, alarmée.

— Je ne sais pas. Je n'ai pas cherché à savoir. Elle ne m'a jamais rappelé, moi non plus.

— Pourquoi tu n'as pas cherché à savoir ?

— Je me le demande encore.

Muriel fronça les sourcils.

— Pourquoi tu nous racontes ça ?

— Parce que vous me l'avez demandé...

Et, le visage fermé :

— Parce que ça vient des profondeurs.

Chambre 1

Nu, assis sur le lit les jambes écartées, encore mal remis du match, Dylan attendait Dorith et Muriel, un carnet vierge posé entre ses cuisses. Il voulait écrire, écrire, écrire, mais les jours passaient et il n'écrivait pas. Dylan replia lentement sa main et l'observa. Ce n'était pas un poing de combattant ni une serre d'oiseau de proie. C'était plutôt une main de vieillard arthritique, repliée sur elle-même comme étaient les doigts d'Auguste Renoir à la fin de sa vie. Une main atrophiée, une main empêchée.

— Il faudrait que je prenne des notes, mais je n'y arrive pas, avoua-t-il, dès que ses deux libellules le rejoignirent.

Dorith s'installa à sa droite, Muriel à sa gauche.

— Tu veux qu'on t'aide ?

— On ne dit pas grand-chose, mais on n'en rate pas une !

— On pourrait t'en dire des belles !

— Et même en inventer !

Dylan échangea un baiser avec l'une puis avec l'autre.

— Ce n'est pas ça, dit-il, quand j'ai invité tout le monde à la maison, j'avais envie qu'on se raconte notre jeunesse, qu'on se souvienne des blagues que nous avions faites, nos virées, nos matches, nos idées d'alors, nos rêves…

— Les femmes que vous aviez connues…, souffla Muriel.

— Je n'en ai pas connu tant que ça !

— Oh, le gros menteur !

— Parole, se justifia Dylan, l'Enfant-Loup, Kol, oui, il leur en fallait toujours une nouvelle. Mais pas moi.

Dorith et Muriel firent semblant de le croire.

— Qu'est-ce que t'espérais ?

— Qu'ils racontent notre vie autrement que je peux la raconter. Retrouver ce que nous étions quand nos parents étaient encore vivants, le lycée, le quartier…

— Rien ne t'empêche de l'écrire…

— Tout m'en empêche ! Cette histoire dans laquelle nous nous sommes embarqués, ça change tout ! Je ne peux plus écrire. Je ne suis même plus sûr d'être capable de créer quelque chose sur le papier.

— À cause du rat qu'on a mis en cage ?

— Évidemment à cause de lui ! C'est une histoire qui ne peut pas être écrite et encore moins publiée. Kol a raison : notre anonymat est une force. Et cette force nous devons la garder coûte que coûte. Si je me mettais à écrire ce qui se passe ici, il y aurait toujours le risque qu'un jour ou l'autre ça tombe sous les yeux de quelqu'un et si je le publie, ce serait pire. Ce serait comme si je me dénonçais et tout le monde avec moi, d'un seul mouvement…

— Nous aussi ?

— Vous aussi, mes beautés. On a beau rire, mais nous sommes méchamment hors-la-loi…

— Ça me plaît, moi, d'être une hors-la-loi ! fanfaronna Dorith.

Muriel l'approuva :

— Si t'en es une, j'en suis une aussi !

Ils se turent un instant.

— Je vais laisser tomber, gémit Dylan, tête basse.

— Ramut ?

— Mon livre.

— Ne dis pas de bêtises !

— Si, je vais le laisser tomber…

— Arrête.

— Non, je ne peux pas l'écrire, c'est impossible. Je ne sais même pas par où commencer et encore moins comment finir.

Dorith l'embrassa.

— Eh bien, si tu ne peux pas écrire celui-là, écris autre chose. Ça ne sert à rien de te faire du mal…

— Tu peux écrire de la poésie, suggéra Muriel, l'embrassant à son tour. On adore quand tu nous écris des poèmes.

Elle récita :

L'homme aux songes
Qui songe en toi
Rêve tes rêves
Par tes yeux voit
Ce double insaisissable
Qui te veut toute
Veille et sommeil
Regarde-toi dans la glace
C'est moi.

Dorith applaudit.

— Muriel a raison, écris des poèmes, c'est bien mieux qu'un bouquin où tu ruminerais tes souvenirs.

— T'as pas encore l'âge de radoter !

— Vous êtes gentilles, admit-il, mais écrire de la poésie, ça n'intéresse personne. Il s'en publie beaucoup mais il s'en lit très peu. Ceux qui lisent de la poésie sont ceux qui en écrivent. Une sorte d'activité en circuit fermé où le serpent, toujours, se mord la queue.

Dylan était lancé :

— Vous comprenez, c'est louche d'écrire de la poésie ! C'est comme lire des magazines porno ou mater des films du même genre. Ça peut se faire mais ça ne doit pas se dire et encore moins s'exposer. La poésie, ça se diffuse sous le manteau.

Il soupira.

— Pour tout le monde, la poésie, c'est emmerdant. C'est de la contrebande littéraire, une maladie, la « sclérose en plaquettes », comme a dit je ne sais plus qui.

Elles protestèrent pour l'encourager à continuer.

— Nous, ça ne nous emmerde pas, hein Mumu ?

— Ah non, ce n'est pas emmerdant !

— Il n'y a que vous pour penser ça !

Dylan avait des arguments.

— Regardez, dans les médias, c'est le silence, dit-il en haussant le ton. Quelques journaux condescendent à citer un poème de temps à autre, pour boucher un blanc ou caler une page, mais rien de sérieux, rien d'approfondi. On est un « jeune poète » à soixante-dix ans et plus, ou on est mort.

Il assena.

— C'est sans retour.

Les deux sœurs échangèrent un regard amusé.

— Comme la rivière ? plaisanta Muriel.

— Ce pourrait être le titre de ton recueil : « Poésies sans retour », proclama Dorith. Ce serait super !

Muriel se fit câline.

— D'ailleurs, tu le dis toi-même, ce qu'on est en train de faire c'est sans retour…

— C'est sans regrets, sans remords, hors la loi.

— Tu es Pancho Villa ou Makhno !

— Tu es notre poète !

Dylan ferma les yeux, consolé par ce qu'il venait d'entendre en stéréo.

Puis il se laissa faire.

Chambre 2

La chambre des parents de l'Enfant-Loup gardait l'odeur du temps passé. Les meubles lourds, les tentures donnaient le sentiment qu'il s'était arrêté là et se désagrégeait lentement, lentement, lentement… Au-dessus du lit, il y avait la reproduction d'une toile ancienne, un soldat désarçonné par son cheval pendant une bataille et traîné en sang sur un chemin caillouteux. De part et d'autre du tableau, deux appliques en fer forgé éclairaient la pièce d'une lumière jaunasse. Rien n'avait été touché depuis le décès de la mère de l'Enfant-Loup. Un grand bouquet de fleurs séchées était posé sur la commode entre deux bougeoirs en céramique, deux négrillons souriants vêtus princièrement.

— Qu'est-ce que vous fichiez dans la salle de bains ? demanda Suzana quand l'Enfant-Loup la rejoignit. J'allais m'endormir…

Il se glissa près d'elle, se collant contre son dos.

— Les frangines sont fêlées, dit-il presque à voix basse. Elles sont tout le temps dans la provoc'.

— Ça ne leur suffit pas de t'avoir montré leurs culs ?

— Elles voulaient savoir si je t'aimais.

Suzana faillit s'étrangler.

— Si tu m'aimais ? demanda-t-elle en se retournant.

— Oui. Elles m'ont coincé. Il fallait que je leur dise, il fallait que je leur jure que je t'aimais…

— Tu as juré ?

— Qu'est-ce que tu crois ?

— La déclaration d'amour, c'est pas ton genre.

L'Enfant-Loup s'appuya sur un coude pour regarder Suzana bien en face. Sa voix prit un ton rauque comme chaque fois qu'il voulait dissimuler qu'il était ému :

— Pourtant, j'ai juré et je le jurerai encore autant de fois qu'il le faudra : je t'aime. Et si je t'aime…

— Je sais : je prends garde à moi.

Ils s'observèrent un instant en silence, échangèrent un baiser et éteignirent.

L'Enfant-Loup ne trouvait pas le sommeil. Un poulpe d'angoisse grandissait en lui. Il entendait son bec claquer, menaçant ; il frissonnait de se sentir épié d'un œil sévère, le cœur pris par d'horribles tentacules. Pourquoi avait-il été raconter cette histoire à Dorith et Muriel ? Pourquoi pas n'importe quel bobard qu'elles auraient pris pour parole d'Évangile ? Il en avait trop dit et n'avait pas tout dit. C'était comme un trou noir dans sa vie. Son frère Franck était l'amant de la mère de la fille avec laquelle il avait passé le dimanche. C'est comme ça qu'il l'avait connue. C'était drôle d'imaginer l'un couchant avec la mère, l'autre avec la fille. Puis, du jour au lendemain, ils n'en avaient plus parlé. Franck avait renoncé à emménager dans la cabane du jardin qu'il s'était construite et, sur un coup de tête, il était parti vivre en Australie où il s'était marié. L'Enfant-Loup et son frère ne s'étaient jamais revus depuis. Ils ne s'étaient pas écrit non plus. L'Enfant-Loup n'avait jamais cherché à contacter la fille ni à savoir si c'était d'elle et de sa mère que parlait la coupure de journal par peur de découvrir une vérité qui l'anéantirait. Il ne voulait pas savoir mais, en même temps, il essayait de se convaincre que tout cela n'était qu'imagination. Rien, jamais, n'avait laissé supposer que Franck ait pu commettre…

Il ne voulait plus y penser, plus jamais en parler. Il posa ses mains sur ses yeux et tenta d'accorder sa respiration à celle de Suzana qui dormait déjà.

Chambre 3

Les enfants étaient pour le week-end chez la mère de Sandra. Elle leur expédia un texto pour leur souhaiter bonne nuit et rejoignit Rousseau déjà couché. Il maugréait contre les lattes du sommier qui lui sciaient le dos sous le matelas trop fin du canapé-lit. Sandra se sentait mal à l'aise, la conversation avec Ramut l'avait blessée. Elle pensait au type qui avait pris la balle en pleine poire pendant le match dont l'histoire avait fait tout le dîner. Elle aussi avait pris une balle en pleine poire sans être capable d'argumenter contre cet abruti hautain et sûr de lui. Elle se sentait nulle, incapable, humiliée.

Elle se lova contre Rousseau, cherchant du réconfort.

— T'es tout chaud, dit-elle. C'est bien…

— Au moins, je sais à quoi je sers, railla-t-il.

Sandra lui donna un petit baiser.

— Ma bouillotte adorée…

Rousseau la serra contre sa poitrine, lui caressant les cheveux.

— T'as envie de le faire ?

Sandra se redressa, l'œil allumé.

— Ici ? T'as pas peur qu'avec le sommier…

Rousseau ne voulait pas faire l'amour.

— Je ne te parle pas de ça. Je te parle de ce qu'a proposé l'Enfant-Loup…

— Lancer une rumeur sur Camiri ? soupira-t-elle, laissant sa tête retomber sur la poitrine de Rousseau.

— Oui.

— Je ne sais pas si c'est une bonne idée…

— Ce serait drôle, non ?

— Je crois qu'il faut se méfier de Ramut.

— Pourquoi tu dis ça ?

— Avec ses yeux morts et sa mine flapie, il a sans doute plus de ressources qu'on le croit.

— Tu as parlé avec lui cet après-midi ?

— Oui, avoua Sandra avec réticence.

— Alors ?

— Il m'a envoyée promener et ça s'est arrêté là.

— Vous avez parlé de quoi ?

— Il m'a fait la théorie de la mondialisation bienfaitrice de l'humanité.

Elle imita Ramut :

— « Bien sûr il reste encore, sur cette terre, un milliard de personnes totalement démunies et c'est beaucoup trop. Mais, même si c'est vrai que les inégalités se creusent ici ou là, globalement notre espèce s'enrichit ! »

— Qu'est-ce tu as répondu ?

— Qu'est-ce que tu voulais que je réponde ? C'est tellement démago que ça n'aurait servi à rien de lui prouver le contraire… J'aurais préféré qu'il essaye de me sauter dessus. Je l'aurais cogné, ça m'aurait fait du bien.

Rousseau embrassa Sandra sur la joue.

— Raison de plus pour lui faire une farce ?

— Je ne sais pas.

— En tout cas, si tu te décides, je n'ai pas besoin de te dire qu'il ne faut absolument pas qu'on puisse remonter à la source.

— Tu veux dire à moi ?

— À toi, à nous, aux autres. Ce qui se passe ici, ce n'est plus un jeu. C'est autre chose qui nous engage. Qui engage nos vies…

Sandra remonta son oreiller pour s'asseoir dans le lit.

— Ce qui se passe dans mon journal engage aussi nos vies. Il y a toutes les chances pour que je sois virée…

Rousseau s'installa à côté d'elle.

— Que dit Moll ?

— Il admet que les résultats financiers sont corrects mais il avance que l'état de la presse, en général, étant ce qu'il est, catastrophique, il faut préventivement licencier du personnel pour dégager des fonds afin d'investir pour le futur.

— Belle théorie ! ricana Rousseau. Ça ressemble à celle des médecins de Molière saignant à mort leurs patients pour les guérir !

Rousseau redevint le professeur d'économie :

— Vous avez des chiffres ?

— Sur le dernier exercice, le journal dégage environ 200 000 euros de marge ; les actionnaires en réclament 800 000.

— C'est inatteignable, il se fout de vous.

— Je sais.

— Fais-moi rire : il veut s'y prendre comment ?

— Du grand classique ! Licencier du personnel. Pour lui, il faut d'autant plus licencier que le format du journal ayant été réduit pour faire baisser son coût de fabrication, il ne nécessite plus autant de personnel ! Il n'a qu'une idée, qu'un objectif : dégager des fonds.

— Dégager des fonds, mais pour qui ? grogna Rousseau. Pour le groupe qui en perd ? Pour les actionnaires ?

— Pour investir.

— Investir où, quand, comment ?

— Investir pour investir ! Pour le futur, l'avenir ! Bien sûr, c'est un leurre, du baratin. Je le sais, tout le monde le sait, et lui le premier. Le scénario de l'opération est si classique qu'il y a de quoi s'effrayer de le voir se dérouler presque sans anicroche : annonce du plan de licenciements, grève, pétition, renvoi à l'Inspection du travail pour juger de la légalité du plan, négociations et ron et ron petit patapon tout le monde à Pôle emploi et les actionnaires peuvent sabrer le champagne. Dans un an, dans deux ans, il n'y aura plus de *Demain le jour* et tous les autres hebdos pleureront des larmes de crocodile sur ce « titre admirable » qui disparaît du paysage…

— Il faut que vous mettiez en cause la direction de la rédaction, trancha Rousseau. En refusant de se solidariser avec vous, de s'opposer à tout licenciement, en défendant le point de vue des actionnaires contre le personnel, elle n'est plus crédible, plus qualifiée ni légitime pour diriger le journal.

— Tu suggères quoi ?

— Que vous votiez une motion de défiance.

Et, sans la regarder :

— D'après ce que tu me dis, expliqua-t-il, la direction de la rédaction et la direction financière ne semblent avoir d'autre préoccupation que leur propre prospérité et leur propre avenir. Mais si votre journal n'est pas aussi rentable qu'il pourrait l'être, à qui la faute ? Au personnel ou à la direction ?

Rousseau se tourna vers sa femme :

— La réponse est évidente…

Sandra fit une grimace d'approbation.

— La première mesure à prendre serait donc de changer cette direction qui a failli, enchaîna Rousseau. Et si cette direction devait être maintenue malgré son échec, il serait normal de voir son salaire diminué de 30 % puisque les licenciements annoncés représentent ce pourcentage du personnel menacé. Après tout, si le format réduit du journal suppose qu'on réduise le nombre de salariés, si le nombre de salariés baisse, il devrait aller de soi de baisser le salaire des dirigeants en proportion.

Sandra ne pouvait être que convaincue.

— T'as raison, approuva-t-elle, il ne faut pas laisser ça pourrir.

Elle récapitula.

— Il faut prendre l'initiative, réaffirmer par écrit notre opposition à tout licenciement, notre volonté de démettre la direction, notre capacité à faire vivre le journal avec ses forces vives sans en amputer une seule, quitte à faire un LBO pour prendre financièrement le contrôle du journal.

Chambre 4

Au lieu de se coucher et dormir afin d'être en forme pour la revanche, Isaac et Hurel s'étaient lancés dans une grande discussion sur le cinéma et les cinéastes. Isaac n'était pas d'accord.

— Non, je ne suis pas d'accord ! Tu ne peux pas dire ça. S'il y a un grand cinéaste américain ce n'est pas Scorsese, c'est Coppola. Scorsese est un faiseur. Un faiseur de talent, mais un faiseur !

— Arrête ! protestait Hurel. Et *Mean Streets* ? Et *Taxi Driver* ? Et *Raging Bull* ? Et *Casino* ? Et *Les Affranchis* ?

— OK, mais essaye de défendre *La Dernière Tentation du Christ* sans me faire rire ! C'est *La Vie de Brian* se prenant au sérieux. Du catho kitsch ! Et *La Couleur de l'argent*, pathétique suite, misérable plagiat du génial *L'Arnaqueur* de Robert Rossen ? Et *Le Temps de l'innocence* ? Et *Kundun* ? Et *Les Infiltrés* ? À l'avant-première à la cinémathèque tout le monde est sorti en se disant que c'était nullissime mais personne n'a osé l'écrire. Il y a même eu des cons pour crier au chef-d'œuvre !

Hurel refusa le combat perdu d'avance sur les critiques cinématographiques.

— Tu sais ce qu'est son premier film ? demanda-t-il à Isaac pour tenter de le débrancher de son obsession. *Bertha Boxcar*. Un film sur une révolutionnaire, une anarchiste, une combattante de la cause du peuple, une syndicaliste de la première heure. Rien que pour ça tu devrais le respecter !

— Je respecte Scorsese, jura Isaac, mais je ne l'idolâtre pas. C'est un bon vendeur de lui-même et de ses œuvres. C'est un vrai pro, un vrai cinéaste à l'ancienne, capable d'exceller dans tous les domaines, mais ce n'est pas un inventeur.

Hurel leva un sourcil.

— Coppola est un inventeur peut-être ?

— Et comment !

Isaac développa :

— Lui aussi excelle dans tous les domaines. Mais quand il fait *Le Parrain*, aussi bien sur le plan du scénar que sur celui de l'interprétation ou de la photo, il fait prendre au cinéma une direction complètement neuve. Je dirais la même chose d'*Apocalypse*... C'est le plus grand film jamais tourné sur la guerre du Vietnam.

— Et *Voyage au bout de l'enfer*, c'est de la merde ?

— C'est un super-film, mais ce n'est pas mythique. *Apocalypse*, c'est mythique.

Isaac déconnait. Hurel tenta de mettre les points sur les i :

— C'est mythique parce que ça plaît à la bourgeoisie qui adore les mythes qui ne la dérangent pas. Coppola, c'est un enfant gâté d'Hollywood alors que Cimino, quand il tourne *Voyage au bout de l'enfer*, il fait un film de lutte de classes.

L'argument toucha Isaac.

— On pourrait peut-être proposer à Ramut de jouer à la roulette russe ? glissa-t-il, un sourire en coin.

— Il n'a pas vraiment le physique de Christopher Walken.

— Justement, en cas de malheur, la perte serait moins grande…

La remarque les fit rire.

— Tu comprends, reprit Hurel, *Apocalypse*, c'est un film qui commence en occupant tout l'écran, une métaphore de l'impérialisme américain et qui, plan après plan, se rétrécit pour ne filmer que le crâne chauve de Brando. C'est alors tout l'individualisme américain qui prend le relais, qui est « mythifié » pour reprendre ton expression. *Voyage au bout de l'enfer*, c'est un film collectif où les destins individuels bouleversent le collectif. Ce qui est très fort, c'est de faire une critique sociale radicale de la guerre au Vietnam en prenant pour héros des ouvriers d'origine polonaise ou hongroise, je ne me rappelle pas, des sales cons, machos, beaufs, poivrots, militaristes, amateurs d'armes, tueurs de daims et, à travers eux, de nous faire comprendre leur folie et celle du conflit dans lequel ils sont engagés. De la chair à canon qui ne vaut pas plus que celle des pauvres bêtes qu'ils tuent pour se distraire ! Si Cimino avait pris des types de gauche, conscients, politisés, ce serait tombé à plat, comme un conte ou de la propagande. Là, tu sors de la salle avec la gorge nouée et l'envie de dégueuler sur l'Amérique.

Isaac poussa un profond soupir. Ils n'allaient pas passer la nuit là-dessus.

— T'as fini ?

— Ouais. Je n'ai pas raison ?

— Si, tu as raison. Mais, pour prendre les choses autrement, qu'est-ce que tu penses de *Hamburger Hill* de John Irvin ?

— Je ne l'ai pas vu.

— Je te le passerai, tu verras comment filmer un massacre. C'est un film injustement sous-estimé. Très fort, très dur, c'est une boucherie pas un spectacle.

Ils se turent le temps de se servir un verre de whisky, se félicitant d'avoir eu la prudence d'emporter la bouteille.

— J'aime bien *Platoon*..., avoua Hurel en se léchant les lèvres.

Isaac se resservit.

— Moi aussi. Tu sais pourquoi ?

— Parce que la Patrouille, c'est nous ! Parce qu'on est seuls au monde dans la jungle et qu'on se bat ! Parce qu'on est à l'avant-garde des combats !

Ils trinquèrent.

— Tu vois, dit Hurel, on arrive même à être d'accord.

— On sera d'accord quand tu mettras Coppola en tête et Scorsese ensuite...

— Et Kubrick, qu'est-ce que tu en fais ?

Isaac passa la main sur son crâne.

— Kubrick est un cinéaste du début, dit-il La première demi-heure, les premières quarante minutes, c'est extraordinaire et puis il se lasse, il se désintéresse de ce qu'il tourne, il laisse aller…

— Pas dans *Shining*, pas dans *2001*…

— Bien sûr, il y a des exceptions, mais regarde *Spartacus*, *Orange mécanique*, *Barry Lyndon*, *Full Metal Jacket*, *Eyes Wide Shut*, ça ne tient pas jusqu'au bout.

— Et *Docteur Folamour* ?

— C'est autre chose : il y a deux fins, celle où le cow-boy chevauche la bombe atomique et un additif avec Peter Sellers qui, dans un sublime numéro d'improvisation, emballe le film.

Isaac regrettait qu'ils n'aient pas pensé à prendre quelque chose à manger.

— Quand on boit, il faut manger, dit-il en se servant à nouveau.

Puis il proposa la bouteille à Hurel qui ne refusa pas.

— Quand on lui parlait d'un projet ou d'un film qui allait sortir, je me souviens que Claude Sautet posait toujours la même question : « Comment ça finit ? » Il avait raison. Écrire des débuts, c'est à la portée de beaucoup. En France, regarde Bertrand Blier, un génie des débuts qui se désintéresse de son film après vingt minutes.

Isaac leva la main pour empêcher Hurel de l'interrompre.

— Je sais, ce n'est pas vrai pour *Les Valseuses* ni pour *Buffet froid*. Je te le concède. Mais, passons, c'est vrai pour tout ce qu'il a fait ensuite. Les cinéastes devraient s'obliger à écrire le début et la fin en même temps. Et ne pas tourner le premier plan tant qu'ils ne connaissent pas le dernier !

— Toi, tu sais comment ça va finir ?

— Quoi ?

— Notre film, *Ramut travaille*…

Isaac ne répondit pas immédiatement. En y pensant, non, il ne savait pas et cela l'inquiétait.

— Je sais que ça finira, c'est tout. Mais je n'ai pas d'image…

— Moi, tu vois, je me fous de savoir comment ça finira, ce qui m'intéresse c'est : après ça, qu'est-ce qu'on va pouvoir inventer ?

— Tu veux dire : qu'est-ce qu'on fera comme coup après celui-là ? Parce qu'on ne va pas s'arrêter ?

— Non, on ne va pas s'arrêter.

— Alors ?

— Alors, je ne sais pas. On pourrait vendre le yacht de Tapie à des ferrailleurs roms comme Nicolas Cage qui fait désosser son zinc dans *Lord of War* pour échapper aux flics ?

— On pourrait aussi rejouer *Le Trou* et incarcérer six députés partisans de la prison à tout-va dans une cellule de neuf mètres carrés !

— Casser en petits morceaux les salauds qui ont voté la fiscalisation des indemnités en cas d'accident du travail ! Putain, dans quel film ils font ça ?

— J'en sais rien ! Dans celui qu'on tournera ! exulta Isaac, le visage cramoisi.

— On pourrait aussi boucler dans un cercueil le mec qui a loué 500 euros une chambre de cinq mètres carrés sans fenêtre, comme dans *Buried* !

— Et qu'est-ce que tu dirais de mettre au régime auquel il nous condamne un de ces soi-disant paysans de la FNSEA qui nous font bouffer de la merde à la sauce OGM et nous asphyxient de pesticides ?

— Lui faire le coup de la pulvérisation comme dans *La Mort aux trousses* ?

Hurel eut un cri de triomphe.

— J'achète ! On peut tout faire, si on invente. C'est ça le verbe magique : inventer !

Zac opina d'un sourire.

— Comme Coppola, conclut-il, plissant malicieusement les yeux.

Le lendemain

La nuit avait été courte. Dylan avait fait l'amour avec Dorith puis, le temps de reprendre son souffle, avec Muriel. Et, comme il n'arrivait pas à dormir, il avait regardé les jumelles s'amuser entre elles et était de nouveau rentré dans la danse jusqu'à l'épuisement. Ensuite, dans les bras les uns des autres, ils avaient joué à retrouver leur plus ancien souvenir. Muriel avait raconté qu'elle devait avoir trois ou quatre ans, elle était assise dans un jardin quand un papillon était venu se poser sur son nez ! Elle l'avait chassé mais le papillon était revenu se poser sur son épaule, puis sur son bras et encore sur son nez, une fois, deux fois, trois fois. Il l'avait adoptée ! Dorith, elle, se voyait à cinq ans grimpant au sommet d'une petite colline, essayant de ne pas se faire griffer les mollets par les ronces et les orties. Quand elle était arrivée en haut, elle avait enlevé sa jupe pour l'agiter comme un drapeau et s'était fait gronder par sa mère. Dylan avait du mal à remonter si haut. Il ne savait pas si ce qui lui paraissait un très ancien souvenir l'était ou si c'était le souvenir de ce qu'on lui avait raconté. Il s'endormit en murmurant qu'il se souvenait d'un ballon qu'on lui avait offert et qu'il le faisait rebondir, répétant sans se lasser : « Gouna goune ! gouna goune ! gouna... »

Au saut du lit, Dorith et Muriel avaient un plan. Sans rien dire à Dylan, Dorith décousit le fond de sa combinaison de travail.

— C'est un vieux cochon, chuchota-t-elle à sa sœur. Quand ça craquera, ça lui fera sortir les yeux de la tête de voir mon cul !

— Tant que c'est les yeux ! ricana Muriel.

— Vous êtes prêtes ? demanda Dylan, les yeux rouges de manque de sommeil.

— Super prêtes !

Il insista pour les accompagner.

— Surtout, ne faites pas les connes. Ça ne sert à rien de l'énerver. Qu'est-ce qui se passerait s'il vous sautait dessus ?

— On se défendrait !

— On lui ferait une torsion de couilles à l'américaine !

Dylan tenta de les calmer en leur rappelant les consignes.

— Pas question de prendre le moindre risque, affirma-t-il. Vous avez vos gants ?

— Oui.

— Les chaussures de sécurité ?

Dorith et Muriel levèrent la jambe ensemble.

— Parées, chef !

— OK, on y va mais vous n'approchez pas. Vous prenez le linge sale pendant que je le surveille. On dépose sa nourriture pour la semaine et on repart comme on est venus. Avec nos masques.

— Seulement avec nos masques ?

Muriel applaudit d'enthousiasme.

— T'imagines ? Toutes nues, juste avec nos masques !

Dylan prit sa tête dans ses mains en gémissant :

— Vous voulez me rendre dingue ?

Ramut s'était habillé comme s'il allait sortir, mocassins cirés, veste, nœud papillon...

— Nous devons parler, annonça-t-il à Dylan quand il entra suivi par Dorith et Muriel qui déposèrent le ravitaillement dans le coin-cuisine.

C'est-à-dire quand entrèrent Prof et deux Blanche-Neige !

Dylan ouvrit les mains.

— Je vous écoute...

— Je ne sais pas qui vous êtes, je ne sais pas où je suis, je renonce à le savoir. Je ne chercherai pas à élucider ces mystères. Je peux vous en donner ma parole, même vous signer un papier. Que ce soit vous ou je ne sais qui derrière ça, vous avez voulu m'humilier et vous y avez réussi.

— Nous n'avons jamais voulu vous humilier.

— Comment appeler ce que vous me faites faire ?

— Vous trouvez humiliant de travailler ?

— Dans ces conditions, certainement. Je ne suis pas fait pour percer des trous.

— Mais vous écrivez sur ceux qui le font.

— Changez de refrain. Déjà la bonne femme d'hier...

Ramut martela :

— J'écris sur la politique économique, sur...

Il n'acheva pas sa phrase. En se baissant pour ramasser le bleu sale qui traînait par terre, Dorith avait fait craquer le fond de sa combinaison de travail. Ramut, stupéfait, venait d'apercevoir un bout de fesse, une vision qui le laissait sans voix.

— Mardi, c'est monsieur Alex, chuchota Muriel, tenant ouvert le sac de linge.

Dorith y fourra le bleu.

— Chut ! dit-elle, on ne doit pas…

Ramut bouscula Dylan.

— Qu'est-ce que vous avez dit ? demanda-il en s'approchant d'elles.

— On n'a rien dit ! protesta Muriel, poitrine en avant.

Blanche-Neige 2 haussa les épaules. Ramut vit ses seins pointer sous son bleu.

— On se demandait si ça ne vous manquait pas…

— Qu'est-ce qui ne me manquait pas ? s'énerva Ramut.

— Le sexe…, glissa Muriel.

— Le sexe, répéta Dorith en se cambrant pour mettre en valeur sa poitrine.

Ramut blêmit. Il venait de reconnaître la voix d'Anne-Sophie Janvier.

— C'est vous qui m'avez piégé ?

— Non, c'est moi, dit Muriel imitant sa sœur.

— Ah non, c'est moi, protesta Dorith, se retenant de rire.

Muriel insista, faisant mine de se disputer.

— Monsieur Ramut sait bien que c'est moi…

— C'est à toi ou à moi qu'il a dédicacé six livres ?

Le regard de Ramut courait d'une Blanche-Neige à l'autre, deux monstres impassibles et souriants ! Il secoua la tête. Non, il ne voulait pas les voir ! Pas entendre ça ! Non, il ne voulait pas y penser ! Rien voir. Non, non, non…

— N'essayez pas de m'enfumer ! Vous ne parliez pas de sexe. Vous avez prononcé un nom ! J'ai bien entendu, vous avez prononcé un nom !

Dylan le retint par le bras.

— Calmez-vous, elles parlaient du sexe, elles parlent toujours de cul, on ne peut pas les en empêcher. Oubliez!

Ramut releva le menton.

— Vous croyez que je vais oublier Alex ?

— Alex qui ?

— Je ne suis pas aussi abruti que vous le croyez ! Alexandre Camiri, si vous avez besoin que je vous épelle son nom !

Ramut enrageait :

— Et puis, enlevez ces masques débiles ! Nous ne sommes pas au carnaval! J'en ai marre de vos déguisements ! Ayez au moins le courage d'agir à visage découvert !

Il se tourna vers Muriel et Dorith.

— Vous aussi ! Vous m'avez eu une fois, vous ne m'aurez pas deux!

Les deux sœurs se concertèrent.

— Moi, je préférerais enlever ma combiné plutôt que mon masque, pouffa Muriel en se tournant vers Dorith.

— Tu crois que s'il voyait tes fesses, monsieur Ramut te reconnaîtrait ?

Dylan leur fit signe de se taire. Ce n'était pas drôle et il craignait que cela tourne en eau de boudin.

— Vous voudriez que nous enlevions nos masques ? demanda-t-il sérieusement à Ramut.

— Vous êtes sourd ou quoi ?

Dylan ouvrit la porte et poussa dehors les deux filles qui n'en finissaient pas de glousser. Avant de refermer derrière lui, il avertit Ramut :

— Si nous les enlevions ou si vous tentiez de nous les enlever, nous serions obligés de vous tuer.

Match retour

Comme les « vieilles gloires » avaient perdu la veille, il leur revint à nouveau l'honneur d'engager. Zac, Kol, l'Enfant-Loup et Dylan descendirent le ballon jusqu'aux neuf mètres, Kol feinta son tir et passa à Rousseau qui, comme la veille, déboulait dans son dos à pleine vitesse. Quand le tir partit, Gus sauta comme il avait sauté la veille mais Rousseau avait visé plus bas, la balle le toucha en pleine figure. Tandis qu'un remplaçant entrait sur le parquet, Dorith et Muriel se chargèrent de l'accompagner aux vestiaires. Suzana, de service à l'hôpital, n'était pas là…

Jouer deux jours de suite, c'était trop, même pour des champions de la trempe de Kol, l'Enfant-Loup, Dylan, Hurel, Rousseau et Isaac. À une minute de la fin, alors que le match était perdu, Victoria quitta ses buts, récupéra une balle et dribbla deux adversaires avant de placer un tir imparable dans le coin droit sous les acclamations des dix personnes qui assistaient à la rencontre.

Marquer le dernier point fut une faible consolation…

27 à 13 les vieilles gloires ne pouvaient que reconnaître leur défaite.

Rebelle

Après la douche, en revenant chez l'Enfant-Loup, par prudence, Kol descendit voir ce que Ramut fichait dans le bunker. Il le trouva assis sur son lit, se tenant la tête entre les mains, le front soucieux.

— Ça ne va pas ?

— Je réfléchissais, dit Ramut.

— Vous avez mal au crâne ?

Ramut ne répondit pas.

— Vous vous définiriez comment ? demanda-t-il à Kol. Un kidnappeur, un gangster, un révolutionnaire, un terroriste ?

Kol hésita un instant avant de répondre. Ce n'était pas la première fois que Ramut l'interrogeait pour essayer d'en savoir plus sur lui.

— Je crois que je préférerais dire que je suis un rebelle.

Ramut haussa les sourcils.

— Un rebelle ?

Kol jubilait derrière son masque.

— Étymologiquement, le rebelle c'est « celui qui reprend la guerre », n'est-ce pas ? Je suis un homme dont le combat contre le capitalisme, les profiteurs, les exploiteurs ne s'achèvera qu'avec ma mort...

— Vous avez fait des études ? demanda Ramut avec autant de mépris que d'admiration.

— Pas vraiment.

— Vous vous exprimez correctement.

— Ça vous étonne ?

— Oui, ça m'étonne, admit Ramut, parce que même dans mon milieu, de plus en plus de personnes massacrent le français ou, pire, se foutent de le massacrer.

Kol crut nécessaire de souligner :

— Je fais attention, parce que, pour moi, c'est une langue étrangère.

— Vous n'êtes pas français ?

— Si, mais le français – ce que vous appelez le français –, ce n'est pas ma langue.

— Vos parents étaient étrangers ?

— Mes grands-parents sûrement, mais mes parents, non, ils étaient français comme vous et moi. Ce que je veux dire, c'est que le français qu'on enseigne, le français qui est considéré comme du « bon français » ; ce français à l'orthographe si compliquée, à la grammaire si tortueuse ; ce français truffé d'imparfaits du subjonctif et d'accords des participes, c'est d'abord la langue de l'aristocratie puis de la bourgeoisie, ce n'est pas la langue du peuple. C'est par la contrainte, par la violence que cette langue s'est imposée à tous, en bien comme en mal d'ailleurs. Alors, c'est pour moi un défi de tous les jours de parler la langue de l'ennemi, de la retourner et de m'en servir mieux que lui, comme une arme.

Massues

La nuit venait à petits pas. À la lumière de deux lampions Victoria jonglait avec des massues blanches constellées d'étoiles. On aurait dit une collégienne dans un film américain pour teenagers avec son petit haut bouffant aux épaules, serré à la taille, et sa jupe de patineuse d'un rose fuchsia ceinturée d'une fine dentelle. Kol applaudit quand elle fit voler ses cinq massues à la fois, tournant sur elle-même avant de les rattraper une à une dans un ballet gracieux.

— À toi ?

Kol approcha, un sourire en coin.

— Au début on utilise en principe des balles puis des anneaux et enfin on arrive aux massues, dit-elle, écartant une mèche qui lui tombait sur les yeux. Mais comme je n'ai ni balles ni anneaux…

— … je vais commencer directement avec des massues, conclut Kol, feignant l'appréhension.

— Oui.

Elle lui en tendit une mais, avant que Kol la saisisse, Victoria la retint.

— Attends. Pour jongler, tu dois d'abord comprendre ce que ça signifie.

Kol ne voyait pas ce que cela signifiait.

— Il y a un proverbe auquel tu dois réfléchir, expliqua Victoria : « Le sort est jongleur : il te dévoile un pays et aussitôt il le cache. »

— Je dois comprendre ça pour jongler ?

— Oui, si tu ne le comprends pas, tu feras tourner des massues en l'air mais tu ne jongleras pas.

— Je m'en souviendrai.

Victoria lui laissa la massue.

— Tu ne dois pas la prendre par le bout mais plus haut sur le manche pour bien assurer ta prise.

Kol fit ce qu'elle conseillait.

— Maintenant fais-la tourner dans ta main pour maîtriser la rotation.

— Une seule, c'est facile, dit Kol.

Il fit voltiger la massue une fois, deux fois, cinq fois, chaque fois de façon plus assurée et avec une satisfaction qu'il ne chercha pas à dissimuler. Il y arrivait, il était bon, adroit. Sa professeure avait trouvé un élève prometteur.

— C'est une question d'équilibre, souligna Victoria. Il faut toujours être entre le « pas assez fort » et le « trop fort ». Tu comprends ?

— Passe-m'en une autre, demanda Kol que le jeu amusait.

Une massue dans la main gauche, l'autre dans la main droite, il les lança pour les faire pirouetter et les rattraper. Victoria sourit.

— Tu ne te débrouilles pas mal…

— Nous nous débrouillons pas mal, corrigea Kol.

Victoria baissa les yeux.

— Maintenant, il faut passer de « pas mal » à « bien » pour que ça compte…, dit-elle, sans le regarder.

— Pour trouver l'équilibre ?

Victoria s'écarta de Kol.

— Essaye de m'en lancer une…

Kol lança une massue que Victoria lui relança aussitôt. Ils recommencèrent plusieurs fois jusqu'à ce que les deux massues se percutent et tombent.

Ils s'accroupirent ensemble pour les ramasser.

— J'y arriverai, dit Kol, empêchant Victoria de se relever.

— À jongler ?

— À découvrir le pays que tu caches.

— Faudrait que tu saches faire le clown…

— Tu m'apprendras ?

Inde

Hurel partit avant le dîner après avoir diagnostiqué que ce qui étouffait Isaac après les matches ce n'était pas de l'asthme mais de l'angoisse. Il se considérait comme une sorte d'expert absolu de la question. Ses parents se faisaient la guerre et quand, enfant, il rentrait chez lui, il ne savait jamais ce qu'il allait trouver derrière la porte.

— J'ouvrais, raconta-t-il, et l'angoisse était là, dans le regard égaré de ma mère à moitié ivre ou dans le regard fixe de mon père qui me gueulait de foutre le camp avant qu'il me tue… C'était comme une corde qui l'étranglait, une ponctuation avec ses temps courts, ses temps longs, ses virgules et ses points ; d'aspirantes montées d'angoisse toujours plus grandes, toujours plus fortes qui lui coupaient le souffle et les jambes ; qui lui écrasaient le cœur.

Son enfance n'avait pas été heureuse, partagée entre les coups et les cris comme si, jour après jour, ses parents se reprochaient l'un l'autre le gâchis de leur vie. Le père d'Hurel végétait comme sous-chef adjoint à la comptabilité d'une compagnie d'assurances après une tentative ratée de créer une société de courtage, sa mère travaillait à la poste après avoir renoncé à mener une carrière de chanteuse lyrique. À dix-huit ans, Hurel avait réussi à se faire envoyer une année dans une pauvre pension, pas très loin de Londres, pour perfectionner son anglais. Il était finalement resté trois ans en Angleterre, sans jamais donner de nouvelles. Il se voulait exilé, indépendant, enchaînant les petits boulots pour vivre. Quand il y pensait, toute cette partie de sa vie avait la couleur et l'opacité du brouillard britannique. Le soleil et le grand beau temps étaient venus beaucoup plus tard, quand il avait rencontré Caroline lors d'une soirée de ciné-club consacrée à *Wanda* de Barbara Loden. Ils s'étaient compris au premier regard et, trois jours plus tard, ils emménageaient ensemble dans un deux pièces loué à l'oncle de Caroline. La naissance de leur fille avait illuminé la vie d'Hurel et sa mort l'avait transformée en enfer quotidien. Il se revoyait à l'hôpital en combinaison intégrale, une charlotte verte sur la tête, lui donnant à manger à la cuillère comme un bébé, tant la moindre bouchée qu'elle avalait la faisait souffrir.

Hurel s'engagea sur l'autoroute.

Il était préoccupé.

Le souvenir de sa fille se superposait à la réunion d'urgence qui devait avoir lieu le lendemain matin à son usine. Il voulait y être à la première heure. La direction devait entériner le plan de recapitalisation qu'il avait bâti pour consolider et développer l'entreprise. Abhra Govindin, leur actionnaire indien devait apporter 2,5 millions d'euros, l'État et les constructeurs automobiles 3 millions, et les banques 15 millions sur trois ans…

L'enjeu était vital pour sa boîte.

Son portable sonna.

C'était Deschamps, le directeur des achats.

— Je ne vous dérange pas ?

— Je suis sur l'autoroute…

Hurel brancha le haut-parleur.

— Je vous écoute.

— Excusez-moi de vous appeler un dimanche, mais je m'inquiète.

— Qu'est-ce qui se passe ?

— Fromart, de chez Alu France, avec qui je joue au tennis, vient de m'appeler. Il voulait m'avertir. Ses patrons sont droits dans leurs bottes : pas de virement demain, pas d'aluminium.

— Il y en a pour combien déjà ?

— Huit cent mille euros.

— Ne vous inquiétez pas, nous ferons le nécessaire avant la réunion… Il y a ce qu'il faut en trésorerie. J'appelle Ismaël tout de suite et je vous rappelle si ça peut vous rassurer.

— Merci, je veux bien.

Hurel raccrocha et composa le numéro d'Ismaël Ganesh, le directeur financier, seul mandaté par l'actionnaire indien pour les opérations bancaires. Le portable de Ganesh était sur répondeur. Hurel laissa un bref message : « Rappelez-moi d'urgence, merci. » Puis il téléphona à Deschamps pour le tenir au courant…

Hurel s'arrêta sur une aire de repos.

Il avait besoin de prendre l'air. L'image de sa fille à l'hôpital revenait sans cesse. Elle le hantait. Rien, pas même les problèmes du quotidien, ne parvenait à l'en distraire. Sa fille était là avec peut-être plus d'intensité que si elle y était encore. Il se souvenait du jour où il l'avait portée dans ses bras jusqu'à la douche. Il était resté longtemps sans comprendre ce qu'il avait ressenti en la lavant, en la séchant, en la recouchant. Cela le dérangeait, le troublait. C'était inconnu, inconcevable. Et soudain, ce fut lumineux : il l'avait portée avec une émotion de mère ! Elle était serrée contre lui comme si elle était à l'intérieur de son ventre. C'était son bébé, son enfant, ils ne faisaient qu'un seul corps que rien ni personne, pas même la maladie, ne pouvait séparer. Il voyait sa fille disparue, il la sentait dans chaque geste qu'il faisait. Elle se manifestait dans ses pensées, dans ses rêves comme la basse continue dans une partition musicale. Une note tenue, sourde, sur laquelle s'appuyait tout un orchestre de chagrin. Tantôt la douleur n'était qu'un solo d'instrument, d'autres fois c'étaient les cordes, les cuivres, les percussions qui donnaient de la voix à l'unisson jusqu'à l'insupportable.

Le ciel posait un tulle noir sur les arbres et les pelouses. Hurel leva la tête. Il resta sans bouger, les bras pendus le long du corps, les yeux mi-clos, attendant qu'il fasse vraiment nuit pour remonter dans sa voiture. Un mélange d'odeurs venues de la terre et de vapeurs d'essence l'étourdissait comme une drogue de mauvaise qualité. Hurel ne voulait oublier aucun instant passé avec sa fille dans cette chambre stérile où il devait porter un masque et de ridicules chaussons de tissu vert. Savait-elle qu'elle allait mourir ? À quoi pensait-elle ? À quoi rêvait-elle ? Quel espoir, quel désespoir coulait dans ses veines ? Il n'avait jamais pu lire le moindre embryon de réponse dans ses yeux. Elle chantait « J'ai la mémoire qui flanche », plaisantait sur son visage enflé, ses cheveux qui tombaient, ses bras comme ceux d'une vieille femme. Lui aussi se forçait à être gai, disert, faisant le zouave dans ce qu'il appelait sa « tenue de cosmonaute ».

Elle était sa Martienne, son E.T. pointant le doigt vers la fenêtre en murmurant :

— Mai-son !

Hurel rappela Ganesh avant de redémarrer, mais Ganesh était toujours sur répondeur.

Restauroute

Betty s'était présentée un matin au gérant du Restauroute qui recherchait une serveuse. Elle n'avait aucune référence en la matière mais comme elle était la seule candidate pour le poste et qu'elle semblait sérieuse, elle fut embauchée sur-le-champ. Les horaires, de vingt heures à cinq heures du matin, et le salaire au Smic (il ne fallait pas compter sur les pourboires) étaient affreux. Betty s'en fichait. Le travail n'était pas sorcier : accueillir les clients pour leur indiquer les places libres, débarrasser et nettoyer après leur départ. Il n'y avait pas de service à la table, chacun se servait au self.

Cela avait commencé presque aussitôt entre Jacky, le gérant, et Betty. Il n'y avait pas longtemps qu'elle travaillait là, ils s'étaient retrouvés dans la salle totalement vide vers quatre heures du matin. Pas un client aux pompes non plus et dehors le jour qui lentement gagnait sur la nuit. Jacky parlait pour parler, pour habiter le silence.

— Quand mon père était enfant, commença-t-il vaguement ému, c'était le plus grand de sa classe. Dès que quelqu'un faisait une bêtise ou qu'il y avait du chahut, c'était le coupable désigné puisqu'il dépassait tous les autres d'une tête. Puis vers douze ou treize ans, il avait cessé de grandir et était resté petit. L'ancien grand enfant était devenu petit homme. Trop grand, trop petit… toute sa vie mon père a souffert de sa taille…

— Vous n'êtes pas petit, remarqua poliment Betty.

— Non, heureusement.

Il ricana.

— D'ailleurs, je ne sais pas pourquoi je vous raconte ça…

— Parce qu'il n'y a personne.

— Il y a vous et il y a moi, répliqua Jacky en lui souriant.

Betty lui rendit son sourire.

— Pourquoi vous restez ouvert ?

— Je ne sais pas.

— Pour l'argent ? Pour trois routiers qui…

— Parce que la nuit, c'est mon heure.

Il n'y avait pas eu plus de mots, de confidences, juste un pas l'un vers l'autre. Une envie partagée sans qu'il soit nécessaire de l'expliquer. Jacky était du genre bon vivant qui savait s'amuser et ne rechignait jamais à rire des petites ironies de la vie. Il avait une voix tendre et amicale.

— Viens, avait-il dit à Betty, en lui offrant sa main.

Elle l'avait suivi dans la piaule qu'il occupait derrière les réserves, presque une chambre de motel avec un grand lit, une douche, des toilettes et une armoire à glace. Le tout éclairé par un néon et deux appliques. Minimum de confort et ambiance lugubre. Cela convenait à Betty. Elle ne demandait rien d'autre qu'un peu de chaleur humaine, un peu d'amour et de l'oubli, beaucoup d'oubli.

Jacky travaillait cinq jours sur place et rentrait dans sa famille en fin de semaine. Pour le week-end, Claude Chabecq, un grand sifflet, sec et cassant le remplaçait. Donc, du lundi au vendredi, Betty partageait le lit de Jacky et du vendredi soir au dimanche, elle dormait dans une épave de camion abandonnée tout au bout du parking.

Mais ça aussi elle s'en fichait.

À minuit, Betty avait droit à une demi-heure de pause.

Elle sortit et s'éloigna pour aller s'asseoir sur un bloc de béton dans une zone en travaux, à bonne distance des lumières du Restauroute et de celles de la station-service. Elle alluma une cigarette, jouissant de l'obscurité qui l'apaisait. C'était faire halte au milieu du monde. Betty fumait depuis peu. Enfin, elle ne fumait pas vraiment. Elle tirait deux ou trois bouffées d'une cigarette et l'écrasait sous son pied en se reprochant d'être aussi bête. Ses rêves la tourmentaient. Elle tenait toujours le cahier où elle les notait jour après jour. Elle n'en revenait pas d'avoir dans la tête tant de choses incompréhensibles, extraordinaires, étranges, alors que sa vie était d'une banalité sordide. D'où sortait-elle tout cela ? Qui étaient ces fantômes qui la tourmentaient et troublaient son sommeil ? Étaient-ce des images accumulées en elle pendant tant d'années qui ressortaient maintenant comme les figures énigmatiques d'un kaléidoscope ? Était-ce de dormir le jour et de travailler la nuit qui la chamboulait ? Betty secoua la tête sans parvenir à chasser de ses pensées deux hommes faisant l'amour qu'elle avait vus en rêve. Elle n'avait jamais vu d'hommes faire l'amour, ni en vrai ni en film, pas même en photo. D'où venaient ces deux-là ? Qui étaient-ils ? Que faisaient-ils dans sa tête ? Elle s'était réveillée en sursaut comme si elle devait éviter d'urgence une réponse qui ne pouvait être qu'effrayante. La veille, c'était elle, gamine, qui lui était apparue jouant à cache-cache dans un cimetière où il y avait un chat sur une tombe et une corneille perchée sur une croix. Et le jour d'avant, elle avait rêvé de ses enfants mais ce n'étaient pas ses enfants. C'étaient des enfants en papier mâché et aux jambes de bois...

Betty se leva et fit quelques pas dans la nuit noire. Tout cela n'avait aucun sens. Elle ricana :

— Les rats quittent le navire !

À la surface de ses pensées venait de se former l'idée que ses rêves étaient tous les maux qu'elle portait en elle et qui s'enfuyaient jour après jour.

— Le jour où je ne rêverai plus, je serai vraiment libre, dit-elle haut et clair, certaine que personne ne pouvait l'entendre.

Elle esquissa un tour de valse.

— Libre... libre... libre !

Passé

Kol ne dormait pas. Il regardait Victoria assoupie, se repassant leurs deux matches, essayant de s'en souvenir de la manière la plus précise possible. Leur stratégie rudimentaire s'était montrée finalement très efficace. S'ils n'avaient plus la forme pour rivaliser avec des jeunes de seize ans, ils avaient su faire face de façon honorable. Kol était content d'avoir sollicité ses muscles, ses tendons, ses nerfs et d'avoir assuré. Il se moquait d'avoir perdu. Cela n'avait aucune importance, aucun sens. Tant qu'il pouvait marcher, courir, sauter, il se sentait aussi fort que n'importe quel jeunot arrogant qui pouvait lui mettre vingt mètres dans la vue sans forcer. Kol n'avait rien d'un cinéphile comme Isaac ou Hurel mais il aimait le cinéma. Il aimait surtout le nom anglais du cinéma, *movie*, le mouvement !

Sa victoire – celle que personne ne pouvait lui contester –, c'était d'être encore, d'être toujours en mouvement comme les grands prédateurs des profondeurs marines. Pour Kol, le pire serait d'être enchaîné, pieds et poings liés, cloué sur une chaise roulante ou un lit de douleur comme Bob l'avait été. Quand il était dehors, il lui arrivait de ralentir volontairement sa marche, rien que pour éprouver le bonheur de marcher. Pour faire consciemment chaque pas. Il plaignait ceux qui ignoraient ou méprisaient cette joie secrète ; ce plaisir minuscule qui, dans sa banalité même, manifestait ce que la vie avait de plus fort. Il pensait qu'aucun philosophe n'avait exprimé la vie aussi profondément que l'auteur de cette scie enfantine : « Mettre un pied devant l'autre et recommencer ! »

Kol se leva sans bruit et alla s'installer sur la petite table sous la fenêtre. La nuit était d'un noir profond que n'éclairait aucun halo de lune. Pas de vent pour faire claquer les volets, pas de cris d'oiseaux ni d'aboiements de chiens. Un grand calme de cathédrale. Kol scruta un instant les ténèbres et ne vit rien d'autre que son reflet dans la vitre noire. Il s'observa comme si c'était un étranger qui l'épiait de l'extérieur puis il renonça. La réponse qu'il cherchait ne viendrait pas du dehors. Kol sortit de son portefeuille le mot de Solène « Je suis partie » et une photo de vacances où Betty, jeune, posait nue sur une plage, comme un modèle de sculpteur. Il disposa le papier et le cliché devant lui, songeant que son passé tout entier était là, devant ses yeux. Il y avait eu Solène, il y avait eu Betty et maintenant Victoria prenait toute la place dans sa tête et dans son cœur.

Cela avait-il un sens de tenter de rappeler à sa mémoire combien de fois il avait fait l'amour avec Betty, avec Solène, comme le suggérait l'Enfant-Loup ? Ou ces amours devaient-elles disparaître aussi vite que des nuages chassés par le vent ? Était-il possible de repartir de zéro ? De mettre un pied devant l'autre et de recommencer ?

Les yeux de Kol couraient alternativement de la photo de Betty au mot de Solène et du mot de Solène à la photo de Betty. Petit à petit, ils se superposèrent dans son regard. Sur la photo de Betty, Kol lut le mot de Solène : « Je suis partie » et le visage de Betty devint celui de Solène. Puis il n'y eut plus qu'un visage constitué des lettres de « Je suis partie » mille fois répétées. La réponse était là : elles n'étaient qu'une. Betty était partie si loin sans doute qu'il ne la reverrait jamais, pas plus qu'il ne reverrait Solène partie plus loin encore.

— C'est donc fini, murmura-t-il.

Tout cela avait existé dans un autre temps, dans une autre vie. Il ne devait pas se retourner ni tenter de remonter le chemin des larmes jusqu'à ce qui ne serait plus. Kol fouilla à nouveau l'obscurité à travers la vitre du cabanon. Et, à nouveau, la seule chose qu'il vit fut son visage, « ma grimace », pensa-t-il. Il demeura ainsi, immobile, pendant de longues minutes puis il se leva, ramassa la photo et le mot d'adieu.

Kol sortit du cabanon entouré d'une paix obscure, flairant l'air chargé d'odeurs de terre et d'humidité. Dans cet îlot de silence, la nuit lui parut impénétrable. Il fit trois ou quatre pas d'aveugle jusqu'à ce qu'il butte sur le banc rustique installé au ras du chemin qui serpentait dans le jardin. Kol s'accroupit. Sa main glissa sous la pierre à la recherche d'un trou, d'une faille. Il la trouva rapidement. Le banc n'était pas parfaitement jointé entre les deux poteaux qui le soutenaient et son assise. Dans les interstices il glissa ses deux reliques, la photo de Betty à gauche, le mot de Solène à droite. Si quelqu'un les découvrait un jour que saurait-on de son histoire ? Qui réussirait à la lire ? Kol ne parvint à retourner se coucher qu'après un long moment agenouillé près du banc comme s'il avait attendu en vain la réponse à ses questions.

3 × 8

Depuis la mort de sa mère, le départ de son père et de son frère, quand Suzana n'était pas là, la maison semblait trop grande pour l'Enfant-Loup. C'était un navire abandonné à la dérive au milieu d'un océan de nuit. L'Enfant-Loup s'agitait dans un demi-sommeil, visitant en rêve une pièce après l'autre pour s'assurer que nul ne s'y cachait, que nul n'y vivait en secret. Il flottait dans l'air une étrange odeur comme si l'abandon, la solitude pouvaient se sentir. Il y avait aussi un silence très particulier, celui d'une grotte profonde ou d'un sépulcre. L'Enfant-Loup se tournait d'un côté du lit, puis de l'autre, chassait le traversin, les oreillers, se mettait sur le ventre, sur le dos, et finissait en travers des draps, les bras écartés comme pour mesurer l'absence de Suzana, de garde à l'hôpital.

Son portable sonna, c'était elle.

— *Hombre*, c'est l'heure !

L'Enfant-Loup, réfugié au bord du matelas, prêt à filer à la moindre alerte comme il avait dû le faire une fois, surpris par un mari jaloux, sauta du lit.

— OK, j'y vais.

— Tu as du café dans la cuisine, tu peux le réchauffer…

— *¡Te quiero mi amor!*

Une demi-heure plus tard, le temps de passer sa combinaison de travail par-dessus ses vêtements, d'enfiler ses gants et ses chaussures de sécurité, l'Enfant-Loup (Joyeux) vint réveiller Ramut dans le bunker.

— Vous passez en deuxième équipe.

— Quoi ?

— Vous faites le poste de quatre heures à midi. Magnez-vous le cul si vous voulez vous préparer quelque chose.

— Quelle heure est-il ? demanda Ramut, la bouche sèche, les yeux écarquillés.

— Trois heures.

— Trois heures ! Mais pourquoi vous...

— Parce que quand on fait les 3x8, on se lève dans la nuit pour finir à l'heure où les autres passent à table.

— Je travaillerai plus tard, ronchonna Ramut, se tournant vers le mur. Laissez-moi dormir, je suis mort.

L'Enfant-Loup tira Ramut par l'épaule pour le forcer à se lever.

— Pas question. Vous avez si souvent fait l'éloge de la France qui se lève tôt et travaille dur contre ces feignants de fonctionnaires ou de chômeurs, vous n'allez pas renier vos écrits ?

— Fermez-la ! Vous me faites chier. Vous n'avez rien d'autre à lire que ce que j'ai écrit ?

— Je suis un grand lecteur..., susurra malicieusement l'Enfant-Loup.

À quatre heures deux, le regard fixe, les membres gourds, Ramut mit en marche la perceuse. Bac de droite, bac de gauche, percer, bac de droite, bac de gauche, percer, bac de droite, bac de gauche, percer, bac de droite, bac de gauche, percer, bac de droite…

Virements

Le lundi matin, comme tous les jours, Hurel arriva le premier à l'usine. Tout était calme, l'air froid dans un ciel d'un bleu immaculé. Il resta un moment sur le parking, le temps d'appeler sa femme avec qui il échangea quelques propos anodins avant de raccrocher. Hurel se hâta de rejoindre la salle où la réunion devait se tenir. Ganesh ne l'avait pas appelé, n'avait pas envoyé de sms. Hurel mit ça sur le compte de la nonchalance de son directeur financier ou d'une vie familiale intense avec sa femme et leurs trois enfants. Ils régleraient l'histoire du virement dès qu'il serait là.

Outre Deschamps, le directeur des achats, étaient présents Frédéric Sauton, le directeur commercial, madame Andrée, la chef comptable, Thomas Leloup, le directeur technique, et trois représentants du personnel : Agnès Denis (CFDT), Claude Robert (CGC) et le grand Félix March (CGT). Il ne manquait plus que Ganesh pour commencer.

Hurel s'impatientait.

— Rappelez-le, suggéra madame Andrée. Il est souvent fâché avec l'heure…

Hurel grommela « il fait vraiment chier », et il composa son numéro.

— Qu'est-ce que vous foutez ? dit-il, dès qu'il eut enfin Ganesh en ligne. On vous attend !

— Aujourd'hui je ne peux pas, je viendrai demain.

— Vous plaisantez ! Nous devons virer d'urgence 800 000 euros à Alu France si on ne veut pas arrêter la production, mettre trois cent quatre-vingts salariés dans la cour de l'usine et stopper les chaînes d'assemblage des constructeurs automobiles. Rappliquez, et en vitesse !

— Je ne peux pas. Je suis à Verneuil.

— Qu'est-ce que vous foutez là-bas ?

— Je suis chez des amis.

La voix de Ganesh tremblait.

— Qu'est-ce que vous avez ? Vous êtes malade ?

— Je viendrai demain. Je ne peux pas venir aujourd'hui. Je préfère venir demain...

— Si vous êtes malade, donnez-moi l'adresse, je vous envoie une ambulance.

— Non, non ce n'est pas la peine. Je vais bien. Mais je ne peux pas venir aujourd'hui.

Hurel fit un gros effort pour contenir la colère qui le gagnait.

— Est-ce que vous vous rendez compte, dit-il lentement, que non seulement il y a cette urgence avec Alu France mais que nous vous attendons pour entériner le plan de recapitalisation ? Vous devez assurer le transfert et confirmer aux banques la réception des deux millions et demi que Govindin a promis de réinjecter.

Il y eut un silence.

— Allô ? Allô ? s'énerva Hurel, craignant d'avoir été coupé. Allô ?!

Ganesh se décida.

— Monsieur Govindin m'a interdit de faire le virement, avoua-t-il d'un trait.

— Les 800 000 euros ?

— Oui.

— Hein ? Qu'est-ce que vous me racontez là ?

— Il ne veut pas que je fasse le virement, s'obstina Ganesh. Il ne veut pas…

Hurel consulta sa montre.

— OK, je l'appelle tout de suite et je vous rappelle. Restez près du téléphone.

Il y eut un silence glacial.

— Qu'est-ce qui se passe ? demanda Sauton, craignant le pire.

— Ganesh est à Verneuil, chez des amis !

Et, se prenant la tête.

— Voilà qu'il me sort que Govindin lui interdit de faire le virement !

— Oh putain ! gémit Deschamps.

Hurel se décida sans attendre :

— J'appelle Govindin…

Ils attendirent anxieusement que la communication s'établisse avec l'Inde.

— Bonsoir monsieur. C'est Hurel, de France, dit-il en branchant le haut-parleur pour que tout le monde suive sa conversation. Je ne sais pas quelle heure il est chez vous, mais nous sommes dans une urgence absolue. Ganesh prétend que vous lui avez interdit de verser les 800 000 euros à Alu France...

— *Don't worry, don't worry my dear*, dit Govindin dans son anglais chantant. *We have no problem. Don't be so nervous. Keep quiet.*

— Si, pardonnez-moi, mais je suis inquiet, très inquiet même. D'une part, notre fournisseur d'aluminium exige un paiement immédiat, sinon nous arrêtons la production mardi et, d'autre part, les fonds de recapitalisation que vous nous avez promis doivent déclencher les rapports des banques et des pouvoirs publics dès aujourd'hui...

— *Don't worry. It's not a problem. We will do everything next week. It will be better.*

— Non, pas la semaine prochaine, aujourd'hui ! s'emporta Hurel. *Today! Do you understand, today!*

— *Keep quiet. Today it's impossible my dear Hurel. Trust me, today it's impossible. I do my best but it's impossible. That's it. That is business: today it's impossible, next week it will be possible... OK my dear Hurel, don't worry, everything is under control...*

Govindin s'apprêtait à raccrocher. Hurel intervint avant qu'il le fasse.

— *Listen to me mister Govindin* : si Ganesh n'est pas là dans deux heures au plus tard, je préviens la police. *Two hours!*

Hurel raccrocha sans laisser le temps à Govindin de lui répéter encore une fois « *don't worry* ».

Une heure plus tard, Ganesh n'était toujours pas là. Madame Andrée n'avait pas la signature mais elle avait accès aux comptes. Elle s'absenta de la salle de réunion pour vérifier si leur trésorerie permettait de régler au plus vite les huit 800 000 euros. Elle revint le visage livide. Ses mains tremblaient.

— Tous les comptes ont été vidés..., déclara-t-elle, au bord des larmes.

Ophélie

Au Balto, attablé devant un cappuccino mousseux, Dylan s'amusait à distribuer les rôles de la pièce qu'ils jouaient chez l'Enfant-Loup en trempant son deuxième croissant. Si Victoria était la Belle, Kol était automatiquement la Bête. Hurel était le Tragique, Rousseau le Beau, l'Enfant-Loup le Rigolard et lui le Bonhomme. Quant à Zac, il était Zac, car rien ne saurait mieux le définir que ces trois lettres cinglantes comme un coup d'épée...

Il ne vit pas le temps passer.

Dylan sortit précipitamment du café à dix heures vingt, très en retard pour son cours. Il traversa la rue en courant et remonta dare-dare jusqu'à sa classe. Shakespeare et ses élèves l'attendaient patiemment.

— *Sorry! Sorry! Sorry! I'm late...*

Après avoir repris son souffle, Dylan vérifia qu'ils étaient tous très attentifs. Il avait deux choses importantes à leur annoncer :

— D'une part, je n'ai pas encore corrigé vos copies sur la traduction de la chanson d'Ophélie, d'autre part pour la fête de fin d'année, j'ai l'accord de la direction pour que nous montions *Hamlet*. Autant dire que le travail ne va pas nous manquer...

Adèle Desneiges, une grande fille châtain clair, leva la main :

— Monsieur, dans quelle langue va-t-on jouer, en anglais ou en français?

Dylan était embarrassé.

— Puisque c'est un cours d'anglais, la logique voudrait que nous jouions en anglais. Mais le texte est redoutable pour des acteurs professionnels et serait d'autant plus redoutable pour vous. Nous allons donc jouer en français et par moments nous passerons à l'anglais pour tel ou tel passage que nous choisirons. Ce que nous jouerons sera notre traduction, notre adaptation, celle que vous écrirez vous-mêmes...

Adèle Desneiges intervint à nouveau :

— C'est pour ça que vous nous avez donné à traduire la chanson d'Ophélie ?

— Oui, répondit Dylan en souriant, c'est pour ça, bien sûr mais c'est pour bien plus que ça !

Il marqua un temps :

— La chanson d'Ophélie est la clef de tout son personnage et une des clefs du personnage d'Hamlet. Pourquoi ?

Antoine Lanester proposa son idée en pouffant :

— Parce qu'elle s'est fait dépuceler !

Il y eut des rires.

— Oui, reprit gravement Dylan pour rétablir le calme, elle s'est fait dépuceler et par qui ? Par Hamlet, le prince héritier, le futur roi. Et après cela que fait-il ?

— Il la laisse tomber, proposa timidement Florence Philippe, assise au premier rang.

— Il la laisse tomber ! reprit Dylan en haussant le ton pour que tout le monde entende.

Et, marchant vers le fond de la classe :

— Ophélie est donc, au regard du temps, une fille perdue, déshonorée, à qui il ne reste plus qu'à choisir entre le couvent et la mort. D'ailleurs, Hamlet lui ordonne de débarrasser le plancher en lui criant : « Au couvent ! au couvent ! »

Dylan fit demi-tour et s'adossa au mur du fond.

— Vous savez qu'elle se tuera, préférant la mort à une vie recluse. C'est une victime absolue. Hamlet a tué son père, il lui a menti en lui jurant son amour et, quand il a obtenu d'elle ce qu'il voulait, il l'a rejetée en se moquant de sa douleur…

Adèle Desneiges se tourna vers Dylan :

— Monsieur, est-ce qu'on peut dire qu'Hamlet…

Elle hésita sur le mot.

— … est un macho ?

— Oui, approuva Dylan, aujourd'hui on peut dire ça et même pire. Mais, à l'époque, c'est un peu plus compliqué dans la mesure où la question morale n'a aucune place. Au début de la pièce Laerte, le frère d'Ophélie, la met en garde contre « les désirs dangereux du prince » et on comprend qu'Hamlet se conduit ainsi avec toutes les jeunes filles qui trouvent grâce à ses yeux. Juste après, Polonius met en garde sa fille contre Hamlet. Il ne faudrait pas – l'expression est intraduisible – qu'Ophélie attrape « un enfant nigaud » ; c'est-à-dire qu'elle se retrouve avec « un polichinelle dans le tiroir », comme on dirait aujourd'hui…

Dylan laissa les rires s'éteindre avant de reprendre :

— En tant que futur roi, Hamlet épousera pour complaire à la raison d'État, pas par amour. Son mariage sera la conclusion d'un traité et aura pour seul objet d'assurer la descendance de la lignée. C'est difficile à imaginer mais les princesses étaient considérées non pour leur beauté et encore moins pour leur intelligence, mais pour leur capacité de reproductrices !

On les examinait comme on examine des animaux : les dents, les hanches, le ventre, la poitrine… N'étant pas d'extraction assez noble pour Hamlet – ne serait-ce que pour avoir une chance d'être examinée comme génitrice potentielle –, Ophélie a été d'une grande naïveté de croire qu'elle pourrait être choisie par amour. Son destin ne pouvait qu'être tragique.

Dylan revint près de son bureau.

— C'est pour ça que sa chanson est fondamentale, non seulement à comprendre mais bien plus à faire entendre ! Or, j'insiste, les mises en scène d'*Hamlet* passent trop souvent sur ce texte sans vraiment en tenir compte. Tout au contraire, celle qui jouera Ophélie dans notre spectacle devra avoir tout ça en tête, c'est le secret de son rôle.

Adèle Desneiges réclama à nouveau la parole. Dylan crut qu'elle voulait jouer Ophélie.

— Tu es volontaire pour le rôle ?

— Non, dit-elle très nettement. Je me demande pourquoi ce serait une fille qui devrait jouer ça. J'ai vu dans un film qu'à l'époque de Shakespeare, c'étaient des hommes qui jouaient les rôles de femmes. Je crois que ce serait bien qu'on fasse la même chose…

— Qu'un garçon joue Ophélie ?

— Oui.

— Elle ne veut pas se faire dépuceler, chuchota Lanester à son voisin.

Dylan l'entendit.

— Je pense que c'est une très bonne idée, dit-il en direction d'Adèle Desneiges pour la féliciter.

Et, désignant Lanester du doigt :

— D'ailleurs, je pense que monsieur Lanester en robe et perruque fera une Ophélie très présentable…

Valeurs Françaises 2

Damien relut le texte de l'encadré qu'Alex suggérait de publier dans le prochain numéro : « Notre ami Pierre Ramut sera absent de ces colonnes pendant quelque temps. Il a choisi de se mettre au vert pour achever la suite de *La France debout*, son grand succès. Souhaitons-lui donc bon courage et engageons ses lecteurs, nos lecteurs, à la patience en attendant ce nouvel essai ! »

— OK, dit Damien, tu mets ça où ?

— En encadré, en bas.

— Parfait.

— Tu as lu mon édito ?

— Oui, c'est top. Surtout ta grande envolée sur Robespierre = Staline = Hitler = l'État islamique + Al-Qaïda. Les révolutions arabes, c'est le goulag plus la Charia ! Nos lecteurs vont adorer…

Marie-Jo, son assistante, vint prévenir Alex qu'un gendarme l'attendait dans son bureau. Damien fit une grimace, Alex fit une grimace en retour et suivit Marie-Jo...

— Il y a du nouveau ? demanda Alex, s'installant dans son fauteuil en face du lieutenant Denis.

— Non, rien.

— Rien du côté de ses cartes de crédit ?

— Absolument rien, il n'a pas tiré un centime depuis sa disparition.

— C'est inquiétant, non ?

— Sans doute, répondit évasivement le lieutenant, mais je voulais vous voir pour autre chose.

Alex haussa un sourcil.

— Une autre affaire ?

— Vous connaissez la femme de Pierre Ramut ?

Alex tapota son sous-main avant de répondre :

— C'est une amie, concéda-t-il froidement.

— Une amie jusqu'à quel point ?

— Une amie très chère...

— C'est votre maîtresse ?

Les mâchoires d'Alex se contractèrent. Il n'aimait pas du tout le tour que prenait la conversation.

— Qui vous a raconté ça ?

— Il semble que ce soit de notoriété publique...

— Je ne tiens pas à commenter les rumeurs.

— Il y en a une autre qui circule.

— Je crains le pire, ricana Alex, mal à l'aise.

Il se leva et tourna le dos au lieutenant, observant à la fenêtre les nuages qui traversaient le ciel.

— Certains – forcément anonymes – pensent que vous ne seriez pas étranger à la disparition de Ramut.

Alex fit volte-face. Il éclata franchement de rire.

— Ça, c'est la meilleure ! Et pourquoi j'aurais fait ça ?

— Vous êtes l'amant de sa femme, vous avez repris son édito dans le journal…

— Et cela suffit pour que je sois suspecté ?

Le lieutenant ouvrit les mains en signe d'impuissance.

— Je sais, c'est ridicule. Mais si je ne vérifiais pas tout, on finirait par me le reprocher…

— Et Fabienne Ramut ? Elle est suspecte elle aussi ?

— Elle semble tout à fait hors de cause.

— Dommage ! « Les amants diaboliques », ça aurait fait une bonne accroche pour mes chers confrères…

Alex raccompagna le lieutenant jusqu'à la porte.

— Merci de dire à vos « rumeurs » d'arrêter de regarder des séries américaines à la télé, affirma-t-il avec une expression lointaine et satisfaite. Je ne suis pas un personnage de feuilleton et Pierre Ramut n'est pas ficelé dans ma cave, ni découpé en gigots dans mon congélateur…

Gym

Sandra et Olga passèrent à toute allure devant les vitrines miroirs des magasins de mode. Elles ignorèrent la boulangerie, le traiteur italien comme le marchand de fruits. Elles mangeraient plus tard. Ce n'était pas le moment de traîner ni de faire du shopping. Elles arrivèrent ensemble au club de gym ouvert depuis peu à côté du journal. Après un bref passage au vestiaire, elles s'installèrent sur des vélos, plus commodes pour se parler que le cardio ou le rameur.

L'AG était convoquée à quatorze heures.

— Tu as pu te renseigner ? demanda Sandra, commençant à pédaler sur fond de musique disco.

— Comme ça, au pif, on devrait y arriver..., répondit Olga, s'y mettant à son tour.

— Il nous faut la majorité. Il faut absolument qu'on fasse voter la grève. Le journal ne doit pas paraître.

Olga fit la moue. Elle n'était pas très optimiste.

— Ce serait la première fois depuis sa création.

— Justement, il faut frapper fort, affirma Sandra.

— Si ça passe, ce sera de justesse. Ça a été déjà tout un bazar pour convaincre les élus d'appeler à une AG. Ils n'en voyaient pas la nécessité.

— Je sais, ils sont nuls.

— Peut-être pas seulement nuls.

— Si tu veux dire qu'ils sont aussi incompétents, je suis d'accord...

Olga ralentit, elle transpirait.

— Tu connais la dernière ?

— Non, c'est quoi ?

— Il paraîtrait… je dis bien « il paraîtrait », qu'Anaïs prendrait le service culture dans la nouvelle organisation.

— Et Françoise ?

— Dans la charrette.

— À cinquante-deux ans ?

— Oui. Cinquante-deux ans et trois enfants.

— Attends, Anaïs est une déléguée, elle ne peut pas être promue en plein conflit !

— J'espère que non, mais ça ne m'étonnerait pas.

— Si c'est ça, il faut plus que jamais voter une motion de défiance vis-à-vis de la direction et une autre contre les délégués ! Ils sont peut-être prêts à tout mais nous ne sommes pas désarmés.

— Il n'y a pas qu'Anaïs, il y a tous ceux et toutes celles qui pensent qu'en jouant le jeu de la direction, ça les boostera.

— Qui par exemple ?

— Lorie, Xavier, Cécile Kuipers, Nathalie qui en a marre de couvrir les questions européennes et se verrait bien à la tête du service économie à la place de Serge qui va sur ses soixante…

Sandra s'arrêta de pédaler.

— Ou ils seront solidaires ou il faudra les contraindre à l'être.

— Comment ?

— J'en sais rien mais on ne peut pas laisser des jaunes nous trahir sans rien faire.

— Tu veux faire quoi ? Tu veux leur tirer dessus ? demanda Olga.

Rachel et Rachel

Isaac avait eu une journée chargée et compliquée entre le Centre national du cinéma, la banque et deux sociétés de crédit prêtes à lui accorder des fonds pour la boîte de production qu'il voulait monter. Tout cela ne se présentait ni bien ni mal. S'il y avait un risque à prendre, il avait compris qu'il serait contraint de le prendre seul et ne pourrait compter que sur lui-même.

Une surprise l'attendait en rentrant chez lui.

— Qui c'est ? demanda-t-il discrètement à sa fille, en désignant d'un coup de menton la jeune femme assise sur le canapé.

— Je n'en sais rien. Je n'ai pas bien compris son nom. Elle m'a juste dit qu'elle voulait te voir. Je l'ai invitée à entrer…

Rachel embrassa son père. Elle devait se sauver.

— Je file, je vais au yoga…

Isaac s'approcha de la jeune femme et lui tendit la main.

— Isaac Bergmann…

Elle se leva.

— Rachel Silverstein…

— Asseyez-vous, je vous en prie. On se connaît ?

— Non, dit-elle en se rasseyant.

— Vous travaillez dans le cinéma ?

— Pas du tout.

— Vous êtes étudiante ?

— Non, plus maintenant…

— Que puis-je pour vous ?

— Rien de particulier. Je voulais vous voir…

Isaac sursauta.

— Me voir, mais pourquoi ?

— Pour vous voir.

— Eh bien, vous me voyez…

Isaac, gêné, essaya de rentrer son ventre pour présenter mieux. La ceinture de son pantalon le serrait, il n'arrivait même plus à boutonner le dernier bouton tant il avait grossi. Rachel sourit en voyant qu'il retenait sa respiration.

— Vous êtes mon père, déclara-t-elle avec douceur.

Isaac sembla se dégonfler comme une baudruche percée. Il émit une sorte de cri rentré qui lui noua l'estomac et lui serra la gorge.

— Répétez-moi ça, dit-il bêtement en retrouvant la parole.

— Vous êtes mon père, répéta Rachel avec un sourire désarmant.

Isaac fit un effort pour ne pas l'attraper par un bras et la pousser dehors.

— Et vous vous appelez Rachel ?

— Oui, Rachel…

— Comme ma fille ?

— Oui, elle est charmante.

— Ce n'est pas la question. Ma fille s'appelle Rachel et vous me dites que je suis votre père et comme par hasard vous vous appelez aussi Rachel. Toutes mes filles s'appellent Rachel ?

— Vous en avez d'autres ?

Isaac s'épongea le front.

— Écoutez-moi, mademoiselle, je ne sais pas à quoi tout cela correspond, si c'est un jeu, un pari ou une blague de mes copains mais…

— Vous avez connu ma mère quand vous étiez près de Zikhron Yaakov… Nurith.

— Je n'ai jamais connu de fille au…

Isaac s'interrompit avant de dire n'importe quoi.

— Au kibboutz ? Bon Dieu, ça fait quoi ? Trente ans ?

— Vingt-sept…

— Oh là là ! Ce n'est pas possible ! Non, vous vous trompez, ce n'est pas moi. D'ailleurs, je ne vois pas du tout de qui il s'agit…

Isaac avala sa salive.

— Nurith, c'est le prénom de votre mère ?

— Oui, Nurith Bernard, de son nom de jeune fille. Ses parents avaient fait leur aliyah, ils étaient français. Faites un effort. Une jolie fille à la poitrine opulente, la taille fine et une aile d'ange tatouée au-dessus de la fesse droite…

Rachel fit un mouvement de la main imitant un engrenage tournant dans la tête d'Isaac.

— Ça vous revient ?

Isaac hocha stupidement la tête

— Nurith, ah oui ! Nurith, bien sûr. Nurith, oui…, répéta-t-il, sans oser avouer que ce nom l'effrayait comme la poitrine, le tatouage…

Un rideau noir devant les yeux, il manquait d'air :

— Nurith…

Soudain, tout fut clair dans sa tête. Ils vivaient à quatre par chambre dans des baraquements, les garçons d'un côté, les filles de l'autre, séparés par une barrière symbolique. Les toilettes, les douches, le réfectoire étaient communs et même si le travail dans les champs pouvait être accaparant, ce n'était pas très difficile de faire connaissance et, la nuit venue, de franchir l'interdit. Isaac avait rencontré Nurith à la bibliothèque du kibboutz, elle lisait le *Journal* de Kafka. Pour faire l'intéressant, il lui avait sorti, comme si c'était de lui, un extrait de phrase d'Artaud cité par Dylan dans une de ses lettres :

— « Je commence à en avoir chié de Kafka, de son ésotérisme, de son symbolisme, de son allégoricisme et de son judaïsme qui ne cessent de m'emmerder ! »

Nurith, hors d'elle, l'avait injurié, menaçant de rendre ses propos publics et de le faire chasser du kibboutz. N'empêche que, trois jours plus tard, elle couchait avec lui, déterminée à ramener Isaac à de saines pensées, quitte à y mettre du sien, à se sacrifier…

— Vous voulez voir une photo ? demanda Rachel.

Isaac s'empressa d'accepter.

— Oui, montrez-moi une photo.

Rachel sortit de son sac un carnet plastifié et l'ouvrit. Isaac se pencha pour mieux voir cette femme un peu forte aux cheveux d'un blanc éclatant qui souriait à l'objectif.

— C'est votre mère ?

— C'est Nurith.

Et, voyant qu'il ne parvenait qu'à souffler sans rien dire.

— Vous ne la reconnaissez pas ?

— J'imagine qu'elle ne me reconnaîtrait pas non plus !

— Nous avons vu vos photos sur le Net…

— Ah oui ! Ah oui bien sûr… Bien sûr, mes photos…

— Pardonnez-moi, mais je crois que vous avez pris du poids depuis qu'elles ont été faites…

— J'ai arrêté de fumer, se défendit Isaac. Et j'ai des emmerdes.

— Désolée. Ça n'a aucune importance, dit Rachel. Vous êtes bien comme vous êtes et cela suffit.

— C'est trop gentil…

Il tenta de reprendre l'avantage.

— Qu'est-ce qui vous fait croire que vous êtes ma fille ?

— Ma mère… maman était vierge quand vous l'avez connue et après votre départ elle n'est allée avec personne.

— Elle ne s'est pas mariée ?

— Si, plus tard, quand j'avais cinq ans. Avec Aaron… Aaron Silverstein, l'écrivain. Vous n'avez jamais entendu parler de lui ?

— C'est votre beau-père ?

— C'est mon papa.

— Celui qui a écrit *Le Tombeau de Lazare* ?

— Oui.

— Je l'ai ici ! Je l'ai lu, c'est un très beau livre.

— Relisez-le, vous verrez, il est dédié à *Rachel et Nurith*…

Zac plissa les yeux.

— Je me souviens, dit-il, dans la scène finale, alors que la mère est morte, la petite fille se lève le matin pour aller lui demander de préparer son lait et son pain. Et la morte se lève !

Il se racla la gorge.

— La petite fille qui ressuscite sa mère, c'était vous ?

— C'était moi et ce n'était pas moi. Je ne fais pas de miracles. Ou alors seulement dans les romans…

Isaac se détendit.

— Je ne vous ai même pas demandé ce que vous faisiez dans la vie ?

— J'enseigne le français et la musique, à Tel-Aviv. Dans un cours privé…

Isaac ne parvenait toujours pas à y croire.

— Vous vous appelez vraiment Rachel ?

— Oui. Ma mère m'a dit que vous jouiez souvent à imaginer le prénom des enfants que vous auriez ensemble et, pour les filles, Rachel venait toujours en premier…

Elle sourit.

— En rencontrant votre fille, j'ai compris que vous aviez de la suite dans les idées. Deux filles, deux Rachel…

Le visage d'Isaac perdit soudain toute couleur.

— Que voulez-vous de moi ?

Rachel le rassura :

— Rien, ne vous inquiétez pas. Je ne suis pas venue vous demander de l'argent, ni même de me reconnaître. Aaron m'a adoptée, légalement mon père c'est lui. Non, je voulais vous voir.

Elle le dévisagea avec une ironie humiliante.

— Rien d'autre, vous voir...

AG

Sandra sortit du journal à la fin de l'AG, encore brûlante d'émotion d'avoir pris la parole devant tous :

— La direction nous ment. La direction nous méprise. La direction prend prétexte que nous *pourrions* lui faire perdre de l'argent pour mettre en œuvre un plan de licenciements. Premièrement : le journal ne perd pas d'argent, il en gagne même. Peu, je le concède, mais il en gagne ! Deuxièmement : ce n'est pas parce que, par hypothèse, il *pourrait* en perdre dans les mois, les années à venir, qu'il est urgent de se séparer aujourd'hui d'un tiers du personnel. Troisièmement : quel journal fait-on avec moins de journalistes, moins de secrétaires de rédaction, moins de maquettistes ? Fait-on le même journal ? Certainement pas. On fait un journal au rabais que les lecteurs détesteront bientôt...

Elle se reprit au milieu des rires :

— Que les lecteurs déserteront bientôt ! Alors, s'il y a une responsabilité dans la situation actuelle, c'est uniquement celle de la direction qui provoque artificiellement cette crise et qui – si crise réelle il y avait – en serait de toute façon l'unique responsable par ses orientations économiques et éditoriales, notamment par l'argent dépensé en pure perte pour la nouvelle formule, la réduction de la taille du journal et le choix d'un papier bas de gamme. Nous n'accepterons aucun licenciement. Ils sont injustifiés et injustifiables. Je vous demande à tous de voter immédiatement la grève et une motion de défiance vis-à-vis de la direction que nous ferons circuler dans tous les médias !

Elle téléphona à Rousseau :

— Ça y est, pour la première fois depuis sa création, le journal ne paraîtra pas…

— Que disent les délégués ?

— Ils ont rendez-vous demain avec la direction et ils doivent consulter un avocat pour vérifier la légalité de tout ce qui est mis en œuvre.

— Ils vont à la direction ?

— Oui, pourquoi ?

— C'est une connerie ! C'est la direction qui doit aller vers eux. C'est la consigne n° 1 du manuel du parfait petit délégué, « ne jamais se laisser imposer le terrain des discussions » !

— Trop tard, le rendez-vous est pris.

Rousseau grogna.

— Les délégués étaient pour la grève ?

— Ils s'y sont résolus.

— Le vote a été unanime ?

— Non, *grosso modo* deux tiers pour la grève, un tiers contre. Je ne compte pas les quelques abstentions.

— Vous occupez ?

— Non, personne ne l'a proposé.

— Deuxième connerie. Vous devriez tenir le siège et enfermer Moll et l'autre zouave ...

— Je sais, sourit Sandra, moi aussi j'ai lu l'article anglais qui préconisait de séquestrer les dirigeants en cas de conflit : « Un peu de retenue ne nuit pas... »

— Alors, tu sais ce qui vous reste à faire.

Goûter gourmand

La femme de Ramut savait qu'elle avait de l'allure. Fab adorait sentir sur elle le regard des hommes quand elle marchait dans la rue, les épaules droites, la poitrine en avant, la jambe altière. Elle en jetait ! Mais peut-être aimait-elle encore plus la mine chafouine des femmes qu'elle croisait, leurs regards torves, leurs réflexions mesquines et leurs murmures jaloux. Tout cela la réjouissait. Elle rejoignit Alex pour un « goûter gourmand », comme elle appelait leurs rendez-vous secrets. Il l'attendait avec impatience dans leur repaire.

— Qu'est-ce que tu es allée raconter à la police ? lui demanda-t-il, sitôt qu'elle eut refermé la porte.

— Qu'est-ce que tu veux que je raconte ?

— Ramut !

— Je n'ai rien à dire ni à la police ni à personne. Je ne sais pas où il a pu passer, ni ce qu'il fait, ni avec qui, s'il est vivant ou s'il est mort. Et, pour tout dire, je m'en fous.

Fab sentait son sang courir sous sa peau, irriguer tous les points qui servent aux femmes à jouir. Elle avait chaud. Elle déboutonna son corsage et fit glisser la fermeture éclair de sa jupe qu'elle laissa choir au sol.

— Tu ne serais pas allée suggérer que je pourrais y être pour quelque chose ?

— Mon pauvre chéri !

Elle le toisa.

— Tu y es pour quelque chose ? insinua-t-elle, hautaine, indifférente, exhibant sa poitrine nue. C'est toi qui as envoyé la pute avec laquelle il a passé la nuit ?

— Je n'ai envoyé personne !

— Tu savais qu'il était avec une radasse ?

— Les flics nous avaient demandé de ne rien te dire pour ne pas te blesser...

— Trop aimables...

Alex se radoucit :

— Tu y crois, toi, à cette histoire de fille ?

— Pierre avec une pute ? Pourquoi pas, même s'il n'a pas dû lui faire grand-chose...

— Et c'est moi qui aurais organisé ça ?

— Non mon chéri, répondit Fab d'un ton très maternel, je ne te crois pas assez bête, ni assez malin, pour un coup pareil. Pourtant, ça aurait eu de la classe !

D'un geste, elle prévint toute intervention d'Alex.

— Je vois très bien la scène. Ramut fait monter la fille avec lui, persuadé qu'il l'a séduite avec son nœud papillon, ses idées… Elle s'offre à lui, il est cramoisi de désir, d'émotion. Elle se tourne, lui demande de l'aider à ôter sa robe. Il tremble un peu en faisant glisser la fermeture éclair. Et, là, sur le dos nu de la fille il découvre l'inscription : « Avec les compliments d'Alex… »

Fab éclata de rire.

— Oh, comme j'aurais aimé que tu fasses ça !

— C'est ce que tu as fait ?

— Moi ? minauda Fab.

— Tu as l'air de savoir ce qui s'est passé mieux que personne.

— Qu'est-ce que tu vas imaginer !

— C'est toi qui imagines…

— Je suis blanche et sans tache sur ce coup-là. Et je le regrette, crois-le bien…

Ce jeu n'amusait pas Alex.

— N'empêche qu'il y en a qui bavassent. Ils racontent que j'ai fait disparaître Ramut pour piquer sa place au journal et dans ton lit…

— Grand bien leur fasse !

Fab desserra la cravate d'Alex qui se laissa faire en grommelant :

— Tu n'as pas idée de qui pourrait faire courir des bruits comme ça ?

— Tu penses que ce pourrait être moi ?

— Parfois, je me le demande.

— Pourquoi je le ferais ?

— Pour jouer, par provoc', pour t'exciter ?

Fab se tourna pour montrer ses fesses.

— T'as envie de me battre ? Tu veux faire pan-pan cul-cul à la vilaine fille qui t'aurait cafté au surgé ?

— Arrête, je ne déconne pas, dit Alex, enlevant son pantalon comme à regret.

— Alex, fais attention : ne deviens pas trop sérieux, ça te fait prendre dix ans d'un coup…

— Il y a quelque chose de pourri dans cette histoire. Je le sens. Quelque chose de pourri qui va nous péter à la gueule.

Fab s'allongea sur le lit et fit glisser sa culotte qu'elle envoya à Alex.

— Tu n'as pas envie de baiser ?

— Si. Si…, admit-il sans conviction.

Il n'avait pas la tête à folâtrer.

— Tu veux que je sorte le martinet ? menaça Fab. Si tu continues comme ça, c'est moi qui vais te fouetter.

Avocat

Caroline voulait le voir.

Hurel fit la route jusqu'à leur ancien appartement en se demandant ce que signifiait cet appel de sa femme. Par chance, il trouva à se garer tout près de l'entrée. Le code n'avait pas changé. Il monta au cinquième sans prendre l'ascenseur comme si inconsciemment, il voulait retarder le moment de revenir dans cet appartement qui n'était plus « chez lui ».

Hurel s'assit du bout des fesses sur le canapé du salon. Sa femme lui proposa du thé vert mais il préférait quelque chose de plus costaud.

— Il ne reste pas du scotch ?

— Je n'ai plus d'alcool.

Hurel soupira.

— Va pour du thé.

Caroline s'assit en face de lui, dans un fauteuil crapaud où elle aimait s'installer pour lire. Il y avait une photo de leur fille bébé sur la petite table à côté d'elle. Hurel détourna le regard.

— Ça a été très chaud, commença-t-il, puisque Caroline se taisait. Quand j'ai compris que Ganesh ne viendrait pas, j'ai appelé la police pour signaler son absence et notre urgence économique…

— Ça se fait ?

— Oui, ça se fait et les flics ont été très bien. Très attentifs, très compréhensifs.

Hurel avala une gorgée de thé sans pouvoir s'empêcher de grimacer.

— C'est Sauton qui nous a sauvés.

— Qu'est-ce qu'il a fait ?

— Il a eu l'idée de consulter les vols pour l'Inde. Il y en avait quatre qui partaient de Roissy. J'ai aussitôt rappelé les flics et ils ont cueilli Ganesh et sa famille au grand complet qui filaient avec armes et bagages…

— Ils l'ont arrêté ?

— Oui. Sa défense est idiote. Personne ne peut croire qu'il a retiré les 2,5 millions pour en mettre quatre la semaine prochaine…

Le téléphone d'Hurel grésilla dans sa poche.

— Excuse-moi.

C'était un message de l'avocat de Govindin, maître Privat. « Retirez votre plainte d'urgence. Govindin hors de lui. »

Hurel sourit et montra le message à Caroline.

— Ça veut dire quoi ?

— Ça veut dire qu'ils paniquent…

Quelques instants plus tard, le portable d'Hurel sonna.

— Maître Privat à l'appareil…

— Bonsoir maître, répondit Hurel, exagérément poli.

— Nous avons un acheteur, vous n'avez aucune raison de vous inquiéter. Je viens d'avoir Dehli, tout va être très vite réglé. Vous pouvez retirer votre plainte. Elle n'est plus nécessaire…

— Qui est cet acheteur ?

Il y eut un silence.

— Vous comprendrez que je ne puis divulguer son nom tant que l'affaire n'est pas conclue, affirma enfin l'avocat.

— Vous comprendrez que je ne puis retirer ma plainte tant que je ne serai pas assuré que tout est bel et bien réglé.

Il raccrocha et coupa son portable.

Caroline avait eu tort de demander à Hurel de passer. Elle avait envie de le voir, peut-être de lui dire des choses qu'ils ne s'étaient jamais dites, mais en même temps le voir portait un poids d'amour et de chagrin trop douloureux, presque insupportable.

— Je préférerais que tu partes, s'excusa-t-elle.

— Maintenant ?

— Oui.

Hurel ne discuta pas.

— Comme tu veux.

— Tu n'es pas fâché ?

— Mais non, voyons.

— Tu as fait tout ce chemin…

— Ça m'a fait plaisir de te voir. Tu as l'air en forme…

Caroline sourit tristement : comment pourrait-elle se sentir bien alors qu'il ne se passait pas un jour sans qu'elle aille devant le lycée où sa fille avait fait ses études ? Elle allait l'attendre, sachant qu'elle ne serait pas parmi toutes les jeunes filles qui s'égayaient dès que la sonnerie annonçait la fin des cours. S'il n'y avait pas eu ce désir irrépressible de communier avec la morte à travers les lieux, les visages qu'elle avait connus, elle ne serait plus jamais sortie de chez elle.

— Tu m'appelleras ? dit-elle en se dirigeant vers la porte.

— Bien sûr.

— Sois prudent.

Ils échangèrent un baiser rapide.

En attendant l'ascenseur, Hurel entendit Caroline fermer les trois verrous derrière lui. De quoi voulait-elle se protéger ? Pourquoi s'enfermer ainsi ? Il se demandait ce qu'il y avait de pire entre l'angoisse et la douleur. Il avait vécu une enfance anxieuse et le sentiment de l'horreur cachée derrière la porte ne l'avait jamais quitté. Il vivait maintenant dans la douleur, la sienne, celle de sa femme ; une douleur si violente qu'elle semblait écraser l'angoisse, l'anéantir et, pourtant, à de minuscules détails, un regard, une attitude, l'inclinaison d'un front, il savait qu'elle était là, prête à briser tous les verrous, à défoncer toutes les portes.

Record

Ramut n'accorda aucune attention à Kol quand il vint relayer Victoria pour le surveiller. Dos rond, mâchoires serrées, gestes de robot, il ne leva pas la tête de la perceuse, comme s'il cherchait à explorer la justesse de l'expression « se tuer à la tâche ».

— Vous voulez battre votre record ? demanda Kol, déclenchant son chrono.

— Faites pas chier, je travaille !

Pour la première fois, Ramut atteignit les six cents pièces dans l'heure. Kol le félicita.

— Vous tenez le bon bout…

— Taisez-vous ou barrez-vous.

Ramut ne voulait pas perdre le rythme, bac de gauche, percer, bac de droite, bac de gauche, percer, bac de droite, bac de gauche, percer, bac de droite, bac de gauche, percer, bac de droite, bac de gauche, percer, bac de droite…

Kol demeura deux heures auprès de Ramut sans échanger la moindre parole. Il dut faire un effort pour ne pas piquer du nez. La litanie du foret perçant le duralumin l'endormait. Il résista au sommeil et fut même tout à fait réveillé dès que ses pensées le ramenèrent à Betty alors qu'il croyait l'en avoir définitivement écartée. Il aurait pu l'appeler, ne serait-ce que pour avoir des nouvelles. Pourquoi ne le faisait-il pas? Leur convention ne signifiait plus rien aujourd'hui. En même temps, il craignait de l'embarrasser ou d'alerter inutilement son mari. Il songea un instant à demander à Lopez, un ancien de l'imprimerie, de le faire à sa place, mais il y renonça. Comment pourrait-il lui demander ça sans expliquer ce qui les liait, Betty et lui ? Inutile, trop risqué, vain. Et puis s'il l'appelait – ou si elle l'appelait, car après tout ce serait le plus simple, le plus évident ! – oserait-il lui parler de Victoria ? Sans doute pas. Pour dire quoi ? Qu'ils faisaient l'amour ? Qu'ils vivaient quasiment comme mari et femme ? Qu'elle lui apprenait à jongler ? Kol n'en pouvait plus de toutes ces questions sans réponses. Il avait la très nette impression que Ramut ne perçait pas dans des plaquettes de duralumin mais dans sa tête ! Bac de gauche, percer, bac de droite, bac de gauche, percer, bac de droite, bac de gauche, percer, bac de droite, bac de gauche, percer, bac de droite, bac de gauche, percer, bac de droite…

Plus tard, sous le pont de graissage, Kol et l'Enfant-Loup se concertèrent. Si Ramut tenait une telle cadence, ils risquaient d'être en rupture de matière première avant la fin de la semaine.

L'Enfant-Loup et Kol sortirent de la fosse pour téléphoner à Hurel.

— Maman va beaucoup mieux, expliqua l'Enfant-Loup. La dame qui s'occupe d'elle pense qu'il serait bien qu'on lui remplisse son frigo avant la fin de la semaine…

— Ça ne peut pas attendre ?

— Non. À son âge, il ne faudrait pas qu'elle manque de tout pour son régime.

— Demain, je ne vais pas pouvoir.

Hurel venait d'arriver à son hôtel. Il se tut un instant.

— Est-ce que tu viendrais ce soir ? reprit-il. Je sais, c'est loin mais...

— Tu connais un magasin qui ouvre en nocturne ?

— Oui, juste à côté de chez moi, on pourrait y faire un saut.

L'Enfant-Loup se tourna vers Kol. Il devait finir ce qu'il avait commencé sur un 4×4...

— T'as le courage ?

Et désignant l'entrée du bunker :

— Je m'occuperai de maman...

Vélo

L'Enfant-Loup détestait ouvrir et refermer les portes du bunker avec deux grosses clefs, comme un maton. Il n'aimait pas non plus mettre « son uniforme », sa combinaison de travail, ses gants, ses chaussures renforcées. Il obéissait par devoir, pour respecter la consigne que tous les autres respectaient, mais, s'il n'avait tenu qu'à lui, il se serait confronté à Ramut d'homme à homme. Il faisait presque nuit quand, soufflant et râlant sous le masque de Joyeux, il descendit voir Ramut, les bras chargés d'un appareil très encombrant.

L'Enfant-Loup referma la porte d'un coup de reins.

— J'ai quelque chose pour vous.

— Qu'est-ce que c'est que ce truc ?

— C'était à ma mère, un vélo d'appartement...

— Vous n'avez pas de cave ?

— J'ai pensé que ça vous ferait du bien de faire un peu d'exercice...

— Vous voulez mettre ça ici ?

— Oui, il est quasiment neuf.

— Vous croyez que la perceuse ça ne suffit pas ?

L'Enfant-Loup déposa le vélo devant la meurtrière.

— Vous avez vu *Ben-Hur* ?

Ramut répondit d'un grondement dédaigneux. L'Enfant-Loup poursuivit sans se formaliser :

— Quand Ben-Hur est aux galères, il s'arrange pour ne pas ramer toujours du même côté...

Ramut l'interrompit d'une voix glaciale :

— Si vous venez pour me raconter des conneries, je préfère que vous me laissiez seul.

— Ce ne sont pas des conneries ! Vous avez déjà fait du sport ?

— Arrêtez avec ça. Le sport m'emmerde, vous m'emmerdez encore plus. Alors dites-moi à quoi ça rime, ce cirque, et barrez-vous.

L'Enfant-Loup expliqua :

— En ramant une fois à tribord, une fois à bâbord Ben-Hur se musclait de façon symétrique, pas comme ces tennismen qui ont un bras hypertrophié. Vous vous souvenez de Vilas ?

— Vous avez fini ? demanda Ramut, se massant le crâne comme s'il luttait contre une douleur soudaine.

Et, avec une sincérité presque touchante :

— Il faut que je me fasse à manger...

L'Enfant-Loup ne voulait pas partir avant d'être allé au bout de sa démonstration.

— Avec la perceuse vous ne vous musclez qu'un bras, toujours le même. Comme on n'a pas de perceuse pour gaucher, vous pourrez travailler les jambes sur le vélo.

Ramut réprima un petit rire.

— Je n'avais pas compris que j'étais inscrit dans un club de fitness, ironisa-t-il.

— C'est important que vous gardiez la forme.

— Pour qui ?

— Mais pour vous ! Pour conserver votre force de travail !

— Épargnez-moi votre bla-bla cryptomarxiste et vos conseils de santé. Vous voulez que je fasse du vélo ? OK, je ferai du vélo et même, si vous branchez une dynamo, je vous fournirai de l'électricité. Vous êtes content ?

Ramut ne laissa pas le temps de répondre à l'Enfant-Loup :

— C'est tout ce que vous aviez à me dire ?

— Oui, bredouilla l'Enfant-Loup, après une petite hésitation.

Il récapitula :

— Faire du vélo, garder la forme, rester en bonne santé…

Ramut n'en pouvait plus.

— Vous ne voulez pas aussi que je repeigne la cuisine ?

Route

Le camion de la pizzéria Angelo roulait bien mieux que son aspect extérieur ne le laissait supposer. Ce n'était pas un vieux teuf-teuf ni une voiture de course mais un solide fourgon doté d'un moteur gonflé par l'Enfant-Loup. Victoria avait insisté pour accompagner Kol. Pas question qu'il aille tout seul chercher le matériel ! Elle tenait à être du voyage. Ils en avaient pour au moins trois heures de route dans un sens comme dans l'autre. Au mieux, ils seraient de retour au garage à la levée du jour.

— Ton chez-toi ne te manque pas ? demanda Victoria quand ils s'arrêtèrent au premier stop avant la nationale.

— Je n'ai plus d'autre chez-moi que notre cabanon, répondit Kol, sans que sa voix tremble. Et toi ?

— Moi non plus, je n'ai plus de chez-moi, répondit Victoria en écho. Avec Richard, on louait. J'ai rompu le bail et tout ce que j'ai est dans un garde-meubles…

— Un trésor ?

— Des vêtements, des livres, du matériel de cirque et un grand lit que je traîne je ne sais pas trop pourquoi.

— Pour dormir dedans un de ces quatre ?

Victoria laissa échapper un petit rire.

— La semaine des quatre jeudis !

Kol passa la première et redémarra. Il se mit à pleuvoir. Une petite pluie qui tombait avec l'entrain et la régularité d'un piano mécanique.

Kol n'arrivait pas à se faire une idée définitive à propos de la grossesse de Victoria. Est-ce que cette histoire était véridique ou Victoria ne lui avait-elle lancé ça que pour le provoquer, voire pour le défier ? Il ne savait pas. Il guettait tous les signes qui auraient pu l'orienter mais Victoria n'avait pas de nausées et il ne voyait pas vraiment son ventre s'arrondir, sinon après manger. En même temps, Kol reconnaissait qu'il n'avait aucune expérience de ce qu'était au quotidien une femme enceinte. Comment se comportait-elle ? Comment son humeur trahissait-elle ce qui se passait dans son ventre ? Comment l'affirmait-elle ou, au contraire, comment le dissimulait-elle le plus longtemps possible ? C'était troublant d'être dans ce brouillard d'incertitudes. En même temps, cela lui plaisait tout simplement parce qu'il était dans le même brouillard et que cela lui donnait le sentiment de n'y être pas seul.

— Elle a décidé ce qu'elle va faire ? demanda soudain Kol, d'un ton mutin.

— Ça t'intéresse ?

Kol retint sa réponse pendant quelques instants. Dans la lumière des phares la route luisait d'un éclat noir.

— Je réfléchissais à ceux de notre génération qui avaient eu des enfants, dit-il. Dylan, Hurel, Rousseau, Zac…

— Tu oublies Richard.

— Oui, Bob…, soupira Kol.

Il pinça les lèvres et hocha la tête.

— C'est étrange de penser à ces enfants et de constater que la génération qui nous a précédés, celle de nos frères, est une génération stérile…

— Ils n'ont pas eu d'enfants ?

— Non, aucun.

— Toi non plus ?

— Non.

— Tu regrettes de ne pas en avoir ?

Kol se cala contre le dossier de son siège.

— On ne peut pas regretter quelque chose qui n'est pas.

— C'est pour ça que vous avez divorcé avec ta femme ?

Kol réfléchit un instant :

— Non, ça a peut-être joué à la marge mais pas sur le conflit central.

— Finalement, ça vous a plutôt facilité les choses que vous n'ayez pas d'enfants…

Kol objecta, non ça n'avait rien facilité.

— C'est une vue de l'esprit ! Quoi que tu fasses pour ne pas blesser l'autre – même avec la meilleure volonté du monde –, ça ne peut pas bien se passer. C'est un déchirement, c'est douloureux et ça le reste *ad vitam*. Ne pas avoir d'enfants, ça nous a évité de nous battre pour nous les partager, ç'aurait été l'horreur.

Ils roulèrent un moment en silence, les yeux fixés sur le battement régulier des essuie-glaces, dodelinant de la tête pour les accompagner, jouant les poupées mécaniques. Victoria se décida la première :

— Et maintenant ? Tu aurais envie d'en avoir un ?

— Je ne sais pas…, répondit Kol d'une voix méditative.

Elle le réprimanda :

— « Je ne sais pas », ce n'est pas une réponse. C'est oui ou c'est non.

— C'est un référendum?

— C'est ce que je te demande, déclara gravement Victoria, croisant les bras sur sa poitrine.

Kol se tourna vers elle.

— J'ai longtemps lutté contre cette idée mais oui, aujourd'hui peut-être, répondit-il sans savoir où ça le mènerait.

— Tu ne penses plus à la mort ?

— Et toi ?

Victoria se réfugia dans le silence plutôt que céder à la provocation. Kol ravala ses mots, sa question était stupide et agressive.

— En voyant toute l'équipe réunie, reprit-il avec douceur, je nous ai vus comme nous étions enfants et cette image m'a plu.

— Tu te plais en short ?

C'était de bonne guerre.

Kol négligea le sarcasme.

— Qui aurait pu dire que cette équipe d'ados excités allait devenir ce que nous sommes devenus ? dit-il. Tout était là, en chacun d'entre nous, chargés de vie comme une ogive nucléaire. Il y a un mystère de l'enfance, un grand mystère qui m'a longtemps effrayé. Si j'avais un enfant, j'imagine que je pourrais apprivoiser ce mystère, le tenir dans mes bras, le caresser, sentir la douceur de sa peau, scruter son regard…

Kol se souvint soudain d'une phrase que Betty lui avait dite.

— Un jour j'ai entendu un drôle de truc…

Il se reprit.

— Une amie m'a dit une chose terrible : regarder un bébé dans les yeux, c'est voir Dieu en face.

Ils se turent pendant au moins un kilomètre.

— Je peux t'en donner un, assura soudain Victoria.

— Me donner un enfant ?

— Oui.

Elle marqua un temps.

— Un déjà fait…

— Un enfant est un enfant, psalmodia Kol, comme s'il récitait un psaume.

Victoria enroula une mèche de cheveux autour de son doigt.

— Alors ?

Son ton était si impératif que Kol fit un écart.

— Oui, déclara-t-il en redressant le volant.

Un oui lourd de solennité. Victoria fixa la route devant elle. La parole s'éteignit lentement entre eux jusqu'au silence. Jusqu'à ce que Victoria murmure :

— Alors oui, elle va le garder.

Privé

Alex n'arrivait pas à croire que Ramut ait pu disparaître comme ça, sans laisser de traces ni donner signe de vie. C'était inconcevable. Ça ne collait pas avec la personnalité de Ramut ni à sa façon d'être, ni à ses habitudes. Les circonstances de sa disparition étaient rocambolesques et le silence qui l'entourait incompréhensible. Incompréhensible et menaçant. Comme la police semblait complètement se désintéresser de l'enquête, Alex avait sollicité Stéphane Mélard, un détective privé auquel *Valeurs Françaises* avait déjà fait appel pour des cas compliqués. Ils se retrouvèrent au bar du Lutetia devant deux mojitos.

— J'ai tout repris depuis le début, commença Mélard en faisant son rapport. Au Westminster, l'employé du room service se souvenait très bien de la blonde toute nue mais pas de Ramut. Il n'était même pas sûr de l'avoir vu.

— Comment ça ?

— Quelqu'un a pris le chariot des repas mais qui ? Il ne peut pas jurer que c'était Ramut. Ce pouvait être quelqu'un d'autre. Il matait la fille, rien que la fille, un vrai canon, d'après lui.

— Ça nous mène où ?

— Pas très loin. Simplement on peut poser comme hypothèse que Ramut n'était pas Ramut et que la blonde n'était peut-être pas blonde.

— Expliquez-moi.

— La seule blonde qui corresponde à la description qui en a été faite, c'était une jeune actrice qui devait remettre les prix.

Mélard jeta un coup d'œil sur ses notes.

— Zélie ? Vous voyez qui c'est ? Elle a tourné dans…

— Non.

Mélard tendit une photo à Alex.

— En tout cas, ce ne peut pas être elle, dit-il en reprenant le cliché. La soirée a été filmée et elle était ou au premier rang de la salle ou sur scène. Donc, ce n'est pas la fille que nous cherchons ; donc la blonde qui était avec Ramut n'était peut-être pas blonde…

— Ce serait une mise en scène ?

— C'est possible, mais c'est pas sûr.

Mélard tourna une page dans son carnet.

— Même chose avec la femme de chambre qui a nettoyé le lendemain matin. C'était si sale qu'elle a tout envoyé à la laverie ; elle a fait shampouiner la moquette, a tout désinfecté dans la salle de bains. Et comme la chambre a tout de suite été relouée, impossible de trouver la moindre trace d'ADN. D'ailleurs, les flics n'ont même pas cherché…

— Quoi d'autre ?

— J'ai trouvé un type qui avait vu la voiture de Ramut embarquée par une dépanneuse.

— Le soir de sa disparition ?

— Oui. Ce type s'en souvenait parce que ça l'avait étonné de voir une dépanneuse travailler à cette heure-là un dimanche au Touquet. Mais, à part l'enlèvement de la voiture, il ne se rappelait de rien :

ni de la marque de la dépanneuse et encore moins de son immatriculation.

— C'est tout ?

— J'ai rencontré les membres du jury auquel Ramut aurait dû participer. Rien à tirer de ce côté-là. Isaac Bergmann, le dernier à l'avoir aperçu, l'avait bien croisé en train de parler à la mystérieuse blonde, mais rien d'autre. Il m'a tenu la jambe pendant une heure à propos de la critique cinématographique. Je ne savais plus comment m'en sortir. Il voulait absolument connaître mon opinion sur la question.

— Sur la critique ?

— Oui.

— Et alors ?

— Alors, je m'en fous.

Alex poussa un long soupir.

— Si je résume ce que vous me dites : vous n'êtes pas plus avancé que la police ?

— Internet, Facebook, Twitter, son blog, toutes les pistes aboutissent dans des impasses. Le plus étrange est qu'il n'ait utilisé ni ses cartes de crédit, ni son ordi, ni son portable, rien.

Stéphane Mélard but une gorgée de son mojito.

— Vous voulez connaître mes conclusions ?

— Je vous paye pour ça, s'impatienta Alex.

— Je crois que Ramut n'est pas parti de son plein gré, il a été enlevé. Pourquoi et par qui, je n'en sais rien. En tout cas, par des gens très forts, très bien organisés, qui ont effacé toutes les traces derrière eux. Des vrais pros.

— Mais il n'y a pas de revendications, pas de demande de rançon, rien, objecta Alex.

Mélard hocha la tête.

— C'est pour ça que je crois qu'il est mort, annonça-t-il dans un souffle.

— Quoi ? s'étrangla Alex. Ramut serait…

— M. Ramut n'a pas été enlevé pour de l'argent ou des motifs personnels, mais par des gens qui voulaient le faire disparaître. Pour moi, il s'agit d'un règlement de comptes.

— Comment pouvez vous dire ça ?

— La manière, laissa tomber Mélard. C'est 100 % professionnel et politique.

— Un règlement de comptes mais venant de qui ? Des gauchos, des cocos, des anars…

— Non, la mafia russe.

Créneau

Sandra était rentrée plus tôt que prévu, chargée par le petit groupe de travail de rédiger le texte définitif d'une lettre ouverte aux actionnaires qu'ils feraient circuler le lendemain dans toutes les rédactions. Elle n'était pas mécontente de faire ça chez elle, pensant secrètement que l'aide de son mari ne serait pas de trop. En tout cas, qu'il serait le bon interlocuteur pour trouver les mots justes. Elle se mit aussitôt au travail.

Messieurs,

La direction de Demain le jour *place les salariés dans une position insoutenable. Si insoutenable qu'une large majorité du personnel a voté une motion de défiance à l'encontre de MM. Moll et Palamito. À cela, il faut ajouter que le Comité d'entreprise vient de rendre un avis défavorable sur le plan de licenciements annoncé : « Ce plan s'inscrit dans la logique d'un choix financier qui tient lieu de projet d'entreprise à la direction. Il serait faux de croire que cette approche permettra de relever les défis éditoriaux qui se présentent à* Demain le jour *en ces temps incertains. »*

Comment en sommes-nous arrivés là ?

Sous la direction de Vincent Moll, les rapports au sein de la rédaction n'ont cessé de se dégrader. « Les choix managériaux ont eu pour conséquences de créer des clans, d'opposer, de diviser », note l'un des deux rapports d'expertise adressés au CHSCT.

Les choix éditoriaux se traduisent par une baisse de la diffusion, notamment en kiosque. Au moment où les journaux ont besoin d'affirmer une identité forte,

Demain le jour *ne fait plus entendre la voix différente qui le caractérisait.*

La nouvelle formule n'a, en outre, produit aucun effet sur les résultats du journal. Pire : son « ADN » est aujourd'hui perverti.

Quel actionnaire peut soutenir un tandem qui affiche de tels résultats ?

Aujourd'hui de nombreux postes seraient supprimés et MM. Moll et Palamito ne semblent à aucun moment vouloir remettre leur démission, imputant les difficultés du journal aux seuls salariés. Contrairement à ce que proclament MM. Moll et Palamito, les licenciements ne sont pas la seule solution…

Les deux garçons revenaient d'une séance d'entraînement à la salle de boxe avec leur père. Sandra leur prépara un énorme plat de pâtes au gruyère tandis que Rousseau relisait le projet de texte.

Le téléphone de Sandra sonna.

Jules, le plus petit des garçons, fut plus prompt que sa mère pour l'attraper.

— Allô ? C'est qui ?

— C'est Olga. Tu me passes ta maman ?

Jules tendit triomphalement le portable à sa mère.

— C'est Olga !

Rousseau fit remarquer à son fils qu'il n'avait pas à répondre au téléphone de sa mère, que ça ne se faisait pas, que c'était impoli. Puis il se replongea dans sa lecture :

« Puisqu'il apparaît que MM. Moll et Palamito ne sont pas capables de tirer par eux-mêmes les conséquences de leurs choix, nous vous demandons de prendre les mesures qui s'imposent afin de permettre à Demain le jour *non seulement de retrouver son lectorat et son identité, mais de se refonder sur des bases saines et dynamiques. »*

— Quoi ?

Le cri de Sandra les surprit.

— J'arrive ! dit-elle, posant les pâtes fumantes sur la table.

— Qu'est-ce qui se passe ?

— La direction a trouvé un nouveau créneau horaire pour imprimer le journal et il y a des jaunes à la rédaction !

— Ils veulent le faire sortir ?

— C'est ce qu'on va empêcher. Olga mobilise tout le monde !

Camille voulait savoir ce qu'étaient des « jaunes ».

— C'est des Chinois ?

— Ce sont des gens qui travaillent pour les patrons alors que tous les autres ouvriers sont en grève et refusent de le faire, expliqua Rousseau.

— Ils ne sont pas jaunes ? demanda le petit Jules.

— Non, ils ne sont pas jaunes…

— On devrait les peindre pour les reconnaître ! rigola Camille, tandis que Sandra ramassait son sac et enfilait son blouson.

— Qu'est-ce que tu as dit ?

Camille répéta timidement :

— On devrait les peindre…, craignant qu'elle lui reproche encore d'avoir tagué une station de métro avec ses copains.

Mais Sandra sourit.

Elle n'avait rien à lui reprocher.

Jaunes

Olga guettait Sandra à l'entrée du journal avec Françoise, Serge, la grande Corinne, Esther, Élisabeth, Marco et Legendre du service courrier.

— On y va ? demanda Sandra en les rejoignant.

— On attend les autres, répondit Marco, faisant un numéro sur son portable. On convoque le ban et l'arrière-ban !

— J'ai eu Sandrine, dit Esther. Elle prévient Claude et ils arrivent !

Sandra ne voulait pas attendre.

— Faut y aller tout de suite !

— Va devant si tu veux, proposa Françoise, en ligne avec Stéphane du service sports.

Sandra les dévisagea.

— Qui vient avec moi ?

La grande Corinne, Olga et Serge se proposèrent.

— On vous attend là-haut !

— Je préviens les délégués ? demanda Élisabeth alors qu'ils se dirigeaient vers l'ascenseur.

— Préviens-les ! cria la grande Corinne. À moins qu'ils soient déjà en train de nous vendre au rabais !

L'irruption de Sandra et des autres dans la rédaction fit l'effet d'une foudre. Xavier bondit sur sa chaise.

— Qu'est-ce que vous foutez là ?

— C'est à toi qu'il faut poser la question.

— Un créneau s'est libéré à l'imprimerie.

— Vous savez qu'on est en grève ?

— Tu sais combien on perd si on ne paraît pas ?

— Tu sais comment ça s'appelle ceux qui travaillent pendant une grève ?

— Je t'emmerde. La grève a été votée de justesse. À bulletins secrets, elle ne serait jamais passée !

Cécile Kuipers s'interposa.

— Ce n'est pas la peine de discuter. OK, nous sommes en grève mais en sortant le journal, nous coupons l'herbe sous le pied à la direction qui nous accuse de lui faire perdre de l'argent et de mettre le titre en péril. Comme ça, on n'en perd pas !

Sandra lui adressa un grand sourire provocant.

— Qu'est-ce qu'on t'a promis ?

— On ne m'a rien promis, répliqua Cécile Kuipers en se détournant. Je suis une professionnelle. Je fais mon boulot, un point c'est tout.

— Et si les autres perdent le leur, tu t'en fous ?

Cécile Kuipers s'appuya sur son bureau comme un orateur à une tribune.

— Ceux qui perdent leur boulot feraient mieux de se demander pourquoi plutôt que de se lamenter.

— Votre grève, c'est de la merde, ça ne sert à rien qu'à nous coûter du fric et ruiner le journal, reprit Xavier. Si vous voulez être en grève, soyez en grève, mais nous, on ne veut pas. On bosse ! Et le journal paraîtra comme prévu !

Sandra contint sa colère.

— Il n'est pas question de vouloir ou ne pas vouloir, dit-elle posément, nous sommes en grève. Ça veut dire que personne ne travaille et que le journal ne paraît pas.

Xavier aboya :

— Tu veux m'empêcher de faire mon job ?

La grande Corinne répondit plus vite que Sandra :

— Elle veut t'empêcher d'être con, mais peut-être que c'est au-dessus de tes forces.

Serge leva la main en signe de paix.

— Le reste de la rédaction arrive, ce serait mieux pour vous d'arrêter de faire ce que vous faites et que tout le monde se retrouve en bas pour discuter, proposa-t-il.

— On n'a pas fini, gronda Cécile Kuipers, impatiente d'envoyer des pages à l'imprimerie. Si on rate le créneau, c'est foutu pour aujourd'hui.

— Si vous finissez, c'est foutu pour notre grève, articula Olga d'une voix blanche.

— Que vous fassiez la grève ou pas, de toute façon, il y aura des licenciements !

— C'est toi qui décides ?

— C'est la direction.

— Je ne savais pas que tu étais sa porte-parole…, ironisa Sandra.

— Il faut arrêter de se monter la tête avec la grève, les actions, les protestations, les motions de défiance et tout ce que tu voudras. La direction fait ce que lui ordonnent les actionnaires, elle n'a aucune marge de manœuvre.

— Tu veux dire qu'ils négocient pour la forme ?

— Qu'est-ce que tu crois ? Ils en ont rien à foutre de vos arguments, de vos plans, de vos idées d'organisation. Ils veulent du cash et ils l'auront !

— Et s'ils te virent ?

— Eh bien, je trouverai du boulot ailleurs ! claironna-t-elle.

Puis elle ajouta pour elle-même :

— D'ailleurs, je ne suis pas du genre qu'on vire…

— Bon, ça suffit, dit Xavier en se remettant à son bureau, j'en ai marre de toutes ces conneries. On a un journal à faire sortir, et on va le faire sortir…

À cet instant, Françoise et une vingtaine d'autres déboulèrent dans la rédaction. Brusquement un silence les enveloppa. Deux camps se faisaient face, les grévistes et les jaunes, comme deux armées se mesurant avant l'assaut. Legendre, du service courrier, s'avança.

— Disons que c'est un malentendu, commença-t-il diplomatiquement. Vous n'aviez pas bien compris que lorsqu'on vote une grève, ce vote engage tous les salariés et que la reprise du travail ne peut se faire qu'à la suite d'un nouveau vote…

— Tout ça, c'est du baratin, répliqua Xavier. Si on votait maintenant, personne ne serait plus pour la grève.

— Tu veux qu'on vote ?

— Me prends pas pour un con. Vous êtes plus nombreux que nous. On n'est pas chez les trotskards !

— Faudrait savoir : ou t'es pour le vote ou t'es contre…

— Fais chier !

Legendre ne se démonta pas.

— Qui est pour la poursuite de la grève ?

Toutes les mains se levèrent sauf celles de Cécile Kuipers, de Xavier, de Nathalie, de Lorie, d'Annick, de Witek et de Fabrice qui refusèrent de se prononcer.

— La grève est reconduite, conclut Legendre.

Et, s'adressant à ceux qui n'avaient pas voté :

— Je vous demande de quitter vos postes immédiatement.

— Tu n'as aucun droit de nous demander ça, protesta Nathalie se tortillant sur sa chaise.

Xavier, bravache, se releva serrant les poings.

— Vous cherchez la bagarre ou quoi ?

— Vous êtes des jaunes, intervint Sandra, d'un calme implacable. Il faut que vous preniez conscience de ce que vous êtes. Et si c'est trop difficile pour vous, nous allons vous aider à le comprendre.

— J'aimerais voir ça ! ricana Xavier.

— Tu vas voir…

Sans que personne ait eu le temps de faire un geste, la Sandra respectable et respectée sortit de son sac une bombe de peinture prise dans la réserve de son fils. Elle aspergea Xavier de jaune citron puis, profitant de la stupéfaction générale, bomba Cécile Kuipers de la tête aux pieds, Witek qui tentait de la protéger, Nathalie et Lorie qui ne parvinrent pas à s'enfuir… Elle aurait volontiers passé les autres jaunes à la peinture mais, à court de munitions, elle dut renoncer au milieu des cris, des menaces, des lamentations.

Des rires et des applaudissements aussi…

Fired

La nuit se taisait, compacte. Planté au carrefour de deux départementales où ne passaient que de rares voitures, Hurel avait le sentiment de palper l'épaisseur du temps. Il attendait Kol et Victoria pour les guider jusqu'à l'usine. D'après ses calculs, ils seraient là dans une vingtaine de minutes mais il n'avait aucune impatience ni aucune fatigue malgré les kilomètres qu'il avait faits dans un sens et dans l'autre entre l'appartement de sa femme, son hôtel, le point de rendez-vous avec le camion de la pizzéria Angelo. Il se sentait presque en apesanteur. Hurel aimait l'obscurité. Elle le rendait à lui-même. Sur la route, il avait reçu trois sms de Govindin, son actionnaire indien. Le premier : « Retirez votre plainte immédiatement », puis : « Vous me contraignez à prendre des mesures », et enfin, à l'instant : « *You're fired* », vous êtes viré. Hurel sourit, Govindin pouvait bien écrire ce qu'il voulait, cela ne changeait rien à la situation. Le préfet était tenu informé heure par heure et les autorités françaises avaient les moyens de le contraindre à rendre l'argent qu'il avait tenté de détourner. Quant à son propre sort, Hurel ne voulait même pas y penser. Soit il quitterait l'entreprise une fois que tout serait réglé, soit il ferait personnellement une proposition pour reprendre l'usine sous la forme d'un LBO ou d'une Scop. Les deux options étaient envisageables.

Hurel s'amusa, imaginant qu'il demanderait conseil à Ramut, cet expert si péremptoire quand il s'agissait de questions économiques.

Mais lentement le ressentiment contre ce type qui n'avait jamais travaillé de sa vie se mit à susciter chez Hurel une rage qu'aucun sarcasme ne parvenait à adoucir. Ramut était passé de chez papa-maman à Sciences-po ; de Sciences-po au ministère des Transports comme conseiller à la communication, du service de l'État au *Figaro*, du *Figaro* à *La Tribune*, de *La Tribune* à *Valeurs Françaises* où, chaque semaine, il assenait ses vérités sur l'organisation du travail, la stratégie économique, la politique de l'offre et toutes les sornettes dont il se repaissait. Le plus terrible était de penser qu'un Ramut inutile et nuisible pourrait vivre et prospérer jusqu'à quatre-vingts ans, ou plus, alors que sa fille, belle, rayonnante, était morte à dix-sept ans et …

La douleur revint brutalement.

Ses yeux s'emplirent de larmes, son souffle s'altéra comme pour le punir de s'en être distrait. Hurel serra les dents, se ceintura de ses bras pour contenir ce mal insupportable qui l'étreignait dès que sa fille envahissait son esprit. Il en était venu à la conclusion qu'il était coupable de sa mort. Il ne l'avait pas tuée, bien sûr – il aurait donné sa vie pour la sauver –, mais ce mal qui avait pris corps en elle était cette angoisse qui le rongeait depuis l'enfance et qu'il parvenait à dominer. Mais elle, comment aurait-elle pu lutter ? Sa fille ne savait rien du mal que portait son père. Elle n'en avait jamais entendu parler, n'en avait jamais soupçonné l'existence. Ça avait grandi en elle parce que ça ne pouvait pas grandir ailleurs, son père était trop fort, trop résistant. Hurel comprenait ce qui s'était passé. Trop tard, mais il le comprenait. Le mal réclamait ses cinq livres de chair ; que ce soit du père ou de la fille, que lui importait pourvu que ce soit du même sang ! Pour le détruire, ses parents lui avaient légué ce qui les avait détruits. Il ne devait pas y avoir de témoin de l'horreur produite par deux êtres que la haine lie l'un à l'autre plus solidement que le plus grand amour. Après lui, il ne fallait que personne demeure ; que la lignée s'éteigne et s'efface des mémoires. Hurel avait survécu mais cette haine, ce cancer, c'était sa fille qui en avait reçu la charge.

Il était obsédé par ce qu'il avait vu chez un couple d'artistes qui l'avait hébergé à Londres pendant quelques mois. Peter et Jane avaient un bébé de deux ans. L'enfant était défiguré par une tumeur à la joue. C'était très impressionnant mais on finissait par l'oublier parce que le bébé gazouillait, riait, jouait comme n'importe quel autre enfant de son âge…

Hurel travaillait à la galerie d'art que ses hôtes avaient ouverte près de Portobello quand il avait vu entrer un être au visage monstrueux. C'était un amas de chairs où aucun des éléments ne semblait être à sa place. Une face tordue, boursouflée, douloureuse comme dans le plus stupéfiant portrait peint par Francis Bacon.

« Un tableau vivant ! » avait-il pensé quand l'homme s'était présenté : c'était le père de Peter.

De plus près, son visage ressemblait à un vieux ballon usé, racorni, hâtivement recousu, sans soin, ni méthode. Comme son fils était absent, l'homme n'était resté que quelques instants et était apparemment aussi gêné d'avoir rencontré Hurel qu'Hurel l'était de l'avoir rencontré. Plus tard, Hazel, qui tenait une boutique de vêtements à côté de la galerie, lui avait expliqué que cet homme était un ancien gardien du bloc H où étaient détenus les membres de l'IRA. Après la mort de Bobby Sands, des militants irlandais l'avaient retrouvé. Pour se venger, ils ne l'avaient pas tué, ne lui avaient pas brisé les genoux comme ils le faisaient aux traîtres : il lui avait fait exploser la mâchoire d'un coup de revolver et l'avait recousu au fil de cordonnier. Hurel ferma les yeux : le bébé de Peter et Jane avait une tumeur à l'endroit même où son grand-père avait pris la balle qui l'avait défiguré…

Kol fit un appel de phares et vint se ranger à côté de lui.

— Qu'est-ce que t'as ? demanda-t-il en baissant sa vitre. Tu ne m'as pas entendu arriver ?

— Je commençais à me les geler, mentit Hurel, évitant de répondre. Tu me suis ?

— C'est loin ?

— Cinq kilomètres…

Hurel adressa un petit signe de la main à Victoria, monta dans sa voiture et démarra.

La lune était rousse.

Sainte-Touche

Il y avait exactement un mois que Ramut travaillait dans le bunker quand Dylan et Hurel rejoignirent Kol et l'Enfant-Loup pour une mission spéciale qui ne nécessitait la présence de personne d'autre.

Ramut avait progressivement perdu la notion de la succession des jours et des nuits en faisant les 3×8. Il travaillait quand on lui disait de travailler et s'arrêtait quand on lui ordonnait de le faire. Il s'asseyait sur le lit et mangeait avec consternation les pauvres choses que son salaire lui permettait d'acheter. Penché sur la table, il s'efforçait de mâcher lentement les nuggets qu'il avait réchauffés au micro-ondes, les raviolis en boîte, les poissons carrés, le riz, les nouilles en barquette, les pommes en promotion, les oranges espagnoles, tentant de se souvenir de ses déjeuners, de ses dîners dans les grands établissements où des merveilles apparaissaient sur son assiette sans que jamais on ne lui en réclame le prix.

Ramut entendit la porte du bunker s'ouvrir. Il vit arriver Prof (Dylan), Grincheux (Kol), Joyeux (l'Enfant-Loup) et Dormeur (Hurel) qui firent cercle autour de lui.

— Qu'est-ce qui se passe ? grommela-t-il en repoussant son assiette en carton.

— C'est la Sainte-Touche, annonça l'Enfant-Loup.

— Quoi ?

— Nous sommes venus vous donner votre paye, traduisit Dylan.

Kol lui tendit une enveloppe.

— Vous vérifierez.

Ramut ouvrit l'enveloppe. Elle contenait un billet de cinquante, un de vingt et trois pièces de deux : 76 euros.

— Vous avez quel âge ? demanda Ramut en jetant l'enveloppe sur son lit sans toucher à l'argent.

— Pas loin du vôtre, pourquoi ?

— Ça vous amuse encore de faire ce genre de blague ?

— Où voyez-vous une blague ? demanda Kol sans comprendre.

Ramut secoua l'enveloppe sous le nez de Kol.

— Soixante-seize euros de salaire, c'est pour rire, non ? dit-il, la laissant tomber à nouveau.

Hurel intervint :

— Vous lirez le détail sur la fiche de paye. En deux mots, comme vous êtes un ouvrier sans qualification, nous sommes partis sur la base d'un Smic mensuel à 1 445,38 euros, arrondis à 1 446 euros pour trente-cinq heures…

— Je travaille beaucoup plus de trente-cinq heures ! s'indigna Ramut.

— Au nom de la compétitivité, ne plaidiez-vous pas à chacune de vos interventions médiatiques pour le retour aux quarante heures, voire aux quarante-huit heures hebdomadaires sans augmentation de salaire ?

Ramut se raidit, poings serrés, mâchoires crispées.

— Vous essayez de me voler ?

— Nous appliquons à la lettre les idées que vous avez défendues par écrit, à la radio, à la télévision…

— Vous êtes des escrocs, c'est tout, dit Ramut d'une voix blanche, détournant la tête.

— Les patrons qui suivent vos conseils sont des escrocs ?

— Les patrons ! Toujours les patrons ! Vous n'avez que ce mot-là à la bouche !

— Normal, glissa l'Enfant-Loup. Nous sommes vos patrons.

— Vous êtes des voleurs.

— Méfiez-vous monsieur Ramut, patrons = voleurs, vous allez finir avec les anars de la CNT !

Hurel fit signe à l'Enfant-Loup de le laisser continuer.

— Je n'ai pas fini, dit-il, reprenant la parole : Selon vous, je vous cite : « Le coût du travail doit baisser largement si la France veut tenir sa place et être capable de restaurer une compétitivité en déshérence face aux pays émergents, la Chine notamment. » C'est bien votre théorie ?

— C'est du simple bon sens !

— Nous sommes d'accord. Sur votre salaire de base de 1 446 euros bruts, au nom du simple bon sens, nous appliquons autoritairement une réduction de 20 % pour restaurer notre compétitivité face aux économies émergentes. Vingt pour cent de 1 446 euros cela fait 289,20 euros que j'arrondis à 290 euros. Vous me suivez ?

— Allez vous faire foutre !

Hurel ne se laissa pas démonter.

— 1 446 euros – 290 = 1 156 euros, somme qui constitue donc votre salaire brut. Salaire auquel nous ne pouvons ajouter ni prime d'ancienneté ni contrepartie d'habillage puisque nous vous le fournissons et qu'il n'y a pas de majoration de nuit dans notre entreprise mais, dans le cadre de la flexi-sécurité, une annualisation des heures travaillées.

Hurel reprit l'enveloppe jetée sur le lit et en sortit la fiche de paye de Ramut.

— En ce qui concerne la Sécurité sociale, maladie, vieillesse etc., les Assedic (tranche A), l'AGRF. 50 T.1, AGF T.1, la prévoyance ouvrier et la CSG déductible, je vous épargne le détail des comptes, cela donne un total de 328 euros de cotisations sociales dont vous devriez vous acquitter sur un Smic à 1446 euros. Mais, comme nous appliquons la réduction de 20 % sur votre salaire, nous l'appliquons sur les cotisations sociales, c'est-à-dire en arrondissant : 262 euros. Vous me suivez toujours ?

Ramut ricana, levant les yeux au ciel.

— Vous allez bientôt me dire que je vous dois de l'argent !

— Vous pourrez vérifier, insista Hurel. Les comptes sont justes et parfaitement conformes au Code du travail. Au fait, vous l'avez lu ?

Ramut ne daigna pas répondre.

— Vous me déclarez à la Sécu ? répliqua-t-il avec une certaine insolence.

— Non, répondit fermement Hurel. C'est là que je voulais en venir. Vous êtes un travailleur clandestin et notre entreprise a tout intérêt à ce que vous le demeuriez. Néanmoins, nous nous sentons redevables vis-à-vis de la société. Aussi, nous coupons la poire en deux. Sur les 260 euros que vous devriez verser au titre de cotisations sociales, nous n'en prenons que 130 qui seront adressés au Secours populaire afin d'aider les enfants qui ne partent pas en vacances.

— *Amen!* ironisa Ramut. Vous êtes sur la voie de la béatification. J'étais au Paradis entouré de saints et je ne m'en rendais même pas compte !

Hurel l'ignora. Il reprit patiemment :

— Récapitulons : 1 156 euros de salaire brut moins 130 de cotisations sociales, cela fait 1 026 euros. À cela, il faut encore retrancher 400 euros de loyer pour votre chambre (un cadeau au regard du marché), 400 euros pour votre nourriture et un forfait de 150 euros pour l'eau, l'électricité et la blanchisserie. Nous parvenons donc au total suivant : 1 026 euros – 950 = 76 euros de salaire net, somme que vous trouverez dans l'enveloppe, dit-il en la lui rendant.

— Qu'est-ce que vous voulez que je fasse avec ça ?

— Que vous vous sentiez heureux, assena Kol, qui bouillait depuis de longues minutes.

— Heureux, mon cul !

— Qu'il reste 76 euros en fin de mois n'est pas donné à tous les travailleurs payés au Smic, la grande majorité tire le diable par la queue à partir du 20 du mois.

— Ce n'est pas de ma faute s'ils ne savent pas gérer leur fric !

— Nous verrons bien comment vous gérerez le vôtre…

— Peut-être devriez-vous réfléchir à ce que cela signifie de vivre sans cesse aux abois ?

— C'est ça, comptez là-dessus !

Hurel interpella Ramut :

— Vous savez ce que c'est l'AGRR 50 T.1 ?

— Comment je le saurais ?

— Et l'AGFF T.1 ?

— Non et ça ne m'empêche pas de dormir.

Hurel sourit sous le masque de Dormeur. Il venait de comprendre.

— Vous n'aviez jamais vu une fiche de paye de smicard avant de voir la vôtre ? dit-il, sûr de la réponse.

Ramut lui adressa un regard haineux.

— Vous ne savez pas que l'AGRR est la cotisation retraite, conclut Hurel ; que l'AGFF est la part maladie et que la « prévoyance ouvrier » vous couvre en cas de décès ? Vous ne savez rien du tout !

— Je m'occupe de macro-économie, de politique économique, de théorie financière, se défendit Ramut.

— Quel genre de journaliste êtes-vous, monsieur Ramut ? demanda Dylan en se penchant vers lui. Vous écrivez sur les ouvriers sans en avoir jamais rencontré un seul et encore moins enquêté sur leurs conditions réelles de travail, de vie, sur leurs préoccupations, leurs difficultés, les idées qui les animent. Vous vous prononcez en tant qu'expert sur les salaires, ce que vous appelez « coût du travail », sans avoir la queue d'une idée sur ce qui constitue un salaire ; sans jamais avoir consulté un seul document. C'est cela être journaliste ?

— Vous croyez que j'ai le temps de m'occuper de ces détails ?

Ramut comprit trop tard qu'il aurait mieux fait de tenir sa langue. Kol, Hurel et l'Enfant-Loup étaient prêts à lui sauter dessus pour lui faire entrer ces « détails » dans la gorge. Dylan prit les devants avant que ça dégénère.

— Cela ne vous gêne pas non plus que la macroéconomie qui vous semble si chère soit gouvernée par une cupidité sans frontières, sans limites et sans aucun contrôle démocratique ?

— Je connais la chanson, marmonna Ramut.

— Tant mieux, parce qu'en regardant votre fiche de paye, vos conditions de vie, de travail, vous pouvez commencer à avoir une petite idée – oh pas une grande ! – une petite idée des ravages que cela produit sur une majorité de citoyens. Vous n'aviez pas le temps de vous occuper de ces détails. Eh bien, dites-vous que jusqu'à votre retraite, vous aurez ici tout le temps, l'expérience et les documents nécessaires pour le faire.

Ramut haussa les épaules. Il considéra l'enveloppe qui contenait sa paye avec dédain et, d'un air las et dégoûté, en sortit sa fiche qu'il se mit à lire avec attention pour ne pas avoir à poursuivre la discussion.

— Je savais que vous étiez des escrocs, des voleurs, mes heures supplémentaires ne sont pas comptées ! triompha-t-il soudain, le menton tremblant.

Dylan fit claquer ses paumes l'une contre l'autre. Il expliqua :

— Elles ne sont pas comptées parce qu'elles compensent la faiblesse de votre productivité. Votre contrat stipule que vous devez sortir six cents pièces à l'heure. Vous y arrivez, mais comment ? En coulant votre temps. Nous ne voulons pas rentrer dans des calculs d'apothicaire. Nous considérons un ensemble. Dans cet ensemble, vous atteignez les objectifs qui vous sont impartis, rien de plus. Il n'y a donc lieu, ni de vous attribuer de prime de rendement, ni d'opérer de retenues sur salaire. Nous considérons que vous travaillez à la tâche et tant que vous faites le travail, peu nous importe le temps qu'il vous faut pour le faire, c'est votre problème, pas le nôtre.

Deuxième partie

BETTY

Zélie

Près de trois mois avaient passé depuis le premier jour où Ramut avait été mis au travail dans le bunker, sous le garage de l'Enfant-Loup. Sa disparition avait été rendue publique à la suite d'une interview de son éditeur à *L'Obs*. Pendant une semaine, elle fit plus ou moins l'actualité, chacun y alla de son hypothèse : « enlèvement », « fugue amoureuse », « suicide », « retraite monastique », « Alzheimer »…

Sous un pseudonyme, Stéphane Mélard, le privé engagé par Alex, avait publié sa version de l'affaire dans *Détective* : « Le mystère Ramut ». Il développait sa théorie selon laquelle une jeune femme blonde, liée à la mafia russe, avait tendu un piège à l'éditorialiste qui s'apprêtait à dénoncer les liens des plus hautes autorités du Kremlin avec le crime organisé. Mais personne n'avait accordé le moindre crédit à ses spéculations…

Désormais Pierre Ramut n'intéressait plus personne, ni dans la presse écrite, ni à la radio, ni à la télévision. Son nom avait disparu de l'ours de *Valeurs Françaises*. Quant aux gendarmes et à la police judicaire, il y avait longtemps qu'ils avaient classé l'affaire... Ils ne la rouvriraient éventuellement qu'au vu d'« éléments nouveaux », comme l'avait expliqué Bernard Rénie, le ministre de l'Intérieur, à Damien Noailles lors d'un dîner officiel à Matignon.

Zac avait perdu quinze kilos à la suite d'un régime sévère et il espérait en perdre encore cinq avant la fin de l'année. Ses affaires s'étaient améliorées. Il avait créé Rachel Films, sa société de production, et trouvé l'argent pour lancer *Dom*, le premier long-métrage de Celmar Linder, un réalisateur venu du documentaire. Une comédie dramatique dans laquelle devait jouer Zélie, la jeune actrice avec qui il vivait une nouvelle et compliquée histoire d'amour depuis le soir où Ramut avait été embarqué dans l'ambulance affrétée par Suzana.

Zélie n'en finissait pas de se pomponner dans la salle de bains. Zac s'impatientait :

— Dépêche-toi, faut qu'on parte !

— Minute papillon !

— On va être en retard..., geignit Isaac, la main sur la poignée de la porte.

— T'es sûr que je dois venir ?

— Combien de fois il faut que je te le dise ?

Zélie s'esquiva.

— Faut que j'aille au petit coin.

— Encore ?

— J'y peux rien, aller voir tes copains, ça me stresse, dit Zélie en filant aux toilettes.

L'Enfant-Loup avait convoqué l'équipe au complet chez lui pour le week-end.

Zélie occupait un joli studio dans un immeuble moderne avec un balcon sur lequel ils pouvaient déjeuner quand il faisait beau. Zac s'y plaisait. C'était son « palais d'été ». Et s'il n'y venait pas tous les jours, il y était le plus souvent possible. Il avait proposé à Zélie de venir habiter chez lui, mais elle n'y tenait pas, arguant que la cohabitation avec sa fille aurait été problématique.

Elle n'avait pas tort…

Quand elle ne tournait pas – ce qui était, hélas, la majeure partie du temps –, Zélie travaillait comme vendeuse dans un magasin de mode, Robert & Roberts. Un boulot ennuyeux sous le regard d'une patronne qui l'empêchait de s'asseoir ou de rester sans rien faire quand il n'y avait personne. Zélie devait toujours être en activité, plier, déplier les vêtements, les replier, les enlever de leurs cintres ou des étagères, les y remettre, les enlever, les réaligner, vider la réserve pour la ranger exactement comme elle était… Sa seule distraction, son seul plaisir, était de voir des mémères désœuvrées acheter n'importe quoi trop serré ou trop court quand elle parvenait à les convaincre que c'était exactement le top du top de ce qui leur fallait !

— Au fond, tu fais l'actrice, prétendait Zac quand elle se plaignait du magasin, de madame Robert, de son mari qui ne sortait jamais de son bureau, mais qui observait tout sur un écran de vidéo-surveillance.

Pour Zac, ce n'était ni du temps de perdu, ni du travail inutile.

— Tu comprends, professait-il, c'est mieux que n'importe quelle école de théâtre, mieux que n'importe quel stage de formation de l'acteur. C'est ce qui va te donner quelque chose d'unique.

Il s'enflammait :

— Qu'est-ce qu'on voit sur les écrans aujourd'hui ? Des jeunes gens, des jeunes filles, des petits-bourgeois, des petites-bourgeoises qui ont raté leurs études et qui n'ont pas d'autre expérience de la vie que papa-maman, le lycée, le cours Machinchouette et qui pensent que la réalité est ce qu'on en dit à la télé ou dans les revues de cinéma ! Toi, tu sais que ce n'est pas ça, tu le sens, tu le vis et c'est ce trésor qu'on verra à l'image. Tu ne seras pas transparente. Tu ne seras pas vide comme ces pétasses et ces minets évanescents.

Zac insista avec force, mains grandes ouvertes :

— Tu seras ! C'est la question d'Hamlet, tu demanderas à Dylan : « Être ou ne pas être ? » Au cinéma, si tu n'es pas, tu n'es rien. Tu es un spectre incorporel. Gary Cooper, tu vois qui c'était ?

— Je ne suis pas idiote !

Zac fit signe à Zélie d'oublier sa question.

— Gary Cooper n'était pas un grand acteur, mais c'était Gary Cooper, reprit-il avec ferveur. Il était là et plus que là ! Tous les faiseurs les plus habiles, les truqueurs, tous les cabots disparaissaient devant lui. Ils avaient du métier mais ils n'étaient pas. Ils n'existaient plus devant cet homme présent avec une puissance incomparable. Alors, je suis d'accord, c'est chiant de travailler où tu travailles, c'est éreintant, ça paraît absurde mais c'est un trésor que tu accumules.

Zélie le rembarra :

— Tu sais combien je suis payée ?

— Je ne te parle pas d'argent ! Je te parle de devenir une grande actrice. Une actrice qui donnera à chacun de ses gestes, à chacun de ses regards un poids incomparable ; qui offrira sa vie à la caméra comme Romy Schneider, Judy Garland ou Liv Ullmann...

Zac regretta de citer des noms qui, sans doute, ne disaient rien à Zélie, mais c'était ceux qui lui venaient naturellement s'il pensait à des actrices. Zélie s'en fichait. Zac pouvait bien raconter ce qu'il voulait, elle n'attrapait qu'un mot sur deux. Elle avait autre chose en tête.

— Tu dis ça pour me faire plaisir ou t'y crois vraiment ? chouina-t-elle, tordant une mèche de ses cheveux.

— Putain, Zélie ! Tu mériterais que je te baffe, s'indigna Zac. Bien sûr que j'y crois. Si je n'y croyais pas, t'imagines que je mettrais tout mon fric dans un film où tu vas avoir le premier rôle ?

La remarque frappa Zélie.

— Pardon, excuse, dit-elle, rougissant comme une fillette prise en faute. C'est vrai, je suis conne, j'ai dit ça sans réfléchir. Tu vois, je suis ramollo du cerveau, je me sens toute chose, je ferais mieux d'aller me coucher et…

Zac l'embrassa sur le front pour l'empêcher d'en dire plus.

— T'es conne, mais je t'aime. Et ne me demande pas si je te dis ça pour te faire plaisir ou si j'y crois vraiment !

Radio

Ils traversaient une nappe de brouillard blanc ou un feu agricole qui ne parvenait pas à se dissiper sur l'autoroute quand Zac entendit aux infos l'annonce de la mort à Jérusalem de l'écrivain Aaron Silverstein, grand militant pour la paix avec les Palestiniens, auteur de déclarations fracassantes sur l'extrême droite israélienne : « Il existe des noms gentils pour ces monstres qui doivent être appelés pour ce qu'ils sont : des groupes néonazis hébreux », avait-il indiqué au journal *Haaretz* lors d'une cérémonie à l'occasion de son soixante-dixième anniversaire. Zélie dormait, appuyée contre la portière. Elle ne vit pas Zac serrer le volant de toutes ses forces en tentant de contenir son émotion tant cette nouvelle le bouleversait. Il ne connaissait pas Aaron Silverstein, il l'avait lu, il partageait avec lui son analyse sur la guerre que menait Israël « pour exterminer le peuple palestinien exactement comme les Américains ont exterminé les Indiens d'Amérique du Nord, en les affamant, en les assoiffant, en les parquant dans des réserves », mais c'était à sa fille Rachel vivant à Tel-Aviv qu'allaient toutes ses pensées. Silverstein avait été pour elle le père qu'il n'avait pas été comme il avait été un mari pour Nurith qu'il avait honte d'avoir abandonnée. Zac se sentait lâche à plus d'un titre. Lâche d'avoir laissé sa compagne enceinte ; lâche d'avoir déserté Israël ; lâche de ne pas s'être battu sur place pour défendre ce à quoi il croyait ; d'avoir choisi le confort et l'oubli, alors qu'une clique factieuse et religieuse gangrenait peu à peu tout le pays comme cette Ayelet Shaked qu'il avait entendue déclarer à la radio : « Derrière chaque terroriste se tiennent des douzaines d'hommes et de femmes. Ils sont tous des combattants ennemis et ils devraient mourir.

Cela concerne aussi les mères de ces martyrs. Elles devraient subir le même sort que leurs fils. »

Toilettes

Quand Isaac et Zélie arrivèrent chez l'Enfant-Loup, la Brigade du rire au complet était déjà attablée devant des tomates farcies apportées par Rousseau et sa femme.

— Je vous présente Zélie, dit Zac en la poussant devant lui.

— Bonjour, dit-elle, s'efforçant de sourire.

Il y eut un silence.

Zélie était une blonde comme on imagine que les blondes doivent être : un teint de laitière, une fraîcheur d'enfant, une peau légèrement couverte de taches de rousseur sous un fin duvet, de grands yeux et une bouche en cœur qui semblait constamment faire la moue.

Dylan se leva précipitamment pour ajouter une chaise.

— Mettez-vous là, on va se serrer.

Zélie le remercia d'un geste.

— Excusez-moi, faudrait d'abord que je passe au petit coin…

L'Enfant-Loup lui indiqua l'escalier d'un geste du pouce.

— C'est au premier !

Dorith se proposa de l'accompagner.

— Venez, je vais vous montrer !

— Merci, je veux bien. J'ai un peu la tête qui tourne...

Ils restèrent sans dire le moindre mot jusqu'à ce qu'ils entendent la porte des toilettes se refermer. Zac, incrédule, les dévisagea un par un.

— Qu'est-ce que vous avez ? Vous faites la gueule ? Vous croyez que j'ai vendu du beurre aux Allemands pendant la guerre ?

L'Enfant-Loup s'emporta :

— Tu sais pourquoi on est là ?

— Oui, et alors ?

— Qu'est-ce qui te prend d'amener cette fille ici ?

— Je voulais que vous la connaissiez, merde, il n'y a pas mort d'homme.

— Elle le sait ce qu'on fait ?

— Elle ne sait rien ! Je n'ai rien dit. Je ne suis pas con !

— On se le demande !

Dylan leur fit signe de se calmer.

— Pas de panique. On va faire avec.

— En tout cas, pas question qu'elle écoute un seul mot de nos conversations, râla Hurel.

Zac se raidit.

— Elle hésitait à venir. Elle avait peur de se faire chier. Elle avait raison ! Vous êtes chiants !

Et, les joues tremblantes :

— Vous voulez qu'on reparte ?

Non, ils ne voulaient pas qu'ils repartent mais la présence de Zélie compliquait sérieusement leur réunion. Dylan conseilla à Zac de faire preuve d'imagination pour au moins tenir sa chérie à distance.

— Trouve quelque chose mais elle ne doit rien soupçonner de… tu m'as compris.

— Qu'est-ce que tu veux que je trouve ?

— Démerde-toi.

Quelques minutes plus tard, Zélie revint avec Dorith. Zac lui tendit une assiette d'un geste trop brusque.

— Je ne crois pas que je vais manger, dit Zélie en la repoussant.

— Ça ne va pas ?

— J'ai la colique, chuchota-t-elle en posant la main sur son ventre.

— Mange au moins le riz.

— Non merci, je ne peux pas.

— Tu veux aller t'allonger ? Va faire une petite sieste et…

Suzana avait tout entendu.

— Venez, dit-elle en reculant sa chaise, vous allez vous mettre dans ma chambre, vous serez bien. Je vais vous donner quelque chose, je suis infirmière.

— Ça me gêne, pleurnicha Zélie. Je ne veux pas vous déranger. Je viens à peine d'arriver et…

— Ne vous inquiétez pas pour nous ! lança Dylan sans quitter Zac des yeux. Allez dormir une heure soixante. On vous garde tout au chaud !

Zélie se laissa conduire dans la chambre de Suzana et de l'Enfant-Loup.

À nouveau, ils gardèrent le silence.

Quand Suzana redescendit, tout allait bien, Zélie dormait comme un bébé.

— Qu'est-ce que tu lui as donné ? s'inquiéta Zac.

— De quoi faire un gros dodo jusqu'à ce soir, sourit Suzana, reprenant sa place à table.

Conversation 1

Rousseau n'attendit pas que Dorith et Muriel aient fini de débarrasser la table pour sortir de son cartable un exemplaire de *Valeurs Françaises*. Il feuilleta rapidement les pages de l'hebdo et exhiba un portrait de Fabienne Ramut interviewée à propos de la disparition de son mari.

— Je la connais, soupira-t-il en hochant la tête. C'est incroyable, mais je la connais !

— Tu déconnes ?

Il se tourna vers Sandra alors que la photo passait de main en main.

— Tu te souviens, je t'avais raconté…

— Madame « fais-moi-tout-ce-que-tu-veux ! » ? Rousseau hocha la tête.

— Oui, c'est elle. C'est dingue quand j'y repense ! Elle m'avait coincé dans une salle de TP et avait fourré sa culotte dans ma veste comme une pochette, en me disant « À vous de jouer ! »

— Et alors, maestro, qu'est-ce que vous avez joué ? Sonate, fugue, symphonie ? demanda l'Enfant-Loup, taquin.

— Rien du tout ! J'ai été très poli. J'ai dit « non merci ». Je lui ai rendu sa culotte et je l'ai laissée là avec une brassée de compliments en guise d'adieu. Après, je ne l'ai plus jamais revue.

— Normal, elle avait trouvé Ramut, t'avais plus ta chance ! ricana l'Enfant-Loup.

Muriel avait pitié d'elle.

— Elle devait être drôlement désespérée pour se mettre dans le lit d'un type aussi laid.

Il y eut un silence puis un tonnerre de rires les emporta tous.

Conversation 2

Sandra avait été licenciée de *Demain le jour* comme une trentaine d'autres. Le titre était sans doute appelé à disparaître d'ici un an ou deux. Petite ironie de l'histoire, Jean-Pierre Georges – le délégué

CGC avec qui elle avait travaillé deux ans dans une revue d'informatique – s'était arrangé pour lui trouver des piges à la correction de *Valeurs Françaises*.

— Ils parlent de Ramut ? demanda Dylan.

— Je ne suis pas tous les jours au journal. Seulement quand ils ont besoin de moi… On l'a évoqué avec mon copain, mais c'est tout.

Sandra se tourna vers Zac.

— Tu as revu le détective qu'ils avaient embauché ?

— Non. Je ne l'ai vu qu'une fois. Un abruti qui ne connaissait ni *Le Grand Sommeil*, ni *Le Privé*, ni *Chinatown*, ni *Usual Suspects*, ni… Je lui ai fait un petit cours sur le cinéma. Se dire « privé » et n'avoir pas vu ces films-là, c'est désespérant…

— Il n'a pas dû être déçu du voyage ! s'exclama l'Enfant-Loup.

— J'en sais rien. En tout cas, je ne l'ai pas revu. Et se tournant vers Sandra :

— Pourquoi tu me demandes ça ?

— Parce que, dans la rédaction, c'était la grande question : pourquoi Alex avait-il engagé un privé ?

— Quand la police pédale dans la semoule, ce n'est pas anormal, non ?

— Si, répondit-elle fermement. Si, c'est anormal dans la mesure où certains soupçonnaient Camiri de ne pas être blanc-bleu dans l'histoire…

— Ce serait *Monsieur Arkadine* ? Il ferait enquêter sur lui-même…

— Rien d'autre ? intervint Dylan avant que Zac ne leur délivre son cours sur Orson Welles, ses films, ses faux nez, ses déguisements…

— Non, d'après ce que mon copain avait entendu, les flics ne savaient rien, absolument rien, et lui ne voulait pas construire un roman sur des racontars. Comme tout le monde, il était troublé : Camiri avait récupéré l'édito de Ramut, il avait déjà sa femme et, selon toute probabilité, les actionnaires allaient l'installer à la place du boss actuel.

— Il va devenir le patron de *Valeurs Françaises* ?

— C'est comme si c'était fait.

— En somme, tout ça, c'est grâce à nous ? Un vrai conte de fées…

— Un Ramut chasse l'autre !

— Ces bêtes-là se reproduisent plus vite que le chiendent.

— Il va falloir désherber, lâcha Dylan.

— Tu veux le mettre au boulot, lui aussi ? s'émut l'Enfant-Loup qui se voyait déjà installer une deuxième perceuse à colonne.

— Non, mais il y a peut-être quelque chose à trouver pour lui rendre la vie moins rose.

Kol croisa les bras, se balançant d'avant en arrière sur sa chaise :

— À quoi tu penses ?

— À rien de spécial..., avoua Dylan. Mais on ne peut pas rester spectateurs d'un truc comme ça. On ne peut pas jouer les supplétifs d'un type qui a l'air d'être encore pire que Ramut.

L'Enfant-Loup réclama la parole. Il avait une idée...

Il raconta comment Ramut avait brisé son transistor à coups de talon quand il avait entendu Camiri dans un débat sur Europe 1 : « Tout focaliser sur les entreprises qui s'exilent est un non-sens absolu : les délocalisations ne sont responsables que de la destruction de six mille emplois par an. C'est-à-dire rien ! Mais cette gesticulation permet de ne pas exposer les vraies raisons du chômage en France : baisse de compétitivité, rigidité du marché du travail et harcèlement fiscal et réglementaire des petites et moyennes entreprises seules en mesure de créer de l'emploi. »

— Ça l'a rendu fou furieux d'entendre ça, se souvenait l'Enfant-Loup. Il hurlait : « Ta gueule Alex ! Mais ta gueule ! Tu n'as pas le droit de dire ça ! T'as pas une idée ! Tu recopies tout ce que j'écris, tu répètes tout ce que j'ai dit ! Ce sont mes mots, pas les tiens ! Ça t'écorcherait la gueule de me citer ? Ah oui, ça t'écorcherait la gueule parce que tout le monde saurait quel connard tu es ! Parle de cul, de bite, de ce que tu connais mais ne parle pas de ça ! »

— Tu veux dire que Camiri pomperait plus ou moins les bouquins de Ramut ?

— C'est ce que j'ai cru comprendre. Ses éditos, ses chroniques ne seraient que du copié-collé.

— Ce ne serait pas le premier...

— Non, mais ça peut toujours intéresser *Le Canard*.

— Il faudrait faire un petit travail comparatif, suggéra Rousseau.

Sandra se porta volontaire.

— Si vous voulez, je m'y colle, j'ai du temps maintenant.

L'Enfant-Loup se pencha vers Rousseau.

— J'en connais un qui va manger froid, glissa-t-il sur un ton faussement désolé.

Conversation 3

Cette fois-ci, comme dessert, il n'y avait pas de gâteau pour fêter un pseudo-anniversaire mais de la tarte aux pommes, cannelle et glace vanille, cuisinée par les jumelles.

L'Enfant-Loup se leva et, tapant sur son verre avec une petite cuillère, réclama le silence.

— Écoutez-moi, s'il vous plaît, j'ai une chose très importante à vous dire...

— Ah non ! s'effraya Zac, la bouche pleine. Tu ne nous as pas encore organisé un match ?

— Non.

— Il veut faire son coming-out, grinça Hurel, adressant un clin d'œil à Suzana.

Dorith eut une illumination.

— Après la Brigade du rire, l'Enfant-Loup veut lancer les Brigades internationales de la rigolade !

— Presque.

L'Enfant-Loup se tourna vers Suzana et lui tendit la main. Ils se dévisagèrent, les yeux brillants, le sourire aux lèvres.

— Suzana et moi, nous allons nous marier…

Un grand cri unanime salua l'annonce suivie d'un tonnerre d'applaudissements. Zac fut le premier à embrasser Suzana.

— *Mazel tov !*

Les autres suivirent, riant, criant, dansant autour de l'Enfant-Loup.

— Vous serez tous mes témoins, promit-il, même si pour le maire ce seront Dylan et Kol qui s'y colleront.

— Pour moi, ce sera Dorith et Mumu.

— Et moi ? demanda Sandra en se montrant du doigt.

— Et toi aussi ! affirma Suzana. Parce que je ne vois pas pourquoi je n'aurais pas droit à trois témoins.

— Tu as raison ! approuva Zac. Dans le Deutéronome il est dit qu'il faut « deux ou trois témoins » pour qu'un témoignage soit valable ! Alors, va pour trois !

Suzana renchérit :

— Si ça va pour trois, ça va pour quatre, parce que Victoria doit en être aussi !

— Pour ça, dit Zac, il faudra réécrire la Bible !

Victoria montra son ventre qui s'arrondissait :

— Surtout que je compte pour deux !

— Suzana aura cinq témoins, trancha l'Enfant-Loup. Et nous aurons cinq enfants !

Il se pencha vers Suzana.

— Pas vrai, mon amour ?

— Cinq seulement ?

Kol attendit que les compliments, les toasts et les rires s'épuisent pour prendre la parole à son tour, au risque de casser l'ambiance :

— Je ne veux pas jouer les rabat-joie mais nous avons un problème, commença-t-il, sans toucher à son dessert. Je sais que chacun de vous a une occupation qui le requiert, mais si je regarde ce qui se passe ici, je vois que cette histoire n'est plus « notre histoire », l'histoire de l'équipe, mais l'histoire de l'Enfant-Loup, de Victoria et moi. C'est nous – et souvent rien que nous – qui nous occupons de Ramut. Et bientôt ce sera l'histoire de l'Enfant-Loup et la mienne puisque, comme vous le voyez, Victoria attend un bébé et qu'elle aura bien d'autres choses à faire que chronométrer l'autre zouave. Quant à l'Enfant-Loup et madame, j'imagine qu'ils ne vont pas faire leur voyage de noces entre la cuisine et la fosse. Je serai donc seul face à Ramut. Est-ce cela que nous voulions ? Est-ce que cela a un sens ? Est-ce que cela nous fait toujours rire ?

— Tu as raison, approuva Dylan, brisant le silence gêné qui suivit la déclaration de Kol. Il faut que nous nous réorganisions, que nous nous remobilisions pour nous occuper collectivement de Ramut.

— Ce n'est pas très compliqué : si ça doit rester entre nous, s'il ne doit pas y avoir d'expression publique, si c'est notre histoire et rien que notre histoire, ou on continue de lui faire percer des trous ou on le tue, résuma cyniquement Hurel.

Victoria sursauta, incapable de deviner s'il plaisantait ou pas. Hurel profita d'avoir la parole pour les informer de sa situation :

— Ganesh, l'homme de confiance de mon actionnaire indien, est toujours en détention, la boîte a été mise en redressement judiciaire, dit-il. Concrètement, on cherche un repreneur.

— Vous allez fermer ?

— Sans doute pas. Notre carnet de commandes n'a jamais été aussi rempli mais si personne ne veut de nous alors, oui, il faudra fermer.

— Tu ne peux pas reprendre ? demanda Rousseau. Faire un LBO ou trouver quelque chose qui…

— Je n'ai pas un sou devant moi et les banques ne me feront pas confiance, sauf si je m'appuie sur un fonds de pension.

— C'est jouable ?

— C'est la roulette russe. Ça peut marcher comme ça peut m'envoyer en prison…

— Qu'est-ce que tu vas faire ?

— Tant qu'on peut produire on produit et je dirige la boîte, mais il y a un risque.

— Que tu sois viré ?

— Que je ne puisse plus fournir de plaquettes pour Ramut…

Trois sœurs

Zélie réapparut en compagnie de Dorith et Muriel montées la réveiller. Un instant l'Enfant-Loup crut voir trois sœurs. Zélie était plus jeune que les jumelles mais il y avait entre elles un je-ne-sais-quoi de familier, de ressemblant, une même taille, une même allure, une même corpulence de fille qui a ce qu'il faut où il faut.

— On emmène Zélie en ville ! lança Dorith qui avait proposé de l'éloigner tandis que les autres s'occuperaient de Ramut.

— Ça va mon bébé ? s'inquiéta Zac en l'aidant à enfiler son blouson.

— Je crois que je vais vomir, sourit Zélie, le regard brumeux.

— On va lui faire prendre l'air, ça lui fera du bien, décida Muriel en la poussant dehors.

Dorith, Muriel et Zélie traversèrent les rues mornes du centre-bourg pour aller jusqu'au bord de l'étang, au fond du parc. Elles ne croisèrent qu'un vieux taciturne qui ne répondit pas à leur salut. Des cloches sonnaient au loin. Peut-être un mariage où étaient invités tous les habitants ? L'air était chargé d'une odeur métallique qu'un petit vent ne parvenait pas à dissimuler. Leurs pas sonnaient fort sur les trottoirs.

— « Zélie », d'où tu sors un nom comme ça ? demanda Muriel en la prenant par le bras. C'est un diminutif ? C'est Élisabeth ?

— Non, rien à voir. Quand j'étais petite je n'arrivais pas à dire « Je lis », je disais : « zé lis... ». L'habitude a été prise de m'appeler comme ça : Zélie...

Dorith lui prit l'autre bras. Elles marchèrent de front, d'un même pas, comme les girls d'une revue musicale.

— Alors Zélie, c'est pas ton prénom ?

— C'est mon surnom. Mon nom d'artiste...

— En vrai, tu t'appelles comment ?

— Oh, c'est banal ! Oubliez…

— Allez, pas de cachotteries entre filles !

Zélie céda, bougonnant :

— Je m'appelle Rachel. Rachel Lévy…

— C'est sûr que Zélie, c'est mieux pour une actrice, conclut Muriel, étouffant un petit rire.

Le parc était aussi désert que les rues. Elles y entrèrent par l'allée centrale plantée de tilleuls et d'arbrisseaux taillés comme des jeunes recrues fraîchement incorporées. Elles prirent le premier chemin sur la droite qui serpentait entre des chênes. L'herbe était maigre, rase, jaunie, et il ne semblait y avoir aucune fleur dans les plantations. Elles ne firent halte qu'arrivées au bord de l'eau.

— T'as fait beaucoup de films ? demanda Muriel en levant la tête.

L'horizon était lumineux mais le ciel se barrait doucement de nuages menaçants.

Zélie répondit d'une moue désabusée.

— Une petite apparition au cinéma pour montrer mon cul et deux ou trois trucs pour la télé. *Dom*, le film que doit produire Zac, ce sera mon premier vrai rôle. C'est ma chance. J'ai intérêt à ne pas la rater…

— Sinon ?

— Sinon, je suis bonne pour passer ma vie dans la confection !

Dorith lui donna un petit baiser sur la joue pour faire disparaître les mauvaises pensées qui mouillaient son regard.

— Ça raconte quoi ?

— C'est une histoire horrible, raconta Zélie. Dans une famille de maigres il y a une fille – Dom – qui est grosse et ça ne leur plaît pas, mais alors pas du tout ! Les maigres – surtout la mère qui est mauvaise – trouvent ça vulgaire, moche, ça fait tache dans le paysage, ça salit leur blason. Alors, comme cadeau d'anniversaire, ils vont lui offrir une opération pour réduire ses seins…

— Ah, c'est affreux ! s'épouvanta Muriel.

— C'est ignoble ! dit sa sœur, touchant instinctivement sa poitrine.

— Oui c'est répugnant, convint Zélie. Ce qui est super dans le rôle, c'est que cette fille, Dom, c'est la plus intelligente de la famille, un cerveau, une vraie rebelle et une championne de trampoline.

Les deux sœurs se tournèrent ensemble vers Zélie.

— Tu sais en faire ?

— Je m'entraîne trois fois par semaine dans une salle avec un coach. Je ne veux pas être doublée dans mes scènes. Surtout qu'à la fin, après qu'elle a été opérée, Dom se sauve de la clinique encore entortillée de pansements et va sauter sur son trampoline le plus haut possible, jusqu'au ciel.

— Elle va mourir ?

— Elle va devenir un ange…

Le vent tourna au nord, quelques gouttes de pluie tombèrent, le bleu du ciel vira au violet et fut soudain chargé de nuages noirs. L'averse s'abattit, accompagnée de bourrasques qui les contraignirent à s'abriter d'urgence. Elles coururent en riant sous un kiosque en zigzaguant entre les flaques qui se formaient.

— Sauvées !

— Mouillées !

— Trempées !

Elles s'ébrouèrent.

— Comment tu fais pour qu'ils soient si beaux ? demanda Dorith en caressant les cheveux de Zélie.

— Je suis une vraie blonde.

— Déconne…

— Vous voulez que je vous montre ?

— Pas la peine, on te croit !

Dorith lui confia en riant.

— Nous, on est des vraies brunes, mais on se rase tout.

— On a le minou aussi doux qu'une joue de bébé !

— J'ai lu que presque toutes les Américaines font ça.

— C'est plus beau, plus hygiénique…

— J'ai essayé, avoua Zélie, mais quand ça repousse, ça pique.

— Faut l'entretenir, on a un traitement spécial avec des huiles. C'est une femme turque qui s'occupe de nous.

— Elle vous fait la révision des cinq mille ?

Elles rirent.

— C'est un peu ça ! Elle nous passe un onguent spécial pour que ça reste lisse et soyeux.

— Vous faites ça toutes les deux ?

— Pareil.

— Vous me montreriez ?

— Pas de cachotteries entre filles, on t'a dit ! susurra Muriel.

Et à Dorith :

— On lui montre ?

— Ici ? Tu veux qu'on attrape une cystite ?

Zélie n'était pas pressée. Elles verraient ça une fois rentrées.

— Moi, je fais l'iroquoise mais pas plus, confia-t-elle. Zac s'en fout. Il dit que de toute façon le sexe des blondes est transparent.

— Il est comment Zac, au lit ?

— C'est un gros nounours.

— Dylan aussi est un gros nounours !

Alors que la pluie redoublait, elles s'accordèrent pour confirmer que les gros nounours, c'est ce qu'il y avait de plus confortable.

Chaque mois, après qu'Hurel eut calculé au centime près la paye de Ramut, il divisait la somme en sept et chacun était prié de donner sa quote-part. Cela faisait leur joie. Ils se payaient une vedette des médias pour pas cher !

Le premier mois, Ramut avait touché 76 euros, 78 le mois suivant, Grincheux (Kol) lui tendit une enveloppe qui contenait 84 euros pour le mois écoulé.

— Nous avons intégré une prime d'ancienneté au prorata de votre présence effective dans l'entreprise.

Ramut fourra l'enveloppe dans la poche de son bleu sans l'ouvrir.

— Vous ne recomptez pas ?

— Je fais ce que je veux avec mon fric, répliqua Ramut.

— Pas de problème.

— Faudra me changer le foret. Il est quasiment mort…

— Je m'en occupe, dit l'Enfant-Loup.

— Et faut de la sauce aussi…

Kol, Dylan et l'Enfant-Loup portaient leurs déguisements habituels : Grincheux, Prof et Joyeux. Ramut les dévisagea.

— Ça me fait plaisir de vous voir ! Vous avez vraiment l'air de trois cons avec vos masques…, ricana-t-il.

— Voulez-vous que nous les enlevions ? suggéra Dylan.

Ramut fit signe que « pas si bête ». Il savait parfaitement ce que cela signifierait pour lui.

— Non, gardez-les, crachouilla-t-il. Si vous les enleviez, j'ai trop peur de découvrir que vos visages sont encore plus cons que ces masques.

L'Enfant-Loup l'approuva.

— Vous avez raison. Moi-même quand je me regarde dans une glace, ça me fait peur. Je me dis que je fais vraiment mon âge !

La remarque de l'Enfant-Loup tomba à plat.

Ramut était remonté, particulièrement combatif. Peut-être même cherchait-il la bagarre ?

— Vous vous imaginiez que j'allais me mettre à genoux, vous implorer, vous supplier, dit-il en les toisant. Eh bien, vous pouvez toujours rêver. Je travaille sur cette putain de perceuse, je serre les dents, je ne me plains de rien et c'est vous qui céderez.

— C'est *Le Triomphe de la volonté* ?

— Vous connaissez ça ? s'étonna Ramut.

— Moins bien que vous…

Dylan rappela à Ramut son édito à propos de la crise des subprimes où, à la suite d'Alain Minc, il plaidait pour « une petite dose de dictature » afin de remettre le système sur pied avant de conclure qu'au-delà de tout ce qu'on pouvait leur reprocher, « au moins les nazis avaient le sens de l'ordre ».

— On est cons, reconnut Prof, mais on connaît Leni Riefenstahl.

Dylan pouvait bien insinuer ce qu'il voulait, Ramut ne s'abaisserait pas à polémiquer avec lui.

Provocation pour provocation, il assena :

— Je peux faire ce que vous faites – la preuve –, mais vous seriez bien incapable de faire ce que je fais.

Dylan se raidit.

— Écrire des livres ?

Sans le savoir, Ramut venait de le frapper sous la ceinture. Dylan manquait d'air, incapable de répliquer. Ramut sentit que sa remarque avait touché.

— Écrire tout simplement, laissa-t-il tomber avec morgue.

Kol s'apprêtait à lui river son clou, mais Joyeux fut plus prompt.

— Au pire, fit-il remarquer en se grattant la tête, nous pouvons toujours faire comme votre collègue et recopier tout ce que vous avez déjà écrit…

Conversation 4

Installés devant un café, dans le salon, Zac et Hurel s'étaient lancés dans une de leurs grandes discussions sur le cinéma. De tous les films qu'ils avaient vus, lequel les avait le plus impressionnés ?

— Le plus horrifiés ! précisa Zac. Le film que tu as vu mais que tu ne peux pas revoir tant il te remue encore aujourd'hui...

Hurel plaida pour *The Magdalene Sisters* de Peter Mullan.

— J'en ai encore des frissons !

Il était comme sa mère placée dans un collège religieux pour faire ses études. Elle haïssait les bonnes sœurs ; lui aussi. Sa mère n'aurait pas tenu dix minutes devant les supplices infligés à de pauvres jeunes filles, livrées par des familles catholiques tarées à ces monstres de l'Église.

— Et ça a duré presque jusqu'en 1980 ! Inimaginable. Insupportable. Ces bonnes sœurs sont des criminelles de la pire espèce ! Aussi sadiques que les nazis. Rien que d'y repenser, je sens monter en moi la pulsion meurtrière !

Hurel avait vu aussi deux documentaires sur la question, l'un français, l'autre anglais. Cela n'avait fait qu'aviver sa rage et son admiration pour le film de Mullan.

— Tout y est ! Il a tout compris, tout synthétisé, les humiliations, la violence, l'hypocrisie, les tortures, le harcèlement moral et sexuel. Dans le film, les actrices sont jeunes mais, dans les docus, ce qui est terrible, c'est de voir les vraies cinquante ans après. De pauvres vieilles femmes prisonnières à vie de ces institutions. Des débiles affectives, bavant et bégayant ce que les religieuses forcent à chanter en chœur :

Moment suprême!
Jésus lui-même
Celui que j'aime
Est dans mon cœur!

— Quand tu vois ça, t'as qu'une envie : leur rentrer dans la gorge le crucifix qu'elles portent sur la poitrine et les étrangler avec leurs chapelets !

Zac mit en avant *Ladybird, Ladybird* de Ken Loach. L'histoire de cette mère à qui l'on retire un par un tous ses enfants.

— Au nom de la morale ! De la famille ! De la société ! Tout ça pour son bien ! Pour son éducation !

— Tout ça au nom de la religion comme dans *The Magdalene Sisters* ! renchérit Hurel. Imagine, comme dirait Lennon, un monde sans religion… Pas d'attentats-suicides, pas de guerre israélo-palestinienne, pas d'Irlande du Nord, pas de croisades, pas de persécutions des Juifs, de musulmans serbo-croates, pas de décapitations, de flagellations au nom d'Allah, pas de bûchers de l'Inquisition, pas de destructions des œuvres d'art, de dynamitage de statues, de massacres de blasphémateurs, d'athées, de libres-penseurs, de dessinateurs[1]…

Ils mirent ensuite une demi-douzaine de films en balance et s'accordèrent pour placer *Saló* de Pasolini au-dessus de tous les autres, hors concours.

— Un sommet, déclara Hurel. Pasolini regarde Sade les yeux dans les yeux et ne se dérobe pas. Il scrute le fascisme de notre société, sa soumission à l'idéologie raciste, sa haine des classes populaires et paysannes, son cynisme criminel, ses perversions où les corps ne sont plus que de la viande à baiser, à torturer, son culte du veau d'or de la consommation…

— N'oublie pas la lumière du film ! ajouta Zac. Un chef-d'œuvre ! Tonino Delli Colli éclaire tout du plafond, en casquette. C'est une chape lugubre qui plombe l'image et te fait physiquement ressentir ce qu'est l'oppression. L'image t'écrase les yeux et te broie le corps.

— J'ai le DVD, avoua Hurel, mais je n'arrive même pas à l'ouvrir.

— Moi non plus, le cercle de la merde…

Dorith, Muriel et Zélie débarquèrent, coupant court à la conversation.

---

1. Hurel reprend l'argumentation de Richard Dawkins dans *Pour en finir avec Dieu* (Perrin éditeur).

— Les Trois Grâces, avouèrent-elles en se présentant dégoulinantes de la tête aux pieds.

— Grasses avec deux *s*, précisa Dorith en pouffant.

Elles étaient devenues inséparables.

Muriel appela Zélie qui se dirigeait vers la cuisine :

— Rachel, viens, on va prendre une douche et se changer ! On se fera du thé après !

Zac releva vivement la tête.

— Qu'est-ce que t'as dit ?

— Rachel ! Zélie !

— Si t'appelles Zélie, appelle Zélie, Rachel n'est pas là. Elle est restée à…

— J'appelle Rachel parce que c'est son nom.

— Le nom de qui ?

— Ben, de Zélie.

— Qu'est-ce que c'est encore que cette connerie ?

— Quelle connerie ?

Zac se lissa le crâne et sourit.

— Vas-y, sors-moi ta blague, je suis bon public…, soupira-t-il, bonhomme.

Muriel n'avait rien de drôle à dire.

— Zélie s'appelle Rachel Lévy, annonça-t-elle comme une évidence. Me dis pas que tu ne le savais pas ?

Zac s'agitait, faisant les cent pas de la salle à manger au vestibule, du vestibule à la cuisine, de la cuisine à... Il attendait que Zélie sorte de la salle de bains pour l'attirer dans un coin à l'abri des oreilles indiscrètes.

— Rachel ! Tu t'appelles Rachel ? dit-il dès qu'elle le rejoignit.

Zélie sursauta.

— Et alors ?

— Tu ne me l'as jamais dit !

— Tu ne me l'as jamais demandé !

— Comment j'aurais pu le deviner ?

— T'as pas lu le contrat que t'a envoyé mon agent ?

Non, Zac ne l'avait pas lu en détail. Il avait lu les conditions, l'échéancier des paiements, la pub, etc., mais pas l'intitulé !

— Ra-chel ! répéta-t-il en détachant les syllabes. Rachel !

Il l'entraîna dans la cuisine.

— Ça va ? lui demanda Zélie qui commençait à s'inquiéter.

Et, ouvrant le frigo :

— Il faudrait que je mange quelque chose. J'ai la dalle.

Zac gardait la bouche ouverte comme un poisson mort, ses yeux semblaient vouloir lui sortir de la tête, ses joues se marbraient de deux grandes plaques blanches.

Il prit sur lui de ne pas hurler.

— Tu sais comment s'appelle ma fille ?

— Bien sûr que je le sais, elle s'appelle Rachel, comme moi, répondit Zélie en mordant dans du gruyère.

— Et ma société ?

— Rachel Films. À quoi tu joues ? Faudrait que je retourne m'allonger. Je ne sais pas si je ne ferais pas mieux de…

Zac l'interrompit durement :

— J'ai une fille en Israël.

— Première nouvelle, s'étonna Zélie. T'aurais quand même pu me…

— Tu ne devines pas comment elle s'appelle ?

Zélie s'essuya la bouche d'un revers de manche.

— Rachel ?

— Rachel ! cria Zac. Rachel ! Elle s'appelle Rachel, tu t'appelles Rachel, ma société s'appelle Rachel, ma fille s'appelle Rachel !

Zélie plaqua ses deux mains sur ses oreilles.

— Ne crie pas, j'ai mal à la tête.

— Rachel, répéta Zac en la prenant par les épaules.

— Rachel, et alors ? Qu'est-ce que ça peut faire ? Personne ne m'appelle plus comme ça. Tout le monde m'appelle Zélie…

Elle soupira d'un ton enjôleur :

— Tu ne me trouves pas Zélie ?

— Tu comprends pas ? demanda Zac sans le moindre sourire. Je ne pourrai plus jamais faire l'amour avec toi, avec toi « Rachel ». Tu as le même âge que ma fille, tu as le même nom. Quand je te vois maintenant, je vois Rachel, je la vois elle ! Ce serait de l'inceste.

— T'as bu quelque chose ? grimaça Zélie. J'ai l'impression que tu déraillles grave.

Zac serra Zélie dans ses bras.

— Tu as raison, je déraille grave mais tu viens de me remettre sur la bonne voie.

Zélie plaisanta :

— Tu veux m'appeler SNCF ?

— Je veux te faire comprendre que ce n'est plus possible entre nous. J'ai été fou de croire que ça l'était ! J'ai été…

Zac s'alarma soudain, le visage brouillé.

— T'es pas enceinte au moins ?

— T'es dingue !

— Sûr ? Ton envie de vomir, tes coliques, tes…

— Certaine.

— Excuse-moi de t'avoir demandé ça comme ça, mais j'ai eu une bouffée d'angoisse. T'es vraiment sûre ? Tu ne me mens pas ?

— Merde, Zac, j'ai la gerbe mais je ne suis pas enceinte !

Zélie ronchonna :

— Je savais bien que je n'aurais pas dû venir. Voir tes copains, ça te met la tête à l'envers et la rate au court-bouillon.

Isaac sentit ses yeux s'embuer.

— On a vécu une belle histoire, dit-il en respirant fort. En tout cas, moi j'ai vécu une belle histoire. Sans doute ma dernière histoire d'amour. Avec toi, j'avais vingt ans mais je n'ai pas vingt ans, alors il vaut mieux que tu t'envoles.

— Il faudrait savoir, ou je te mets sur les rails ou je m'envole ? Ton truc, c'est quoi ? Air France ou la SNCF ?

Les traits de Zac s'affaissèrent.

— Il faut mieux que tu rentres chez toi.

— Maintenant ?

— Oui.

— Tout de suite ?

— Oui, tout de suite. Il y a un train pour…

— Tu veux qu'on se quitte ?

— Non. Si. Non, je ne veux pas qu'on se quitte, je veux qu'on se sépare. Nous resterons amis mais je ne veux plus que nous couchions dans le même lit. Non. Je ne pourrai plus faire l'amour avec…

Il n'osa prononcer le nom qui lui venait sur les lèvres.

— Je ne pourrai pas…

Tout le corps de Zélie fut traversé d'une onde électrique. Elle hoqueta :

— Je ne fais plus le film ?

Trois

Kol et l'Enfant-Loup félicitèrent Zac d'avoir réussi à convaincre Zélie de repartir par le dernier train.

— Vous ne savez pas ce que vous me faites faire ! s'emporta Zac, essayant de s'esquiver.

— Elle était fâchée ?

— C'est rien de le dire...

L'Enfant-Loup ne put s'empêcher de placer :

— Adieu ma Zélie ?

Mais il n'y eut que Dylan pour en rire.

Zac prétexta qu'il devait absolument terminer la discussion qu'il avait entamée avec Hurel pour s'éloigner sans délai. Il ne tenait pas à raconter ce qui s'était vraiment passé entre Zélie et lui. Dorith et Muriel s'activaient à la cuisine avec Rousseau et sa femme ; Suzana et Victoria se reposaient. Kol, l'Enfant-Loup et Dylan se retrouvèrent vraiment seuls tous les trois pour la première fois depuis qu'ils avaient mis Ramut à la perceuse.

— Faut que je vous parle, lâcha Dylan d'une voix si sérieuse qu'ils le regardèrent avec inquiétude.

— Ça va ? demanda l'Enfant-Loup, persuadé que l'heure était venue de savoir enfin pourquoi il avait eu besoin de réunir l'équipe de hand trente ans plus tard.

Dylan s'éclaircit la gorge :

— Je n'ai pas d'autres amis que vous et je n'en aurai jamais d'autres, commença-t-il, pénétré de ce qu'il disait. Vous êtes mes seuls amis. Mieux que des amis, des brothers, des frères comme sont frères les Noirs américains…

Il s'interrompit un instant avant de poursuivre :

— C'est bien que nous soyons là tous les trois. Sans les autres, sans les femmes…

L'Enfant-Loup ne put résister à poser la question qui lui brûlait la langue :

— T'es malade ?

— Je suis inquiet.

— T'as vu un toubib ?

— Pas besoin de toubib. Je suis inquiet de ce que nous sommes en train de faire et ça me rend malade de n'avoir aucune réponse aux questions que je me pose.

Il soupira :

— C'est pour ça que je voulais qu'on se voie. Tous les trois, sans témoins.

L'Enfant-Loup alla droit au but :

— Pourquoi tu nous as invités chez toi ? Le hand, c'était un prétexte, non ?

— Oui, reconnut Dylan.

— Je le savais ! triompha l'Enfant-Loup en se tournant vers Kol.

Il y eut un silence puis Dylan avoua :

— Je voulais écrire un livre sur nous...

— Quoi ?

— Je voulais écrire.

— Écrire quoi ?

— Écrire sur nous, sur notre histoire, sur nos parents, nos vies et je n'y arrivais pas. J'ai cru qu'en vous réunissant, le déclic se ferait et que je pourrais aller au bout de tous mes brouillons inachevés, de mes feuilles volantes, de mes carnets de notes...

L'Enfant-Loup n'en croyait pas ses oreilles.

— Tu n'as pas le cancer ?

— Pourquoi j'aurais un cancer ?

— Je ne sais pas, parce que...

— Tu croyais que j'avais un cancer ?

— Je sentais qu'il y avait un truc mais je ne savais pas lequel.

— Il n'y a pas de truc. Il n'y a que ce livre que je voulais écrire et que je n'écrirai pas. C'est ça mon cancer.

— Je comprends plus rien, constata l'Enfant-Loup, dépité.

Je ne sais même pas de quoi on parle !

— On parle de littérature, répliqua Dylan avec brutalité. D'un livre que je ne ferai pas à cause de ce que nous faisons.

Kol supposa :

— Tu ne peux pas écrire sur nous parce que tu ne peux pas écrire sur Ramut, c'est ça ?

Dylan hocha la tête en signe d'assentiment.

— Tu passes ton temps à nous répéter que rien de ce que nous faisons ne doit être public ; que ce serait dangereux et, surtout, que ça participerait de ce que nous voulons dénoncer ; que ça deviendrait un « sujet » pour les politiques, pour les médias, un spectacle pour la galerie, puis que ça sombrerait dans le gouffre immense de l'indifférence contemporaine…

Dylan sourit tristement.

— Je suis 100 % d'accord avec toi. C'est ça qui me mine.

— Ce qu'on fait est unique, soutint Kol, le visage fermé. Ça dépasse toute littérature.

— Je sais, convint Dylan. Mais je n'arrête pas de m'interroger…

Il réfléchit à voix haute :

— Qu'est-ce qu'on a fait ?

Il marqua un temps avant de répondre à sa propre question :

— Comme aux échecs on a déplacé un pion, un seul, et toutes les pièces se sont mises en mouvement.

— Quelles pièces ?

— Nous, répondit Dylan. C'est nous que ça a mis en mouvement !

Il désigna l'Enfant-Loup.

— Toi, tu vas te marier…

Puis, regardant Kol :

— Toi, je n'en sais rien, mais, en tout cas tu cajoles Victoria comme si le bébé qu'elle porte était le tien. Zac sort de la merde où il était, Hurel y plonge…

— Il n'y a que Rousseau et sa femme qui ne changent pas, philosopha l'Enfant-Loup.

— Qu'importe. Je veux simplement vous faire comprendre que la partie n'est plus et ne sera plus jamais la même…

Il pesa ses mots :

— Si à l'échelle universelle ce qu'on est en train de faire, ça ne touche rien ni personne, à notre niveau ça bouleverse tout.

Kol s'était tu depuis un moment.

— C'est presque un problème mathématique que tu poses, dit-il, le front soucieux.

Il énonça comme un instituteur :

— Si ce que nous faisons ici, nous le faisons en mineur, que faudrait-il alors pour le faire en majeur ? En d'autres termes, s'il suffit qu'un bouge pour mettre dix autres en mouvement, combien faudrait-il en bouger pour déclencher un mouvement révolutionnaire ?

— J'en sais rien, grogna Dylan, accompagnant ses paroles d'un grand geste de la main. Sincèrement, je n'en sais rien.

Et soudain, vidé de toute énergie, les yeux bordés de larmes :

— Il n'y a qu'à vous que je peux le dire, à vous mes amis, mes frères…

Il lâcha dans un souffle :

— Je voudrais qu'on relâche Ramut.

— Pour écrire ton bouquin ?

— Non, j'y ai renoncé. Je ne l'écrirai jamais. Ni celui sur Ramut, ni celui sur nous. C'est au-dessus de mes forces, de mes capacités. J'écrirai des poèmes et je m'occuperai d'Hamlet, de Shakespeare, de mes élèves, de Dodo et Muriel, ça suffira à mon bonheur. Non, je veux qu'on relâche Ramut parce que ça ne me fait plus rire. Ça ne mène à rien, ni à la révolution ni nulle part. Qu'il reste ici un mois, un an ou dix ans, ça ne changera rien. Les seuls que ça change, c'est nous. Ce type, c'est un poison qui nous pourrit la tête et finira par nous tuer.

Rêve

Kol ne décolérait pas. La conversation avec Dylan lui avait profondément déplu. Il se sentait atteint, blessé, presque trahi. Quand Ramut le traita d'utopiste, de passéiste, c'était trop, il explosa :

— Comment pouvez vous dire que je vis dans un rêve et vous dans la réalité ? dit-il en reposant brusquement une caisse de plaquettes qu'il allait remonter. Vous et tous les pseudo-économistes dans votre genre, vous avez écrit des tonnes de conneries. Vous vous êtes trompés sur tout et tout le temps, vous avez menti sans jamais le reconnaître. Vous n'avez vu venir aucune crise, aucun krach tout simplement parce que dans votre monde de rêve vous décrétez que c'est impossible ! Impossible ! Vous refusez d'observer les tares du système que vous vénérez et encore moins de réfléchir sur ses perversions à partir de données établies. Vous vous complaisez dans votre foi enfantine dans le marché et adorez comme Dieu des chimères ! À longueur de pages, vous bavassez sur des ouvriers imaginaires chargés à vos yeux de toutes les tares, abrutis, incultes ; des ennemis salariés tout juste bons à emmerder les capitaines d'industrie, ces aventuriers du monde moderne. Vous dites que je rêve mais vous qui ne rêvez pas vous décrivez un monde où le capital s'accumule sans être produit par personne ! Si ce n'est pas un véritable conte de fées, qu'est-ce que c'est ? Vous me direz, ce n'est pas nouveau. Tous les patrons de tous les temps ont fantasmé un monde sans usines, sans ouvriers, sans syndicalistes, sans rien d'autre que de l'argent produisant de l'argent, toujours plus d'argent, devraient-ils en crever étouffés sous son poids !

Train

Dans le train qui la ramenait à Paris, Zélie n'en revenait pas, la vie était formidable ! Elle ne savait plus comment se dépêtrer de son histoire avec Zac et voilà que tout s'arrangeait par miracle ! Elle s'était rendue malade pour rien, toute cette comédie de la colique, des vertiges, des nausées pour se faire renvoyer chez elle et le ciel qui s'ouvrait d'un coup comme le rideau se lève au théâtre. Merci sainte Rachel ! Elle était libre ! Elle s'empressa d'envoyer un sms à Celmar Linder, le réalisateur du film : « Toujours partant ce soir ? » La réponse ne tarda pas : « Tu connais mon adresse, je t'attends, Burma. » Elle sourit. C'était leur code « *Be Undressed And Ready My Angel* »…

Lors de leur première rencontre, Celmar faisait la tête, convaincu que le principal talent de Zélie était de coucher avec le producteur. Il l'avait reçue dans un bureau lugubre et ne lui avait pratiquement pas adressé la parole, la laissant débiter son curriculum comme si elle accrochait des guirlandes lumineuses et des boules de Noël à un sapin famélique. Elle y avait mis tout son enthousiasme, sa détermination et ce qu'il fallait de flatteries pour montrer à Celmar qu'elle avait pris soin de visionner son documentaire *Quelques types de singes* produit par le CNRS.

— C'est incroyable les bonobos, pas de chef, l'amour pas la guerre…

Lui se taisait. Quand elle avait épuisé tout ce qu'elle pouvait dire sur les singes, sur elle et sur lui, il avait continué à se taire. Ils restèrent face à face, les yeux dans les yeux, jusqu'à ce que Zélie se lasse de jouer aux chiens de faïence. Elle avait alors ouvert son sac, fouillé dedans et sorti un Tampax qu'elle avait posé devant Celmar.

— Je vois bien que c'est pas le jour. Je reviendrai quand vous ne les aurez plus…

Il l'avait rattrapée à l'ascenseur et, à partir de là, les choses avaient changé entre eux.

Elle chantonna :

J'écrirai ton nom en lettres d'amour
Qui s'additionneront à la pointe du jour…

Un air à succès qu'elle avait entendu à la radio et qu'elle dédia mentalement à Celmar vers qui elle roulait, qui l'attendait…

— « Jusqu'à la pointe du jour », répéta-t-elle, se voyant déjà dans ses bras.

Zélie pensait qu'elle éprouvait un fort sentiment de contentement et d'irresponsabilité tout en se demandant où elle allait pêcher des mots pareils ! Puis elle n'y pensa plus, trop heureuse d'avoir échappé à Zac, à ses copains et à leurs femmes qui la regardaient de travers, sauf les jumelles qu'elle regrettait d'avoir quitté si vite. Deux marrantes, deux cochonnes avec qui elle aurait volontiers poussé plus avant…

Zac lui avait juré sur tous les tons qu'elle ferait le film et qu'il ferait d'elle une grande actrice, songeait-elle en regardant le paysage défiler derrière la vitre. Mais elle n'avait pas besoin de ses serments, de ses conseils ; qu'il rabâche que ce qu'elle faisait à la boutique la servirait pour jouer. Elle le savait depuis longtemps. Et depuis longtemps, elle savait qu'elle était une grande actrice ! Le rôle qu'elle venait de jouer, qu'est-ce que c'était sinon une performance digne d'un césar ? La blondasse nunuche qui se conduit comme un bébé, qui suce son pouce et pleure pour aller sur le pot. Ah, le coup de la colique, quelle idée géniale ! Quand l'infirmière l'avait laissée dans la chambre pour piquer un petit roupillon, elle s'était endormie en se décernant la médaille d'or du rôle de composition. Ils avaient tous marché! D'ailleurs, ça gâchait un peu son plaisir. Elle aurait voulu que le public découvre la prouesse, qu'il applaudisse et qu'elle revienne saluer, recevoir une gerbe de roses offerte par Zac au nom de tous.

Tant pis pour le triomphe, elle avait gagné sa liberté !

Celmar avait intérêt à être à la hauteur « jusqu'à la pointe du jour ». Pas question de jouer à papa-maman-dodo, elle voulait un feu d'artifice, un volcan, une explosion qui lui ferait sauter la tête et le reste. Elle se tortilla sur sa banquette en soupirant que c'était long, trop long ce voyage. Elle était déjà tout en eau…

Un homme d'une quarantaine d'années se trouvait en face d'elle, bien mis, une élégance un peu bohème. Il posa le livre qu'il lisait sur ses genoux et se pencha vers Zélie.

— Pardonnez-moi, mademoiselle, je ne veux pas vous importuner, mais vous avez l'air d'être heureuse et c'est devenu si rare de rencontrer des gens heureux que je me permets de le remarquer à voix haute.

— Merci monsieur, le remercia Zélie. Je pensais aux choses merveilleuses que j'avais vécues avec mon père…

Et, ravalant un sanglot :

— Quand il était encore là.

L'homme blêmit.

— Votre père est…

— Oui, avant-hier. Une attaque fulgurante.

— Toutes mes condoléances.

— C'est gentil. Mais ça ne le fera pas revenir.

— Non, c'est vrai, convint l'homme, embarrassé. Vous avez encore votre maman ?

— Hélas oui.

— Pourquoi hélas ?

Zélie marqua un temps puis elle ouvrit son blouson d'un geste décidé.

— Vous trouvez que j'ai une grosse poitrine ?

L'homme rougit, bafouilla, les yeux fixés sur les seins de Zélie qui pointaient diaboliquement sous son pull rose layette. Deux melons, deux ballons de hand, deux globes pour découvrir l'Amérique !

— Pas du tout, vous avez des… vous êtes… il n'y a rien de…

Il bégayait.

— Ma mère veut me les faire couper, lâcha Zélie, refermant son blouson.

L'homme s'étrangla.

— Pardon ?

— Elle trouve que ça fait vulgaire, que c'est un handicap dans la vie, que les hommes ne regarderont que ça et oublieront mes diplômes…

— Elle veut que vous vous fassiez opérer ?

— Elle veut m'offrir l'opération pour mon anniversaire. Ça s'appelle une réduction mammaire.

— Vous êtes d'accord ?

Zélie baissa les yeux et quand elle les releva deux larmes coulaient sur ses joues.

— Je suis bien obligée de lui obéir.

Sa tête retentit alors d'un tonnerre d'applaudissements ; d'une foule qui criait « bravo ! bravo ! », qui lui faisait une interminable standing ovation jusqu'à l'arrêt du train. Quelle actrice ! Quel talent ! On n'avait pas vu tant d'émotion, de sincérité, de beauté depuis Marilyn !

Livres

En quittant son cabanon en Dordogne, Kol avait emporté ses livres dans un carton. Victoria ne se lassait pas de les aligner sur une étagère comme si le seul fait de les toucher, de les voir, les faisait entrer en elle sans même devoir les lire. Il y avait là *Louons maintenant les grands hommes* de James Agee et Walker Evans, *Le Septième Homme* de John Berger et Jean Mohr, une traduction de sonnets de Shakespeare par Jean-François Peyret, l'*Anthologie de la littérature latine* de Jacques Gaillard et René Martin, *D'un retournement l'autre*, une pièce en alexandrins de Frédéric Lordon, *Nu couché* de Dan Franck, *Vies des douze Césars* de Suétone, *Les Travailleurs de la mer* d'Hugo, *Le Théâtre et son double* d'Antonin Artaud, le tome I de Faulkner dans la Pléiade, une édition fatiguée et abîmée ayant appartenu à Solène dont le nom était inscrit sur la première page, une édition bon marché du Nouveau Testament, *Tristram Shandy*, *Les Voyages de Gulliver*, les textes politiques d'Harold Pinter ainsi qu'une édition compacte de l'*Anthologie de l'humour noir* de Breton, plus une dizaine de romans, surtout écrits par des femmes, Béatrix Beck, Christiane Rochefort, Marguerite Duras, Annie Ernaux, Geneviève Serreau, Unica Zürn, Nathalie Sarraute, Violette Leduc...

— Tu les as tous lus ? demanda Victoria quand Kol la surprit en train de ranger sa bibliothèque par ordre alphabétique.

— Oui, admit Kol, tous. Et je les relis...

— Tu n'en achètes pas d'autres ?

— Si, parfois, j'aime beaucoup Philip Roth ou John McGahern, par exemple. Mais j'ai toujours en tête ce que m'a dit un vieil Arabe qui travaillait à l'imprimerie : « Si tu avais vraiment lu un seul de tes livres, tu n'aurais plus besoin d'en lire d'autres. »

— Qu'est-ce que ça veut dire ?

— Je crois que ça veut dire qu'il y a dans un livre tout ce qu'un homme peut attendre de l'esprit mais que nous ne savons pas le lire.

— Dans n'importe quel livre ?

La question était redoutable.

— Tu vois, dit Kol avec prudence, d'abord j'ai pensé que seul un très petit nombre de livres méritait que l'on s'y plonge jusqu'à s'y perdre ou s'y trouver.

À la réflexion, je crois que cela vaut pour tous les livres. Parce que le livre en soi n'est rien, il n'est que le support du mot. Et, que ce soit dans un roman de gare, un traité de géographie ou *Le Capital*, la vérité de ce que nous sommes peut sortir de n'importe quel mot lu dans n'importe quel livre.

— Tu te souviens du proverbe que je t'ai appris ?

— Sur le sort qui est jongleur ?

— Oui, sur ce qui se dévoile et ce qui se cache quand on jongle...

Victoria avança, circonspecte :

— C'est la même chose pour les livres ?

— C'est la même chose, approuva Kol. Le livre est comme une massue. Il vole en l'air et sa vie dépend de ta capacité à le rattraper ou pas...

Victoria laissa son doigt filer sur les couvertures des livres alignés sur l'étagère.

— Alors je peux lire n'importe lequel de ceux-là ?

— Celui que tu veux, admit Kol. Tu peux être guidée par ta réflexion, par un ami qui te conseille ou t'en remettre au hasard. Il n'y a ni ordre ni hiérarchie. Tu fermes les yeux, tu tournes sur toi-même, tu tends la main et tu en prends un. Celui-là sera ton livre...

Victoria ferma les yeux, tourna sur elle-même et tira *L'Homme-Jasmin* d'Unica Zürn. Elle le lança en l'air, tourna à nouveau sur elle-même, le rattrapa tandis qu'elle lançait *Le Septième Homme*. Puis ce fut *Le Repos du guerrier*, Suétone et Swift qui volèrent autour d'elle tandis qu'elle jonglait avec eux.

Gingembre

Une lumière blanche éclairait le cabanon à travers la fenêtre.

Tandis qu'elle préparait du thé au gingembre, Kol raconta à Victoria que l'invitation de Dylan lui était tombée dessus comme un commandement biblique : « Sors de là et rejoins-nous ! »

— J'étais dans mon trou comme dans un cercueil. Je me complaisais dans cet enfermement, dans cet éloignement de tout et de tous, j'aurais voulu disparaître, ne plus rien voir, ne plus penser…

Toujours vêtue en noir, d'une grâce féline, Victoria se déplaçait souvent pieds nus comme si elle craignait de se faire entendre. Elle glissait entre les meubles, un instant elle était dans le coin-cuisine, l'instant suivant tout près de Kol sans qu'il l'ait vue changer de place.

— Heureusement que tu es sorti, dit-elle, disposant les tasses sur la table basse.

Elle fit le service.

— Oui, c'était incroyable. Ce matin-là, il avait neigé, tout était blanc, immaculé, comme si un monde neuf s'ouvrait à moi. J'ai fermé la porte et rangé la clef sous le toit comme si je devais revenir alors que je savais déjà que je ne reviendrais pas. Je ne retournerais pas au tombeau. Si je devais mourir, il faudrait que la mort vienne à moi, je ne l'attendrais pas.

— Tu voulais mourir ?

— J'y ai pensé… Mais la mort n'était pas au rendez-vous. Tu sais comme je suis ponctuel. J'ai pris mon manque de courage pour un signe.

Victoria leva sa tasse pour qu'ils trinquent.

— À la vie ? À l'amour ?

Ils trinquèrent.

— C'est ridicule ce que je te raconte, non ? demanda Kol en souriant.

— C'est bien que tu racontes. Nous sommes ensemble tous les jours, toutes les nuits ; je te connais et je ne sais rien de toi…

— Qu'est-ce que tu veux savoir ?

— Tu as encore tes parents ?

— Ils sont morts tous les deux.

— Désolée.

— J'ai une sœur aînée qui vit en Auvergne.

— Je croyais que tu avais un frère…

— Non, je n'ai pas de frère.

— Ta sœur est mariée ?

— Oui et elle a quatre enfants. Ne me demande pas comment ils s'appellent. Pour moi c'est d'Artagnan, Athos, Porthos et Aramis…

— Je croyais que la génération avant toi était stérile !

— Je parlais des hommes. Ma sœur, ça ne compte pas.

— C'est dégueulasse de dire ça.

— C'est peut-être dégueulasse mais c'est vrai. Ma sœur ne compte pas. Elle n'est rien pour moi.

— Qu'est-ce qu'elle fait ?

— Elle s'occupe de la maison, de ses gosses, de son mari qui est médecin spécialiste de je ne sais quoi et maire de la petite ville où ils habitent.

— Elle n'a jamais travaillé ?

— Elle a fait médecine, rencontré son futur à la fac, très vite elle a eu son premier et les autres ont suivi. Ils sont très catholiques.

— Tu ne les vois jamais ?

— Pour quoi faire ? Ils ont leur vie, j'ai la mienne. Ils ont leurs idées, j'ai les miennes. Nous n'avons rien en commun, rien à partager. La dernière fois que nous nous sommes vus, c'était à l'enterrement de ma mère. Nous nous sommes engueulés. Ils avaient combiné une cérémonie religieuse alors que ma mère n'était pas croyante. Je les envoyés paître et j'ai refusé d'entrer dans l'église.

Kol en avait assez dit.

— Et toi ? demanda-t-il. De toi non plus, je ne sais rien…

— Tu ne demandes jamais.

— C'est vrai.

Kol pensa que ça venait de loin. Enfant, quand il voulait parler de lui, une fois sur deux son père le rembarrait « Raconte pas ta vie », et s'il l'interrogeait, il n'obtenait qu'un « Ne pose pas de questions. »

— J'ai encore mes parents, dit Victoria, cherchant le regard de Kol perdu dans ses souvenirs. Ils sont vivants tous les deux.

— Des frères ? Des sœurs ?

— Nous sommes sept.

— Une équipe de hand ?

Victoria répondit d'un sourire.

— Pas vraiment. Il y a deux clans. Les trois aînés sont d'un premier mariage de ma mère, les quatre autres sont de mon père.

— Ils vivent où ?

— Tu peux ouvrir l'atlas !

Elle énuméra.

— Mes parents sont à Malte. Ils ont une maison là-bas. Mon père est d'une famille anglaise, ma mère est vietnamienne d'origine. Pour les plus jeunes, deux sont aux États-Unis, l'autre en Angleterre et moi je suis d'un peu partout.

— Vous n'êtes jamais réunis ?

— Si, une fois par an, le 25 septembre, pour l'anniversaire de ma mère. C'est impossible de ne pas y être, où que nous soyons, d'où que nous venions.

— Bob venait avec toi ?

— Non, Richard n'a jamais voulu. La famille, ce n'était pas son truc. Ni la mienne, ni la sienne d'ailleurs.

— Ils savent que tu es enceinte ?

— Personne ne sait…

— Si tu y vas cette année, tu voudrais que je t'accompagne ?

Plus tard

Victoria, alanguie sur le lit, glissa sa main sur son ventre comme on flatte la fourrure d'un chat :

— À seize ans, raconta-t-elle, je flottais au-dessus des nuages… J'étais belle et froide, indifférente au monde. Je voulais me cacher.

— Tu vivais où ? À Malte ?

— Non, mon père était en poste à Paris. Il travaillait pour l'OTAN.

— T'as fait tes études en France ?

— J'ai raté mes études en France ! s'amusa Victoria. Il fallait que je les rate…

— Pourquoi ?

— Je ne me supportais pas. Je ne voulais pas être la belle fille de service ni la bonne élève que tout le monde déteste. Si j'avais pu, je me serais couverte de boue et que ça pue assez pour tenir tout le monde à l'écart.

— Tu étais mûre pour entrer dans les ordres !

— Peut-être mais je n'avais pas la foi. Rien ne me passionnait, rien ne m'émouvait, rien ne me révoltait. Je n'attendais même pas le prince charmant. L'amour m'était indifférent.

— Il l'est toujours ?

Victoria se redressa.

— Tu as raison de ne pas poser de questions si elles sont toutes aussi bêtes.

Kol s'excusa mais il en avait encore une encore plus bête.

— Qu'est-ce qui t'a changée ?

Victoria rit doucement.

— Une prof de français qui s'est éprise de moi et qui m'a conduite « sur les chemins du désir et du plaisir », comme elle disait !

— Tu l'aimais ?

— J'aimais qu'elle m'aime.

— Vous couchiez ensemble ?

Victoria pouffa dans sa main.

— C'est son mari qui m'a dépucelée !

— Il était de la partie ?

— Il agissait sur ordre.

Les yeux de Victoria scintillèrent d'une lueur provocatrice.

— Il n'a pas fait que cela…

— Quoi encore ?

— C'est lui qui m'a donné ma première leçon de jonglage. Il était doué ! Tous les ans à la fête du collège, il faisait son numéro !

— Ça a duré longtemps ?

— Un peu plus de deux ans. Après, j'ai volé de mes propres ailes.

— Tu l'as revue ?

— Qui ?

— Ta prof, pas le mari.

— Non, ils sont partis en poste en Guadeloupe. J'ai coupé les ponts.

Victoria prit les mains de Kol dans les siennes pour l'inviter à la regarder droit dans les yeux.

— Je te choque ?

— Non, assura Kol. Non, pas du tout. Je réfléchissais. La vie des héros est toujours montrée comme une ligne droite tendue entre l'ombre et la lumière. Mais ce sont des contes. Les vrais héros – ceux du quotidien, comme toi ou moi – ne connaissent que les chemins détournés, les routes semées d'embûches, les ponts détruits, les rivières en crue qu'il faut traverser…

— Tu crois que j'ai traversé ? demanda Victoria d'une voix éteinte.

— Je ne sais pas, répliqua Kol. En tout cas, nous sommes dans le même bain !

Kol n'était pas un hercule, loin de là, mais il possédait une force nerveuse, de la vélocité, un bon crochet du droit et, surtout, il était d'une souplesse animale. Victoria affirmait que, dans une vie antérieure, il avait été un renard, une belette, un chat sauvage. Cette idée lui plaisait. Il décida que désormais, à tout instant, il chercherait à retrouver sa sauvagerie profonde, la ruse, l'habilité d'un animal rendu à la nature. Il raconta à Victoria l'histoire de la biche croisée sur le chemin quand il avait quitté son cabanon, celle du renard qui l'avait provoqué sur une route déserte ; d'autres encore peuplées d'écureuils, de corneilles qui venaient manger dans sa main; celle d'un pic-vert énorme qui s'envola un jour devant lui quand il avait cinq ans, le faisant tomber à la renverse…

Son visage se voila soudain.

— Qu'est-ce que tu as ?

— Je pense à la souffrance des bêtes, dit-il, à leur silence. Ça m'atteint toujours…

Kol voyait les requins mutilés par des viandards qui tranchent leurs ailerons et les rejettent dans l'eau où ils agonisent dans leur sang, les baleines massacrées avec leurs baleineaux, les dauphins, les thons, les raies géantes, les millions, les milliards de poissons exterminés par des filets dérivants dans le secret, la complicité et l'indifférence de tous les États…

— J'ai horreur des zoos, dit-il, des parcs d'attractions, des delphinariums, des cirques, de tout ce qui ramène les animaux à l'état de choses que l'on peut consommer, maltraiter, asservir au nom du spectacle ou de l'argent que cela rapporte. En 68, on scandait : « Ne mangez pas de viande, mangez les bouchers ! »

— Tu n'es pas végétarien ?

— Presque.

Kol était convaincu que les animaux avaient une conscience, qu'ils connaissaient le prix de la vie, sa beauté et que, si la parole leur avait été donnée, leurs cris de douleur auraient empli le monde d'une telle clameur que nul n'aurait pu se boucher les oreilles et regarder ailleurs.

— J'ai lu que les scientifiques prévoyaient qu'en 2030 il n'y aurait plus un seul poisson dans la mer ; que les océans ne seraient plus qu'un égout géant à ciel ouvert. Il y a déjà dans le Pacifique Nord un septième continent. Un territoire grand comme plusieurs fois la France fait de déchets plastique qui dérivent et tournent en rond, tuant toute vie alentour sur des milliers de kilomètres…

Il soupira, regardant Victoria.

— Imagine le monde avec des mers désertes, pourries, infectes, et une terre où toutes les espèces sauvages seraient éradiquées ; où le seul animal encore debout serait le veau d'or de la spéculation et du profit...

— Tu ne dis rien des plantes ? ironisa tendrement Victoria que les propos de Kol émouvaient et attristaient.

— Je suis sûr que mon père y pensait, avoua-t-il avec sérieux. Il connaissait le nom de tout ce qui pousse dans la nature. Pour lui, piétiner de l'herbe, c'était piétiner une foule et refuser d'entendre ses plaintes.

— C'était un poète ?

— C'était un révolté, un grand cœur comme on disait à son époque.

— Tu parles de lui ou tu parles de toi ?

Votes

Rousseau et sa femme avaient passé l'après-midi en cuisine pour préparer une daube provençale avec du paleron, de la gallinette, des oignons, des carottes, des tomates, du thym, du laurier, le tout mijoté avec de l'huile d'olive que Sandra avait reçue de sa sœur qui vivait près d'Aix-en-Provence. Sandra fit le service au milieu des oh ! et des ah ! d'admiration, des grognements de plaisir et des claquements de langue. Dylan fut shakespearien :

— *Eat more of what makes you happy!* rugit-il avant d'attaquer son plat.

Dorith et Muriel scandèrent sur l'air d'un vieux jingle de pub :

— Daube ! Daube ! Daube !

Hurel et Zac applaudirent.

Kol attendit que les assiettes soient à moitié vides pour se lancer :

— Nous avons un point important à discuter, annonça-t-il.

Et, très vite :

— Dylan veut qu'on licencie Ramut ; qu'on le renvoie…

D'un geste, il empêcha Hurel d'intervenir.

— Je sais, on pourrait le liquider et l'affaire serait close mais à quoi cela servirait-il ?

Hurel répondit non, il ne souhaitait pas régler son compte à Ramut, non pas du tout, même si ce n'était pas l'envie qui lui en manquait.

— Ne vous foutez pas de moi, dit-il, mais j'ai une très grosse commande qui vient de tomber et je vais avoir besoin de toutes les forces disponibles pour ne pas perdre le marché. Donc, j'ai besoin que Ramut perce des trous. J'en ai tellement besoin qu'il va falloir qu'il passe à huit cents pièces à l'heure si je veux tenir mes engagements.

— Je croyais que tu cherchais un repreneur ? se souvint Rousseau.

Hurel confirma que plusieurs repreneurs étaient sur les rangs.

— Mais si je veux que la boîte survive, je dois afficher des résultats et un carnet de commandes blindé pour éviter les licenciements.

Zac tendit son assiette à Sandra pour qu'elle le resserve. Il se tourna vers Dylan :

— Pourquoi on arrêterait ? À part qu'on laisse trop seuls Kol et l'Enfant-Loup tout roule, non ?

Dylan se prit la tête. Il se frotta le front, ôta ses lunettes et les remit après s'être massé les ailes du nez.

— Rappelle-moi qui nous racontait que la seule question que Sautet posait quand on lui parlait d'un scénario, c'était : « Ça finit comment ? »

— OK, dit Zac, en faisant une petite grimace. OK, j'ai dit ça…

— Nous sommes partis dans cette histoire la fleur au fusil, constata Dylan, s'adressant à tous. Nous sommes montés à l'assaut, nous avons pris le bastion que nous voulions prendre et maintenant ça fait trois mois que nous tenons le siège. Alors je demande : qu'est-ce qu'on fait ? La guerre de Troie ? Fort Alamo ? La dernière barricade ? On attend quoi ? Les renforts ? La Révolution ? L'Apocalypse ?

Il articula :

— Comment se termine l'histoire ?

Rousseau poursuivit :

— Je suis d'accord. Il est temps de trouver une sortie en beauté. Moi non plus Ramut ne m'amuse plus beaucoup. Je propose que nous fassions un tour de table pour savoir ce que chacun imagine…

— Tu vas trop vite, dit l'Enfant-Loup. Hurel vient de nous dire qu'il a besoin d'ouvriers.

Il ricana.

— Tu ne voudrais pas qu'on fasse comme tous ces enfoirés qui larguent leur personnel alors que leur carnet de commandes est plein à craquer ?

Rousseau interpella Hurel, assis en face de lui, de l'autre côté de la table :

— T'as besoin de Ramut encore combien de temps ?

— S'il sort huit cents pièces à l'heure, disons entre quinze jours et trois semaines…

— Très bien, conclut Rousseau, partons de là. Ça nous donne un calendrier. On a un mois devant nous.

Kol intervint :

— Avant d'aller plus loin, j'aimerais savoir si nous sommes tous d'accord pour arrêter ou s'il n'y a que vous.

— Votons, proposa Hurel.

Et, sans attendre :

— Ceux qui sont pour arrêter lèvent la main.

Dylan leva la main le premier, suivi par Dorith, Muriel, Rousseau et, après des hésitations, par Zac, Hurel et enfin par l'Enfant-Loup et Suzana.

— Ceux qui sont pour continuer ?

Aucune main se leva, ni celle de Kol, ni celle de Victoria, ni celle de Sandra qui expliqua qu'en tant que pièce rapportée elle ne se sentait pas autorisée à voter.

Dylan interrogea Kol :

— Tu t'abstiens ?

Victoria ne le laissa pas répondre :

— Moi, je m'abstiens, déclara-t-elle, sentant son cœur battre. Je comprends que vous puissiez tous en avoir marre de Ramut, des plaquettes, de la perceuse, que ça ne vous fasse plus rire. Personnellement, ça ne m'a jamais fait rire. Richard est mort à cause de cette ordure et j'ai du mal à imaginer qu'il puisse s'en sortir comme ça. Comme si de rien n'était…

— Il ne s'en sortira pas comme si de rien n'était, tempéra Dylan en posant sa main sur celle de Victoria. Il aura travaillé quatre mois ici sans savoir si ça allait durer un an ou dix et ce n'est pas rien, surtout que ce qui l'attend à la sortie sera sans doute encore plus douloureux.

— Comment peux-tu en être sûr ?

— Dans le monde où il vit, il ne peut compter sur personne. Ceux qui étaient au-dessous de lui ont pris sa place et l'ont rangé dans le placard des pertes et profits. Sa femme est avec quelqu'un d'autre et ses soi-disant amis l'ont déjà enterré. Si on le relâche, c'est un mort qu'on relâchera.

— Ce sera Lazare sortant du tombeau, susurra Hurel. Le zombie fera trois petits tours le nez au vent et disparaîtra de l'histoire… Rideau !

L'Enfant-Loup avait une proposition :

— Ce qui serait bien, ce serait de le déposer à poil devant son journal avec seulement ses fiches de paye à la main.

— Une belle image de la condition ouvrière ? ironisa Rousseau.

— On pourrait le filmer…

L'Enfant-Loup s'excusa par avance auprès de Dorith et Muriel.

— … voire le photographier et tout balancer sur le Net.

— Je ne suis pas d'accord, protesta Zac, ce serait minable de faire ça. On se conduirait comme des kapos, des gardes-chiourme ou des mafieux qui s'arrogent le droit d'humilier les pauvres types auxquels ils s'en prennent, alors qu'ils sont dix fois plus criminels qu'eux. T'as pas vu *Meurtre à Alcatraz* de Marc Rocco ?

— OK, dit l'Enfant-Loup, ne te fâche pas ! J'ai dit une connerie, tu as raison. Je retire ma proposition !

Et, conciliant :

— Tu me prêteras le film ?

— Je pourrais le faire entrer à l'hôpital, suggéra Suzana, et faire semblant de l'y découvrir comme s'il venait de passer tout ce temps en clandestin parmi les malades…

— Le retrouver dingue parmi les dingues, ce serait assez amusant ! approuva Rousseau.

Chacun s'y mit, les uns pour abandonner Ramut dans un parc d'attractions, les autres au sommet d'une montagne, dans une sanisette, dans une décharge une forêt, un motel, les poubelles d'un supermarché, dans…

Kol prit la parole après avoir longtemps hésité entre parler et se taire :

— Je me suis abstenu, débuta-t-il, parce que, comme Victoria, ça me choque de remettre ce mollusque à la mer. Je sens encore comme un torrent de merde ce qu'il a publié sur nous. Ça ne sèche pas. Rien ne peut les faire partir, même en riant très fort. Je dois vivre avec.

Kol s'interrompit un instant au souvenir des saloperies de Ramut et de ses semblables éditorialistes, pseudo-philosophes, politologues, journalistes, experts en tout et en n'importe quoi. Pour eux, l'affaire était entendue : la classe ouvrière n'était plus qu'une bande d'abrutis, incultes, illettrés, tout juste bons à lire les titres des journaux gratuits et à faire des mots fléchés, hypnotisés par le foot à la télé. Mais surtout, leur abrutissement, leur alcoolisme, leur dégénérescence en faisaient une armée de réserve pour l'extrême droite dont ils partageaient le machisme, le racisme, le nationalisme et l'antisémitisme.

Il brûlait de colère.

— Au fond, je suis comme Victoria, j'ai envie de le tuer, lui et tous les ultralibéraux et les socialistes en peau de lapin !

— Kol, toujours tout en modération, ironisa Rousseau.

— Je ne suis pas un modéré, répliqua Kol. Je ne le serai jamais, parce que se dire « modéré », c'est se trouver une bonne excuse pour ne rien faire.

— Un point pour Kol ! claironna l'Enfant-Loup. Balle au centre !

Rousseau fit amende honorable :

— Rassure-toi, je ne me sens pas « modéré » non plus. Je suis toujours partant pour m'indigner, pour combattre l'injustice et je ne serai jamais fatigué de passer à l'action. Mais je crois que nous devons agir par raison non par émotion.

— Très bien, dit Kol, agissons par raison. Il déclara, prenant sur lui :

— Comme la majorité veut arrêter je vais me ranger à sa raison.

Et, mesurant ses paroles :

— OK, je vous suis. Dans un mois ou dans un mois et demi on donne son compte à Ramut et on ferme l'atelier. Mais si nous faisons ça, il faut que nous trouvions une façon de le faire qui soit digne et spectaculaire. Quelque chose dont nous puissions être fiers et qui nous fasse rire autant que nous avons ri quand nous avons réussi à attraper Ramut et à l'établir ici. Quelque chose qui ouvre une porte sur l'avenir.

Kol avait parlé d'un ton solennel, le visage grave comme si la tristesse qu'il portait en lui avait soudain pris le dessus sur sa rage. Victoria se pencha vers lui. Elle vit quelque chose d'étrange briller dans son œil, un reflet fugitif comme on en voit parfois sur la mer au soleil couchant. De la douleur à l'état brut. Ce fut moins d'un instant mais cet éclat fit que Victoria sentit combien cette souffrance et la sienne s'accordaient ; combien c'était pour cela qu'elle l'aimait sans réserve ni retenue. Et, pour la première fois en public, elle embrassa Kol, imposant le silence à tous.

Ils plongèrent le nez dans leurs assiettes.

Seules Muriel et Dorith chuchotaient. Elles se concertaient avant d'exposer leur idée. Ce fut Muriel qui expliqua :

— Ce qui serait drôle, ce serait de remettre Ramut exactement où on l'a pris…

— À l'hôtel Westminster, précisa sa sœur avec une certaine euphorie.

— On le remettrait dans sa chambre, ses habits dans le placard, on refoutrait le bordel comme Dodo et Zac l'avaient foutu et, le lendemain matin, on attendrait dans le hall de le voir réapparaître..

— Oui, rigola Dorith. On serait tous là, plus ou moins déguisés, et on regarderait.

Muriel renchérit :

— Victoria et Sandra pourraient faire des clientes chics, Dodo et moi deux religieuses qui quêtent pour les Petites Sœurs des pauvres, Dylan et Kol des flics en tenue, l'Enfant-Loup un pompier ou un sportif en jogging, Hurel, Rousseau et Suzana trois critiques de cinéma qui seraient là pour une rencontre ; une rencontre où il y aurait Zac. Zac qui serait stupéfait de tomber sur Ramut que tout le monde croyait disparu... Et, pour se marrer, on s'arrangerait pour qu'il nous raconte son histoire !

Plus personne ne mangeait.

Zac fut le premier à réagir.

— C'est une idée géniale !

Il le répéta encore deux fois pour que chacun sache à quel point il trouvait l'idée de Dorith et Muriel extraordinaire.

— Ah oui, vraiment géniale !

Route

Rousseau et Sandra prirent la route rapidement après avoir fait la vaisselle et tout rangé avec l'aide de l'Enfant-Loup. Ils ne pouvaient pas laisser leurs fils sous la garde de leurs voisins ; même s'ils en avaient deux comme eux ; même si, comme disait Rousseau, « les quatre font la paire ! ». Ils échangèrent peu de paroles en rejoignant l'autoroute par la forêt puis en traversant la zone industrielle. D'abord, parce qu'ils étaient fatigués d'avoir cuisiné toute la journée, ensuite parce que ce qui avait été décidé à propos de Ramut stagnait dans leurs esprits comme une eau inquiétante.

— C'est la bonne décision, grommela Rousseau, dès qu'ils eurent passé le péage.

Puis il le répéta plus fort :

— Oui, c'est la bonne décision, comme s'il devait s'en convaincre lui-même.

Sandra sortit de la torpeur qui la gagnait. Une question lui trottait dans la tête depuis un moment.

— Pourquoi t'es descendu voir Ramut avant de partir ?

— Je m'interrogeais…

— Tu voulais savoir si la bête était mûre pour retourner dans son milieu naturel ?

Rousseau apprécia. La formule était amusante.

— Je me demandais s'il avait lu les livres que nous lui avions laissés, répondit-il. Il n'en parle jamais…

— Et alors ?

Rousseau hocha la tête.

— Il a lu Robespierre ! Le style l'impressionne. Il était plus qu'admiratif. Tu l'aurais entendu : « plus un homme politique n'est capable d'écrire comme ça aujourd'hui ! », mais il ne m'a rien dit à propos des textes sur la liberté, sur l'égalité…

— Ça t'étonne ?

Rousseau haussa les épaules, non, ça ne l'étonnait pas, même s'il avait espéré que cette lecture confère à Ramut un soupçon d'intelligence, voire de lucidité…

— Louise Michel, il ne l'a même pas ouvert, poursuivit-il. Pour lui ce sont des histoires de bonnes femmes excitées et « ça l'emmerde ».

Il imita Ramut :

— « De toute façon, pourquoi vouloir refaire l'Histoire ? Thiers a exterminé la racaille. Il a fait ce qu'il fallait faire… D'ailleurs, Zola, Gautier, Feydeau, Flaubert, les Goncourt, Sand, tous les intellos de l'époque étaient d'accord avec lui. »

— Pas Verlaine ni Rimbaud ! s'insurgea Sandra qui récita :

« Vos ventres sont fondus de hontes, ô Vainqueurs ! », un vers de « Paris se repeuple » qu'elle connaissait par cœur.

Sandra vomissait les Goncourt « ces êtres répugnants », elle n'aimait pas non plus Flaubert ni Maxime du Camp, leur goût pour les bordels et leur homosexualité honteuse, mais elle détestait surtout Zola, ce bourgeois confit dans sa bourgeoisie qui passait pour un écrivain « social » alors que, pour lui, le peuple n'était voué qu'à la débauche et à l'ivrognerie.

— Et Marx ? demanda-t-elle, avec une certaine irritation.

— Il a essayé mais il a renoncé, répondit Rousseau. Trop compliqué et, pour lui, tout ça ne veut plus rien dire…

Sandra laissa échapper un petit cri de surprise.

— Il ne comprend pas *Salaires, prix et profits* ?

— Je l'ai encouragé à faire un effort. Je lui ai dit que c'était une conférence que Marx a faite à une association de travailleurs ! Que pour Marx ce texte résumait tout *Le Capital*… Mais ça n'a servi à rien. Il ne voit même pas de quoi ça parle !

Il ricana.

— Les ouvriers à qui Marx s'adressait le comprenaient parfaitement et lui, Ramut, le grand pourfendeur du marxisme, n'était même pas capable d'en lire une page !

— Ce type est une tache, persifla Sandra.

Elle ouvrit sa vitre et poussa un profond soupir.

— C'est comme à la messe « Heureux ceux qui ont cru sans voir. » Là, c'est : heureux ceux qui dénoncent sans savoir…

Rousseau ne pouvait qu'abonder dans son sens.

— Ramut est un modèle banal dans la presse, l'université, la soi-disant intelligentsia française. Ils sont des centaines, des milliers comme lui aujourd'hui : ignorants, foncièrement anticommunistes, contre-révolutionnaires, sourds et aveugles à tout ce qui ne leur ressemble pas, prétentieux, cupides, s'épanouissant dans la haine des classes populaires, détestant l'idée du bien public, du partage des richesses et…

Sandra l'interrompit.

— Pourquoi vous le laissez partir ?

La réponse fusa, professorale :

— Parce qu'en tant qu'individu Ramut ne compte pas. Nous sommes ce que nous sommes en fonction des conditions sociales et matérielles de notre vie. Rien d'autre. Notre conscience, nos doutes, nos interrogations sont secondaires. Ce n'est pas Ramut que nous combattons, c'est le système qui l'a créé et permet de prospérer à lui et à ses semblables.

Ailleurs

Après ce qui était tombé l'après-midi, la nuit semblait veinée de nuages blancs qui s'étiraient dans la clarté lunaire. Suzana et l'Enfant-Loup reposaient allongés côte à côte, main dans la main, écoutant Giovanni Mirabassi faire des variations au piano sur *Che Guevara…*

— Le garage est à toi ? demanda Suzana, rassérénée après avoir fait l'amour.

— À qui veux-tu qu'il soit ? répondit l'Enfant-Loup d'une voix lointaine.

Suzana suivait au plafond le jeu des ombres et des reflets.

— Je veux dire : légalement, il est à toi ou aussi à ton frère, à ton père...

— Laisse mon frère avec ses kangourous et mon père faire le tour du monde !

L'Enfant-Loup se redressa, appuyé sur un coude. Il ne comprenait pas où Suzana voulait en venir avec toutes ses questions. Ça ne lui ressemblait pas de s'inquiéter du garage, des titres de propriété, de l'administration, de...

— Tu veux qu'on passe chez le notaire avant de se marier ?

Suzana se tourna vers lui :

— Si le garage est à toi, rien qu'à toi, tu peux le vendre, dit-elle comme si les mots fuyaient sa pensée si vite qu'elle ne pouvait les rattraper.

— Pour te payer des bas de soie ? rigola l'Enfant-Loup.

— Pour aller voir ailleurs.

L'Enfant-Loup tendit la main pour rallumer la petite lampe de chevet, une fleur en céramique avec la cigale et la fourmi. Il observa le visage de Suzana tout d'ombre et de lumière. Elle ne souriait pas mais ses traits étaient d'un grand calme, son expression d'une douceur confiante comme celle d'un enfant à l'instant où il s'endort.

— Tu ne veux pas vivre ici ? demanda-t-il, mais ce n'était pas une question.

— Je voudrais me réveiller tous les matins face à la mer.

— C'est sûr qu'il y a peu de chances pour que la marée monte jusqu'au garage !

— Je ne plaisante pas, dit Suzana dont la poitrine se souleva.

Elle toussa, respira à grand bruit.

— Si nous restons dans ce trou, j'ai peur que dans dix ans, dans quinze ans, nous soyons comme tes voisins, monsieur et madame Peltier. Je ferai des tartes, tu prendras du ventre, nous n'aurons plus rien à nous dire et nous attendrons la mort en regardant la télé comme dans *Soleil vert*...

L'air se fit plus pesant.

L'Enfant-Loup s'agitait, tourmenté comme on l'est par des insectes invisibles, roulant la tête de droite à gauche, de gauche à droite...

— Je suis d'accord, déclara-t-il dans un souffle.

— D'accord sur quoi ?

— Je t'aime. Je suis d'accord pour vendre, tout bazarder et prendre le large.

Suzana fit légèrement marche arrière, craignant soudain d'être allée trop loin.

— Ne t'emballe pas, dit-elle. Je ne te demande pas de me répondre tout de suite. Nous avons le temps d'y réfléchir.

En un éclair l'Enfant-Loup entrevit une possibilité qu'il n'avait jamais vraiment prise au sérieux : être heureux. Après tout, il était encore jeune, en pleine forme, Suzana venait de passer la trentaine, à cet âge on pouvait encore avoir des enfants.

— C'est tout réfléchi, affirma-t-il, il n'y a pas besoin d'attendre. Tu as raison, mille fois raison. Nous bouclons l'histoire avec Ramut et salut la compagnie ! Cap au large !

Nuit

Zac ne pensait plus à Zélie. Il ne voulait plus y penser. Il tremblait à ce qui aurait pu se passer s'il avait ignoré encore longtemps son identité. Bien sûr Zélie n'était pas sa fille, mais elle aurait pu l'être ! Imaginer qu'elle soit enceinte de lui suffisait à le faire frissonner d'horreur. Il avait une fille qui s'appelait Rachel, une autre qui s'appelait Rachel, une société qui s'appelait Rachel et une maîtresse qui s'appelait Rachel ! Une compagnie de spectres dont aucun n'était ce qu'il semblait être. Une illusion face à laquelle le cinéma n'était qu'un enfantillage. C'était trop pour un seul homme. Il essaya de plaisanter sur « le cercle des Rachel apparues », mais n'y parvint pas. Ce n'était pas drôle, c'était féroce. Zac se vit prisonnier d'un carnaval cruel, comme Ramut cerné de masques, d'ombres et de murs. Cette idée fut suffisamment douloureuse pour raviver en lui la croyance que des démons ou des djinns avaient été envoyés pour l'envoûter. Zac tourna son visage vers le miroir installé sur la commode à droite de la table où il était installé. Qui était donc ce bonhomme dont il voyait le reflet ? Qui se cachait sous ce visage qu'il croyait être le sien ? Et d'ailleurs était-ce le sien ou un trucage dans un film d'horreur ?

Zac ne risqua aucune réponse et se remit à la lettre qu'il était en train d'écrire.

Ma chère Rachel,

J'apprends par la radio la mort d'Aaron Silverstein et je pense à ta peine, à ton chagrin. Je sais que je n'ai aucun droit mais j'aimerais quand même être là pour te serrer contre moi. Je ne serai jamais le père qu'il a été pour toi et qu'il demeure à jamais mais je voudrais que tu saches que tu as un ami sur lequel tu peux compter, vers qui tu peux te tourner ne serait-ce que pour échanger un sourire aux jours les plus sombres. Permets-moi de t'embrasser Rachel, je pense à toi, je ne cesse d'y penser...

Isaac.

P.-S. : j'ajoute un petit mot pour ta mère. Je n'ai pas son adresse. Je te remercie d'avance de le lui transmettre.

Zac glissa la lettre dans l'enveloppe avec celle, plus petite, qu'il avait préparée pour Nurith.

Amour

Rideaux tirés, porte fermée, la chambre n'était éclairée que par un rideau lumineux pendu sur le mur du fond. Dylan et Muriel faisaient l'amour sous les yeux de Dorith. À genoux sur le lit, tout près d'eux, elle les trouvait très beaux, nimbés dans une lueur dorée. Elle fut tentée de se caresser mais elle se retint comme elle se retint d'embrasser le visage de sa sœur ou les fesses de Dylan. Rien ne devait troubler les amants, rien ne devait risquer d'interrompre leur étreinte. Ils s'aimaient. Ils s'aimaient tous les trois et leur amour était miraculeux. Dorith s'enivrait de penser que Dylan baise sa sœur ou qu'il la baise, c'était toujours d'amour qu'il s'agissait ! Leurs corps s'animaient de mille bras, de mille jambes, de mille bouches sans que rien, jamais, ne les retienne ni ne les arrête. Il n'y avait entre eux aucune gêne, aucune jalousie, aucune limite ni interdit. Les meubles valsaient, les murs se tordaient comme des arbres chargés de fruits, les draps s'envolaient au-dessus d'eux, la nuit fleurissait à chaque coup de reins, à chaque soupir mêlés d'encouragements et de petits cris de plaisir. Les têtes tournaient, les seins se dressaient, les ventres réclamaient leur dû. Muriel et Dylan se donnaient tout entiers l'un à l'autre dans un grand mouvement marin qui les emportait. Longues passes de rameur, glissades sur la vague du plaisir, débordement de marées. Dorith ressentait ce que ressentait Muriel, *tout* ce qu'elle ressentait ! Le sexe qui forait son sexe, ses lèvres qui s'écartaient, sa bouche qui s'enflammait jusqu'à ce que Muriel laisse échapper un cri comme une pierre jetée par défi face au ciel :

— Viens !

Direction

Alexandre Camiri avait pris officiellement la direction de *Valeurs Françaises* depuis une dizaine de jours mais il n'occupait le bureau directorial que depuis vingt-quatre heures, ayant exigé que toute la déco soit refaite à son goût, le mobilier changé et redistribué selon ses plans. Son prédécesseur, Damien Noailles, avait été poussé vers la sortie par les actionnaires de l'hebdo qui jugeaient que les résultats qu'on attendait de lui n'étaient pas au rendez-vous ; que la rédaction ronronnait ; que les ventes en kiosque et les abonnements déclinaient dangereusement... Il fallait du sang neuf, de l'audace, de l'imagination et surtout affirmer haut et fort le positionnement national-libéral du titre. Le vent soufflait de ce côté-là, il fallait en profiter ! Alex semblait l'homme de la situation, ayant su faire oublier Ramut, aussi bien par écrit que dans les médias où son physique avantageux le servait – particulièrement à la télévision – et servait l'image du titre…

Maïa Schultz, la DRH, tailleur strict, collant noir, chaussures plates, cheveux tirés, fut la première à s'asseoir face à lui, dans le bureau refait à neuf.

— Ça te plaît ?

— C'est très classe, dit-elle pour ne pas avouer qu'elle n'aimait que l'ancien ; que tout ce verre, ces chromes et ces plastiques lui sortaient par les yeux.

— Tu comprends, s'enthousiasma Alex, c'est exactement ce qu'on va faire !

— Une rubrique « Déco » ? plaisanta-t-elle.

Alex lui fit signe qu'elle marquait un point ! Sous ses airs de dame patronnesse Maïa avait de l'humour, il aimait ça.

— On va rajeunir le look, exposa-t-il. On va rajeunir la rédaction, on va faire péter nos couleurs ! Je veux que ça flashe, je veux que ça crache, je veux que ça éblouisse !

La DRH ouvrit son grand agenda.

— On met en œuvre un plan social ?

Alex éluda :

— Je veux qu'on se débarrasse des vieilles habitudes, des vieilles idées comme je me suis débarrassé de tout le bric-à-brac de Damien.

— Et tu t'y prends comment ?

Alex attendait la question.

— Un exemple, répondit-il avec assurance, la culture. Je connais bien la culture, c'était mon service…

Il sourit.

— Eh bien, je veux supprimer le service culture !

— Carrément ?

— Oui, carrément. D'abord tout le monde se fout de la culture. Du smicard au président de la République, tout le monde s'en fout ! T'es d'accord ? Personne n'achète *Valeurs Françaises* pour la culture, ni aucun titre d'ailleurs… Sur les livres, les films, la musique, les expos qu'est-ce qu'on trouve dans un journal qu'on ne peut pas trouver sur le Net ? Rien, nothing, nada. La culture, c'est fini. Si nécessaire, il y a assez de journalistes dans la rédaction pour parler des films qu'ils ont vus ou des livres qu'ils ont lus sans qu'il y ait besoin de payer des gens spécialement pour dire la même chose. D'ailleurs, toutes les études le prouvent : aujourd'hui le public se fie plus aux commentaires des lecteurs ou des spectateurs qu'aux critiques qui n'en finissent pas de se branler pour tirer à la ligne. Adios la culture !

— On fera quoi à la place ?

— On ne fera rien. Un peu de people et, de temps en temps, une brève pour boucher un trou, une colonne de recommandations, juste les titres avec un système de notation flashy et basta. De toute façon, plus personne ne lit de livre et dans dix ans c'en sera fini du cinéma en salles…

Il interrogea Maïa.

— Tu lis encore des livres, toi ?

— Ça m'arrive, des romans de…

— Eh bien, pas moi ! trompeta Alex. J'ai même refourgué tous ceux que j'avais chez moi à un soldeur. Maintenant je suis zen, je vis dans un jardin japonais où tout est calme, vide et beauté. J'ai un iPad, une liseuse, un iPhone, que demande le peuple ?

Maïa le ramena aux changements qu'il envisageait à la rédaction.

— OK, tu supprimes la culture et quoi d'autre ?

— Je vire les dessins de presse. J'en ai marre de leurs blagues à deux sous et de leurs gribouillages. Là aussi, n'importe qui peut dessiner, il suffit de s'entraîner en répondant au téléphone. Non, je veux de la photo. Chaque semaine quelque chose de fort, de violent pour en mettre plein les yeux.

— Du trash ?

— Du gratos ! On va en finir avec les agences de merde et les photographes qui se prennent pour des artistes. On piquera tout ce qu'on veut sur Instagram ou sur Flickr. Et si ça ne suffit pas, il y a assez de portables dans le monde pour photographier tout et n'importe quoi. On n'aura qu'à se baisser. T'as déjà vu un film de Godard ?

— Oui, pourquoi ?

— Godard a eu le génie de fonder son esthétique sur la pauvreté de ses moyens et la nullité de son chef opérateur. Il a retourné tout ça à son avantage. Eh bien, on va faire exactement la même chose ! Du pleins feux, du moderne. Le trash, ce sera notre esthétique.

Alex poussa un profond soupir.

— On va sucrer aussi la correction, ajouta-t-il. Sincèrement, à quoi ça sert ? Dans tous les ordis, il y a des correcteurs automatiques d'orthographe. On n'a plus besoin des tatillons de la virgule, des emmerdeurs diplômés, des singes grammairiens comme Jean-Pierre.

— Le délégué ?

— Oui, mais je m'en tape. La CGC ou rien, c'est la même chose. Ce ne sera pas un problème.

— Et les autres ?

— J'emmerde la CGT, et la CFDT me soutiendra !

Alex s'exaltait.

— Désormais, chacun sera responsable de sa copie, même moi. Et, entre nous, qu'il y ait des fautes d'orthographe ou un participe mal accordé, je m'en fous comme 90 % de nos lecteurs qui ne le remarquent même pas ! On ouvrira un bureau des plaintes pour les dix chieurs irréductibles et ça ira comme ça.

Maïa Schultz décroisa et recroisa ses jambes. Elle avait la tête qui tournait. Tout cela lui déplaisait. Alex ne lui laissa pas le temps d'intervenir :

— Attends, je n'ai pas fini. Il faut aussi faire le ménage parmi les maquettistes. Tous les journalistes doivent être capables de mettre en page leurs papiers ou il faut qu'ils changent de métier. C'est pas sorcier. Nous avons une chartre, nous avons une police, nous avons un code, il suffit de remplir les cases et de couper tout ce qui dépasse. D'ailleurs, les articles sont toujours trop longs...

— Tu sais qu'en faisant ce que tu préconises, nous allons tout droit au conflit ? fit remarquer Maïa.

Alex la rassura :

— Il n'y aura pas de conflit, trancha-t-il. Pas si bête ! On va faire de la chirurgie plastique. Couper petit bout par petit bout. Rien de collectif. Ça prendra sûrement un peu plus de temps mais, au bout du compte, nous serons gagnants sur tous les tableaux.

— On n'ouvre pas un guichet de départs ?

— Non. Mesure numéro un : plus de pigistes. Mesure numéro deux : plus de remplacements. Mesure numéro trois : plus de notes de frais qui ne soient approuvées par moi. Mesure numéro quatre...

Maïa Schultz l'interrompit :

— Tu me gardes ?

— Pourquoi cette question ?

— J'étais très liée à Damien. Je faisais partie des vieux meubles, de son bric-à-brac, si tu préfères.

— Vous baisiez ? s'amusa Alex.

Maïa Schultz secoua sa lourde chevelure avant de répondre :

— Non, dit-elle froidement, on ne baisait pas. C'était tout autre chose entre nous. Damien est impuissant.

Ramut

Bac de gauche, perceuse, bac de droite
Bac de gauche, perceuse, bac de droite
Bac de gauche, perceuse, bac de droite
Bac de gauche, perceuse, bac de droite
Bac de gauche, perceuse, bac de droite
Bac de gauche, perceuse, bac de droite
Bac de gauche, perceuse, bac de droite
Bac de gauche, perceuse, bac de droite
Bac de gauche, perceuse, bac de droite
Bac de gauche, perceuse, bac de droite
Bac de gauche, perceuse, bac de droite
Bac de gauche, perceuse, bac de droite
Bac de gauche, perceuse, bac de droite
Bac de gauche, perceuse, bac de droite

Bac de gauche, perceuse, bac de droite
Bac de gauche, perceuse, bac de droite
Bac de gauche, perceuse, bac de droite
Bac de gauche, perceuse, bac de droite
Bac de gauche, perceuse, bac de droite
Bac de gauche, perceuse, bac de droite
Bac de gauche, perceuse, bac de droite
Bac de gauche, perceuse, bac de droite
Bac de gauche, perceuse, bac de droite
Bac de gauche, perceuse, bac de droite
Bac de gauche, perceuse, bac de droite
Bac de gauche, perceuse, bac de droite
Bac de gauche, perceuse, bac de droite
Bac de gauche, perceuse, bac de droite
Bac de gauche, perceuse, bac de droite
Bac de gauche, perce…

La perceuse se bloqua soudain.

— Merde ! jura Ramut. Merde ! Qu'est-ce que c'est que ce bordel !

Il essaya de la secouer, de cogner contre le capot, de la faire repartir, mais impossible.

— Merde ! Merde ! Merde !

Il eut beau appeler, tambouriner à la porte, personne ne l'entendit car personne ne pouvait l'entendre. Ramut dut patienter plus d'une heure avant que l'Enfant-Loup fasse son apparition pour une visite de routine.

— Ma putain de perceuse est en panne ! aboya-t-il, avant même qu'il ait refermé la porte.

— Qu'est-ce qui se passe ?

— Comment voulez-vous que je le sache ? Elle s'est arrêtée d'un coup. Plus rien ne marche ! Je vais couler mon temps !

L'Enfant-Loup s'approcha de la perceuse, l'air dubitatif.

Il tira sur le manche, appuya sur le bouton de mise en route, vérifia le branchement, en vain.

— Je crois que vous allez être en chômage technique, soupira-t-il en ôtant le carter qui protégeait le moteur.

— Vous devez me compter mes heures comme des heures travaillées, réclama Ramut, l'œil mauvais. Je ne suis pas responsable de la maintenance.

L'Enfant-Loup le fit taire d'un geste.

— OK, OK. Ce ne sera pas déduit de votre paye. Ne vous inquiétez pas.

Les revendications de Ramut l'amusaient, le rassuraient.

— Qu'est-ce qu'elle a ? C'est grave ?

— Non, c'est rien du tout. Regardez…

L'Enfant-Loup dégagea la courroie entre des poulies.

Elle était coupée en deux, rongée par l'usure.

— Je vais vous la changer, dit-il. J'ai ce qu'il faut …

Et observant le caoutchouc qui s'effilochait dans ses doigts.

— C'est de ma faute. Je devrais la vérifier toutes les semaines pour éviter ce genre de connerie.

L'Enfant-Loup agita deux doigts en guise de salut et se dirigea vers la porte.

— Je reviens dans cinq minutes.

Ramut le rattrapa.

— Il me faut aussi de l'huile de coupe, j'en ai presque plus !

L'Enfant-Loup inclina la tête comme un domestique.

— Ce sera tout ? glissa-t-il, plein d'insolence.

— Non, répondit Ramut d'un ton sec. J'exige aussi que vous remplaciez le foret avant qu'il me pète dans les mains.

Il ajouta :

— Et n'essayez pas de me carotter mes deux heures d'arrêt forcé !

Classe

Dylan avait enfin corrigé les copies du devoir sur la traduction de la chanson d'Ophélie. Il félicita Adèle Desneiges pour son travail dont il fit la lecture à toute la classe.

– Je serai ta Valentine
Tu seras mon Valentin
Vierge serait à mâtines
N'y serait plus au tocsin

Mariage tu m'avais promis
M'a donné un bel enfant
Aujourd'hui tu te dédis
Me condamnant au couvent

— Je pense que vous serez tous d'accord pour que nous adoptions cette version…

Puis il leur parla des *Sonnets* de Shakespeare[1] dont il expliqua qu'à ses yeux ils recelaient le secret des relations Hamlet-Horatio. Il cita celui qu'il considérait comme la clef de tous les autres :

Tu fus d'abord créé pour être femme
Mais la nature en te faisant s'éprit de toi
Et par un ajout vint me frustrer de toi
Ajoutant quelque chose dont je n'ai pas l'usage.

Dylan laissa quelques imbéciles ricaner et leur donna une demi-heure pour imaginer ce que pourrait être la première scène entre Hamlet et Horatio.

1. Traduction de Jean-François Peyret (Éditions Actes Sud).

Il travailla pour son propre compte, surveillant ses élèves du coin de l'œil.

Dylan écrivit avec gourmandise :

HAMLET et HORATIO font un assaut au fleuret moucheté.

HORATIO *(parant une attaque)* : Tout doux, mon bon Seigneur ! Croyez-vous si facilement pouvoir me refaire le coup de Wittenberg ?

HAMLET : Tu apprends vite !

HORATIO : Je n'oublie pas…

HAMLET : Alors souviens-toi que je t'ai toujours battu.

HORATIO : Méfiez-vous, mon prince, l'usage de « toujours » est parfois périlleux.

HAMLET : Il n'est périlleux que pour toi !

HAMLET porte une nouvelle attaque mais HORATIO la contre et riposte avec une rapidité qui surprend le prince. HAMLET, sur la défensive, parvient une fois, deux fois, trois fois à éviter d'être touché en contre mais HORATIO place soudain une botte secrète et HAMLET se retrouve l'épée sous le menton, vaincu.

HORATIO *(souriant)* : Vous êtes pris, mon doux Seigneur… Il vous reste à demander merci ou mourir en Romain.

Dylan s'arrêta.

Comment était-il possible qu'il prenne tant de plaisir à traduire, à adapter Shakespeare et qu'il soit incapable d'écrire le livre qu'il avait en tête depuis tant d'années ? Il ramena cette interrogation trop générale à une question plus précise et, pour le coup, plus brutale : pourquoi voulait-il écrire ? Pour être lu et admiré ? Pour gagner suffisamment et envoyer promener l'enseignement ? Pour faire l'économie d'une psychanalyse ? Pour dire absolument quelque chose de lui qu'il était incapable de formuler oralement ? Pour laisser une trace – si petite soit-elle – de son passage sur la terre ? Toutes ces questions lui parurent plus stupides les unes que les autres. Inutile de se torturer les méninges. Il voulait écrire parce qu'il était habité par le sentiment de n'être vraiment lui-même que dans la chose écrite. C'était une nécessité comme manger, baiser ou dormir. Et sur quoi écrire, sinon sur ce qui lui était le plus proche (à la portée de sa plume !), sinon sa propre vie et celles de ses amis avec laquelle elle se confondait. Mais s'il éprouvait cette nécessité sans avoir le talent de l'exprimer que devait-il faire ? Tant d'impuissance, d'incapacité donnait à Dylan l'envie de se battre.

Pourquoi ne parvenait-il pas à réaliser ce qui lui semblait le plus urgent, le plus accessible alors qu'il galopait allègrement dans les mots d'un autre ?

Une idée incongrue le fit sourire dans sa barbe.

Il était une réincarnation de Shakespeare, dont les gènes, selon la théorie de Kol, avaient dû migrer depuis le 23 avril 1616 de corps en corps jusqu'au sien. Il était Dylan en apparence mais Shakespeare en réalité. Pas un nouveau Shakespeare mais le Shakespeare éternel, celui qui ne cesserait d'être et de ne pas être tant que la terre serait la terre, qu'il pourrait faire l'amour avec Dodo et Muriel, ses joyeuses commères de Windsor !

Échographie

Kol détestait tout ce qui avait trait à la médecine et aux médecins. Il avait pour théorie que c'étaient les médecins qui provoquaient les maladies, les inventaient, les propageaient. Pour lui si les curés portaient malheur (il fallait toucher du fer pour le conjurer), si les marins en tenue portaient bonheur (il fallait caresser leur pompon pour voir ses vœux exaucés), les médecins apportaient la douleur, la peine, la souffrance. Il fallait s'en tenir à l'écart, les éviter, voire les éloigner énergiquement. Kol n'était jamais malade. Dur au mal, il refusait de l'être.

— S'il n'y avait pas de médecins, il n'y aurait pas de malades, professait-il très sérieusement, faisant soupirer Victoria qui se demandait comment un être apparemment doué de raison comme lui pouvait proférer de telles inepties où l'ignorance le disputait à la superstition.

Néanmoins, malgré son aversion pour le corps médical, Kol insista pour accompagner Victoria à Lille où elle avait rendez-vous pour une échographie. Ils firent la route en fin d'après-midi sous un ciel clair qui donnait à la véhémence des paysages métallurgiques un air de gaieté inhabituel.

Sa sortie sur la médecine et les médecins avait donné à Kol l'envie de parler. Victoria comprit vite que rien ne l'arrêterait. Elle prit le parti de l'encourager d'un sourire patient.

— Tu vois, disait-il, l'ensemble de la société est semblable au corps humain. Il suffit qu'un point soit atteint pour que tout le corps soit atteint. Quand on pense à un panaris par exemple, à une rage de dents ou une fracture des côtes, ce ne sont pas de terribles agressions contre le corps mais, aussi bénignes soient-elles, elles ont le pouvoir *a minima* d'interdire à ce corps toute activité. Le corps humain comme le corps social est d'une fragilité stupéfiante. Parfois, il suffit d'un trou minuscule dans la peau pour qu'un homme meure. Pour qui veut transformer le monde l'enjeu est donc de trouver quel point attaquer.

— Où percer le premier trou ? plaisanta Victoria.

— Oui, trouver sa faiblesse, convint Kol tout à sa démonstration. Je suis d'accord et pas d'accord avec Dylan sur ce que nous faisons avec Ramut. D'un côté, ce que nous faisons n'est rien : je suis d'accord ; de l'autre, je ne le suis pas, puisqu'il suffirait de peu de chose pour que ce rien devienne fondamental..

Victoria hocha la tête par courtoisie mais elle n'avait rien écouté de la théorie de Kol !

— Tu serais capable de tuer quelqu'un ? demanda-t-elle tout à trac.

Kol répondit oui sans hésiter.

— Sans déconner ?

— S'il le faut, oui.

— S'il le faut comment ?

— S'il le faut pour savoir qui je suis vraiment.

— Qu'est-ce que ça veut dire ?

— Il n'y a qu'en tuant un autre homme qu'on peut se dire vraiment un homme.

— T'es dingue !

— Non, je ne suis pas dingue. Une fois que tu as tué un homme tu n'appartiens plus au monde. Tu es ce que tous les autres ne sont pas.

Victoria refusait d'en entendre plus, après la médecine, ça…

— Arrête, c'est du délire !

— Regarde autour de toi, dit Kol, tendant le bras. Nous sommes entourés de morts-vivants. Tous ces hommes, toutes ces femmes qui font semblant de vivre mais ne vivent pas. Ils font les gestes de la vie mais c'est une pantomime. Ils ne savent pas pourquoi ils font ce qu'ils font et pas autre chose. Ils ne savent pas non plus pourquoi ils disent ce qu'ils disent. C'est de la chair à vivre, un simple combustible pour la mort. Rien d'autre. Alors que l'homme qui tue sait qui il est, pourquoi il agit, pourquoi ses paroles portent le poids de la vie, entament le mur de la nuit qui nous entoure.

— Parfois tu me fais peur, avoua Victoria.

Comme ils ne trouvèrent pas à se garer près du labo, ils durent marcher un peu pour y arriver. Cela leur plut. Ils étaient soudain ailleurs, sur une autre planète, au milieu de gens qui leur semblaient tous venir d'un monde nouveau, différent du leur.

— Le bébé est enfermé dans mon ventre, observa rêveusement Victoria, Ramut est enfermé dans le bunker, nous sommes enfermés dans cette histoire…

Elle marqua le pas.

— Pour tous l'horizon est le même : en sortir.

— Tu as réfléchi ?

— Je nous trouvais très lâches de nous arrêter si vite, très enfantins. C'était comme jeter un jouet encore neuf ou tirer un coup en l'air au lieu de viser la cible. Je crois que Rousseau a raison, je me laissais emporter par mes sentiments…

— Je crois que moi aussi, avoua Kol.

Et, serrant Victoria contre lui :

— Nous avons une autre histoire à écrire…

— Celle que Dylan n'écrira pas ?

Kol ferma les yeux.

— Celle que nous écrivons pas à pas.

Une heure plus tard, ils quittèrent le laboratoire en se tenant par la main. Tout allait bien, l'enfant se présentait parfaitement, taille, motricité, développement, etc. Victoria avait refusé de connaître son sexe, préférant la surprise. En partant, le médecin (une femme) avait remis un cliché échographique à Kol.

— Je le confie à votre mari, avait-elle dit à Victoria qui n'y avait trouvé rien à redire.

— Je me demande quel monde nous lui laisserons, soupira Kol, examinant l'image où une forme brumeuse semblait se débattre dans une grande nuit.

Victoria lui ôta la photo des mains et la rangea dans son sac.

— Tous les parents doivent se poser cette question ! s'esclaffa-t-elle, en se moquant de Kol.

Elle l'embrassa sur la joue pour chasser les sombres pensées qui l'agitaient.

— Je t'offre une glace ?

Kol ruminait leur discussion à propos de Ramut. Il craignait que tout ce qu'ils avaient entrepris débouche sur presque rien ou pas grand-chose alors qu'il se sentait affûté, armé d'une volonté d'acier, d'une haine non pour l'éditorialiste mais pour tout ce qu'il incarnait.

— Il faut considérer ce que nous faisons comme une répétition de ce que nous devons faire, avança-t-il, en se dirigeant vers la Grand-Place.

— Avec… ?

— Oui, avec lui. Je reviens à ce que je disais tout à l'heure : aussi petit, aussi secret, aussi limité cela soit-il, cela prouve qu'on peut agir ; qu'il faut le vouloir et qu'on peut.

— Tu penses à quoi ?

— Je ne sais pas mais j'essaye de le formuler. Il y a des jours où je pense à des actions raisonnables : lutter pour abaisser le temps de travail, partager les emplois, redéfinir le terme même de travail, abolir la propriété privée… Et puis, il y a des jours où je pense à des actions déraisonnables : tout mettre à feu et à sang, juger les corrompus, les cyniques, les traîtres ; comme disait Mao, « le communisme ce n'est pas le bonheur, c'est le marteau grâce auquel nous écraserons nos ennemis »…

Kol s'arrêta.

— À terme, quel est – ou quel serait – notre objectif ?

— Tu veux faire la révolution ?

— J'aimerais bien ! s'exclama Kol, repartant d'un bon pas, mais tu sais, une révolution, c'est d'abord une guerre civile. Et même s'il n'y a pas de hiérarchie dans les guerres, la guerre civile est une des plus dégueulasses. Malgré ça, j'aime le mot révolution. Je l'aime parce qu'il est chargé d'histoire. C'est une chose à laquelle on pense, la révolution, un imaginaire, un peu comme le Paradis pour les chrétiens ou le Walhalla pour les Vikings. Mais plutôt que rêver à une révolution, j'aime mieux penser à un mouvement révolutionnaire. Un mouvement ! Dans cette société bloquée par la peur, comme dirait l'Enfant-Loup ; cette société conservatrice, réactionnaire, il faut que nous soyons en mouvement. Et ce mouvement doit avoir un objectif ferme.

— Une terre promise ?

— Un objectif.

Kol fit la question et la réponse.

— Quel objectif ? Ce ne peut être que la prise du pouvoir. Pour cela, il faut non seulement une réflexion tactique mais plus largement une stratégie. Que faut-il mettre en œuvre pour atteindre notre but ? Sur quelles forces pouvons-nous compter ? Quel sera le signal qui déclenchera tout ?

Kol ralentit, regardant droit devant lui.

— Pour l'instant, nous sommes coincés, cernés de toutes parts, muselés. Le système électoral est paralysé et disqualifié. Les électeurs n'ont le choix qu'entre l'abstention et deux partis de droite : la droite traditionnelle alliée à l'extrême droite, la droite néolibérale ex-« socialiste ». Deux partis de droite, structurés de la même manière, dirigés par des hommes issus des mêmes écoles, de la même classe sociale, partageant la même idéologie, s'affrontant pour la galerie et s'embrassant dès que les caméras ne sont plus là. Donc, sur le plan politique, nous sommes face à une forteresse protégée sur son flanc droit comme sur son flanc gauche. Ce n'est pas tout. Nos moyens d'expression sont quasiment inexistants. Tous les grands médias sont sous la sujétion de groupes industriels liés à l'armement, la construction ou la banque. C'est un rouleau compresseur idéologique qui, tous les jours, dans tous les journaux, sur toutes les antennes, dans toutes les télés chante le credo néolibéral sur l'air d'« il n'y a pas d'alternative », comme le faisait Ramut avant qu'on s'occupe de lui. De ce côté-là, c'est archiblindé parce que, même si nous parvenions à nous emparer de la télévision, ils ont déjà prévu des installations souterraines qui leur permettraient de continuer à diffuser leur propagande et à bloquer tous nos messages.

— Tu veux me filer le cafard ? se plaignit Victoria.

— Surtout pas ! s'exclama Kol. Comme le disait une copine pendant la grève à l'imprimerie : « Nous n'avons pas les moyens du découragement. » Alors, pas de cafard ! Pas de désespoir ! C'est dur, mais je crois sincèrement que même si une partie de l'histoire se termine pour nous au garage, l'histoire elle-même n'est pas finie. Elle continue et elle continuera avec d'autres, avec des objectifs plus larges, avec des actions plus fortes.

Une idée qui lui traversa l'esprit fit sourire Kol.

— Après m'être engueulé avec ma sœur, à cause de la cérémonie religieuse organisée pour ma mère, elle m'a expédié une édition bon marché des Évangiles ! Sans explications, sans un mot.

— Celle qui est avec tes livres ?

— Oui.

— Je me demandais pourquoi tu les avais. Ça t'a fait plaisir qu'elle t'envoie ça ?

— J'ai failli jeter le bouquin directement à la poubelle mais je ne peux pas jeter un livre. Alors, je l'ai ouvert, je l'ai feuilleté et je suis tombé sur cette phrase…

Kol récita fermant les yeux :

— « Le royaume des cieux se prend par la violence et ce sont les violents qui l'emportent. »

Il les rouvrit comme émerveillé.

— Tu sais ce que je me suis dit ?

— Non.

— Que j'avais reçu ce livre pour lire cette phrase ! Depuis, j'y pense. Et plus j'y pense, plus je crois que ceux qui sont aujourd'hui au pouvoir dans la politique comme dans l'économie ou les médias ne céderont leurs positions que si nous sommes capables de les affronter vraiment. De rendre coup pour coup. De prendre le pouvoir par la force. Nous ne pourrons pas faire l'économie de la violence. Et ce seront les violents qui l'emporteront.

Kol se tourna vers Victoria sans cacher son émotion :

— Je veux t'emmener où personne n'a encore consenti à aller avec moi.

Vide

Le soleil commençait à décliner dans l'attente du soir. Quand il referma derrière lui la porte de l'appartement, Hurel découvrit que sa femme avait tout vidé. Les meubles, les objets, les bibelots, les livres ayant appartenu à sa fille, un souffle avait tout emporté. Caroline demeurait impassible au centre de la pièce, assise sur le plancher, dans une position de méditation. Hurel s'avança sans la quitter des yeux. Il se sentait soudain un intrus dans ce vide, dans ce gouffre de silence. C'était eux mais ce n'était pas eux. Ils sombraient dans cette pièce déserte, sans pouvoir se parler, sans pouvoir se toucher, sans même oser le plus petit geste comme s'ils étaient désormais aussi figés dans leur posture que les modèles d'un peintre sur une toile.

Caroline débita d'une voix morne :

— Il fallait que je le fasse…

Elle semblait s'être préparée à prononcer ces mots comme s'ils appartenaient à un rituel connu d'elle seule. Hurel demeura coi, sur ses gardes. Au terme d'une longue bataille, il avait fini par convaincre sa femme de ne pas faire enterrer leur fille mais de la faire incinérer. Il trouvait insupportable de penser à la décomposition des chairs, à la putréfaction, au pourrissement des os de son enfant. Ils avaient dispersé ses cendres très tôt un matin, sur une plage du Nord. Un paysage aussi nettement présent à son esprit que la plus nette des photographies. Derrière eux une falaise abrupte, devant un horizon immense, sur leur gauche une casemate de la dernière guerre à moitié enfouie dans les sables, sur leur droite une colonie de goélands qui s'envolèrent en même temps que sa fille s'envolait avec des anges.

Tout ce qui restait à Hurel de sa fille, c'étaient les souvenirs attachés aux lieux de sa vie, le petit peuple de ses objets qu'il lui suffisait de toucher pour la sentir vivre en lui. Chacun d'entre eux avait une histoire, chaque chaise, chaque lampe, chaque magazine, même chaque mur de chaque pièce avec leurs papiers peints. Ils étaient muets mais l'addition de leurs silences formait une histoire qui lui parlait de sa fille. Tant qu'il pouvait s'asseoir dans le canapé où il regardait la télé avec elle ; tant qu'il pouvait manger dans les assiettes où ils mangeaient autour de la même table ; tant qu'il pouvait regarder la petite marine énigmatique achetée dans un vide-grenier et mille autres choses insignifiantes, sa fille était là. Sans cela ne demeurait que le manque cruel provoqué par son absence.

Elle était vraiment morte.

Hurel éprouvait la sensation désagréable d'être entré par effraction dans un cauchemar qui n'était pas le sien. Mais il ne rêvait pas. Caroline était bien là devant lui, assise sur le parquet, dans cette posture de yoga absurde et incompréhensible.

— On fait quoi maintenant ? demanda-t-il, masquant son envie de la brutaliser, de l'injurier, de lui crier : « Pourquoi tu as fait ça ? », de la contraindre à aller tout rechercher, tout remettre en place au millimètre près.

Mais Hurel ne fit que répéter d'un ton plus ferme :

— On fait quoi ?

— Fais ce que tu veux, répondit sa femme qui ne voulait pas se disputer. Moi, je reste et j'attends.

— Tu attends ?

— J'attends que quelque chose arrive.

— Un miracle ?

— Non, j'attends que quelqu'un me dise ce que je dois faire.

Caroline se leva d'un mouvement lent, mesuré ; une bête sortant d'hibernation.

— Tu crois que je suis timbrée ? Hurel esquiva

— Est-ce que tu dors ?

— Est-ce que tu crois qu'on devrait m'enfermer ? insista sa femme.

— Caroline, écoute-moi. Tu es trop fatiguée pour savoir ce que tu fais, peut-être même ce que tu dis.

— Et toi ?

— Moi non plus. Je ne sais pas toujours ce que je fais.

— À ton travail ?

— Non, à mon travail, je sais ce que je fais. Je pensais à autre chose, dit Hurel sans pouvoir chasser l'image de Ramut qui s'imposait à son esprit.

— À quoi tu pensais ?

— À la même chose que toi, mentit-il.

— Mais toi, tu ne l'aurais pas fait, dit Caroline, balayant d'un regard la pièce vide.

— Je ne sais pas, dit Hurel. Personne ne peut savoir ce qu'il ferait dans certaines circonstances.

Caroline s'énerva.

— Notre fille est morte, ce n'est pas une circonstance !

— Calme-toi. Je parlais de manière générale…

Il s'humecta les lèvres.

— Où sont toutes ses affaires ?

— Au Secours populaire. J'ai tout donné à condition qu'ils prennent tout. Vraiment tout, absolument tout.

— Tu m'as donné avec.

— Tu n'étais pas là.

— J'étais dans chaque chose que tu as donnée.

Appart'hôtel

Avec la nuit, une sorte de brume s'était levée, cernant les immeubles gris de la zone commerciale d'un autre gris à la fois plus léger et plus tenace. Les réverbères au sodium diffusaient une lumière orangée qui ajoutait à l'étrangeté du paysage. Hurel éteignit ses antibrouillards et se gara sur le parking de l'Appart'hôtel où pratiquement toutes les places étaient libres. Depuis l'incarcération de son mari, la femme de Ganesh s'était réfugiée là avec ses trois enfants. Elle disposait de deux chambres, d'une cuisine et d'une salle de bains. Hurel s'excusa de se présenter si tardivement.

— J'ai cru que je n'y arriverais jamais…

À peine la porte refermée, la femme de Ganesh éclata en sanglots.

— Mon mari n'est pas malhonnête, monsieur Hurel. Il n'est pas malhonnête !

Hurel la força à s'asseoir et s'installa en face d'elle.

— Calmez-vous, madame Ganesh, calmez-vous. Je sais que votre mari n'est pas malhonnête.

— Il est en prison !

— Peut-être plus pour très longtemps...

— Vous avez retiré votre plainte ? demanda la femme de Ganesh, pleine d'espoir.

Hurel observa les trois enfants sagement assis sur le canapé qui le dévisageaient de leurs grands yeux noirs. Deux garçons et une petite fille, les mains sagement posées sur les genoux.

— Ma plainte est contre Govindin, pas contre votre mari.

— Alors, pourquoi c'est mon mari qui est en prison ?

— Il est en prison parce qu'il voulait quitter le territoire français alors qu'une opération frauduleuse était en cours.

La femme de Ganesh fut reprise de sanglots.

— Je ne comprends pas... Je ne comprends pas...

— Écoutez-moi, dit Hurel. Votre mari – parce qu'il y était contraint ou parce qu'il était naïf – s'est fait manipuler par Govindin.

Il expliqua posément :

— Govindin pensait réussir une opération formidable, toucher trois fois la mise. Une fois en accaparant les 2,4 millions d'euros qui nous revenaient, une deuxième fois en se déclarant en faillite pour ne payer aucun fournisseur, une troisième fois en revendant l'entreprise. Votre mari a été placé en première ligne pour effectuer la manœuvre, mais je l'ai déjouée et votre mari paye pour un autre…

Madame Ganesh s'effraya.

— Il va rester en prison ?

— Je suis venu vous voir pour ça, la rassura Hurel. La justice française s'est tournée vers la justice de votre pays et Govindin a été contraint de nous retourner les 2,4 millions d'euros qu'il nous avait pris. C'est un premier point positif. L'avocat de votre mari va demander sa libération conditionnelle et il y a toutes les chances pour qu'il l'obtienne. C'est le deuxième point positif. Votre mari sera libre mais il ne pourra pas quitter le territoire français tant qu'il n'y aura pas eu de jugement.

Hurel se tourna vers les enfants et revint vers la femme de Ganesh.

— Vos enfants sont scolarisés ici ?

— Oui, répondit-elle timidement.

— Vous comptez repartir à Dehli ?

— Pas sans mon mari !

Hurel hocha la tête, bien sûr, il comprenait.

— Je crois que le mieux serait, en effet, qu'ils finissent leur année scolaire et que vous repartiez quand tout cela sera terminé…

Madame Ganesh se mit à trembler.

— Je ne peux pas rester ici !

— Pourquoi ?

— Je n'ai pas d'argent. Je n'ai rien. Je ne connais personne…

Hurel lui fit signe de l'écouter.

— Pour le logement, nous avons un accord avec Appart'hôtel. Nous prenons en charge la location. Jusqu'à ce que vous trouviez un appartement…

Il sortit de la poche intérieure de son veston une enveloppe qu'il lui tendit.

— Tenez, dit-il. Il y a 2 000 euros, ça vous permettra de voir venir…

Utile

L'Enfant-Loup ferma le garage en tirant et verrouillant le grand rideau métallique. Il se dépêcha d'enfiler sa combinaison de la Brigade du rire sur la sienne et, sous le masque de Joyeux, descendit dans le bunker informer Ramut d'une décision importante.

— J'ai deux nouvelles pour vous, dit-il aussitôt, une bonne et une mauvaise. La bonne, c'est que notre carnet de commandes est plein, la mauvaise, c'est qu'il va falloir augmenter votre rendement. Nous avons une grosse commande à honorer…

Ramut stoppa la perceuse.

— À honorer à qui ?

— À un client pardi !

— Un client ?

L'Enfant-Loup crut que Ramut se moquait de lui. Il prit sa question à la blague.

— Un client ! Vous savez ce que c'est qu'un client ? C'est quelqu'un qui achète ce que vous produisez…

— Vous avez des clients ?

Le visage de Ramut était rouge, ses bras crispés, sa voix tremblait. L'Enfant-Loup s'inquiéta.

— La tête vous lâche ou quoi ? Bien sûr qu'on a des clients ! Et pas qu'un seul !

— Ça veut dire que ce que je fais sert à quelque chose ? demanda Ramut, comme frappé d'imbécillité.

— Qu'est-ce que vous racontez ? Si ce que vous faites ne servait à rien, pourquoi croyez-vous que nous vous le ferions faire ?

— Pour me rabaisser.

L'Enfant-Loup refusait d'entendre ce genre de connerie.

— Ça va pas la tête ! On ne rabaisse personne en le faisant travailler !

Il invectiva Ramut :

— Pour qui nous prenez-vous ?

Et, plus placidement :

— Vous travaillez et comme travailleur vous avez droit à notre respect.

Ramut, mal à l'aise, passa sa langue sur ses dents, se frotta le front où perlaient trois gouttes de sueur, demanda timidement comme s'il parlait à travers du coton :

— Vous gagnez vraiment de l'argent avec mon travail ?

L'Enfant-Loup rétorqua d'une voix dure :

— Vous croyez qu'on vous paierait à rien foutre ?

Ce fut comme une gifle.

Ramut se mordit les lèvres, ses jambes flageolèrent. Il s'appuya à la perceuse, plaqua sa paume sur sa bouche, luttant contre une émotion qui le débordait et, soudain, il se mit à sangloter, couvrant le visage de ses mains : « Ça sert à quelque chose… ça sert à quelque chose… » Secoué de spasmes, il pleurait comme une madeleine, pleurait comme une fontaine, pleurait, pleurait, pleurait… L'Enfant-Loup, pris dans cet orage d'émotions, noyé sous ce torrent de larmes, ne savait plus quoi faire, plus quoi dire, partagé entre une extraordinaire envie de rire et un dégoût profond pour cet homme capable de s'apitoyer uniquement sur lui-même.

Mari

Cela faisait à peine une heure que Betty avait pris son service au Restauroute lorsqu'elle vit entrer un homme dont la silhouette lui était familière. Elle hésita à reconnaître son mari. L'homme portait une barbe abondante, négligée ; ses cheveux ressemblaient à de la vieille étoupe grise, sale, emmêlée. Ses vêtements avaient l'air de ne pas avoir vu le teinturier depuis longtemps. Son pantalon de costume tire-bouchonnait, sa veste fripait aux coudes… Betty remarqua qu'il n'était pas chaussé de mocassins ou de chaussures légères mais de solides brodequins achetés un été lorsqu'ils avaient fait le GR20 en Corse. Elle ne s'approcha pas de lui. Elle attendit qu'il se serve un café à la machine et aille s'asseoir pour tenter de deviner avec quelle voiture il avait pu arriver jusque-là. Il n'y en avait que quatre sur le parking : deux breaks commerciaux, une Volvo et une grosse Renault. Aucune ne lui parut pouvoir appartenir à son mari. Elle en déduisit qu'il avait dû arriver en stop. Que faisait-il ? Est-ce qu'il la cherchait ? Que voulait-il ? Que s'était-il passé pour qu'il se laisse aller ainsi ? Où allait-il ?

Betty n'en finissait pas de s'interroger.

Elle vint une première fois débarrasser la table à côté de l'homme en s'arrangeant pour ne jamais lui faire face. Puis une deuxième fois pour nettoyer et asperger le formica d'un produit lustrant. Mais la tentation était trop forte. Elle s'approcha de lui dès qu'il eut terminé son café.

— Vous permettez ? demanda-t-elle, avant d'enlever son gobelet et passer un coup d'éponge sur la table

L'homme répondit par un grognement sans même lever les yeux. L'avait-il reconnue ? Betty était aussi méconnaissable que son mari. Elle portait l'uniforme du Restauroute, calot, chasuble et pantacourt café-crème ; elle était devenue très blonde, cheveux longs serrés en chignon ; elle se maquillait les yeux d'un noir charbonneux et se peignait la bouche d'un rouge sanglant. Les camionneurs adoraient son look de pin-up de magazine ! Elle avait pris un peu d'embonpoint, de la fesse et du ventre, ce qui n'était pas pour déplaire à Jacky, son patron, dont elle continuait de partager le lit.

À minuit, l'homme était toujours assis à la même place sans avoir rien consommé d'autre qu'un café. Tous les clients étaient partis, lui seul demeurait, tête basse, devant sa table vide. Jacky se glissa derrière Betty.

— Tu le connais ?

— Non, pourquoi ?

— Tu le mates depuis tout à l'heure, tu lui tournes autour…

Betty haussa les épaules.

— Tu trouves pas ça bizarre un type qui se trimballe en costume de communiant avec des chaussures de montagne et une écharpe qui a l'air d'avoir été tricotée par sa mère ?

— C'est un paumé, dit Jackie.

— Tu crois qu'il va prendre racine ?

— J'en sais rien. Je vais aller lui parler.

— Pourquoi ?

— Comme ça… Je vais lui demander s'il veut boire autre chose, s'il veut manger un truc, où il va, comment il y va… Enfin, tout ce qu'on peut demander à un paumé. À cette heure-ci, j'aime mieux savoir à qui j'ai affaire.

Betty tourna les talons.

— Bon courage ! Je vais prendre l'air. C'est ma pause.

Comme toutes les nuits, Betty s'éloigna des néons du restaurant pour aller au bout du parking, le plus loin possible de la station-service. Elle accueillit l'obscurité avec bonheur sans jamais se retourner pour voir ce qui se passait à l'intérieur du self ni près des pompes. Ce type qui ressemblait à son mari ; qui portait le costume que son mari portait lors de leur mariage ; qui avait autour du cou l'écharpe qu'elle avait tricotée pour un de ses anniversaires ; qui avait aux pieds ses chaussures de randonnée, celles qu'il n'avait pas ôtées quand ils avaient fait l'amour dans la lande corse, neuf mois avant la naissance de leur fils aîné, était-ce cet homme qui avait été instituteur, employé de banque, mari, ou un de ces rêves dont elle n'arrivait pas à se défaire ? Elle s'étonnait qu'une même personne puisse être soudain si différente que ses proches devaient faire un effort pour relier entre eux deux aspects, deux allures mais surtout deux personnalités opposées, comme si l'une avait accouché de l'autre et voulait désormais ignorer l'œuf dont elle était sortie. Mais ce qu'elle méditait sur son mari s'appliquait encore mieux à elle ! pensa-t-elle.

Et cette idée l'amusa…

Betty appréciait la douceur de l'air nocturne.

C'était pour elle une eau de jouvence. Si elle avait osé, elle se serait entièrement déshabillée pour en sentir les bienfaits sur sa peau nue. Elle prit une profonde inspiration, comme si elle voulait absorber toute la noirceur qui l'entourait et devenir elle-même noirceur dans la noirceur, invisible, intouchable. Chaque jour, elle attendait cette pause au milieu de nulle part avec tant d'impatience qu'elle devait ruser avec elle-même pour ne pas s'y précipiter une heure en avance. Là – et seulement là –, elle se sentait pleinement affranchie de son passé, délivrée de l'angoisse du futur. Elle aurait pu s'envoler, disparaître dans les nuages, se fondre dans la matière même du ciel. Rien ne pouvait l'atteindre, la contraindre. Elle vivait hors de tout dans un éther produit par ses rêves.

Prenant appui sur ses talons, Betty se balançait doucement d'avant en arrière, avec cette oscillation distraite qu'on a dans la solitude. Être seule l'autorisait à divaguer. À quoi pensait-elle ? À cet *Home Sweet Home* émaillé qui avait longtemps décoré sa cuisine ? À ses errances où chaque pas l'encourageait à en faire un autre ? Au lit de Jacky où elle s'abandonnait sans remords ? Les heures d'amour volées avec Kol sur son canapé demeuraient les seules images d'un avant où, rêve après rêve, sa mémoire avait tout drapé d'un catafalque. Kol n'était plus pour elle qu'une forme indécise qui flottait comme une nuée mais, en même temps, quand le sommeil la fuyait, malgré la fatigue, il suffisait qu'elle invoque son nom pour que son souvenir l'étreigne aussi puissamment que s'il avait été couché sur elle.

Elle qui avait été si tendue, si nerveuse, était maintenant d'une impassibilité parfaite devant tout ce qui lui arrivait. L'urgence avait disparu de son horizon. Elle prenait, disait-elle avec gourmandise, la vie comme elle vient. Toutes portes ouvertes, elle se gorgeait du meilleur et laissait le reste disparaître dans les égouts.

Betty hésitait : devait-elle faire comme Jacky et aller parler à cet inconnu qui avait été son mari ? Devait-elle partir droit devant et aller le plus loin possible de peur que ce passé qui la poursuivait la rattrape et la ramène de force à une vie qu'elle haïssait ? Elle scruta la nuit pour y lire une réponse et échafauder un plan. Elle voyait des formes étranges dans le noir, des êtres sortis de la lumière des phares qui brillaient au loin, des reflets qui prenaient corps, des anges de papier ou de plastique qui ondulaient portés par le vent. Betty voulut allumer une cigarette pour se donner le temps de la réflexion. Elle gratta une allumette mais la flamme s'éteignit aussitôt, une deuxième, une troisième…

Il était temps qu'elle rentre.

L'homme n'était plus là lorsque Betty revint au Restauroute.

— Ça y est, il est parti ? demanda-t-elle à Jacky, jetant un coup d'œil alentour pour voir s'il ne traînait pas du côté des journaux ou des toilettes.

— Pedro descendait à Hendaye. Il l'a pris dans son camion…

— Tu lui as parlé ?

— Un peu.

— Qu'est-ce qu'il a dit ?

— Du grand classique : une femme qui s'en va, des enfants qui ne veulent plus vivre avec lui, un deuil, la déprime, l'alcool, la perte de son emploi, des dettes encore des dettes et puis plus rien, la rue, la route…

— C'est tout ?

— Non, il est aussi convaincu que la troisième guerre mondiale est commencée.

— Ah ?

Betty n'avait pas besoin d'en entendre plus. Elle connaissait la théorie de son mari sur les Américains, bigots, impérialistes, ces assassins sans scrupules qui s'érigent en gendarmes du monde et le précipitent dans l'abîme. Elle retourna près du bar pour nettoyer l'évier et ranger les verres. Jackie l'attrapa par un bras.

— Il m'a dit aussi que vous aviez été mariés pendant quinze ans.

Nurith

Une semaine plus tard, trois lettres arrivèrent : une pour Isaac, deux pour l'Enfant-Loup. Celle pour Zac venait d'Israël. À l'intérieur, il n'y avait qu'un simple carton blanc marqué de l'adresse de Nurith à Zikhron Yaakov suivie d'un simple « Viens ! » au-dessus de la signature.

Le jour même Zac prit le premier avion pour Tel-Aviv où il débarqua un peu avant minuit. Il fit le voyage en car de Tel Aviv à Zikhron Yaakov de bonne heure le lendemain matin. La route lui parut longue, sans attraits. Il s'égara un peu de l'arrêt devant une épicerie jusqu'à la maison de Nurith mais il finit par trouver, râlant contre son manque consternant de sens de l'orientation.

Après avoir hésité, Zac sonna – un carillon sur trois notes. Nurith vint ouvrir, vêtue d'une robe noire légère. Ils restèrent figés l'un devant l'autre, ne sachant s'ils devaient se serrer la main, s'embrasser, se parler mais en quelle langue ? Zac tendit la boîte de calissons d'Aix qu'il avait apportée.

— Tiens, ce n'est pas grand-chose, mais…

— Entre, lui dit Nurith en s'écartant.

— Tu es sûre ? s'inquiéta Zac, voyant qu'elle avait pleuré.

— Entre, répéta Nurith. Je suis bouleversée parce que je viens de voir une vidéo sur Internet. L'armée a tué un jeune Palestinien près de Nazareth. Ils lui ont tiré dans le dos et l'ont laissé se vider de son sang dans leur camion…

— Et ça a été filmé ?

— Oui.

Passé le vestibule dallé de pierres blanches, le salon était une double pièce dont un côté s'ouvrait sur un jardin ; tous les murs étaient couverts de livres, une immense bibliothèque. Celle de Silverstein ?

Nurith invita Zac à s'installer au jardin.

— J'ai préparé du thé, dit-elle, mais tu as peut-être envie d'une bière ou de quelque chose de plus fort ?

— Non, non merci. Du thé, c'est parfait…

— Installe-toi, j'arrive.

Zac s'assit sur un fauteuil en plastique aussi laid que confortable. Il y avait de la véritable citronnade sur la table avec des tranches de pain d'épice, un petit pot de pistaches et des dattes confites. Le jardin était magnifique, très vert, avec des citronniers, des orangers et deux grands figuiers qui dépassaient le toit de la villa. Il se dégageait du lieu un calme étonnant à peine troublé par le clac-clac des tuyaux de l'arrosage automatique et un vent léger qui faisait bruisser les arbres.

— Paradisiaque, murmura Zac pour lui-même.

Nurith revint avec la théière et les tasses sur un plateau.

Elle fit le service sans quitter Zac des yeux.

— Je ne remercierai jamais assez Rachel d'être venue me voir, commença Zac en soufflant sur son thé. Depuis que je sais qu'elle existe, tout semble s'éclairer dans ma vie…

Zac s'en voulait de parler de lui.

— Je suis désolé pour ton mari, reprit-il en s'excusant de ne pas l'avoir dit plus tôt. J'ai lu ses livres que j'admire beaucoup et j'admire aussi son courage.

Il baissa la tête, essuyant une goutte de sueur.

— Je ne peux pas en dire autant de moi…

Nurith posa sa main sur la main de Zac. Elle était belle, bronzée et sa crinière blanche lui conférait un quelque chose de royal qu'elle feignait de négliger.

— Tu ne t'es pas demandé pourquoi je voulais te voir ?

— Non. Si, balbutia Zac. J'ai pensé que…

— Je veux quitter Israël, annonça Nurith d'une voix douce.

Zac ne trouva rien à répondre, stupéfait.

— Je veux retourner en France, continua Nurith. Après la mort d'Aaron, ça n'a plus aucun sens pour moi de rester dans ce pays. Je n'en peux plus de ce qui se passe. Israël n'a pas été créé pour ça.

— Pour quoi ?

— Pour mettre en place un régime d'apartheid. Pour se soumettre à un gouvernement aux ordres des religieux d'extrême droite. Ce gouvernement corrompt toutes les valeurs sur lesquelles Israël s'est bâti : le socialisme, la laïcité, l'idée que la paix doit toujours avoir raison de la guerre. Mes parents se sont battus pour ça, je me suis battue pour ça et Aaron encore plus que moi. Je ne peux plus supporter ces colons avec leurs kippas bleu et blanc et leurs boxer-shorts. Ils voient Israël comme leur propriété et sont prêts à massacrer au nom de leur dieu vengeur.

Nurith reprit son souffle :

— La guerre que nous menons aux Palestiniens est injuste, immorale, meurtrière, déclara-t-elle comme elle l'avait fait tant de fois dans des meetings. Elle nous conduit vers le néant. Chaque fois qu'Israël massacre des Palestiniens, il crée de nouveaux terroristes. Il suffit de voir les visages des enfants des territoires occupés, ceux dont les parents sont tués par l'armée, les maisons détruites par les bombardements, pour comprendre qu'ils se jurent de rendre œil pour œil, dent pour dent et, d'une certaine manière, je les comprends.

Zac avala sa salive.

— Tu les comprends ?

— C'est horrible mais je les comprends. Si j'étais à leur place, je choisirais la mort plutôt que la vie infâme qui leur est promise.

Nurith soupira.

— Tu vois, il est urgent que je parte…

Zac hocha la tête, il comprenait.

— Avec Aaron, expliqua Nurith, nous avons lutté tant que nous avons pu pour la paix. Il y a laissé sa vie et si je reste j'y laisserai la mienne.

— Tu es menacée ?

— Être pour la paix, c'est désormais considéré pour beaucoup comme une trahison. Je reçois des coups de fil anonymes, des mails injurieux, on a tagué « Traîtres » sur notre maison.

Nurith avala une gorgée de thé.

— Je hais le Hamas, mais je déteste tout autant l'occupation israélienne en Cisjordanie. Israël doit se retirer de Cisjordanie pour continuer à exister en tant qu'État démocratique juif. Aaron l'écrivait et je le soutenais de toutes mes forces en militant avec B'Tselem ou Yesh Din. Aujourd'hui, pointer du doigt la laideur et l'injustice de l'occupation suffit pour être un traître.

Nurith sentit des larmes pointer sous ses paupières mais elle les réprima.

— Ce qui me fait le plus mal, dit-elle en retrouvant son calme, c'est de voir qu'une majorité d'Israéliens préfère fermer les yeux sur les crimes de l'armée. Pour eux, les Arabes ne sont pas des êtres humains. Ils ne seront jamais des égaux, jamais.

Elle soupira :

— Dès le jardin d'enfants, on les conditionne. On leur inculque l'amour de l'armée israélienne. Ils doivent la voir comme une institution sacrée. On leur fait faire des dessins ; on leur fait envoyer des colis à ceux qui sont mobilisés.

— Rachel est passée par là ?

— Hélas oui, même si Aaron et moi on a tout fait pour que cela ne l'imprègne pas profondément.

— Elle a fait l'armée ?

— Vingt-deux mois. Dieu merci, elle était au secrétariat d'un hôpital militaire. Pas sur le front. Tu connais Yonathan Shapiro ?

— Non, qui c'est ?

— Un ancien pilote d'hélicoptère mis au ban de l'armée pour avoir dénoncé la politique d'apartheid du gouvernement. Il a dit une chose très juste que je n'ai jamais oubliée : « Les garçons et les filles qui refusent de servir cette armée sont comme des nénuphars flottant sur les eaux sales d'un marais d'obéissance et d'ignorance. »

Nurith soupira à nouveau :

— J'aurais aimé que Rachel fasse partie de ces garçons et ces filles capables de dire non…

Ils se turent.

— Tes parents sont décédés ? demanda Zac, attrapant une poignée de pistaches.

— Oui, quatre ans après la naissance de Rachel. Je n'ai plus que ma sœur aînée qui vit en France, près de La Ferté-Saint-Aubin. Je compte aller chez elle. Elle est veuve comme moi…

— Elle n'était pas ici avec toi ?

— Non, elle n'a jamais voulu. Elle était fâchée avec mes parents. Pour elle Israël et l'Amérique, c'était l'impérialisme triomphant, le capitalisme, l'horreur. Elle s'est mariée avec un professeur d'histoire qui a fait un bouquin formidable sur la bataille de Koursk, quand les Russes ont vraiment gagné la guerre. Je l'ai traduit pour qu'Aaron puisse le lire. Ça a été plutôt mal accueilli parce qu'il défendait l'idée que c'étaient les Russes qui avaient vaincu les nazis. Que le débarquement américain avait été très important et spectaculaire, mais pas aussi déterminant que les victoires sur le front de l'Est.

Zac but un verre de citronnade et s'éclaircit la gorge :

— Nurith, je veux te dire que…

Elle l'interrompit.

— Oublie « Nurith », dit-elle, amusée, c'est mon deuxième prénom, celui de ma grand-mère maternelle. En France – ne ris pas –, c'était et ce sera Claudine. Claudine Bernard… Il faudra t'y faire.

— Pourquoi changer ?

— Ici je suis Nurith mais ce qui se passe salit mon nom chaque jour et finira par le noyer sous un torrent de boue… Nurith, c'est mon trésor, ma vérité, je dois le protéger.

Zac s'épongea le front.

— Rassure-moi, dit-il. Rachel s'appelle bien Rachel ?

Nurith ne put s'empêcher de remarquer en riant :

— Comme ton autre fille !

Et, les yeux brillants :

— Souviens-toi, c'est le prénom que nous avions choisi pour notre première fille…

Zac sentit ses épaules s'affaisser, son menton trembler, il ferma les yeux comme s'il pouvait cacher sa honte.

— Je ne sais pas comment tu pourrais me pardonner.

— Zac ! Nous ne sommes pas chrétiens ! s'exclama Nurith. Ce n'est pas la peine de me sortir des conneries pareilles !

— J'ai été vraiment salaud.

— Et moi vraiment conne, comme ça nous sommes à égalité.

Une question tarabustait Zac.

— C'est vrai que j'étais ton premier ? demanda-t-il en se tortillant sur sa chaise.

— Ne me dis pas que tu as oublié qu'on a dû brûler les draps dans l'incinérateur ?

Zac se leva d'un bond comme un diable sortant de sa boîte.

— Ah si, quel bordel ! Ah oui, les draps ! Oh là là !

Et, emporté par l'émotion :

— Toi aussi, tu sais, tu étais ma première...

Plus tard

Ils avaient fait l'amour comme si le temps n'avait pas eu prise sur eux. Ils s'étaient connus crevettes aux os saillants, aux muscles durs et maintenant leurs corps devenus ronds et doux ressemblaient à ces grosses peluches que les enfants cajolent. Nurith voulait que Zac reste sur elle. Elle s'en fichait de son poids. Il ne l'étouffait pas, il la couvrait avec tendresse, avec chaleur.

Encore plus tard

Zac et Nurith reposaient dans la pénombre de la chambre, allongés l'un près de l'autre, se tenant par la main. Zac, comme s'il venait de faire un rêve, raconta une séquence du film de Schlesinger *The Day of the Locust*. C'était pour lui la métaphore parfaite de ce qui se passait en Israël.

— Le film n'a rien à voir avec ici, précisa-t-il, ça se déroule à Hollywood. Là, au milieu de paumés qui tous veulent faire du cinéma, il y a un enfant-star insupportable qui s'appelle Adoré. Ça ne s'invente pas. Et cet affreux gosse passe son temps à faire des grimaces, des pieds de nez, à insulter tous ceux qu'il croise, à leur faire des gestes obscènes. Une nuit de grande première, il rencontre Donald Sutherland, le plus paumé des paumés, assis sur un banc. Adoré s'en donne à cœur joie, tout son répertoire de grimaces et d'insultes y passe jusqu'à le traiter d'espion « nazi ». Soudain, Sutherland – qui dans l'histoire est un personnage timide, apathique, craintif – s'emporte, course Adoré, le coince dans un parking et le tue à coups de talon !

— Dans un film américain ?

— Oui, certifia Zac, dans un film américain.

Et, glissant sa main sous les fesses de Nurith :

— Tu vois, pour moi, c'est Israël et les Palestiniens. D'un côté un enfant insupportable mais ne disposant que des moyens d'un enfant, de l'autre un adulte fort comme un Turc, incapable de maîtriser la violence qu'il porte en lui.

— J'aimerais bien voir ce film, murmura Nurith, se laissant porter par la langueur qui l'envahissait.

Zac se pencha pour l'embrasser.

— Je vais vendre mon appartement, promit-il en lui caressant un sein, en donner la moitié à ma Rachel de Paris pour qu'elle se trouve quelque chose puis, lui caressant l'autre sein, j'achèterai quelque chose où tu pourras venir vivre avec moi.

Il empêcha Nurith de protester.

— La Ferté-Saint Aubin, ce n'est pas un endroit pour toi.

Deux lettres

L'Enfant-Loup avait reçu deux lettres. La première venait d'Australie, la seconde de Cachan, dans la banlieue parisienne. Il confia le garage à Kol et sous prétexte d'aller faire de la comptabilité, s'enferma dans son bureau.

— Je ne suis là pour personne ! cria-t-il, claquant la porte.

L'Enfant-Loup posa les deux enveloppes devant lui pour les observer comme s'il s'agissait de deux bombes ou de deux membres coupés. Il ne savait laquelle ouvrir en premier. Il resta un moment face à elles, tourmenté par son indécision, et se releva en jurant : « Merde ! Merde ! Merde ! » L'Enfant-Loup fit les cent pas dans son bureau, aussi préoccupé que s'il devait répondre dans la minute à une convocation de la police ou de la justice. Il passa la main sur le dos des dossiers de commandes soigneusement alignés sur une étagère, changea la date du calendrier et ôta un pull qui traînait sur le fauteuil pour le ranger dans son armoire. Il devait se décider, cela ne servait à rien de tergiverser ni d'essayer de penser à autre chose. L'Enfant-Loup revint s'asseoir, toujours hésitant, toujours la mine renfrognée devant ces deux enveloppes qui le narguaient. Finalement, il choisit d'ouvrir la plus grande. Elle contenait un tirage photo accompagné d'une lettre manuscrite à l'encre bleue.

Cher Monsieur, pardon d'avoir mis du temps à vous répondre mais mon magasin est fermé depuis plus de vingt ans, je suis vieux et mes archives ne sont pas classées comme elles le devraient. Je me souviens parfaitement de cette séance avec les sœurs Montcalm. C'est le pire souvenir de ma vie. Je n'ai jamais osé prendre contact avec les parents ni leur faire parvenir les photos prises avant le drame. J'ai fait un tirage de celle que vous me demandiez. Il n'est pas bien fameux mais c'est l'instant terrible où cette pauvre gamine a basculé à la renverse. Je ne sais pas si cela vous aidera ou aidera ses sœurs. Je tiens le négatif à votre disposition. Vous en ferez ce que bon vous semble, le garder ou le détruire. Recevez, cher Monsieur, mes salutations distinguées.

La photo montrait Dorith et Muriel enfants, endimanchées, les cheveux frisés tenus par des rubans, sagement assises sur une banquette et, à côté d'elle, une forme floue où l'Enfant-Loup reconnut une jupe qui volait, un panty blanc, un bras en l'air, un corps tombant en arrière. Les deux sœurs ne lui avaient pas raconté d'histoires, elles étaient bien trois à la naissance et la troisième était morte. Il s'accouda, la tête entre les mains, incapable de détacher son regard de la photo. Pourquoi avait-il voulu la retrouver ? Pour voir ce que personne n'avait vu, pas même le photographe avant de tirer le cliché ? Pour se confronter à une image de la mort ? À cet instant précis où l'être bascule de la vie au néant, comme s'il avait pu voir sa mère emportée dans un rêve sans début ni fin. Cette image ne lui appartenait pas. Elle lui brûlait les doigts, les yeux, le cœur. Il avait honte de l'avoir recherchée et ne savait qu'en faire. Devait-il l'oublier, la brûler comme le suggérait le photographe ou la donner à Dorith et Muriel ? Il la glissa dans le tiroir de son bureau, remettant sa décision à plus tard.

L'autre lettre était de Franck, son frère qui vivait en Australie et n'avait donné aucune nouvelle depuis des lustres.

Cher frangin,

Je ne t'ai jamais écrit depuis toutes ces années parce que je ne pouvais pas le faire et que je ne voulais pas le faire. Tu vas hurler mais je croyais que tu avais assassiné Anne-Marie et sa fille. Je me trompais salement. La semaine dernière, cette femme (Anne-Marie Vieux) a pris contact avec moi via Facebook : elle n'est pas morte, elle est retraitée de l'Éducation nationale et sa fille tient un salon de coiffure dans le sud-ouest de la France. Elle est mariée et mère de trois enfants. Nous avons été deux idiots, deux crétins débiles. J'avais lu comme toi l'annonce du double assassinat dans le journal et j'ai compris que tu me soupçonnais d'en être l'auteur comme je croyais que c'était toi. Nous nous sommes conduits comme des cons, surtout moi, incapables de faire face à ce qui nous arrivait. J'ai préféré mettre les voiles avant que ça me retombe dessus comme complice. Ç'aurait pourtant été simple de nous parler, de connaître l'identité des victimes et éviter de nous punir d'un crime que nous n'avions pas commis. Voilà, je voulais te dire ça, te dire que je regrette beaucoup. Tu m'excuseras si c'est écrit un peu n'importe comment mais je ne parle plus jamais en écrit français.

J'espère que nous nous reverrons un jour.

Franck.

P.-S. : Tu peux regarder sur Facebook.

L'Enfant-Loup secoua la lettre devant lui, il avait besoin de s'éventer. Quand il avait lu l'annonce de l'assassinat des deux femmes, il s'était persuadé de la culpabilité de son frère ; de façon parfaitement symétrique, son frère avait imaginé que c'était lui l'assassin. C'était donc comme cela qu'ils se voyaient ? Deux frères, deux criminels ? L'idée le blessait. D'un côté, elle confirmait que ce n'était pas pour rien qu'on les appelait les siamois quand ils étaient jeunes. Ils agissaient, pensaient, réagissaient toujours comme s'ils n'étaient qu'un. De l'autre, ils portaient en eux quelque chose d'infiniment dangereux, la malédiction de Caïn, qui faisait du frère un ennemi dont il fallait se défendre.

Alexandre s'inquiétait. Depuis quelque temps Fab s'était mise à boire. D'abord pour se distraire, puis pour se consoler ; puis pour rien, boire pour boire et c'était tout… Alex désertait désormais le petit deux pièces prêté par son ami américain. Il retrouvait Fab directement chez elle, sauf quand son fils était là pour le week-end ou de petites vacances. Elle lui avait ménagé de la place dans le dressing en se débarrassant d'une partie des vêtements de son mari qu'elle avait offerts aux Orphelins d'Auteuil.

Loin de les libérer, l'absence de Ramut les emprisonnait jour après jour. Ils ne jouaient plus en faisant l'amour, ils s'observaient ; ils ne s'étreignaient plus, ils s'empoignaient ; ils s'accouplaient avec rage, mais sans envie. Ce n'était plus deux amants qui se retrouvaient en cachette mais un couple qui voyait le désir s'éloigner inexorablement, le plaisir disparaître sous les récriminations, l'amertume, surtout depuis qu'Alex avait pris la direction de *Valeurs Françaises*

L'article sur les plagiats d'Alex parut dans *Le Canard* sous le titre « SOS fantômes », rappelant les précédents : Alain Minc, Jacques Attali, Bernard-Henri Lévy, Patrick de Carolis, Joseph Macé-Scaron, Henri Troyat… Il détaillait avec précision ce qu'Alexandre avait recopié sans vergogne dans les livres de Ramut ou dans ses anciens éditoriaux. La comparaison était accablante, la méthode scientifique, Sandra avait bien travaillé. Alex, à cran, ne décolérait pas.

— Quelqu'un me veut du mal !

Fab lâcha d'un ton désabusé :

— Calme-toi, ça n'a aucune importance, et elle jeta le journal sur une table basse.

— Merde, Fab, tu as lu ce qui est écrit ? « Camiri vendredi, dimanche copiera. Pourquoi se gêner ? Le plagiat est désormais une valeur française, un genre littéraire à part entière pour nos élites… »

— Et alors ? Ces connards de journalistes peuvent bien écrire ce qu'ils veulent, qu'est-ce que ça change ? Rien. Regarde ceux qu'ils citent : Attali, Minc et les autres… Ils sont toujours en place, toujours écoutés, toujours fêtés par les radios et les télés. Ça glisse comme l'eau sur les plumes du canard !

Fab s'amusa de sa remarque et se servit un fond de gin pour se récompenser. Alex ne l'écoutait pas.

— J'aimerais bien savoir quel est le salopard qui a balancé ça ! dit-il en la fixant.

— Tu ne vas pas recommencer ? Tu crois que c'est moi ?

Alex se calma. Non, bien sûr, ce n'était pas Fab, ce ne pouvait pas être elle. Elle se foutait de ce qu'il écrivait et n'en lisait jamais une ligne !

— Non, je sais que ce n'est pas toi, dit-il en lui souriant.

— Qui alors ?

— Je ne sais pas. J'avais engagé Mélard mais ça n'a mené à rien…

— N'est pas Sam Spade qui veut.

— Il est convaincu que Ramut est mort.

— Je sais, les flics aussi, ricana Fab. Ils ont même cru que nous y étions pour quelque chose.

— C'est impossible qu'il soit mort. Un chien comme Ramut est increvable.

— Il serait passé où ? Avec sa pute ? Ça coûte, ce genre d'escapade. Or il n'a pas tiré un centime sur sa carte de crédit et j'ai fait opposition sur tous ses comptes.

— J'en sais rien, peut-être qu'il avait du fric planqué ailleurs. En tout cas, je suis certain qu'on ne sera pas tranquilles tant qu'on n'aura pas le fin mot de l'histoire. Pour l'instant c'est un « *cold case* », une affaire non résolue…

— Ton détective est toujours dessus ?

— Il a voulu tenter un dernier truc, mais c'est tout.

— Ah oui, quoi ? Il est parti à Moscou ce débile ?

— Non, son histoire de Russes, c'étaient des conneries. Ramut ne préparait rien là-dessus ou alors dans le secret. Plus sérieusement, Mélard a suivi la piste de la blonde dont le signalement correspondait à celle qui a été vue avec Ramut au Touquet. Mais il n'a rien trouvé d'autre que ce que les gendarmes et la police judiciaire savaient. La fille travaille dans une boutique de fringues, fait l'actrice et s'est acoquinée avec un producteur véreux qui n'a rien de mieux à lui offrir qu'un week-end dans le Nord avec d'anciens sportifs.

Alex lissa ses cheveux des deux mains comme chaque fois qu'il était embarrassé.

— J'ai une idée qui vaut ce qu'elle vaut, mais bon…

— Une idée sur quoi ?

— Sur qui est derrière tout ça : la disparition, la diffamation, les fausses pistes, tout…

Fab pensait que ce n'était pas vraiment le genre d'Alex d'avoir des idées, mais il l'intriguait.

— Vas-y, je t'écoute. Qui est le grand marionnettiste ?

Il hésita avant de répondre.

— C'est peut-être Ramut lui-même…

Fabienne fit claquer sa langue.

— Tu veux dire qu'il aurait organisé tout le cirque ?

— Il en serait capable.

— C'est complètement tordu ! Pourquoi il aurait fait ça ?

— Un homme jaloux est prêt à tout pour se venger.

— Il aurait monté ce barnum à cause de nous ?
— J'en sais rien. C'est une hypothèse.
Alex développa son idée :
— Il me laisse une place pour que je grimpe une marche puis une autre et, quand je suis en haut du podium, il me tire une balle dans la tête. Comme ça, il se venge de moi et te récupère honteuse et repentante…
Fab éclata de rire.
— Tu es trop mignon. Mais tu oublies le principal !
— Qu'est-ce que j'oublie ? aboya Alex.
— Primo, ce n'est pas une marche que tu grimpes, mais c'est moi ! Et deusio, pour que Ramut soit jaloux au point de mijoter un coup pareil, il aurait fallu qu'il m'aime…
Et, entraînant Alex vers le canapé :
— Et toi, tu m'aimes ?
Alex jura qu'il l'aimait mais qu'il n'avait qu'une heure devant lui et préférait manger plutôt que…
— Il faut que nous nous décidions, déclara-t-il écartant Fab qui avait entrepris de déboutonner sa braguette.
— Toi, tu décides. Moi, je n'ai rien à décider. D'ailleurs, je n'ai pas la tête à ça.
Fab voulut remonter sa robe pour montrer qu'elle n'avait rien en dessous mais Alex l'en empêcha.
Il fallait qu'elle l'écoute !

— C'est simple : ou nous faisons une croix définitive sur Ramut, nous considérons qu'il est mort et qu'il ne réapparaîtra jamais. Nous nous installons ailleurs que dans cet appart et nous repartons de zéro. Ou nous continuons de croire à son retour comme à celui du Ressuscité et, dans ce cas, je crois qu'il vaudrait mieux que nous cessions de nous voir jusqu'à ce que ça arrive.

— T'as quelqu'un ?

— Je n'ai personne ! Tu crois que j'ai le temps ? Je n'en peux plus de cette situation, c'est tout.

— Tu ne baises pas Maïa ?

— Non merci.

— Damien ne disait pas ça…

— Damien ne disait rien du tout. Il était impuissant.

— Tu as peur que ça t'arrive ? persifla Fab, s'offrant un autre gin.

Alex la supplia d'arrêter son numéro de salope cynique, c'était usé, ça ne servait à rien, ça ne menait nulle part.

— Quand il était là, expliqua-t-il, Ramut nous faisait chier. Absent il nous tue !

— Son absence n'a pas que des désavantages pour toi !

— Je ne te parle pas du journal, merde ! tonna Alex. Je te parle de nous.

— Tu me donnes soif à crier comme ça, dit-elle. Tu prends quelque chose ?

— Non, je ne veux rien et tu ferais bien d'arrêter de biberonner. Ce n'est pas une solution.

La bouteille de gin dans une main, son verre dans l'autre, Fab retint son geste.

— D'accord, j'arrête.

Elle dévisagea Alex.

— C'est quoi, ta solution ?

Alex se massa le front et contrôla sa respiration.

— Ou on efface tout, répéta-t-il en détachant chacun de ses mots, et on recommence ; ou on part chacun de notre côté, mais on ne reste pas dans l'entre-deux.

Fab rit de bon cœur.

— On ne peut pas dire que tu restes beaucoup dans mon entre-deux ces temps-ci !

— Tu me fais chier ! Tu m'emmerdes ! J'essaye de te parler sérieusement et tu me réponds comme une pétasse !

— T'es pas drôle ! T'es pas drôle ! T'es pas drôle répéta Fab.

Oubliant sa promesse, elle se servit un généreux verre de gin.

— Si tu veux partir, pars, mais n'essaye pas de te justifier avec des arguments à la con, lança-t-elle. Ça ne m'amuse pas. Je trouve ça blessant, humiliant. À boire comme je bois, je vais peut-être attraper une sale gueule et un cul flasque mais toi, non seulement tu copies tout ce que Ramut a écrit, mais tu as pris sa tête. T'as attrapé une gueule de mari ! Quand je t'écoute, quand je te vois, je vois Ramut, je l'entends et j'ai envie de me jeter par la fenêtre.

Chance

Victoria, sous le masque de Simplet, observait Ramut depuis près d'une heure, sans un mot, sans un souffle, si bien qu'il avait fini par oublier sa présence quand elle toussa.

— Vous êtes encore là ?

— Ça vous dérange ?

— Je m'en fous, dit Ramut, sans ralentir.

Bac de droite, perceuse, bac de gauche
Bac de droite, perceuse, bac de gauche
Bac de droite, perceuse, bac de gauche...

— Vous pouvez partir, je n'ai pas besoin de vous ! Je sais ce que j'ai à faire, grogna Ramut.

— Je réfléchissais, dit Victoria.

— Grand bien vous fasse. Eh bien, allez donc réfléchir ailleurs !

— Vous ne voulez pas savoir à quoi je réfléchissais ?

— Qu'est-ce que ça peut me faire ?

— Ça peut vous intéresser...

Ramut ricana.

— Dites-moi à quoi vous réfléchissiez puisque que vous semblez tant y tenir et foutez le camp !

Bac de droite, perceuse, bac de gauche

Bac de droite, perceuse, bac de gauche

Bac de droite, perceuse, bac de gauche…

— Je me disais que vous aviez de la chance, soupira Victoria.

— De la chance ?

Ramut s'exclama :

— J'ai de la chance ? Ah ça, c'est la meilleure ! J'ai de la chance ?

— Oui, beaucoup de chance…

— Je suis enfermé dans un bunker, je travaille comme un nègre, je mange de la merde et j'ai de la chance, s'esclaffa Ramut. Ah ah ah ! Ça vaudisse ! Ah oui, ça vaudisse !

Victoria hocha la tête.

— S'il n'avait tenu qu'à moi, vous ne seriez pas là.

— Je serais où ?

— Pas là.

Ramut stoppa la perceuse.

— Vous n'étiez pas d'accord avec eux pour m'enlever ?

— Si, j'étais d'accord.

— Et alors ?

— Alors, c'est pour ça que vous avez de la chance. Beaucoup de chance…

— Excusez-moi, mon petit Simplet, mais c'est un peu confus, ironisa Ramut plein de condescendance. Expliquez-moi ça tranquillement, rire me détend.

— Ce n'est pas drôle, répondit gravement Victoria.

— Ah bon ?

— S'il n'avait tenu qu'à moi, vous seriez au cimetière.

Robespierre

Rousseau monta à la tribune de la Société des études robespierristes devant laquelle il avait été convié à prononcer un discours. Il posa ses papiers devant lui et commença d'une voix bien timbrée :

— Le 2 décembre 1792, Robespierre déclarait à la tribune de la Convention : « Quel est l'objet de la société ? C'est le maintien des droits imprescriptibles de l'homme. Quel est le premier de ces droits ? Celui d'exister. La première loi sociale est donc celle qui garantit à tous ses membres les moyens d'exister. » L'homme existe, c'est un fait avant d'être un droit, mais les conditions de son existence sont – pardon de le préciser ! – tout entières régies et conditionnées par la société dans laquelle il vit ; il est à la fois l'acteur et le produit de cette société. Reconnaître aux hommes et aux femmes, en tant que citoyens, d'avoir des droits, c'est leur reconnaître d'abord le droit d'avoir des droits. Le droit d'exercer des droits égaux à ceux de leurs semblables.

Or, dans la société où nous sommes (sans chercher à regarder plus loin que la France aujourd'hui, mais cela vaut pour l'Europe et tout le monde occidental), chaque jour le droit d'avoir des droits est combattu par toutes les forces réactionnaires, la droite au sens large, le patronat, ses organisations, ses affidés, ses hérauts dans les médias. Les sans-droits prolifèrent ; qu'ils soient sans papiers, sans abri, sans travail, sans logement…

Car si, juridiquement, les citoyens ne sont privés de leurs droits qu'en matière criminelle, dans les faits, l'individu que l'accumulation des malheurs, la perte d'un emploi, d'un logement, d'une famille pousse hors de la société se retrouve sans droits, non techniquement, mais pratiquement.

Incapable de faire reconnaître ses droits, de les faire accepter et de les exercer à son profit, cet individu n'a plus le droit d'exister.

Il est, mais il n'existe pas.

Lorsqu'il a utilisé son ignoble expression « la France d'en bas » un ancien Premier ministre français, a parfaitement entériné cette rupture du principe d'égalité, puisqu'il se voyait, lui, de « la France d'en haut », condescendant, penché vers le sol, la terre, la foule indistincte du peuple, des autres, étrangers à sa classe, à son clan, à son parti…

Une fois rompu le principe d'égalité entre les citoyens, une fois admise l'idée de deux réalités sociales et politiques, l'une supérieure à l'autre, une fois acceptée comme naturelle et inévitable la multiplication des injustices : injustice salariale, injustice fiscale, injustice sociale, etc., que voit-on ?

On voit la charité se substituer à l'égalité.

La charité abroge l'égalité.

La charité, c'est la voie de la réaction ; l'égalité celle de la révolution.

Il suffit d'ouvrir les journaux, ou tout simplement de regarder autour de soi, pour constater que les désengagements successifs de l'État – des États –, l'idéologie capitaliste néolibérale, la loi du marché, font qu'en France comme ailleurs la première des lois sociales dont parlait Robespierre, celle de garantir à tous ses membres les moyens d'exister, est vilipendée, stigmatisée, décrétée caduque, obsolète, dépassée. Mais comme il faut, ne serait-ce qu'au nom du maintien d'une paix civile, assurer un minimum de moyens aux citoyens qui sans cela ne pourraient vivre et se révolteraient, petit à petit s'est imposée la pratique d'une charité médiatique se substituant à la nation et à l'État. Comme le disait déjà Roland Barthes, dans *Mythologies*, à propos de l'abbé Pierre : « J'en viens à me demander si la belle et touchante iconographie de l'abbé Pierre n'est pas l'alibi dont une bonne partie de la nation s'autorise une fois de plus pour substituer impunément les signes de la charité à la réalité de la justice. »

À l'idéologie libérale (nom que veut se donner le capitalisme pour faire meilleure figure), celle qui professe que la société n'existe pas, qu'il n'y a que l'individu et sa famille, il faut opposer l'idée du droit d'exister comme un droit imprescriptible, garanti par la loi et non dépendant de la bonne ou de la mauvaise conscience individuelle. Je ne suis pas naïf, cette égalité est un idéal vers lequel nous devons tendre, pas un équarrissage pour tous, ni une utopie totalitaire. Pour dire les choses autrement : tant qu'il y aura de la charité, il y aura de l'injustice ; plus il y aura d'égalité, plus il y aura du droit, plus il y aura de la justice…

Une fois encore, je veux l'affirmer avec force, la France a besoin d'une insurrection des idées, une révolution des consciences, d'une nouvelle nuit du 4 août, pour qu'à nouveau soient abolis les privilèges qui offensent la justice et l'égalité ; pour que plus personne, jamais, n'ait à tendre la main, à s'humilier, à supplier, à réclamer la charité pour exister. Vous me direz que je rêve, que ce n'est que folie, déraison mais, tant pis pour moi ou tant mieux, je crois à la puissance du rêve capable, jusqu'à la déraison, de transformer le monde.

Le discours de Rousseau fut très applaudi, son texte serait publié dans un tiré à part de la revue de la société. On le félicita, on l'entoura, certains étaient déjà capables d'en citer des passages entiers. Le président des études prit la parole pour inviter le conférencier et l'assistance à partager le pot de l'amitié :

– Le bar est ouvert !

Fab, assise au fond de la salle, n'avait pas revu Rousseau depuis ce jour où dans une salle de TP, à la fac, elle s'était offerte à lui et s'était fait éconduire. Une humiliation qui l'avait marquée au fer rouge. Elle se demandait si ce salaud de beau gosse avait conservé la véritable peau de vache qu'elle lui avait adressée le lendemain, par coursier.

Un bel envoi demeuré sans réponse !

Profitant d'un moment où Rousseau se trouvait seul près du buffet, Fab se faufila jusqu'à lui avec le sentiment de se glisser entre les tombes d'un cimetière.

— Vous vous souvenez de moi ?

La surprise était de taille.

— Comment aurais-je pu oublier ? répondit-il, sans perdre son sang-froid.

Et, lui tendant un verre de champagne :

— D'autant que j'ai vu récemment votre photo dans *Valeurs Françaises*…

Fab le remercia d'un sourire, avala sa flûte d'un trait et la reposa.

— Vous lisez ça ? Ce ne doit pas être vraiment votre tasse de thé…

— Quand on enseigne, il faut essayer de tout lire. Ceux avec qui on est d'accord, ceux que l'on combat.

Fab eut une sorte de rictus qui lui tordit la bouche.

— Vous combattez ?

— Oui, dans le champ qui est le mien, à la mesure de mes moyens…

— Vous n'avez pas changé.

Rousseau lui retourna le compliment :

— Vous non plus.

Fab n'allait pas à la pêche aux compliments.

— Puisque vous lisez *Valeurs Françaises*, vous savez que mon mari a disparu, rappela-t-elle. Je suis vierge…

Fab rit nerveusement, quel lapsus !

— Je suis veuve ! dit-elle pour se rattraper.

Rousseau blêmit.

— Votre mari est mort ? s'étonna-t-il en toussant pour se ressaisir.

— J'en sais foutre rien et je m'en fiche !

— Expliquez-moi…

— Vous avez lu le journal ? Il s'est évaporé et personne ne sait où il est passé. Pschittt ! Monté au ciel ou planqué avec une pute, disparu…

Rousseau fronça les sourcils.

— La police enquête ?

— La police s'en fiche autant que moi. Mais ne parlons pas de ça…

Et, se penchant vers lui, presque en confidence :

— J'aimerais mieux qu'on se tutoie.

— Comme tu veux.

Rousseau lui proposa un autre verre que Fab refusa.

— Non, merci, j'ai déjà dit assez de conneries…

Rousseau trempa ses lèvres dans le champagne.

— Qu'est-ce que je peux pour toi ?

Fab, l'air las, l'œil fiévreux, fit une grimace désabusée.

— Trop tard, dit-elle. Tu ne peux plus rien pour moi.

— Vraiment rien ?

— Il fallait me prendre quand j'étais prenable. Maintenant, je ne le suis plus.

— Je ne peux pas le croire.

— Pourtant…

Fab baissa les yeux.

— Tu t'es marié avec la fille que tu fréquentais quand…

— Oui. J'ai deux enfants.

— Je sais, dit-elle, le regardant droit en face. La page Facebook de ton fils est une mine…

Rousseau hocha la tête et vida son verre. Il ne tenait pas à prolonger cette conversation.

— J'ai été heureux de te revoir, dit-il pour conclure aimablement. Tu es toujours une très belle femme.

— Et toi, un très bel homme…

Ils se turent, embarrassés.

— Je quitte la France, annonça brusquement Fab. Je pars au Mexique avec mon fils.

— Pourquoi le Mexique ?

— Parce que c'est loin.

Ses yeux s'embuèrent.

— Tu ne sauras jamais à quel point tu as compté dans ma vie…

Elle tendit la main à Rousseau.

— Je ne voulais pas partir sans te dire adieu. Alors, je te le dis : adieu.

Rousseau lui serra la main mais il n'eut pas le temps d'ajouter un mot, Fab s'éloignait déjà dans le couloir sans un regard pour lui.

Canapé

Toute sa vie, Rousseau avait agi par devoir, par respect, avec mesure, se défendant de tout excès. Sa timidité naturelle le protégeait des tentations. Pour la première fois, il ne fut pas gouverné par la raison mais une émotion pure. Il prétexta n'importe quoi et quitta la réunion robespierriste d'un salut collectif.

Il se lança à la poursuite de Fab.

La rue était déserte. Pas un jogger, pas de ménagère en robe de chambre promenant son loulou de Poméranie. Il pleuviotait. Rousseau ne savait pas si Fab était venue en voiture, à vélo, en métro… Où avait-elle pu aller ? Il partit vers la gauche, renonça, repartit dans l'autre sens et s'arrêta brusquement, haletant et indécis. Fab semblait s'être évaporée dans la nuit. À nouveau, comme un ours balourd, Rousseau fit quelques pas d'un côté puis de l'autre, cherchant à apercevoir Fab derrière le petit rideau de pluie. Mais il n'y avait personne à l'horizon.

Il l'avait perdue, c'était trop tard.

Rousseau jura, cracha, serrant les dents pour ne pas crier. Il s'en voulait d'être à ce point incapable d'accorder ses désirs à sa vie. D'être grand et fort, d'avoir un sourire irrésistible, d'être applaudi par ses amis, admiré par ses collègues ne servait qu'à dresser une palissade, une muraille entre lui et lui. Il n'était qu'un mensonge sur pattes, voilà ce qu'il était ! Il y avait en lui une démesure, un appétit cannibale. Au hand, quand il tirait dans la défense adverse, c'était un volcan qui explosait. Mais, aussi puissants soient-ils, ses tirs ne le seraient jamais assez pour abattre le mur dressé en lui depuis toujours. Ses forces enchaînées le rongeaient en silence. Un jour, il en était sûr, la vérité éclaterait, il se lézarderait et s'effondrerait comme le colosse de Rhodes.

Rousseau allait rebrousser chemin quand il vit Fab traverser au carrefour. Un taxi venait tout juste de répondre à son appel. Elle ouvrait la portière.

— Ne pose pas de questions, dit-il quand il la rejoignit au pas de course.

Il la poussa pour s'asseoir à côté d'elle.

— Ton fils est chez toi ?

— Je vais le chercher demain…

Fab eut juste le temps de donner l'adresse que Rousseau l'embrassait en glissant sa main entre ses cuisses.

Ils firent ce qu'ils auraient dû faire trente ans plus tôt. Ils le firent sans se déshabiller, à la sauvage sur le grand canapé du salon chez Ramut. C'était comme réinventer un rite sacrificiel oublié depuis longtemps. Il n'y eut ni amour ni plaisir. Seulement un grand prêtre exalté et une victime consentante, deux corps acharnés à se venger du passé. Fab émit une longue plainte, pleura dans les spasmes, saigna comme s'il était possible de remonter le temps sous la férule de l'homme qui la pénétrait.

Et ce fut tout.

Pendant que Fab était dans la salle de bains, Rousseau erra dans l'appartement. Être ici, faire l'amour sur le canapé de Ramut avec sa femme lui procurait un délicieux frisson. Il aurait voulu tout vandaliser, tout souiller ; que le sang inattendu de leur étreinte s'imprime sur le cuir blanc d'une marque indélébile. Une chose l'attristait : il ne pourrait jamais raconter cela aux autres ! Ni à Ramut dont il se demandait ce qu'il pouvait faire à cette heure…

Personne ne semblait habiter dans cet appartement, sauf peut-être Fab, et encore pas tous les jours. Rousseau poussa une porte entrouverte. C'était le bureau de Ramut, rangé comme une pièce d'exposition dans un musée. Un mobilier Empire, des bibliothèques vitrées, un lutrin sur lequel était placé *La France debout*, relié plein cuir, et rien d'autre aux murs qu'une grande photo signée Pierre et Gilles où Ramut posait en Bonaparte au pont d'Arcole.

Plus loin, au bout du couloir, Rousseau découvrit la chambre de l'enfant, tout aussi vide et ordonnée que le bureau de son père. Les livres scolaires étaient alignés sur une étagère, les autres serrés dans des coffres en plastique comme les jouets soigneusement classés : petites voitures, figurines, balles et ballons. Le lit, fait au carré, était sous la garde d'un gros cochon rose, une tirelire posée sur la table de nuit. Rousseau fouilla dans sa poche et, s'amusant de ce qu'il faisait, glissa un billet de 5 euros dans la fente.

— Pour les pauvres petits riches !

Par curiosité, il ouvrit un placard construit dans le renfoncement d'une ancienne porte. Là, tout au contraire, le désordre régnait. Les jeux, les déguisements et les boules de Noël avaient été empilés à la hâte, sans précaution, comme s'il fallait les dissimuler aux regards. Sur le haut d'une pile, l'œil de Rousseau fut attiré par un masque de nain semblable à ceux qu'ils portaient dans le bunker, celui de Joyeux. Il le prit, la coïncidence était trop belle C'était comme un signe qu'il recevait du ciel et qui à lui seul, justifiait soudain sa présence dans ce lieu où il n'aurait jamais dû être.

Fab prenait un bain dans un nuage de mousse Rousseau, caché derrière le masque, passa la tête pour la voir barboter.

— Qu'est-ce que tu fais ? lui demanda-t-elle en riant. T'es bête !

— Je visite.

— Tu veux reprendre l'appart ? Je l'ai mis en vente…

— Sans rien dire à ton mari ?

— Il n'avait qu'à être là !

Rousseau glissa malicieusement :

— Entre nous, tu avoueras qu'il valait mieux qu'il n'y soit pas…

Fab gloussa comme une fillette et d'une pichenette lui envoya de l'eau.

Rousseau referma la porte de la salle de bains et entra dans la chambre. Ramut et Fab dormaient dans deux grands lits séparés par des tables de nuit. À l'américaine. Rousseau s'assit sur le premier lit pour le tester. Il repensa à la blague que l'Enfant-Loup sortait dès qu'il en avait l'occasion :

— Le bonheur ? C'est le confort…

Mais ici ce confort cousu de conformisme et de compromissions le heurtait.

Rousseau s'étonnait qu'il n'y ait aucune œuvre d'art dans cet appartement, pas de tableaux, pas de photos (sauf celle du bureau), pas de sculptures, pas même de ces bibelots décoratifs que l'on trouve d'ordinaire dans les maisons bourgeoises. Partout des murs nus dont seule la couleur changeait : vert dans le bureau, jaune dans la chambre de l'enfant, coquille d'œuf dans le salon, orange dans la salle de bains, bleu dans la cuisine. Une folie de décorateur. Seule fantaisie, au-dessus des lits, on pouvait lire : *Valeurs Françaises* en lettres de néon bleues, comme une signature.

Rousseau résista à l'envie de photographier l'installation.

— Viens me frotter dans le dos ! cria Fab.

Rousseau jeta un coup d'œil dans les tiroirs des tables de chevet sans rien trouver s'intéressant. Ni bible, ni sex-toy. Puis, avant de la rejoindre, il fit glisser les grandes portes du dressing où les habits de Fab étaient soigneusement séparés des autres.

— J'arrive !

Rousseau abandonna le masque de Joyeux sur une pile de chemises, sans soupçonner qu'elles appartenaient à Alex Camiri…

Congés

L'Enfant-Loup n'avait plus de raisons de s'apitoyer sur lui-même, ni de se mortifier. Désormais, aucune image fantôme ne viendrait le hanter. C'était presque comique. Il avait cru que la sœur de Dorith et Muriel était une invention et elle était vraiment morte ; il avait cru que la maîtresse de son frère et sa fille étaient mortes, elles étaient vivantes.

Il eut soudain les idées claires.

L'Enfant-Loup ressortit la photo des sœurs Montcalm du tiroir de son bureau et rejoignit les jumelles qui s'activaient dans la cuisine. Muriel (hôtesse d'accueil) s'était fait mettre en arrêt maladie et Dorith (conseillère clientèle) avait pris huit jours de congé dans la banque où elles travaillaient pour s'occuper de Ramut et, surtout, pour donner un coup de main à Kol et Victoria.

— Faut que je vous parle, dit l'Enfant-Loup en s'appuyant au chambranle.

— Tu veux savoir ce qu'on prépare pour ce soir ? demanda Dorith, s'essuyant les mains sur un torchon. J'espère que t'aimes le pot-au-feu ?

L'Enfant-Loup se moquait de ce que cuisinaient les jumelles.

— Ce n'est pas ça…

— Si c'est pour nous raconter une blague…

— J'ai fait un truc dégueulasse, avoua-t-il en faisant un pas en avant, tête basse. Un truc dont j'ai honte.

Muriel joignit les mains pour se moquer.

— Qu'est-ce que tu veux ? Tu veux qu'on te confesse et qu'on te donne l'absolution ? dit-elle d'un ton sirupeux. À genoux, mon fils…

— Je veux que vous m'écoutiez.

Dorith croisa les bras sur sa poitrine.

— T'as fait un truc dégueulasse à qui ? À Suzana ? T'as baisé avec…

L'Enfant-Loup la rassura :

— Suzana n'a rien à voir avec ça.

— Ce que t'es chiant ! s'exclama Muriel en surveillant la cuisson des légumes. On n'a pas que ça à faire. Qu'est-ce que tu veux nous dire ?

L'Enfant-Loup tendit l'enveloppe à Dorith.

— Regardez.

— C'est quoi ?

— C'est pour vous…

Dorith l'ouvrit en soupirant que si c'était encore une connerie... Muriel découvrit la photo par-dessus de l'épaule de sa sœur. Elle fit un pas en arrière comme si le diable venait de lui sauter au visage. Ses yeux s'agrandirent.

— D'où tu sors ça ?

— J'ai retrouvé le photographe. J'ai honte mais j'étais sûr que vous vous étiez foutues de moi.

Dorith remit rapidement la photo dans l'enveloppe et la rendit à l'Enfant-Loup comme une guenille puante dont il fallait se débarrasser.

— Tu peux la garder et te branler dessus si ça t'excite.

— Tu n'avais pas le droit ! ajouta Muriel. C'est du viol !

— Barre-toi. On n'a plus rien à se dire. Et on n'aura plus jamais rien à se dire.

— Attendez.

— Quoi ? Je t'ai dit de te barrer. On veut plus te voir !

L'Enfant-Loup força Muriel à prendre la lettre de Franck.

— Je vais me barrer mais avant je veux que vous lisiez ça.

— Pourquoi ?

— C'est de mon frère.

— Il est aussi con que toi ?

— Lisez...

Dorith et Muriel lurent la lettre, grognant comme des chats en colère.

— En quoi ça nous concerne ? demanda Dorith.

— Ce n'est pas une excuse mais quand vous m'avez raconté votre histoire je n'y ai pas cru, comme vous n'avez pas dû croire à celle que je vous avais racontée. Pourtant, l'une et l'autre étaient vraies. Nous ne nous étions pas mentis. Et ça m'a bouleversé...

L'Enfant-Loup reprit son souffle :

— Mais, au-delà de ça, pour moi, c'était autre chose. Votre sœur morte et cette fille que je croyais assassinée ne faisaient qu'une. Une revenante qui me menaçait sans cesse, qui allait me dénoncer et me faire condamner.

— T'es marteau, non ?

— J'étais dingue, complètement dingue. Mais c'est fini.

— T'es guéri ?

L'Enfant-Loup expliqua :

— Quand j'ai reçu la photo de votre sœur et la lettre de mon frère le même jour, c'était inespéré, une chance, un miracle, soudain, tout ce qui pesait sur moi s'envolait. Vous comprenez ?

— T'avais pas besoin de nous pour ça ! T'avais qu'à te démerder tout seul !

— Je n'ai jamais voulu me servir de vous, protesta l'Enfant-Loup. Jamais ! J'aurais pu me taire. Ne jamais vous révéler que j'avais reçu cette photo, l'oublier ou la faire disparaître. Mais vous aviez été honnêtes avec moi, je voulais l'être avec vous.

L'Enfant-Loup regarda l'enveloppe qu'il tenait en main.

— Cette photo ne m'appartient pas, cette photo que vos parents vous interdisaient de voir, c'est votre histoire. Elle est à vous. Cette photo maudite, c'est l'épée qui pèse sur vous comme l'histoire avec mon frère pesait sur moi. C'est quelque chose qu'on vous a volé.

— De quoi tu parles ?

La voix de l'Enfant-Loup se fit plus grave :

— Je parle de la mort de votre sœur. Cet instant saisi par l'objectif, c'est un trou noir. C'est ce qui manque dans votre vie. C'est ça qui vous fait souffrir même si vous vous marrez comme des baleines pour ne pas l'avouer. Cette photo, c'est la mort en face. Vous pouvez la garder ou choisir de la détruire. Vous pouvez aussi demander au photographe de brûler le négatif ou au contraire de tirer tous les clichés de la séance. Mais vous devez décider de ce qu'elle doit devenir. C'est à vous que ça revient, à personne d'autre...

Une minute interminable s'écoula sans qu'une parole soit prononcée. L'Enfant-Loup avait craint les larmes, il n'y en eut aucune. Les deux sœurs demeuraient impassibles mais leurs yeux, leurs lèvres, leur peau étaient traversés d'orages et d'éclairs, de brume et de feu, de peurs et de douleurs…

— Donne-moi ça, dit finalement Dorith en tendant la main.

L'Enfant-Loup lui rendit la photo.

Dorith poussa un peu le faitout et approcha l'enveloppe de la flamme en même temps que la lettre de Franck qu'elle prit des mains de Muriel. Quand elle fut sûre que les deux flambaient, elle les laissa tomber sur le carrelage de la cuisine.

— T'es vraiment un sale con mais on t'aime, dit-elle, tandis qu'ils les regardaient se consumer.

Élèves

Dylan raccrocha le téléphone, ce que venaient de lui raconter Dorith et Muriel le laissait sans voix. L'Enfant-Loup avait su découvrir ce qu'il n'avait jamais deviné ni cherché à savoir. Il était l'idiot des idiots. D'après Dorith le mot « honte » était revenu souvent dans la bouche de l'Enfant-Loup. Il avait honte de les avoir interrogées, honte d'avoir douté d'elles, honte d'avoir enquêté, honte d'avoir eu la photo entre les mains le premier, honte… Dylan était sans honte. Il pensait que c'en aurait été fini de ses amours avec Dorith et Muriel s'il avait fait ce qu'avait fait l'Enfant-Loup. Elles l'auraient quitté, maudit à juste titre. Il devait être absout du péché d'indifférence et de celui de négligence. Il n'avait jamais réclamé autre chose que ce qu'ils vivaient tous les trois, Dorith, Muriel et lui. Il n'avait pas besoin d'image, leur passé avait commencé au jour de leur premier baiser et finirait…

On sonnait à la porte.

Dylan alla ouvrir, la tête encore agitée du secret dévoilé. Adèle Desneiges et Antoine Lanester, le zigoto numéro un de la classe et la trop bonne élève, se tenaient là pour la répétition, une grosse valise à leurs pieds.

— Vous partez en voyage ?

— Ce sont nos costumes.

Dylan s'excusa de sa remarque stupide et les fit entrer.

— Vous pouvez vous changer dans la cuisine pendant que je dégage le terrain…

Dylan repoussa des meubles dans le salon et s'arrêta soudain devant la coupe des As que Rousseau avait posée sur la cheminée près de la pendule à colonnades. Il la prit, amusé de découvrir son reflet déformé sur le bol argenté. Pourquoi tenait-il tant à Hamlet ? Pourquoi depuis si longtemps ? À sa connaissance, sa mère n'avait jamais eu d'amant, son père ne criait pas vengeance depuis sa tombe ; il n'avait pas séduit et abandonné la première fille avec qui il avait fait l'amour, non, rien de tout cela le concernait. Il ne voyait qu'une explication : le balancement du prince entre la raison et la folie, c'était sa propre hésitation face au monde entre réforme et révolution. Une hésitation qu'incarnaient les jumelles ! Cette explication valait ce qu'elle valait, en tout cas, elle avait le mérite de lui rendre sa bonne humeur.

— Raison ou folie, Dorith ou Muriel, murmura-t-il en reposant la coupe.

Les deux jeunes firent leur entrée, Antoine en Ophélie (robe longue, perruque blonde, bouche et yeux maquillés) et Adèle en Hamlet (costume noir et barbiche). L'effet était saisissant. Dylan s'étrangla de surprise.

— Où vous avez eu ça ?

— Ma tante travaille au théâtre Jean-Vilar, expliqua Lanester. Ils ont tout un stock de costumes.

Il ajouta, un peu gêné :

— La perruque, c'est elle aussi qui me l'a prêtée…

Nous avons préparé la scène où Ophélie cède à Hamlet, intervint Adèle qui avait hâte de commencer.

Dylan s'installa dans un fauteuil et leur fit signe d'y aller.

— Je vous écoute !

Il y eut un silence. Antoine et Adèle se tournèrent autour sans se quitter des yeux puis Antoine s'arrêta.

OPHÉLIE : Pourquoi me regardez vous ainsi, Monseigneur ?

(Adèle força Antoine à lui faire face.)

HAMLET : Cette nuit tout s'inverse, tu es maître de mon amour et je suis maîtresse de tes désirs.
OPHÉLIE : Je ne puis régner sur vous.
HAMLET : Tu y règnes pourtant. Tu es la meilleure part de moi-même.
OPHÉLIE : Je ne mérite pas un si grand compliment.
HAMLET : Tu les mérites tous et plus même. Avec toi j'apprends à lire ce qu'en silence l'amour écrit.

Ophélie *(à voix basse)* :

Doute que les astres soient des flammes
Doute que le soleil tourne
Doute de la vérité même
Mais ne doute jamais que je t'aime.

HAMLET : Vous vous souvenez de mon poème ?
OPHÉLIE : Comment pourrais-je l'oublier ?
HAMLET : J'en ai écrit un autre pour vous :

Aux créatures les plus belles
Nous désirons progéniture

Pour que la rose de beauté
Ne puisse pas mourir.

Vous vous en souviendrez aussi ?

Antoine ferma les yeux puis, après un silence, les rouvrit ; son regard avait changé, il était plein de détermination, presque de défi.

OPHÉLIE : Ce que je ne voulais pas l'autre jour, eh bien je le veux maintenant…

(Adèle se pencha vers Antoine comme s'il allait l'embrasser.)

OPHÉLIE : Vous tremblez, Monseigneur ?

HAMLET : J'ai le trac comme un acteur en scène qui ne sait pas son rôle[1].

Dylan se leva en applaudissant.

— C'est très bien. Magnifique ! C'est super le travail que vous avez fait, bafouilla-t-il pour ne pas reconnaître qu'il était trop troublé pour dire quelque chose d'intelligent.

Trop d'émotions d'un coup, d'abord Dorith et Muriel, ensuite Hamlet et Ophélie, Adèle et Antoine…

1. Traduction des *Sonnets* de Jean-François Peyret (Éditions Actes Sud).

Dylan fut gagné par un sentiment de panique. Il n'avait rien vu, rien enregistré, comme si ce qui se passait devant ses yeux n'avait aucune réalité.

— Ça va, monsieur ? Vous avez l'air bizarre, fit remarquer Lanester.

— Pardon, je viens de comprendre quelque chose. Quelque chose que d'autres ont peut-être compris avant moi mais que je viens seulement de découvrir.

Lanester fit une grimace.

— Vous avez compris quoi ?

— Un secret. Toutes les vies se fondent sur un secret. Un secret que nous devons d'abord découvrir en nous-même pour être capable de le découvrir chez les autres.

Lanester et Adèle échangèrent un regard interrogatif : qu'est-ce qu'il racontait ?

Dylan poussa un gros soupir.

— Je suis un idiot, mais un idiot prodigieux !

Il chuchota presque :

— Qui est le père d'Hamlet ?

— Le vieil Hamlet, répondit Adèle, irritée par cette question aussi bête que celle du cheval blanc d'Henri IV.

— Qu'est-ce qu'Hamlet fait plusieurs fois dans la pièce ? intervint Dylan.

Et, donnant lui-même la réponse :

— Il se regarde dans un miroir. Et pourquoi se regarde-t-on dans un miroir ?

— Pour s'admirer ? risqua Lanester.

— Pour se reconnaître, corrigea Dylan, l'index levé.

Adèle se sentait de plus en plus déroutée par cette conversation.

— Vous pensez qu'Hamlet ne se reconnaît pas ?

Dylan affirma sans détour :

— Non, il ne se reconnaît pas. Surtout, il ne reconnaît pas les traits de son père sur son visage !

— Il ressemble à sa mère ?

— Non, il ressemble à son père mais son père n'est pas le vieil Hamlet !

Adèle suggéra du bout des lèvres :

— C'est Claudius ?

— Bien sûr, bravo, bien vu ! C'est Claudius ! s'exclama Dylan. Vous voyez, vous aussi vous y avez pensé ! Quand Claudius s'adresse à Hamlet en lui disant « mon fils », il faut l'entendre au premier degré.

Adèle n'était pas convaincue.

— C'est tiré par les cheveux.

— Je suis certain que c'est ça ! s'obstina Dylan. Pourquoi j'en suis si sûr ? Parce que Shakespeare, c'est moi. C'est moi qui ai écrit la pièce. J'ai eu là un vrai coup de génie ! En réclamant vengeance, le vieil

Hamlet faisait coup double : son rival était tué par son propre fils et le bâtard mourait comme assassin !

Dylan rayonnait.

— C'est diabolique, non ?

Adèle n'y comprenait rien.

— Et ça vous est venu en nous regardant jouer ?

— Je ne vous ai pas vus, j'ai vu mes propres enfants.

— Vos enfants ?

— Oui les enfants qui jouent le rôle de mes enfants mais qui ne sont pas les miens.

— Ils sont d'un autre ? demanda timidement Lanester, un sourire en coin.

— Ce ne sont pas les miens, affirma Dylan en les regardant dans les yeux. Ils n'existent pas. Vous, vous existez. Vous êtes les enfants que Shakespeare a inventés pour moi.

Adèle et Lanester restèrent bouche bée.

— Vous pensez que je suis fou ? demanda Dylan après les avoir laissés mariner en silence.

— Non, mais…

— Mais quoi ?

— Je ne sais pas monsieur, dit Adèle. Vous vous prenez vraiment pour Shakespeare ?

Dylan éclata de rire.

— Bien sûr que non ! Mais je viens de vous faire *in vivo* la démonstration de ce que doit être le rôle d'Hamlet.

Il expliqua :

— Je suis votre professeur – donc du côté de la raison –, mais je bascule du côté de la folie quand je parle de la pièce et vous ne savez plus qui vous avez en face de vous : un savant ou un dément. Eh bien, c'est exactement ce que j'attends de vous : qu'on ne sache jamais si Hamlet est le plus rusé d'entre tous ou un prince qui est passé de l'autre côté du miroir.

Rue

Adèle Desneiges et Lanester sortirent de chez Dylan et marchèrent un long moment en silence dans la rue. Il faisait doux. Lanester traînait la valise de costumes comme un chien mort, Adèle, la tête en l'air, essayait de deviner ce qui se jouait dans les maisons, derrière les rares fenêtres allumées. Quelle comédie ? Quel drame ? L'amour était-il vainqueur ou l'ennui les étranglait-il tous ? Souvent, elle s'imaginait entrer dans une vie au hasard, pousser la porte d'une famille inconnue et s'y fondre naturellement. Il y aurait un piano, elle irait s'y asseoir et jouerait la *Romance* de Tchaïkovski…

Ils s'approchèrent du carrefour éclairé d'un réverbère.

— Tu crois qu'il est ouf ? finit par demander Lanester.

— C'est un bon prof, on a de la chance.

— Un bon prof totalement barré, insista Lanester.

Adèle esquissa un sourire.

— Je crois surtout qu'il est très malheureux.

— Pourquoi tu dis ça ?

— Pendant qu'on jouait, il ne nous regardait pas, il s'agitait sur son fauteuil, il pensait à autre chose.

— À quoi ?

— Comment veux-tu que je le sache ? À ses enfants ? À ses amours ? Tu sais qu'il vit avec deux femmes ? À ce mystérieux secret dont il nous a parlé…

Lanester marqua le pas.

— C'est pas la peine de chercher aussi loin. Il n'y a pas de secret, il veut coucher avec toi, c'est tout, affirma-t-il.

— Avec toi plutôt ! rétorqua Adèle. Te voir en fille, c'est ça qui a dû le retourner !

Ils rirent de bon cœur.

— Et toi ? T'aimes me voir en fille ? demanda Lanester sur le ton de la plaisanterie.

Adèle le toisa :

— Si t'aimes me voir avec un bouc, il n'y a pas de problème.

— Même sans bouc, tu me plais. Moins, mais tu me plais quand même…

Lanester ne plaisantait plus. Il s'approcha d'Adèle, oubliant la valise, il se glissa dans les mots de Shakespeare.

— Ce que tu ne voulais pas l'autre jour, tu le veux maintenant ?

Adèle eut un frisson.

— Tu trembles ?

— Tu crois que c'est vrai ce qu'il a dit ?

— Quoi ?

— Que nous sommes assez bons acteurs pour jouer dans le film que va produire son ami ?

Le nom lui revint.

— Isaac Bergmann…

Lanester hoqueta.

— Tu voudrais être actrice ?

— Pas toi ?

— Je ne sais pas.

Adèle ferma les yeux.

— Je serai ta Valentine, murmura-t-elle.

Lanester hésita. Il avait le trac.

— Je serai ton Valentin ?

Adèle se colla contre lui. Elle voulait qu'il l'embrasse. Oui, elle voulait qu'ils fassent l'amour, tout de suite, maintenant, là dans la rue, appuyés sur une voiture ou derrière une porte cochère. Elle ne voulait pas de la vie promise par ses études, voulue par ses parents, espérée par son milieu. Non, elle voulait être actrice. La famille, les cours, la vie bourgeoise n'étaient que des chaînes qu'elle devait briser. Elle était Ophélie, elle était Hamlet. Elle devait l'être sans tabous, sans limites, sans interdits. Le prof avait raison, Shakespeare l'appelait elle aussi, et tant pis ou tant mieux si elle finissait par attraper un enfant nigaud !

Ils s'embrassèrent comme jamais Hamlet et Ophélie ne s'embrassèrent sur scène, peut-être seulement en coulisses…

Huit cents pièces

Ramut s'était donné comme un défi de sortir huit cents pièces à l'heure. C'était énorme, presque infaisable. Mais jour après jour, il avait gagné en dextérité, en précision et il voulait y arriver. Il n'était plus question de lui parler, de l'interrompre par des questions ou des remarques. Il travaillait sans relâche comme si la perceuse et lui ne faisaient plus qu'un être voué à percer du duralumin, à le percer encore, à le percer toujours sans relever la tête ni reprendre son souffle.

Bac de gauche, perceuse, bac de droite
Bac de gauche, perceuse, bac de droite
Bac de gauche, perceuse, bac de droite
Bac de gauche, perceuse, bac de droite

Bac de gauche, perceuse, bac de droite
Bac de gauche, perceuse, bac de droite
Bac de gauche, perceuse, bac de droite
Bac de gauche, perceuse, bac de droite
Bac de gauche, perceuse, bac de droite
Bac de gauche, perceuse, bac de droite
Bac de gauche, perceuse, bac de droite
Bac de gauche, perceuse, bac de droite…

Ramut avait réclamé une baguette viennoise, un extra qu'il avait payé d'avance. Kol vint la lui porter. Sitôt la porte fermée, Ramut, sans s'interrompre, lui demanda à brûle-pourpoint :

— Vous êtes communistes ?

Kol ne voyait pas ce qu'il pourrait tirer d'une discussion sur ce terrain avec Ramut mais il le laissa venir.

— Cela dépend ce que vous entendez par là…

— Vous ne comprenez pas le français ? Communistes, c'est communistes !

Kol répondit sereinement :

— Aucun d'entre nous n'est inscrit au parti communiste si c'est à ça que vous pensez. En revanche – je ne veux pas m'avancer pour les autres –, mais disons que la majorité d'entre nous est philosophiquement « communiste »…

Il s'offrit le plaisir de citer le *Manifeste* :

— « L'histoire de toute société jusqu'à nos jours n'a été que l'histoire de luttes des classes. » Adhérer à cette analyse, c'est être communiste…

— Votre lutte des classes, c'est de la foutaise. Dans dix ans plus personne ne saura plus ce que c'est !

Il ricana.

— Il n'y aura plus qu'une classe, la mienne !

— Pas tant que je serai communiste, affirma Kol. Ramut relâcha un instant la perceuse et agita les bras comme pour se dépêtrer d'une jungle.

— Mais ça n'a pas de bon sens d'être communiste aujourd'hui !

— C'est quoi le « bon sens » ? C'est accepter qu'une oligarchie accapare toutes les richesses et les transmette à ses descendants ? Vous savez aussi bien que moi que les plus riches ne sont pas seulement les plus riches sur le plan matériel. Ils thésaurisent aussi les richesses culturelles, les connaissances, l'enseignement réservé à eux seuls et à leurs rejetons.

— Comme vos amis socialistes ?

— Je n'ai rien à voir avec les socialistes – du moins avec leurs dirigeants, rétorqua Kol. Quand ils ont été au pouvoir, ce sont eux qui ont organisé tous les reculs sociaux, les privatisations, la construction de l'Europe au profit de la finance, la marchandisation du savoir, la marchandisation générale de la vie…

— Ils vous ont trahi ?

Kol secoua la tête, non les socialistes ne l'avaient pas trahi, certainement pas !

— On peut être trahi par ses amis, expliqua-t-il, sa famille, ses compagnons, ses camarades, pas par ses ennemis.

— Les socialistes sont vos ennemis ? ricana Ramut, redoublant d'efforts.

— Pas les militants, non, mais leurs dirigeants, oui, sans hésiter.

— Vous êtes incroyable !

— Je ne vais pas vous refaire l'histoire depuis la Commune jusqu'à Mitterrand, en passant par Munich, la guerre d'Espagne, celle d'Algérie, la SFIO et le reste, dit Kol. Mais que ce soit à travers le colonialisme ou le parlementarisme, les socialistes au pouvoir ont toujours été les serviteurs zélés du capital.

— Ils sont tout simplement pragmatiques !

— Non, ils sont de droite, dit Kol.

Ramut ne put s'empêcher de lui rire au nez.

— Vous y croyez encore, vous, à la distinction entre la gauche et la droite dans une économie mondialisée ?

Il assena d'une voix rageuse en perçant le duralumin :

— C'est idiot et vain.

— C'est ce que vous et vos semblables essayez de nous faire croire, répliqua Kol, s'assurant que son masque de Grincheux tenait bien quand il s'énervait. Hors du capitalisme point de salut ! Mais nous ne sommes pas croyants. Que vous preniez la production, les services, l'information, l'écologie, le capitalisme est la pire menace qui pèse aujourd'hui sur l'humanité.

— Vous jouez à vous faire peur !

— Vous avez un fils, n'est-ce pas ?

— Oui.

— Et vous ne craignez pas le monde qui l'attend ?

— Un monde libre ! Alors que votre communisme, c'est le goulag et les camps !

— Un monde libre pour qui ? Quelle est la liberté d'un ouvrier comme vous qui gagne le Smic ?

— Il n'est pas prisonnier comme je le suis.

— Où est la liberté quand vous devez vivre avec 1 000 euros par mois ? Comment se loger alors que vous attendez une HLM depuis dix ans ? Que peut-on manger, sinon de la merde de supermarché ? Où peut-on aller en vacances ? Nulle part, même pas dans un camping pourri. Que peut-on offrir à ses enfants ? Absolument rien. Les nourrir est déjà un combat de tous les jours. Qu'est-ce qu'on peut faire de cette prétendue liberté ? Je devrais dire cette « apparence de liberté ». Cette liberté prisonnière d'une servitude sans fin. Seulement survivre, exactement comme vous survivez ici, avec juste de quoi restaurer votre force de travail, rien d'autre. Et encore, vous n'avez pas d'enfants à charge.

— *Bullshit* !

Ramut changea son fusil d'épaule avec une brusquerie provocante.

— Et vous croyez que le capitalisme va disparaître ?

— Nous nous battons pour ça, contra Kol.

— Après la chute du Mur, l'effondrement de l'URSS, comment pouvez-vous encore y croire ? C'est tout simplement invraisemblable !

Kol ferma les yeux un instant et sourit sous son masque.

— Vous devriez vous méfier de l'« invraisemblable » monsieur Ramut. Au dix-huitième siècle, la monarchie était non seulement absolue, mais de droit divin et il était invraisemblable qu'un autre régime politique la renverse ; au vingtième siècle, Hiroshima comme Auschwitz étaient tout autant « invraisemblables » pour nos parents… Contrairement à vous, je crois que l'histoire de l'humanité n'est qu'une addition d'invraisemblables ; le capitalisme n'y échappera pas. Il aura une fin. Et, pour aller au bout de ma pensée, je dirais même que non seulement sa fin n'est pas invraisemblable, mais qu'elle me paraît inévitable.

Au travail !

Alex avait maintenu Maïa à son poste de DRH de *Valeurs Françaises*. Entre midi et seize heures tous les jeudis, ils occupaient une suite au dernier étage d'un hôtel de luxe sur le Front-de-Seine. Alex, nu comme un ver, lisait à voix haute l'éditorial qu'il allait publier dans le prochain numéro de l'hebdomadaire. Un texte inspiré sans vergogne de *La France debout* de Ramut :

— « *Au travail ! Au travail !* écrivait déjà le poète Auguste Brizeux au dix-neuvième siècle et son cri résonne encore plus fort aujourd'hui. Les Français sont des feignants. Des deux cents nations que compte le monde, les Français sont certainement les moins assidus au travail. On ne compte plus les jours fériés, les petites et les grandes vacances, sans oublier les pauses-déjeuner, le temps passé devant la machine à café, les arrêts pipi, les discussions de couloir et, au sommet, les grèves qui sont pour beaucoup un moyen de ne rien faire tout en étant payés. Alors oui, trois fois oui, il faut abroger les trente-cinq heures et laisser les entrepreneurs déterminer le temps de travail selon les besoins de leur entreprise, généraliser le travail le dimanche, le soir, voire la nuit, y compris pour les femmes, supprimer le Smic, ce boulet de l'emploi et, j'ose le dire, permettre à des jeunes dès douze ans de travailler en fonction de leurs aptitudes et de leurs moyens. Il faut en finir avec les droits prétendument acquis de haute lutte, en finir avec les protections de toutes sortes qui ne sont que de pathétiques cachettes pour tire-au-flanc, en finir avec l'idée d'un salaire toujours plus élevé pour toujours moins de présence. Il ne faut pas craindre de travailler autant et même plus pour moins. Tout vaut mieux que le chômage. Il faut remettre la France au travail ! »

— Ça va faire du buzz, sourit Maïa, assise sur les toilettes.

— Attends, ce n'est pas le meilleur. J'ai trouvé un truc d'un chercheur en cybernétique que j'ai repris à mon compte : « Et si les Français ne changent pas par eux-mêmes, qu'aucune force politique n'est assez puissante pour les transformer, il faudra que la science s'en mêle. Il faudra leur implanter la puce du travail, les hybrider selon les besoins de l'industrie. Ceux qui refuseront, qui décideront bêtement de rester humains et refuseront de s'améliorer pour accroître leur productivité ne seront pas plus utiles que nos vaches dans les prés. Ils constitueront une sous-espèce, les chimpanzés du futur. »

— Tu ne peux pas publier ça, dit Maïa, tout le monde va te tomber dessus.

— C'est exactement ce que je veux ! triompha Alex. Je leur agite le Mickey sous le nez et tous se battent pour attraper la queue ! Les connards des syndicats, les putes politiques et les salopes cocos !

— Ça t'amuse ?

— Ça m'excite et ça fait vendre !

Maïa se leva, tira la chasse et, sans attendre, entra dans la douche.

— Dépêche-toi, on va être en retard.

Alex lui donna une petite claque sur les fesses.

— La faute à qui ?

Maïa, habituellement tirée à quatre épingles, si brutale dans son expression, si cassante dans ses jugements se révélait en privé une sale gosse qui tapait du pied, une petite fille boudeuse, capricieuse qui réclamait d'être corrigée.

— Les flics ne te font plus chier avec Ramut ? demanda-t-elle en se glissant sous le jet.

— Plus de nouvelles.

— Ça ne t'inquiète pas ?

— Pourquoi tu voudrais que ça m'inquiète ?

— Tu as été mis sur la sellette…

Maïa offrit ses fesses et son dos pour qu'Alex la savonne énergiquement.

— Des ragots, des calomnies, des médisances, mais pas la queue d'une ombre d'un soupçon que je puisse être mêlé de près ou de loin à sa disparition.

— Tout de même, tu baisais sa femme, dit-elle en se retournant.

Alex sourit au souvenir de Fab.

— Et alors ? Je te baise aussi.

— Je ne suis pas une hyène comme elle.

— Tu crois qu'elle aurait pu faire le coup ?

— Non.

Et enfonçant son doigt dans le ventre d'Alex :

— Damien était persuadé que c'était toi.

— Trop aimable. Il l'a dit aux flics ?

— À ton avis ?

— Pas assez de couilles pour ça !

Maïa augmenta la pression, orientant le jet sur le visage d'Alex pour éviter de lui raconter la conversation à laquelle elle avait assisté entre le ministre de l'Intérieur et son ami Noailles. Elle se contenta de l'effleurer.

— Il disait que tu en étais bien capable : tu avais les dents qui rayaient le parquet mais que, tant que Ramut était là, tu avais le droit de le cirer et rien d'autre.

— Ce n'est pas faux, admit Alex. J'étais barré. Mais, appelle ça comme tu veux, mon ange gardien, ou le destin, a fait disparaître Ramut sans que j'aie à bouger le petit doigt.

Ils se turent un instant.

— Moi, ça m'agace cette disparition, reprit Maïa, les yeux fermés sous l'eau ruisselante. Comment peut-on disparaître aujourd'hui, en France ?

Alex récapitula :

— Les flics, les gendarmes, mon privé, tous ont fait ce qu'ils ont pu et se sont heurtés au même mur. Ça ne servait à rien de claquer le fric des contribuables. Pas de lettre de Ramut, pas de sms, de mail pas de demande de rançon, de revendication politique ou religieuse, rien. Le vide. Et dans ce vide Ramut, désintégré, néantisé, vitrifié…

Alex sortit de la douche le premier et tendit une grande serviette blanche à Maïa.

— Tu crois qu'il s'est tué ? demanda-t-elle en s'entortillant dans le tissu-éponge.

— Non. Ni tué, ni supprimé par les Russes comme le croyait le détective à la con que j'avais engagé. Il est parti. Où ? Je n'en sais rien et je m'en tape, mais il est parti, voilà.

— Tu crois qu'il va revenir ?

— Comme le Christ ?

— Ne déconne pas. Qu'est-ce que tu crois ?

Alex lui enleva la serviette d'un geste brusque. Il voulait encore voir Maïa nue, désirable avec ses seins trop lourds, son ventre rebondi et ce pli prometteur à la fourche des jambes.

— Je crois que j'ai encore envie, dit-il en l'attirant contre lui.

Et, l'invitant à se tourner et à prendre appui sur le lavabo :

— Et je n'ai pas la moindre idée sur un retour possible ou non de Ramut, dit-il en la pénétrant.

— Toi, tu aimerais disparaître ?

— Mais je vais disparaître ! s'enflamma Alex sans s'interrompre. Aujourd'hui, on me connaît, on me lit, on me voit à la télé mais du jour où je n'écrirai plus, où je ne passerai plus à la télé, je disparaîtrai de toutes les mémoires et plus personne ne se souviendra de moi, ni de mon visage, ni de mon nom. Ma vie est inutile. Plus exactement, elle ne vaut que pour moi. C'est pour ça qu'il faut prendre tout ce que l'on peut quand on le peut parce que, quand ça s'arrête, ce qui te reste n'est pas beau à voir.

Mariage

Le mariage de l'Enfant-Loup fut une simple formalité. Personne ne se risqua à prononcer le terme de « cérémonie », même si Suzana avait tenu à porter une froufroutante robe blanche et que, pour l'occasion, l'Enfant-Loup était en frac avec chemise à col cassé et nœud papillon, un habit sorti tout droit de chez un loueur de costumes pour le cinéma et gracieusement confié à Zac. Le maire déclara la promise et son promis unis par les liens du mariage et autorisa tous les présents à signer le registre comme témoins. Il n'était pas question que certains soient plus témoins que d'autres ! Puis, après l'échange des anneaux, ils se transportèrent comme un seul homme au café des Sports qui faisait face à la mairie où un vin d'honneur était prévu.

— Il y a une chose que j'aime en toi et que j'aime chaque jour encore plus, déclara Suzana en levant son verre devant les invités.

L'Enfant-Loup se redressa. Il rajusta son nœud papillon, prêt à recevoir l'hommage à sa virilité ou le témoignage à son intelligence.

— Tu es un garagiste qui ne me parle jamais de bagnoles, dit Suzana en hochant la tête pour appuyer chacun de ses mots.

L'Enfant-Loup déglutit bruyamment.

— Pourquoi tu voudrais que je te parle de bagnoles ?

— Parce que d'ordinaire les garagistes parlent de bagnoles, les infirmiers de l'hôpital, les cantonniers des chemins. Et toi, tu es l'exception des exceptions chez les garagistes. J'épouse une exception !

Suzana réprima un surprenant sanglot.

— Sans ça, je ne me serais jamais mariée.

L'image de sa grand-mère l'envahit. C'était une combattante de la guerre d'Espagne qui avait vu l'amour de sa vie tué avant d'avoir eu le temps de l'épouser. Sa grand-mère lui avait raconté comment ils couchaient par terre sur des matelas de fortune en se tenant par la main, son plus beau souvenir. Salva était un intellectuel qui avait étudié l'économie et le droit ; c'était surtout un révolutionnaire qui ne vivait que pour la révolution et qui se moquait bien de n'avoir que du pain et de l'huile à manger, des bleus pour s'habiller et un vieux béret pour se coiffer. C'était un homme de pensée, pas un guerrier. Sa grand-mère vivait dans la peur qu'il se fasse tuer. Mais Salva ne voulait rien entendre, rien savoir. Il était à la tête d'une petite colonne du POUM[1] et cela lui donnait des devoirs.

— Ici en Espagne, disait-il, il faut être téméraire si on veut se faire obéir. Il n'y a que le courage physique qui compte. Le chef doit marcher en premier.

Salva s'était fait tuer à la tête de ses hommes. La grand-mère de Suzana conservait un mouchoir taché de son sang essuyé sur ses lèvres.

— Il souriait, ma chérie, il souriait, disait la vieille dame. La révolution ne lui avait pas pris sa vie, il s'était donné à elle…

Ce ne fut qu'un éclair de tristesse dans le regard de Suzana. Très vite elle se reprit et déclara qu'elle n'avait pas l'intention d'attendre la fin des temps pour consommer sa nuit de noces ; qu'elle souhaitait bon appétit ! à tout le monde ; que le buffet préparé par monsieur et madame Peltier les attendait

1. Parti ouvrier d'unification marxiste.

mais que l'Enfant-Loup et elle filaient sans attendre étrenner les joies du mariage !

L'Enfant-Loup prit Suzana dans ses bras et ils sortirent du café des Sports sous les acclamations.

Malle

Le soir, tout le monde se retrouva chez l'Enfant-Loup. Les jeunes mariés s'étaient changés et comme le fit remarquer Dylan, « ils avaient les yeux bordés de bonheur ». Dorith et Muriel voulaient tout savoir. Sans doute le surent-elles mais elles ne dirent rien à personne. Elles s'enfermèrent dans la salle de bains avec Suzana et en sortirent les joues rouges, les yeux brillants, excitées comme des collégiennes.

Zac avait apporté une malle de costumes loués en même temps que ceux du film qu'il préparait. La séance d'essayage tourna à la franche rigolade. En premier Hurel qui, pour l'occasion, ne se rasait plus depuis cinq jours, se transforma en Ramut. Il enfila un costume gris anthracite, des chaussures de marque, une chemise bleu lavande et noua à son col un nœud papillon fantaisie. Comme Dorith l'avait joué avant elle, Muriel fit la blonde de service. Perruque longue, lunettes rouges, décolleté avantageux. Ceux qui la croiseraient ne seraient pas tentés de la regarder dans les yeux…

Le couple en jetait !

— Ça fera la farce, certifia Zac qui dirigeait les opérations.

Dylan et Kol restèrent stoïques sous les sarcasmes et les quolibets quand ils se montrèrent dans des uniformes de policiers municipaux.

— Putain, vous êtes faits pour ça !

— L'habit ne fait pas le moine, il fait le flic !

— Deux jolies fleurs dans leurs peaux de vache…

Une fois leur coupe de cheveux rafraîchie, ils seraient plus vrais que nature.

— Et rasez-vous !

L'Enfant-Loup eut son petit succès quand il enfila un jogging rose appartenant aux jumelles avec des baskets assorties ; coiffes et robes blanches, Dodo et Mumu se transformèrent en un clin d'œil en Petites Sœurs des pauvres ; Suzana et Rousseau, tenues négligées, foulards artistes, bagues aux doigts, singèrent les critiques de cinéma.

— Surtout, n'oubliez pas de vous faire une tête d'abruti ! ne put s'empêcher de recommander Zac.

Victoria, qui tiendrait son rôle de la femme enceinte, rappela à chacun ce qu'il devrait faire.

— On te laisse le soin de l'endormir, dit-elle en premier à Suzana. Tu as ce qu'il faut?

— Oui, j'ai tout. Ça se fera en deux temps, précisa Suzana. D'abord un produit dans sa boisson et ensuite je le piquerai.

— Très bien. Une fois que Ramut sera dans les vapes, l'Enfant-Loup le transportera à l'hôtel dans le camion-pizzéria avec Suzana à la surveillance médicale, Kol, Dylan et Isaac en soutien. J'arriverai de mon côté avec Dorith et Sandra. À minuit, Hurel et Muriel se présenteront au Westminster sous les noms de monsieur et madame Ramut.

— Sous leurs noms ?

— Oui, leur chambre est réservée, confirma Dorith. La 407…

— C'est pas risqué ? demanda Rousseau. Le nom de Ramut devrait les alerter…

— J'ai eu une fille qui a pris la réservation sans poser de questions.

— Elle n'a pas tiqué ?

Dorith soupira :

— Je crois que son nom ne dit plus rien à personne. En plus, j'ai réservé pour un couple.

— OK, reprit Victoria, on prend le risque. Pendant qu'ils seront à l'accueil, Kol, l'Enfant-Loup et Dylan remonteront Ramut dans sa chambre par le chemin que connaît Zac, à l'arrière de l'hôtel. *A priori*, ils ne devraient rencontrer personne mais, si ça arrivait, ils feront les joyeux fêtards qui vont coucher leur camarade ivre mort. Au départ, il faudra penser à l'arroser d'un peu de whisky…

Elle marqua un temps pour s'assurer que tout le monde suivait.

— Dès que Ramut sera dans sa chambre, reprit-elle, chacun regagnera la sienne.

— Ça aussi, c'est réservé, garantit Dorith.

— À nos noms ?

— Au nom de l'association Ciné-Salé qui organise une journée d'étude sur « Critique cinématographique et délation ».

Il y eut des ricanements et des soupirs que Victoria fit taire.

— Une fois que vous serez installés, continua-t-elle, Hurel commandera un dîner au room service. Avec Muriel, je vous fais confiance pour laisser tout ça en désordre…

— Et pour nous laisser un peu de champagne ? s'émut Dorith.

— Pas question ! On sifflera tout ! Pas vrai, mon Ramut ? dit Muriel, envoyant un baiser muet à Hurel.

— On va s'éclater ! répondit Hurel en lui renvoyant son baiser.

Pour la première fois depuis longtemps, ils le virent rire.

— C'est clair pour tout le monde ? demanda Victoria.

Ça l'était.

— Parfait. Le lendemain matin, nous nous retrouvons tous dans le hall pour attendre Ramut.

À nouveau, Rousseau s'inquiéta.

— Tu n'as pas peur qu'on nous reconnaisse ?

— Il y a peut-être une caméra de surveillance à l'accueil, mais Hurel se débrouillera pour ne jamais faire face au concierge et Mumu sera méconnaissable...

— Et dans le hall ?

— Nous n'avons rien à craindre à visage découvert. Nous serons des clients de l'hôtel que rien ne relie entre eux.

— Je pensais surtout à Ramut, précisa Rousseau, toujours préoccupé.

Suzana répondit avant Victoria :

— Après ce qu'il a vécu, après l'anesthésie, Ramut sera dans un tel état qu'il ne reconnaîtrait pas sa propre mère !

— Même nos voix ?

Elle était formelle.

— Rien.

Routier

Betty s'était décidée sur un coup de tête. Ou plutôt elle s'était décidée à quitter le Restauroute comme elle s'était décidée à partir de chez elle, sans que rien ne le laisse prévoir, sans que rien ne l'annonce. Le week-end, Jacky n'était pas là, seulement Chabecq toujours aussi pète-sec, toujours aussi distant. Plus petit chef que jamais. Avant de prendre son service, Betty discutait avec un routier qui remontait sur Paris quand il lui proposa à la blague de l'emmener faire un tour.

Elle l'avait pris au mot.

Dix minutes plus tard, elle chargeait son sac dans la cabine de Didine et disait adieu au Restauroute.

— T'es sûre que tu ne fais pas une connerie ?

— Roule !

Betty avait mis pas mal d'argent de côté. Assez pour tenir un moment sans être obligée d'accepter n'importe quel boulot pour tenir un mois de plus. Elle n'avait pas cru bon de laisser la moindre explication ni lettre d'adieu. À quoi cela aurait-il servi ? Elle ne s'inquiétait pas pour Jacky. Il aurait vite fait de la remplacer dans la salle et dans son lit.

— Tu voudras que je te dépose où ?

— Où tu veux.

— Quelqu'un t'attend ?

— À part toi, je ne vois pas.

Didine éclata de rire.

— T'es vraiment une marrante, toi !

— C'est ce qu'on dit…, soupira Betty, mais il y avait dans sa voix plus de tristesse qu'elle n'en laissait paraître.

Didine était un syndicaliste, ce qui, dans sa profession, n'était pas particulièrement bien vu. Arriver à quelque chose avec les routiers n'était pas une sinécure.

— Faut être humble pour être syndiqué chez les routiers, parce que dans ce boulot t'es le plus souvent un général sans armée !

Et, sans cacher son amertume :

— Ils ne pensent qu'à leur gueule et la plupart sont sûrs d'être bien plus malins que les autres!

Betty se rappelait de certaines discussions à l'imprimerie.

— J'en ai connu des comme ça, dit-elle, ça ne dure pas.

— Bien sûr que ça ne dure pas mais quand ils ont une tuile, c'est les mêmes qui viennent chialer au syndicat pour les sortir de la merde où ils se sont mis tout seuls comme des grands !

— Ça s'est passé exactement comme ça chez nous, confirma Betty. La direction nous a réunis dans un cinéma pour nous informer de la fermeture définitive de l'imprimerie et du licenciement de tout le personnel.

Betty s'en souvenait comme si c'était hier.

— En sortant, j'étais avec un ami, un pur et dur qui avait mené la bagarre et voilà trois bonnes femmes de la compta qui commencent à l'invectiver, à lui crier dessus que c'est sa faute si elles sont virées, qu'il n'est – lui et les autres du syndicat – qu'un bon à rien, tout juste là pour tirer du fric aux salariés.

— Elles ont dit ça ?

— Oui, elles écumaient de rage. Mon ami a d'abord été saisi. Une vraie statue de sel. Puis soudain, il a retrouvé ses esprits. Il a répondu aux femmes qui l'agressaient qu'elles étaient les plus mal placées pour se plaindre. D'abord, parce qu'elles avaient toujours été contre la grève, ensuite parce qu'elles ne prenaient jamais les tracts qu'on distribuait ou, si elles les prenaient, c'était pour les jeter !

— Bravo, bien envoyé ! s'enthousiasma Didine.

— Attends, dit Betty, c'est pas le plus beau. Le plus beau, c'est qu'on a vu leurs têtes changer à vue d'œil. C'était comme dans un dessin animé. Soudain ces trois bonnes femmes ont pris conscience devant nous que si elles s'étaient battues comme on s'était battus, si elles avaient fait confiance à l'action collective, si elles n'avaient pas écouté le baratin des patrons qui leur serinaient « surtout pas de vagues », eh bien, elles ne seraient peut-être pas là, à pleurer toutes les larmes de leur corps sur leur emploi perdu.

Didine était impressionné. Jamais il n'aurait cru que Betty, la serveuse du Restauroute, la pin-up des routiers, soit capable de parler aussi longtemps et aussi bien d'une lutte sociale.

— Dis donc, tu me la coupes, où t'as appris à te battre, toi ?

— J'ai eu un bon prof. Un imprimeur qui s'appelle Kolwaski mais on disait Kol. Un type comme on n'en rencontre pas souvent dans la vie.

— Putain, tu me le présenteras ?

— J'aimerais bien, tu ne serais pas déçu.

Elle soupira.

— Mais je ne sais pas où il est aujourd'hui...

— C'était ton mec ?

— C'était pas mon mari, si c'est ça que tu veux savoir.

— Non, je ne voulais pas...

— T'inquiète. Kol, c'était...

Betty hésita.

— Je ne sais pas comment dire. Mon amant ? Mon amour ? Mon soleil ? Tout ça c'est con. Kol, c'était mon homme et ça le sera toujours...

Elle sourit à Didine.

— ... mais ça ne nous empêchera pas de baiser ensemble si t'en as toujours envie.

Hôtel Westminster

Le lundi matin, Ramut se réveilla la tête lourde et la bouche pâteuse ; ses yeux lui faisaient mal. Il se redressa péniblement sur un coude, balaya la pièce d'un regard de droite à gauche, de gauche à droite. Des restes de repas traînaient sur le sol avec les cadavres de trois bouteilles de champagne. Ses vêtements semblaient avoir été oubliés sur un canapé, jetés en hâte, sans soin. L'espace d'un instant, son esprit lui joua des tours. Il crut qu'il sortait d'un long cauchemar où des monstres grotesques le forçaient à percer éternellement des trous dans des plaques de tôle. Bac de gauche, percer, bac de droite... Bac de gauche, percer, bac de droite...

Ce fut une sensation brève mais violente.

Bac de gauche...

Non, il ne rêvait pas.

Il n'était plus dans le bunker. Qu'est-ce qu'il faisait là, nu dans ce lit en bataille ? Avait-il bu ? Avait-il été assommé ? Était-il tombé dans le coma ? Depuis quand ? Il ne comprenait pas où il était. Il se souvenait que...

Ramut reconnut enfin la chambre de l'hôtel Westminster, les deux gros fauteuils verts, les lourdes tentures de la même couleur, les voilages, le petit bouquet de roses posé sur la table basse. Cela ne le rassura pas pour autant. Qui l'avait amené là ? Pourquoi ? À quoi rimaient ce désordre, ces frusques chiffonnées, ces restes dégoûtants semés sur la moquette où des ombres semblaient ramper ?

Ramut se leva et, mal assuré, marcha jusqu'à la salle de bains, cherchant à rassembler ses idées. Une sorte de vertige le faisait tituber. Tout lui semblait flou, nébuleux. Un frisson le fit trembler. Il avait perdu quelque chose. Mais quoi ? Devait-il attendre là qu'on lui rapporte ce qu'il avait perdu ? Devait-il le chercher sous les meubles ? Sur le balcon ? Dans les armoires ? Il était certain d'avoir perdu quelque chose. Mais comment savoir ce qu'il avait perdu ? Malgré ses efforts, il n'arrivait pas à l'identifier. Était-ce une idée ou un objet ? Ou était-ce lui qui était perdu ? Totalement perdu. Il resta un long moment appuyé au lavabo, se regardant dans le miroir comme s'il n'en revenait pas d'y découvrir son image. Qui était cet idiot égaré dans des songes ? À qui appartenait ce corps misérable et flasque ? Le spectacle était lamentable. Il lui donna envie de vomir.

Concierge

Une demi-heure plus tard, Ramut, chemise propre, nœud papillon, costume impeccable traversa le hall sans remarquer les deux Petites Sœurs des pauvres qui quêtaient pour leurs bonnes œuvres.

— Je suis Pierre Ramut, dit-il dans un souffle, s'accoudant sur le comptoir du concierge.

— Bien dormi, monsieur Ramut ? demanda l'homme d'une voix sirupeuse. Veuillez m'excuser un instant…

Le concierge se pencha vers les religieuses.

— Je vous en prie mes sœurs, quêtez, personne ne peut s'offenser de votre dévouement.

— Dieu vous le rendra, dit Muriel.

Dorith tendit la main vers Ramut.

— Nous recueillons des fonds pour les nécessiteux…

Il regarda les deux religieuses, la bouche entrouverte. Deux spectres habillés tout en blanc ? Des fantômes ? Que lui voulaient-elles ? Était-il mort ? Le cauchemar n'était-il pas fini ? Il agita les mains devant elles, comme s'il chassait des oiseaux ou des insectes importuns. Il ne voulait pas les voir, il ne voulait pas, il ne pouvait pas…

— Non. Non…

— Pour les pauvres, insista Muriel.

— Dieu vous le rendra, ajouta Dorith.

Ramut secoua la tête, non il ne voulait pas, il ne voulait pas ni pour les pauvres, ni pour qui que ce soit.

— Non, non, je ne veux pas…

— Ce n'est pas grave, mon fils, que Dieu vous garde !

Dorith et Muriel s'éloignèrent en se signant. Ramut se ressaisit, il demanda au concierge :

— Qu'est-ce que je fais là ?

— Pardon ?

— Qui m'a amené ici ?

Le concierge sourit, visiblement Pierre Ramut avait eu une nuit difficile. Il avança avec précaution :

— Je crois que vous êtes arrivé hier soir avec une jeune femme..., dit-il en pianotant sur son ordinateur.

Et, après avoir vérifié :

— Oui, c'est ça, hier soir...

— Avec une jeune femme ?

— J'imagine que c'est avec elle que vous avez dîné.

— J'ai dîné avec elle ?

Le concierge consulta son écran.

— À minuit quatorze, dans votre chambre.

— Où est-elle ? Je veux la voir...

— Elle est partie tôt ce matin. Je venais juste de prendre mon service. Mais je crois qu'elle vous a laissé un message... Le concierge se tourna vers les casiers et tira une enveloppe du n° 407.

— Tenez...

Ramut ouvrit l'enveloppe sans même penser à ce qu'il faisait. Il n'y avait qu'une phrase :

« À mardi ! » Et c'était signé : « Blanche-Neige ». Ramut posa l'enveloppe sur le comptoir.

— Appelez la police, dit-il entre ses dents.

— Pardon ?

— Appelez la police !

— Pourquoi voulez-vous que j'appelle la police ?

— J'ai été enlevé.

Le concierge plissa les yeux d'un air coquin.

— Par une jeune femme blonde ?

Ramut n'apprécia pas l'insinuation.

— Vous savez qui je suis ? grogna-t-il.

Le concierge leva un sourcil.

— Qui vous êtes ? Vous êtes monsieur Ramut de la 407.

— Vous ne lisez pas les journaux ? Vous n'écoutez pas la radio ? Vous ne savez pas que j'ai été enlevé ?

— J'ai peut-être manqué l'information, s'excusa le concierge, mais si vous le dites…

— Alors, qu'est-ce que vous attendez pour appeler ?

Le concierge fit un signe d'apaisement.

— Je veux bien appeler la police, dit-il prudemment, mais il faut que vous me donniez, sinon un motif, du moins des précisions…

— Appelez-les, merde, je leur parlerai, insista Ramut.

Une exclamation lui fit tourner la tête.

— Ça alors, Pierre Ramut !

Zac s'approcha, tout sourires, et lui serra chaleureusement la main.

— Je ne savais pas que vous seriez des nôtres !

Et, devant la mine inquiète et l'air stupéfait de Ramut :

— Vous me remettez ? demanda Zac. Isaac Bergmann de Rachel Films... Nous étions du jury de « Cinéma, Tennis et Golf ».

Et, comme s'il le grondait :

— D'ailleurs, vous nous avez fait faux bond pour la délibération...

— Je ne sais pas ce que je fais ici, dit Ramut en prenant le bras de Zac.

— Vous ne venez pas pour « Critique cinématographique ou délation » ?

Hurel, Rousseau et Suzana s'étaient approchés. Zac fit les présentations des participants à la rencontre.

— Esther Bouleau des *Cahiers*, Romain Pallade de *Libé*, Jean de La Touche du *Monde*...

Tous serrèrent la main de Ramut.

— Appelez la police, supplia Ramut. J'ai été enlevé, répéta-t-il, comme s'il n'avait plus d'autres mots dans son vocabulaire.

Zac et le concierge échangèrent un regard dubitatif. Zac montra son portable. Pas de panique, il prenait la situation en main.

— Je croyais que vous aviez disparu, dit Rousseau. Il me semble que dans *L'Express*, ils disaient que…

L'œil de Ramut s'alluma.

— Ils en ont parlé ? Les journaux ont parlé de moi ?

— Oui… enfin…

— J'ai lu que vous aviez fait une fugue avec une de vos maîtresses, insinua Suzana, les lèvres pincées.

— Il y en a même qui ont écrit que vous étiez mort. La mafia russe…

— Non, non, non, protesta Hurel, ce n'est pas ça. Dans *L'Obs*, d'après votre éditeur, vous vous étiez retiré pour écrire votre nouveau livre. Vous avez terminé ?

Ramut les dévisagea un par un. Leurs visages lui faisaient peur. Un tambour voilé battait dans sa tête. Qui étaient-ils ? Il n'avait pas retenu leurs noms. Une garde militaire pour le conduire à l'échafaud ? Des fantômes ou des apparitions comme les bonnes sœurs ? Peut-être étaient-ce les figurants d'un film ? Rien de ce qui l'entourait ne lui paraissait réel.

L'entrée de l'hôtel puait le carton-pâte, les meubles avaient été découpés dans du balsa, des marionnettes sans fil jouaient au concierge, au garçon, à la serveuse.

L'Enfant-Loup, en jogger, s'approcha en trottinant.

— Excusez-moi, vous êtes Pierre Ramut ?

Il sursauta.

— Qu'est-ce que vous me voulez ?

— Permettez-moi de vous saluer, dit l'Enfant-Loup sans cesser de sautiller sur place. Je suis un de vos admirateurs.

Il lui serra vigoureusement la main.

— Pourquoi n'écrivez-vous plus dans *Valeurs Françaises* ?

— Je vais reprendre.

— Tant mieux parce que si vous n'écrivez plus, je vais me désabonner. Celui qui vous a remplacé n'a pas votre classe.

— Merci. C'est gentil de me dire ça.

— C'est sincère. La France a besoin d'une voix comme la vôtre, monsieur Ramut. Une voix forte, nationale, qui n'a pas peur de dire leurs quatre vérités à tous les chômeurs, tous les assistés, ces immigrés qui pourrissent ce pays !

Zac fit mine d'éteindre son portable.

— La police envoie quelqu'un, dit-il en se tournant vers le concierge.

— Quand ? demanda Ramut avec anxiété.

— Ils arrivent.

Zac fit disparaître dans sa poche la lettre laissée par Muriel et entraîna Ramut à l'écart. Ils s'installèrent dans des fauteuils en compagnie de Suzana, de Rousseau et d'Hurel. L'Enfant-Loup alla s'asseoir à une place stratégique pour tout entendre, juste à côté d'une femme rousse enceinte portant des lunettes noires et un grand chapeau, Victoria...

— Faisons un test, proposa Rousseau, comme s'il reprenait le fil d'une conversation. On verra bien si la critique a une influence ou pas...

Il interrogea Ramut :

— Monsieur, vous par exemple, quel est le dernier film que vous ayez vu ?

— Je n'ai vu aucun film, répondit Ramut avec un regard de bête traquée.

— Vous ne lisez pas les critiques de cinéma ? demanda Hurel.

— Je me fous de la critique ! Je ne veux pas parler de ça. Je ne veux pas. J'ai été enlevé et...

— Calmez-vous, dit Suzana. Je suis d'accord avec vous. Cela ne sert à rien de lire les critiques de films.

Et s'adressant à Hurel et Rousseau :

— Monsieur a raison : les critiques sont les pires spectateurs que je connaisse ! Des incapables !

Elle rit.

— Et je parle d'expérience !

— Ça, le jour où on fera l'anthologie du texte con, il suffira de prendre les *Cahiers* pour remplir la moitié du livre !

— Parle pour toi ! rétorqua Suzana. Si les *Cahiers* font la moitié, l'autre moitié ne sera pas suffisante pour caser toutes les conneries écrites dans *Libé* ou *Le Monde*. Il faudra au moins cinq volumes!

— Ah, je ne te permets pas. Peut-être que toi tu écris n'importe quoi, tout le monde sait que tu as un goût de chiotte, mais…

— J'ai peut-être un goût de chiotte mais je ne me fais pas payer des séjours à Quiberon avec mon mec pour trouver géniaux des nanars aussi vides que prétentieux !

Ramut n'en pouvait plus. Il explosa :

— Taisez-vous ! Taisez-vous ! Vous me faites chier avec vos conneries sur le cinéma!

Et, geignard :

— Je veux parler à la police…

Zac intervint comme s'il n'avait rien entendu :

— Pierre – vous permettez que je vous appelle Pierre ? –, n'écoutez pas ce qu'ils disent. Vous avez raison, si nous épuisons le débat avant même le début des travaux, inutile de se réunir.

Après avoir fait le tour du hall, les deux Petites Sœurs des pauvres s'approchèrent.

— Nous réunissons des fonds pour les nécessiteux, psalmodia Dorith.

— Dieu vous le rendra, compléta Muriel en tendant la main.

Zac fut le plus prompt. Il sortit un billet de 20 euros de son portefeuille.

— Tenez mes sœurs…

— « Heureux les pauvres car ils verront le royaume de Dieu ! »

Rousseau, Hurel et Suzana se consultèrent du regard et, finalement, comme à regret, donnèrent aussi aux religieuses.

— Et vous ? demanda Suzana, interpellant Ramut.

— Je n'ai rien, je ne veux pas, je…

— Faites un effort, mon vieux ! Un peu de générosité ne vous tuera pas. Cherchez bien, je suis sûre que vous avez quelque chose.

Ramut renonça à discuter, il n'en pouvait plus. Les épaules voûtées, accablé, il fouilla dans la poche de sa veste. Il y trouva l'enveloppe avec sa dernière paye. Il prit 10 euros qu'il tendit à Muriel.

— Merci monsieur, vous êtes très bon. Merci madame…

— Vous me rappelez mon père ! s'exclama Rousseau. Vous gardez toujours votre fric dans une enveloppe ?

— C'est ma paye, murmura Ramut.

— Votre paye ? Je croyais que c'était interdit maintenant de verser un salaire en liquide, qu'il fallait un compte en banque ?

— J'ai été enlevé, répéta Ramut, hébété.

Kol et Dylan, en tenue de policiers municipaux, entrèrent au Westminster. Zac alla au-devant d'eux.

— C'est moi qui vous ai appelé.

— C'est à quel sujet ? demanda Kol, jouant son rôle. Zac désigna Ramut qui se tassait dans son fauteuil.

— Monsieur Pierre Ramut qui dit avoir été enlevé...

Kol s'approcha à pas mesurés. Il fronça les sourcils.

— Vous êtes Pierre Ramut ?

— Oui. Je veux porter plainte pour enlèvement et séquestration.

Dylan tira deux chaises en face de lui.

— Qu'est-ce qui vous est arrivé ? demanda-t-il tandis qu'ils s'installaient.

— J'ai été enfermé dans un bunker pendant plus de trois mois.

Kol sortit un carnet pour prendre des notes tandis que Zac filmait discrètement la scène avec son portable.

— Enfermé ?

— Oui, enlevé.
— Où avez vous été enfermé ?
— Je l'ignore. Je ne suis jamais sorti.
— Vous avez dit que c'était dans un bunker…
— Oui, mais je ne sais pas où.
— Comment savez-vous que c'était un bunker ?
— Les caves ne sont pas bétonnées et n'ont pas de meurtrières.
— Et vous n'avez pas pu voir où vous étiez ?
— Non, la meurtrière avait été murée et je n'entendais absolument rien de l'extérieur.
— Vous étiez en France ?
— Oui, je crois. En fait, oui, j'en suis sûr.
— Pourquoi ?
— Tout le monde parlait français sans accent.
— Ça ne prouve rien.
— Ils parlaient bien français, pas comme des étrangers. C'était des personnes éduquées.
— Ils étaient combien ?
— Je ne sais pas au juste, six ou sept…
— Vous n'avez aucun soupçon sur l'identité de vos ravisseurs ?
— Non, il y avait des hommes et des femmes, mais je ne sais pas qui ils pouvaient être.
— Comment ça ?
— Ils portaient toujours des masques de Blanche-Neige et des Sept Nains…
Ramut marqua un temps.

— Mais eux, c'étaient les exécutants. Le commanditaire n'était pas là.
— Vous savez qui était le commanditaire ?
Ramut hésita.
— Vous voulez savoir si j'ai des soupçons ?
— Vous en avez ?
— Oui, j'en ai.
Et, après une nouvelle hésitation :
— Je crois qu'Alexandre Camiri n'est pas étranger à ce qui m'est arrivé.
— Camiri ? Attendez…
Dylan se gratta la tête.
— Camiri, le patron de *Valeurs Françaises* ?
— L'éditorialiste qui a pris ma place.
— Il n'est plus éditorialiste. C'est le patron du journal depuis le retrait de Damien Noailles. Tout le monde en a parlé, son dernier édito a fait scandale.
Ramut se crispa.
— C'est l'amant de ma femme.
— Noailles ?
— Camiri.
— Ah… Et vous croyez que… ?
— Il est capable de tout.
Kol relut ses notes en hochant la tête.
— Ceux qui vous retenaient vous donnaient à penser que monsieur Camiri pourrait être impliqué ?

— Je suis sûr d'avoir entendu prononcer son nom au moins une fois.

— Par qui ?

— Par une des filles qui m'apportaient ma nourriture pour la semaine et un bleu propre.

— Un bleu ?

— Pour mon travail. Je touchais un bleu propre chaque semaine.

— Attendez, je ne vous suis plus.

Kol répéta lentement, s'arrêtant sur chaque point :

— Vous touchiez un bleu propre chaque semaine pour votre travail ? Vous étiez dans une usine ?

— Non, dans un bunker.

— Et vous travailliez ?

— Oui, sur une perceuse à colonne. Je perçais des trous dans du duralumin. J'ai d'ailleurs été payé pour ça.

— Vos ravisseurs vous payaient pour travailler ?

— J'ai des fiches de paye si vous voulez les voir.

— Montrez.

Ramut sortit l'enveloppe de sa poche et donna ses trois fiches de paye à Dylan qui les fit disparaître.

— Je les garde. Pour l'enquête…

Kol reprit la parole :

— Vous avez été battu ?

— Non.

— Torturé ?

— Non.

— Vous n'avez pas été maltraité ?

— Ils m'ont fait travailler.

— Travailler ?

— Percer des trous.

— C'est tout ?

— Non. Ils voulaient aussi que je fasse du vélo d'appartement pour garder la forme.

— Et ils vous ont payé pour faire du vélo et travailler ?

— Oui.

— En somme, c'était la relation banale entre un employeur et un employé ? Comme si vous étiez embauché dans un atelier de mécanique ?

— Oui.

— Et vous voulez porter plainte ?

— J'étais séquestré.

Dylan et Kol se consultèrent.

— Faudra voir avec le juge s'il n'y a pas un problème, soupira Dylan.

— C'est sûr qu'il y aura un problème, confirma Kol.

— Quel problème ?

— Je ne sais pas si votre plainte sera recevable.

— Pourquoi ?

— Vous déclarez que vous avez travaillé et que vous avez été payé pour ça. Correct ?

— Oui, j'ai été payé.

Dylan ricana :

— Est-ce qu'un employé peut porter plainte contre son patron parce qu'il travaille ?

— Mais je ne voulais pas travailler ! C'était du travail forcé !

— On ne fait pas toujours ce que l'on veut, philosopha Dylan. Tenez, moi par exemple, j'aurais préféré faire carrière dans l'aviation. Par les temps qui courent, il ne faut pas faire le difficile. C'est un privilège d'avoir un emploi…

Ramut n'osa rien répondre.

— Je résume, dit Kol. Vous avez été enlevé par Blanche-Neige et les Sept Nains, séquestré dans un bunker où l'on vous a payé pour percer des trous dans du…

— … du duralumin.

— Dans du duralumin.

— Pourquoi perciez-vous des trous précisément dans du duralumin ?

— Je l'ignore.

— C'était une sorte de punition ?

— Non. Ce n'était pas ça.

— Alors, ça ne servait à rien ?

— Ah si ! protesta Ramut. Ça servait. J'ai même dû augmenter ma production parce que notre carnet de commandes était rempli. Il y avait un gros client à servir…

— Excusez-moi, l'interrompit Dylan. Vous venez de dire « notre carnet de commandes », vous faisiez partie de la direction ?

— Non, j'ai dit ça mais… je n'étais qu'un ouvrier, je ne décidais rien. Je devais faire ce que l'on me disait de faire, c'est tout mais c'était important que cela soit fait dans les délais…

— Important pour qui ?

— Pour eux, mais pour moi aussi.

— De bien faire le travail ?

— Oui, ça m'aidait à tenir.

— Vous aimiez ce que vous faisiez ?

— J'aimais réussir à le faire.

— C'est une fierté de bien faire son travail, approuva Dylan. Moi, par exemple, en tant que policier municipal…

Kol lui coupa la parole.

— Ce n'était pas idiot de faire ça ? demanda-t-il à Ramut en se penchant vers lui.

— Non, j'étais fier. Ça servait.

— Et selon vous, ce pourrait être monsieur Camiri qui serait le chef de cette entreprise ?

— Oui.

— Mais vous ne l'avez jamais vu sur place…

— Non.

— Même sous le masque disons du prince charmant ?

— Il n'y avait pas de prince charmant.

— Pourquoi vous aurait-il fait travailler ?

— Pour m'humilier.

Ramut s'exalta :

— Mais il n'a pas réussi ! J'ai sorti huit cents pièces à l'heure les quinze derniers jours. Vous savez ce que ça représente de sortir huit cents pièces à l'heure ? Huit cents !

Il le cria presque :

— Huit cents !

Séparation

Le jour était gris et mouillé, la mer couleur de marécage.

La Brigade du rire se sépara au bord de l'eau après avoir revu la scène filmée par Zac. Une merveille qui les fit crier et s'esclaffer plus d'une fois. Quand se reverraient-ils ? Se reverraient-ils ? Bien malin qui aurait pu le dire…

Il leur fallait un horizon.

Le tournage de *Dom*, le film que produisait Zac, commençait dans trois semaines. Adèle, l'élève de Dylan, y ferait ses débuts mais ce n'était pas cela qui le préoccupait. Il avait averti sa fille de sa décision de vendre leur appartement, de lui donner la moitié de l'argent et de s'installer avec Nurith dès qu'elle aurait quitté Israël. Rachel l'avait mal pris. Hurel avait trouvé un repreneur pour son usine mais rien ne disait que les nouveaux propriétaires le maintiendraient à la tête de l'entreprise. Il était décidé à rester à son poste jusqu'au bout pour défendre les intérêts de son personnel. Après, il verrait. Il ne voulait faire aucun projet tant que Caroline ne serait pas sortie de l'hôpital où elle avait été admise pour une cure de sommeil. Rousseau allait reprendre ses cours en fac. Il était candidat pour un poste à Sciences-po mais ses chances de l'obtenir étaient faibles malgré son CV remarquable. Ses opinions étaient trop connues pour que la direction, ouvertement libérale, s'en accommode. Quant à Sandra, elle cherchait toujours un emploi stable, travaillant en attendant comme pigiste dans deux journaux, l'un consacré au jardinage, l'autre aux animaux de compagnie. Dylan voulait désormais se consacrer tout entier à la mise en scène de son *Hamlet* au lycée et à faire l'amour avec Dorith et Muriel jusqu'à ce qu'ils meurent dans les bras les uns des autres. Il ignorait que les deux sœurs avaient trouvé un éditeur pour ses « Poèmes sans retour » et qu'il aurait la surprise d'avoir un livre publié avant la fin de l'année. Dans une semaine, l'Enfant-Loup et Suzana iraient en voyage de noces à Barcelone et, de là, ils s'envoleraient directement en Australie où

Franck et sa femme les attendaient. En attendant, Kol et Victoria tiendraient le garage dans le Nord, jusqu'à la mise en vente de la maison et de l'atelier.

Cap

Victoria avait promis à Kol de lui montrer la falaise d'où Richard (dit Bob) s'était envolé pour redevenir un oiseau. Toute la bande salua leur départ avec de grands gestes des bras, agitant des mouchoirs, criant des « Cap au cap ! » qui se perdirent dans le vent. Victoria posa sa main sur la cuisse de Kol.

— Tu es triste de les quitter?

— Ils sont ma vie.

— Comme tu dis ça !

— Sans eux, je ne suis rien. En même temps, je suis content de prendre le large.

— Pourquoi ?

— Trop de choses dans la tête...

Il se tourna vers Victoria.

— Je suis un type intelligent, cultivé même dans mon genre.

— Plus que Dylan ou Rousseau ?

— Pas plus pas moins, mais je sais des choses qu'ils ne sauront jamais. La question n'est pas là. Je me demande à quoi servent mon intelligence, ma culture et tout le saint-frusquin.

— À m'aimer ?

Kol lui déposa un baiser dans le cou et tourna en direction du cap Blanc-Nez.

— Je n'ai pas besoin de mon intelligence pour ça.

— C'est vrai, il faut être idiot pour m'aimer !

— Que tu es bête !

Et, d'une voix rêveuse, il ajouta :

— Je te regarde et je sais que je t'aime. Parfois même je me surprends à voir mon amour dans tes yeux. Je suis en train de faire quelque chose et soudain je pense « je l'aime » comme si cet amour vivait perché sur mon épaule et me piquait l'oreille ou secouait ses ailes pour que je ne l'oublie pas.

— Si les autres savaient ça, ils se foutraient de toi !

— C'est pour ça que je me tire, dit Kol en riant.

Victoria rit avec lui et demanda sérieusement

— Qu'est-ce que tu as d'intelligent dans la tête et qui serait si difficile à supporter ?

— Si je le savais…

Kol se tut pendant un long moment. La légende que lui avait racontée l'Enfant-Loup lui revint en mémoire. Les Sept Dormants étaient sortis du bunker, c'est-à-dire de la grotte ou du tombeau. Ils étaient ressuscités. Ils retournaient à leur vie antérieure, une sorte de Paradis pour eux. Lui seul allait à l'inconnu. Où allait-il avec cette femme qui portait un enfant dans son ventre ? Il l'ignorait mais, en partant avec Victoria, il était certain de faire exactement ce qu'il devait faire.

Était-ce de l'intelligence ? Sûrement pas. Il n'y avait rien de moins réfléchi que ce voyage qui ne menait qu'à des questions. Était-ce de l'amour ? C'était ce qu'il prétendait, ce qu'il aurait voulu croire, mais il n'arrivait pas à se convaincre que l'amour puisse régir sa vie et lui permette de se dépasser. Quoi alors ? Un sens du devoir qui le poussait à ne pas laisser sa femme dans une situation difficile ? Une fidélité à un ami rayé de la feuille de match pour toujours ? Tout cela lui paraissait de fausses ou de mauvaises raisons. Il était avec Victoria parce qu'elle était si différente de lui, si étrange, si énigmatique qu'il la voyait comme la pièce manquante dans le puzzle en désordre de ses jours. S'il avait été croyant, il aurait dit que c'était un ange ou un dieu apparu dans son ciel pour le conduire au Paradis, comme dans la légende de l'Enfant-Loup. Un ange auquel il acceptait de se soumettre aveuglément, quoi qu'il annonce, quoi qu'il ordonne. C'était bien la preuve que son intelligence ne lui servait à rien ! Il pouvait tourner et retourner sa situation dans tous les sens, envisager tous les possibles, les analyser, les hiérarchiser, aucune idée, aucune direction, aucune conclusion ne se dégageait de ses réflexions.

Kol se sentait malmené par un torrent de sentiments contradictoires. Dylan avait raison : rien n'indiquait que Ramut ait été transformé après ses mois de travail dans le bunker mais eux – eux tous ! – avaient profondément changé comme si la détention de ce crétin satisfait n'avait eu pour but que de révéler ce qu'ils étaient vraiment. Cependant, Kol refusait de l'admettre entièrement. Pour une part oui, il voulait bien reconnaître qu'il avait bougé mais à la surface des choses, au ras du sol, dans son quotidien ; pour une autre non, au contraire, cela n'avait fait qu'approfondir sa détermination à se battre pour transformer le monde, à ne pas se laisser leurrer par les faux-semblants et les masques que le capitalisme produisait quotidiennement. Plus que jamais, il se sentait dur et chaud comme une brique réfractaire. C'était à cela que devait servir son intelligence, à trouver et à rassembler d'autres semblables pour ériger la première barricade.

Blanc-Nez

Ils arrivèrent au cap un peu après l'heure du déjeuner. Ils étaient pratiquement seuls sur le site. Très peu de touristes ; pas d'amateurs de modélisme pour concurrencer les mouettes avec leurs petits avions ; pas de délégation près de l'obélisque érigé à la mémoire de la patrouille de Douvres (*Dover Patrol*) qui défendit le cap aux côtés des Français. Kol respira à pleins poumons l'air du large tandis que Victoria s'emmitouflait dans un grand châle.

— Il paraît qu'on trouve des orchidées ici, fit-elle remarquer, les yeux dans le vague. Tu pourrais m'en cueillir…

Kol s'excusa.

— Il aurait fallu que tu viennes avec mon père, dit-il. Je suis sûr qu'il aurait su en dénicher ! Avec moi, si tu veux des orchidées, ce sera plus prudent de s'arrêter chez un fleuriste en repartant…

C'était vrai.

Kol le regrettait amèrement mais il était bien incapable de reconnaître la gentiane, le chou marin et encore moins la chlore, l'euphraise, le polygale ou l'hélianthème dont il avait lu les noms sur un panneau touristique.

Ils s'approchèrent du bord de la falaise.

La mer n'était que le reflet du ciel. Il fallait faire un effort pour les distinguer l'un de l'autre. Pas de vagues, pas de nuages, pas une voile ou un tanker à l'horizon. Deux immenses aplats, l'un plus bleu, l'autre plus vert, n'attendant qu'un signe pour se confondre. Une sérénité si complète qu'elle devenait inquiétante. Seule une légère brise troublait le silence.

— C'est beau, laissa échapper Kol.

Il se mordit la langue. Bob était mort ici et la beauté du paysage ne pouvait que raviver la douleur de Victoria. À tout prendre, il aurait mieux valu affronter une nature en furie, des éclairs, des bourrasques, un tremblement de terre, un bombardement.

— C'est de là qu'il a sauté ?
— Oui.
— Tu l'as vu ?

Victoria plaqua sa paume contre sa bouche. Elle se fit violence. Chaque mot blessait sa bouche.

— Il faisait le clown avec ses béquilles, raconta-t-elle d'une voix blanche. Je lui criais de faire attention. Ce n'était pas comme aujourd'hui. Ça soufflait fort, ça nous claquait aux oreilles, on s'entendait à peine. C'était affreux de voir Richard se déplacer comme une bête blessée ou un insecte géant. Il s'est éloigné de moi en riant : « Je suis un oiseau ! Je redeviens un oiseau ! » Soudain, il a écarté les bras : « Regarde, je m'envole ! » – et, avant que j'aie le temps de comprendre, il a plongé dans le vide…

Deux larmes coulaient sur les joues de Victoria. Kol la serra contre sa poitrine et la tint près de lui sans un mot. Il voulait la protéger du vent qui se levait, lui transmettre sa chaleur, chasser loin d'elle les orages du souvenir. Il lui caressa les cheveux comme on caresse un enfant pour l'apaiser. Il caressa ses épaules, son dos et posa doucement ses lèvres sur les siennes. Kol était toujours étonné de la douceur de la bouche de Victoria comme elle s'étonnait de l'ardeur de la sienne. Elle rejeta sa tête en arrière.

— Regarde ! dit-elle soudain en lui souriant.

Au loin, dans la mer, une forme noire apparaissait et disparaissait au ras de l'eau.

— C'est un type qui fait de la plongée ?

— Non, répondit Victoria, regarde bien. C'est un phoque ou un petit cétacé. Il y en a souvent dans le coin...

Kol était sceptique.

— T'es sûre ?

— Oui.

Kol scruta la forme mouvante.

— Non, ce n'est pas ça, affirma-t-il, plein d'assurance.

— Non ? Qu'est-ce que c'est alors ?

Kol prit le visage de Victoria dans ses mains pour l'approcher du sien.

— C'est Bob qui nous fait signe...

À force d'entraînement, Kol était devenu un bon jongleur. Dès que Victoria aurait accouché et que serait réglée la vente du garage de l'Enfant-Loup, ils avaient le projet de rejoindre le cirque où elle travaillait avec Bob pour proposer un numéro. Victoria serait la vedette, Kol son assistant, son porteur dans les figures acrobatiques, le clown chargé de distraire l'assistance pendant les changements de matériel ou de costume.

— On jongle ? suggéra-t-il, sortant les massues du coffre.

Et, pour effacer toute tristesse du visage de Victoria, il se coiffa d'une perruque jaune et mit le nez rouge qu'ils avaient acheté à Lille dans un magasin de farces et attrapes.

Elle ne pouvait pas refuser.

Ils commencèrent avec trois massues bleues pour s'échauffer, mais, très vite, ils ajoutèrent trois blanches et jonglèrent avec les six. Puis ils compliquèrent l'exercice en tournant sur eux-mêmes, en s'approchant, en s'éloignant, en accélérant les échanges. Victoria réclama une pause pour souffler.

— Va chercher les autres ! dit-elle à Kol.

— T'es sûre ?

— Il faut qu'on y arrive…

Kol sortit du coffre trois massues supplémentaires d'un rouge cerise éclatant.

— Prêt ?

— Vas-y !

Victoria et Kol jonglaient avec neuf massues qui, en se croisant dans l'espace, affichaient les couleurs du drapeau français. Kol faisait le clown, chantant une parodie de *La Marseillaise* que son père lui avait apprise.

À table, citoyens
Videz tous les flacons
Buvez, mangez
Qu'un vin très pur
Humecte vos poumons!

Victoria s'arrêta brusquement, laissant toutes les massues tomber à terre.

— Je perds les eaux, dit-elle, les jambes légèrement écartées comme si ce n'était pas à elle que ça arrivait.

Métro

Ramut avait bien tenté de joindre sa femme plusieurs fois sur son portable mais sans succès. Le numéro de Fab ne répondait pas, ni le poste fixe de l'appartement. Impossible de tirer de l'argent. Elle avait fait opposition sur toutes ses cartes de crédit. Ramut fut contraint de payer en liquide la chambre du Westminster, le room service, le champagne, le taxi et son billet de train acheté à la gare. Si bien qu'il lui restait à peine de quoi rentrer chez lui quand il arriva à Paris.

Ses payes avaient fondu…

Ramut n'avait pas pris le métro depuis des années. Il ne savait pas où acheter un ticket, ni ce que cela coûtait. Sans lever les yeux de son journal, l'employé du guichet « Informations » lui indiqua d'un geste que des machines étaient à sa disposition.

— Là bas, sur la gauche…

Il y avait la queue devant les automates, des personnes âgées, des touristes, des militaires et des jeunes qui chahutaient. Ramut dansait d'un pied sur l'autre, ne sachant que faire. Il avait chaud, il étouffait, il sentait une sueur glisser le long de son dos. Qu'est-ce qu'il faisait là ? Pourquoi tout était-il soudain si difficile ? Il n'avait pas la patience d'attendre son tour. Il tenta de resquiller, de contourner deux vieux arrivés avant lui. Mais ils le rabrouèrent vertement et le renvoyèrent à sa place en prenant les autres passagers à témoin de sa goujaterie. Soudain, Ramut vit une punkette profiter de la sortie d'un voyageur pour passer le portillon sans payer.

Il décida d'en faire autant.

À la correspondance, à Strasbourg-Saint-Denis, Ramut fut bloqué par un rang de contrôleurs qui vérifiaient les titres de transport.

— Vous n'avez pas de billet ?

— Je n'ai pas pu en prendre un, expliqua-t-il à la femme qui l'avait arrêté, il y avait la queue et…

— Mettez-vous là, s'il vous plaît monsieur.

— Je n'ai pas le temps ! s'énerva Ramut. Laissez-moi passer. Je dois absolument rentrer chez moi prévenir ma femme et mon fils !

Un contrôleur massif vint prendre le relais de sa collègue.

— Ne vous énervez pas, monsieur. Nous allons régler ça rapidement.

Ramut le toisa.

— Vous savez qui je suis ? Je suis Pierre Ramut, j'ai été enlevé et…

— Mettez-vous là, monsieur, insista le contrôleur en le tirant par le bras pour l'écarter du passage.

— Je vous dis que…

Le contrôleur ne l'écoutait pas.

— L'amende est de 45 euros si vous la réglez tout de suite. Si vous ne la réglez pas immédiatement, elle sera majorée à 75 euros…

— Mais c'est du vol !

— Vous n'avez pas à voyager sans titre de transport.

— Je n'ai pas 45 euros et encore moins 75 ! plaida Ramut. Je vous dis que j'ai été enlevé…

— Vous avez des papiers d'identité ? Ramut sortit fébrilement son portefeuille.

— Vous voyez : Pierre Ramut, c'est moi. Je suis l'éditorialiste du journal *Valeurs Françaises*…

Il montra sa carte de presse.

— Ça, c'est ma carte de presse, et si vous voulez voir…

— Votre carte d'identité me suffit, dit le contrôleur.

Ramut n'en pouvait plus. Il trépignait, il râlait, il parlait tout seul, geignant sur lui-même, maudissant le ciel, tandis que le contrôleur recopiait son nom et son adresse sur le bordereau d'infraction.

— Vous avez deux mois pour vous acquitter de l'amende, précisa-t-il en détachant un double qu'il lui tendit.

Et, avant que Ramut s'en aille :

— Vous devriez avoir honte. Comment voulez-vous que les jeunes aient une attitude citoyenne quand ils voient un homme de votre âge et de votre condition essayer de frauder…

Saint-Germain-des-Prés

Il faisait un grand beau temps. C'était la première fois depuis longtemps qu'il était dehors. En remontant le boulevard Saint-Germain, Ramut se le répétait sur tous les tons comme s'il ne parvenait pas à y croire.

— Dehors ! Dehors…

Il passa devant les terrasses bondées, les librairies, les magasins de mode d'un pas curieusement lourd, comme s'il marchait encore avec ses chaussures de sécurité. Il se sentait observé, surveillé et se tenait prêt à prendre ses jambes à son cou à la moindre alerte. Qui étaient ces gens qu'il croisait ? Pourquoi faisaient-ils semblant de ne pas le voir ? Aucun visage ne lui semblait familier, ce qui ne fit qu'augmenter son sentiment d'oppression, d'étrangeté. Ceux qu'il croisait parlaient anglais, allemand, italien, arabe… Le boulevard lui-même lui parut avoir été transformé sans qu'il puisse décider s'il avait été élargi ou au contraire rétréci.

Ramut ne voulait pas marcher plus vite ni courir pour ne pas se faire remarquer. Pourtant ce n'était pas l'envie qui lui en manquait. Il tremblait de hâte contenue. Qu'allait-il trouver en arrivant ? Fab serait-elle contente de le revoir ? Et son fils, il devait se demander où il avait pu passer… Ramut ferma les yeux et fit quelques pas avant de les rouvrir comme s'il se réveillait en sursaut. Rien de ce qui lui était arrivé ne lui paraissait réel, le bunker, la perceuse, le duralumin, tout cela sortait d'un cauchemar dont il avait été le prisonnier. L'idée qu'il était mort lui traversa l'esprit. Il pensa : « Je suis mort. C'est cela l'Enfer, travailler à des tâches absurdes, errer dans une ville qui n'est qu'un décor, ne pouvoir parler à personne… » Il se fit bousculer par une femme qui téléphonait en marchant.

— Oh pardon, dit-elle, je ne vous avais pas vu !

Visite

Ce n'était pas fermé à clef.

Ramut poussa la porte de chez lui avec précaution, saisi par le silence et par la pesanteur de l'air. Les fenêtres n'avaient pas dû être ouvertes depuis longtemps.

— Fab ? dit-il sans hausser le ton, comme s'il entrait dans un sanctuaire.

Soudain, il entendit des voix.

— Fab ? répéta-t-il d'un ton plus haut, se dirigeant rapidement au fond de l'appartement.

Dans le salon, Ramut tomba nez à nez avec un couple d'une cinquantaine d'années en compagnie d'un jeune homme qui semblait comme chez lui.

— Qu'est-ce que vous faites là ?

La femme lui sourit.

— Nous visitons…

Le jeune homme s'approcha de Ramut.

— Et vous, monsieur ? Vous êtes la personne qui vient pour les travaux ?

— Je suis ici chez moi, dit Ramut sans desserrer les dents.

— Plaît-il ?

— Vous êtes chez moi !

Le jeune homme s'excusa :

— Monsieur Ramut ?

— Oui.

— Enchanté, dit-il en lui tendant la main. Je suis David Condorcet de l'agence Bornemaud. J'ai essayé de vous prévenir de la visite mais votre téléphone sonnait dans le vide.

— Où est ma femme ? demanda Ramut, tandis que le couple avait sorti un mètre ruban et prenait des mesures.

— Je l'ignore, répondit le jeune homme. Je n'ai pas revu madame depuis qu'elle nous a confié le mandat et les clefs…

Ramut déglutit.

— L'appartement est en vente ?

— Non, je n'y crois pas ! Vous n'étiez pas au courant ? s'inquiéta David Condorcet, fronçant exagérément les sourcils.

— Non.

— Ah les femmes ! soupira le jeune homme, levant les bras au ciel.

Et, se tournant vers le couple :

— Je vous présente monsieur et madame Commère qui sont – j'espère que je ne m'avance pas trop – très intéressés par le bien…

— C'est vrai que c'est tentant ! reconnut la femme.

Son mari ajouta en grimaçant :

— Il faudra que vous fassiez un petit effort sur le prix.

C'était trop. Ramut ne pouvait pas entendre ça. Il explosa :

— Foutez le camp ! Foutez le camp de chez moi ! Dehors ! Raouste !

— Pardon ?

— Foutez le camp ! Vous n'avez rien à faire chez moi ! Disparaissez ! Dehors !

— Nous avons un mandat ! protesta le jeune homme en reculant d'un pas.

Ramut serra les poings, son visage s'empourpra.

— Si vous n'êtes pas partis dans deux minutes…

— Il est fou ! cria la femme en se sauvant. Il est fou ! Il ne faut pas rester là ! C'est un fou !

Son mari lui emboîta le pas.

— Vous n'êtes pas près de nous revoir ! Ah ça je vous en fiche mon billet ! Vous pouvez le garder, votre appartement de merde ! Il pue !

David Condorcet tenta de les rattraper.

— Attendez ! Je ne sais pas qui est cette personne. Si ça se trouve, il n'est pas du tout ce qu'il dit. Je vais avertir la police ! Je vous en prie...

La porte claqua.

Ils étaient partis.

Ramut se laissa tomber sur le canapé sans remarquer le sang séché qui le tachait. Il se sentait épuisé, incapable de penser quoi que ce soit. Tout ce qui l'entourait lui semblait mort. Il était dans un cimetière où les tombes étaient une table en lave émaillée, des fauteuils trop grands, des rideaux sinistres... Après un long moment où il demeura sans souffle, sans volonté, il se leva avec une lenteur d'homme de pierre.

La cuisine était d'une propreté éclatante, la salle de bains aussi. Tout avait été briqué, lustré sans doute en prévision des visites pour la vente Le ménage avait été fait dans la chambre où, par dérision, il alluma le néon *Valeurs Françaises* qui clignota au-dessus des lits bordés au carré. Ramut trouva son bureau dans l'état où il l'avait quitté. Son portrait en Bonaparte au pont d'Arcole lui parut d'une stupidité achevée. Il se retint de bousculer le lutrin et d'envoyer valser son édition reliée de *La France debout*. Ses livres de collection, ses vitrines, son mobilier, tout cela paraissait ridicule. Ramut décrocha son portrait qui dissimulait un petit coffre scellé dans la pierre. Il fit le code et l'ouvrit fiévreusement. La réserve de liquide qu'il gardait toujours là avait disparu.

— La salope ! jura-t-il entre ses dents.

Il était maudit ! Non seulement il avait dû régler l'hôtel et les frais au Touquet, mais s'y ajoutait l'amende dans le métro, l'appartement en vente et maintenant son argent volatilisé ! Celui ou ceux qui lui en voulaient avaient juré de l'abattre, mais il était décidé à ne pas se laisser faire.

La chambre de son fils était rangée comme s'il n'y avait jamais vécu. Il ne restait comme trace de sa présence qu'une tirelire obèse posée sur la table de nuit, sentinelle ironique et dérisoire du vide qui l'entourait. Ramut prit le gros cochon rose, le secoua machinalement. Il entendit tinter des pièces.

— Sauvé, murmura-t-il dans un soupir.

Et, sans hésiter il le fracassa contre le montant du lit. Aussitôt Ramut s'agenouilla pour ramasser l'argent qui s'y trouvait. Avec le billet laissé par Rousseau il y avait en tout près de 30 euros. Ce n'était pas grand-chose mais c'était déjà ça ! Au lieu de se relever immédiatement, Ramut s'aplatit pour regarder sous le lit comme s'il craignait soudain que son fils y soit caché et l'ait vu dérober son argent. Ramut remercia le ciel, il n'y était pas. Il se jura qu'il rembourserait tout, qu'il achèterait une tirelire neuve à son fils et lui rendrait ce qu'il empruntait avec les intérêts. Rassuré, il se redressa avec peine, les membres ankylosés, le front douloureux. Tout lui pesait. Il dut s'asseoir pour souffler, penché en avant, la tête entre les mains comme au sortir d'une terrible collision. Ramut n'avait pas d'affection particulière pour cet enfant, mais c'était son fils et cela comptait pour lui. S'il n'était plus en pension, si ses affaires avaient disparu, il était avec sa mère qui avait dû prendre l'argent pour parer au plus pressé. Où étaient-ils passés ? Où était Fab ? L'absence de sa femme pouvait s'expliquer de trois façons : elle était allée chez sa mère à Nice ou en vadrouille à Londres, voire à New York ; elle faisait peut-être une retraite spirituelle dans un couvent bénédictin, comme elle l'avait déjà fait quelques années plus tôt ; elle l'avait quitté, avait emménagé chez Alex ou chez un autre amant...

Ramut sentit son sang se glacer.

— Non, gémit-il.

Puis il rugit :

— Non !

Et il retourna précipitamment dans sa chambre.

Il renversa les lits, fit voler oreillers, couvre-lits, couettes. Il bouscula les tables de chevet et lança une chaise qui fit exploser le néon *Valeurs Françaises*. Il tenta d'arracher les rideaux, ahanant, beuglant : « Saloperie ! pourriture ! » La tringle céda, manquant l'assommer. Il voyait Fab, il voyait Satan, il voyait Blanche-Neige ! De rage, il brisa la glace de la coiffeuse, criant sans reprendre haleine :

— Non ! Non ! Non !

Il n'y avait plus rien dans le dressing, rien sur les cintres, rien sur les étagères qu'il martela à coups de poing. Son regard tomba alors sur un masque de carnaval posé sur une pile de chemises brodées aux initiales de leur propriétaire : A.C, Alexandre Camiri.

Grève

Une inscription en lettres rouges zébrait les portes vitrées à l'entrée de *Valeurs Françaises* : EN GRÈVE. Le traitement de choc appliqué par Alex avait dressé la rédaction contre lui. Les AG succédaient aux AG, des banderoles pendaient dans les couloirs : « Non aux suppressions de postes », « Mort aux cons ! », « Un journal, pas un torchon » ; de fausses unes étaient affichées sur les murs : « *Valeurs Françaises*, l'hebdo qui manque de correction ! », « Camirikiki, mascotte des actionnaires », « Dessine-moi un chômeur », etc.

Sandra était passée voir Jean-Pierre, le délégué CGC dont le poste était supprimé comme l'étaient toutes les collaborations extérieures.

— Vous en êtes où ? lui demanda-t-elle, déposant sa dernière note de pige sur son bureau.

— Il va être obligé d'en rabattre.

— Tout le monde est mobilisé ?

— Oui, sauf la CFDT.

— Méfiez-vous des jaunes.

— Toujours prête à leur régler leur compte ?

— Un mot de toi et j'en parle à mon fils…

Il l'embrassa sur le front avant de la raccompagner

— Si besoin est…

Ils rirent.

À *Demain le jour*, la grande Corinne avait filmé la scène du bombage avec son téléphone et l'avait mise en ligne. Un grand succès sur le Net et une plainte déposée contre Sandra. Mais elle s'en fichait. Elle avait fait la seule chose à faire pour empêcher la parution du journal pendant la grève et ça avait marché. Si elle était condamnée, elle accrocherait sa condamnation comme une médaille, une croix de guerre avec palmes, à côté de l'entrefilet triomphal de *L'Équipe* que son mari avait fait encadrer.

Ramut fit son entrée dans la rédaction, le visage dissimulé sous le masque de Joyeux. Il y eut un petit attroupement amusé auxquels se joignirent Jean-Pierre et Sandra.

— Qui c'est ce clown ? C'est l'inspecteur du travail ?

— C'est ton père qui vient te chercher !

— Eh, papy, tu ne vois pas qu'on est en grève ?

— Enlève ton masque, c'est pas le moment de déconner ! On t'a reconnu!

Ramut écarta d'un geste ceux qui s'approchaient trop de lui.

— Faites pas chier !

Soudain, il vit les mocassins roses que Sandra portait dans le bunker. Des mocassins inoubliables !

— C'est elle ! C'est elle ! Appelez la police ! beugla-t-il en cherchant à la saisir par un bras.

Jean-Pierre s'interposa :

— Qu'est-ce qui vous prend ? Vous êtes dingue !

— C'est elle ! Je vous dis que c'est elle !

Sandra se dissimula derrière Jean-Pierre et les autres puis se faufila vers la sortie sans laisser à Ramut le temps de voir son visage. Il voulut la poursuivre, mais ceux qui l'entouraient firent barrage.

— Lâchez-moi ! criait Ramut en se débattant. Foutez-moi la paix, bande de cons ! Appelez la police ! Arrêtez cette femme ! Elle a des mocassins roses ! Arrêtez-la !

Alerté par les cris, Alex sortit de son bureau, suivi par Maïa et maître Moschino avec qui il était en réunion.

— Qu'est-ce que c'est que ce bordel ?

— C'est à moi de te poser la question, grommela Ramut, tremblant de colère.

Alex s'étrangla de surprise.

— Pierre ?

Et, le souffle court :

— Ah, j'y crois pas ! Pierre ! Mais où t'étais passé ? Ça fait des mois que tout le monde te cherche ! T'étais au carnaval ?

Ramut ôta son masque.

— Je suis venu te rendre ça, dit-il en le tendant à Alex.

— Qu'est-ce que tu veux que j'en fasse ?

— C'est à toi de me le dire.

— À moi ?

— Tu es content ? Tu as réussi…

— De quoi tu me parles ?

— C'est toi le patron, ici, maintenant ?

— Oui, Damien a été écarté par l'actionnaire. Il y a eu beaucoup de changements depuis ta disparition.

— Je vois, tout le monde est en grève.

Alex émit un petit grognement méprisant, il refusait de répondre à ça…

Ramut le dévisagea.

— Je ne suis plus dans l'ours.

— Tu avais disparu. Personne ne savait où tu étais. Les flics te croyaient mort…

— Je ne fais plus partie de la rédaction ?

— Non, avoua Alex sans détour. Mais je ne m'inquiète pas pour toi. Tu as du talent, tu connais tout le monde. Tu retrouveras vite quelque chose.

— Et mes trois mois et onze jours ?

— Pendant ton absence, ton salaire a toujours été versé.

Ramut bougonna.

— Où est Fab ?

— Je ne sais pas. Ça fait longtemps que nous ne nous sommes pas vus.

— Elle n'est pas chez toi ?

— Pourquoi serait-elle chez moi ?

— Ne me prends pas pour un con.

Alex biaisa.

— Appelle-la, dit-il avec une petite grimace d'encouragement. Si elle n'est pas chez vous, elle te dira où elle est.

— Son portable ne répond pas. Ni le fixe.

— Ton fils doit savoir.

— Il a quitté sa pension.

— Avec elle ?

— J'imagine.

Ramut enfonça ses mains dans les poches de sa veste.

— J'ai porté plainte pour enlèvement et séquestration, dit-il, très tendu.

Alex leva un sourcil.

— Tu as été enlevé ?

— Et séquestré.

— Par qui ?

— Par des nains.

Alex regarda le masque que Ramut lui avait donné et, par jeu, le posa sur son visage.

— Ils avaient ça sur la tête ? Je n'arrive pas à y croire.

En voyant Alex transformé en Joyeux, Ramut fut soudain certain que c'était bien lui qui avait tout manigancé. Lui et les autres. Il se tourna vers les journalistes qui le cernaient, oui, eux aussi étaient dans le coup. C'était comme dans un polar d'Agatha Christie : ils étaient tous dans le coup ! Ramut ne voyait plus leurs visages, il voyait Grincheux, Prof, Dormeur…

— Tu devrais pourtant y croire plus que tout autre, déclara-t-il, figé dans le ressentiment.

Alex ôta son masque.

— Ah ?

— Tu es le mieux placé pour le savoir, non ?

— Explique-moi pourquoi.

— Parce que c'est toi qui m'as fait enlever, affirma Ramut avec un sourire mauvais.

— Moi ? s'exclama Alex.

Il ne put s'empêcher de ricaner.

— Mon pauvre Pierre, je ne sais pas qui t'a fourré cette idée dans la tête ou si tu l'as trouvée tout seul mais, en tout cas, tu te mets le doigt dans l'œil jusqu'au coude !

Et, prenant la rédaction à témoin :

— Parle-nous plutôt de la blonde qui courait toute nue dans ta chambre !

Il y eut des rires. Ramut enrageait.

— J'ai trouvé ton masque chez moi, dit-il, vibrant de colère, sur les chemises brodées à tes initiales et, en arrivant, j'ai croisé ta complice aux mocassins roses…

— Ma complice ?

— La fille qui s'est tirée dès qu'elle m'a vu. Tu la baises aussi celle-là ?

Alex soupira.

— Je ne sais pas ce qui a pu t'arriver, Pierre, mais je suis sûr que tu devrais prendre un peu de repos pour mettre tout ça au clair.

— Tu crois que tu vas t'en tirer comme ça ?

Alex, découragé, se tourna vers maître Moschino.

— Je vous en prie, maître, essayez de le raisonner.

Maïa voulut intervenir. Ramut aboya en direction de l'avocat et de la DRH :

— Fermez-la ou je vous fous sur la gueule.

Alex siffla d'admiration.

— On dirait que tu as changé de vocabulaire, dit-il sarcastique. Je ne sais pas où tu étais mais…

— Tu sais parfaitement où j'étais et tu sais parfaitement ce que tu m'as fait faire.

— Pierre, redescends sur terre. Tu perds la boule !

Ramut haletait.

— Tu m'as fait travailler comme un con pendant plus de trois mois, tous les jours, toutes les semaines, sans arrêt, payé avec un lance-pierre ! Tu sais ce que c'est de travailler ? Non, tu ne sais pas ce que c'est ! Tu sais ce que c'est de bouffer de la merde ? Tu ne le sais pas non plus. Tu ne sais rien. Tu ne penses qu'avec ta queue !

Ramut reprit son souffle.

— Est-ce que tu peux imaginer ce que c'est d'être obligé de prendre le métro parce que tu n'as plus rien ?

Alex fit signe à Ramut de se calmer.

— Calmos, dit-il. T'es pathétique.

— Ta gueule ! N'emploie pas de mots dont tu ignores le sens !

— Stop. Stop ! Je ne veux pas discuter. C'est déjà assez compliqué ici. *Valeurs Françaises*, c'est fini pour toi. Téléphone-moi demain ou fais téléphoner par ton conseil pour me dire ce que tu veux. Nous allons régler ton départ au mieux et, en attendant, dégage, je ne veux plus te voir.

Ramut fit un pas vers lui.

— Tu croyais que j'allais crever, hein ?

— Je crois que tu es malade, dit Alex.

— Ça t'aurait fait plaisir que je crève ? dit Ramut avec un accent de triomphe. Un bel accident du travail qui n'aurait pas fait une ligne dans la presse ? Et toi, tu ramassais le beurre, l'argent du beurre et le cul de la crémière !

Alex tendit le bras pour lui indiquer la porte.

— Je te demande de sortir, dit-il le plus froidement qu'il put.

— Tu n'as pas d'ordres à me donner !

— Sors.

Ramut tira de sa poche un couteau qu'il avait pris dans sa cuisine.

— C'est toi qui vas sortir ! cria-t-il en précipitant sur Alex pour le frapper.

Maïa tendit la jambe.

Ramut trébucha, perdit l'équilibre et s'étala dans le couloir sans parvenir à toucher Alex. Par réflexe, Jean-Pierre écrasa son pied sur le couteau tandis que deux journalistes tombaient sur Ramut pour le plaquer au sol.

Calais

Victoria accoucha « boulevard des Justes », à l'hôpital de Calais où Kol l'avait conduite en urgence. L'adresse était de bon augure…

Kol ne fut pas autorisé à assister à l'accouchement. La petite Zoé vint prématurément au monde en moins de deux heures, mais sans la moindre complication.

— Comme une lettre à la poste ! commenta la sage-femme stagiaire qui vint l'avertir.

Cela soulagea un peu Kol mais pas entièrement. Dans le couloir, pendant qu'il attendait hors de la salle de travail, il avait ressenti les douleurs de la naissance comme si c'était lui qui donnait la vie à Zoé. Il avait mal aux épaules, aux bras, au cou et tout son corps semblait pris dans une gangue de fatigue dont il ne parvenait pas à se défaire. La bonne nouvelle le réconforta. Son cœur retrouva un rythme normal. Il avait soudain envie de danser, de crier, de faire partager à tous la joie qui l'illuminait, mais il était seul dans le couloir.

Kol se força alors à faire des étirements, à sautiller sur place comme un boxeur, à faire des exercices d'assouplissement avant de rejoindre Victoria et la petite.

— Ça va ?

Victoria tenait le bébé dans ses bras. Elle répondit d'un sourire muet puis elle tourna Zoé pour que Kol puisse la voir de face, faire vraiment sa connaissance. C'est vrai qu'elle était petite mais parfaitement formée, vive, scrutant le monde de deux yeux noirs qui stupéfièrent Kol.

Dans l'instant, il tomba amoureux d'elle…

Une heure plus tard

Victoria partageait sa chambre avec une Africaine dont le fils, Serge-Wilfrid, était né la veille.

— Pas de danger qu'on les confonde, s'attendrit Kol, passant devant les berceaux.

Il posa sur la table de nuit la fleur en pot qu'il était descendu acheter pour fêter la naissance de Zoé, la vie...

— J'ai trouvé une orchidée...

— Trop fort ! marmonna Victoria dans un demi-sommeil.

Kol l'embrassa, mit sa main dans la sienne et s'assit sur le bord du lit.

— Dors, je suis là.

Victoria ferma les yeux. Son visage était comme lavé des angoisses, des peurs, des douleurs qui avaient pu l'altérer. Jamais elle n'avait paru aussi belle, aussi sereine. Kol se jura de ne pas répéter les erreurs qu'il avait commises avec les autres femmes de sa vie. Il serait présent, attentif, constant. Il voulait garder Victoria contre son cœur, voir grandir avec elle la petite Zoé, sa fille, leur fille...

— Nous vieillirons ensemble, murmura-t-il pour lui-même, comme un serment.

La télé ronronnait dans un angle de la pièce quand le regard de Kol fut attiré par un gros plan sur l'invité du 20 heures.

— Nous recevons ce soir Pierre Ramut, éditorialiste à l'hebdomadaire *Valeurs Françaises*, auteur de *La France debout*…

Loïc Lessier, le présentateur, sourit, vérifiant du coin de l'œil que la caméra revenait bien sur lui.

— Bonsoir, Pierre Ramut…, dit-il d'une voix travaillée dans les graves.

— Bonsoir.

— Vous venez de vivre une aventure peu banale : vous avez été enlevé et séquestré pendant trois mois et onze jours et vous ne savez pas par qui ?

— Non.

— Des terroristes ?

— Je ne sais pas.

— Des islamistes ?

— Je ne crois pas.

— Une organisation politique ?

— Peut-être…

— Vous n'êtes pas sûr ?

— Non.

— Ils parlaient français ?

— Oui. Ils étaient français, en tout cas francophones. Ils parlaient très bien français, sans accent.

— Mais vous ne les avez pas vus ?

— Non, ils portaient toujours des masques.

— Des cagoules ?

— Des masques de Blanche-Neige, Prof, Simplet, Atchoum, Grincheux...

— Les Sept Nains ?

— Oui.

Loïc Lessier sourit.

— C'est étrange de penser que vous avez été enlevé et séquestré par Blanche-Neige et les Sept Nains, non ?

— C'est pourtant la vérité. Sauf que Blanche-Neige n'était pas là...

— Pardon ?

— Je n'ai jamais vu leur chef, je n'ai vu que les nains. Surtout Grincheux et Joyeux.

Lessier hocha la tête, tout se compliquait.

— Racontez-nous. Ces nains, ils voulaient quoi ? Faire votre procès comme les Brigades rouges ? Vous faire publier une déclaration comme les Corses ? Obtenir une rançon comme les djihadistes ?

— Ils ne voulaient rien.

— Rien ?

— Non, ils ne m'ont pas interrogé, ils ne m'ont jamais réclamé d'argent. Ils m'en ont même donné...

Loïc Lessier avala sa salive.

— Vos ravisseurs vous ont donné de l'argent ?

— Oui, j'ai été payé pour mes trois mois...

— Excusez-moi, dit Loïc Lessier les deux index levés, le sourire aux lèvres, mais il faut que vous nous expliquiez : vous êtes enlevé, séquestré par Blanche-Neige et les Sept Nains et vos ravisseurs, non seulement ne réclament pas de rançon mais, au contraire, vous payent…

— Je travaillais pour eux. Ils m'ont payé pour ce que j'ai fait.

Lessier plissa les yeux.

— Vous étiez à Disneyland ?

— Non, dans un bunker. Je travaillais sur une perceuse à colonne. Une perceuse JET. Je perçais des trous dans du duralumin.

Devant la mine stupéfaite de Loïc Lessier, Ramut expliqua :

— Je devais faire six cents pièces à l'heure. Je suis allé jusqu'à huit cents…

— Et vous avez fait ça…

— … tout le temps. Je faisais les trois-huit, quarante-cinq heures par semaine et plus. Je travaillais le samedi, et je devais faire des heures sup' quand il y avait un coup de chauffe.

— C'est pour ça qu'ils vous ont payé ?

— Oui, au Smic moins 20 % pour concurrencer les Chinois et ils retenaient sur ma paye les frais de logement, de nourriture et de blanchisserie et un forfait pour l'électricité et l'eau…

Loïc Lessier tenta de réprimer le rire qui le gagnait.

— Excusez-moi, mais j'ai du mal à imaginer Blanche-Neige et les Sept Nains vous faisant percer des trous…

— Il n'y a pas de quoi rire, c'était très dur. Regardez mes mains. Vous n'imaginez pas ce que c'est de travailler. Je suis sûr que vous ne savez pas ce que c'est…

— De percer des trous, non.

— Dix ou douze heures par jour, quarante-cinq heures par semaine, debout toute la journée avec la cadence qu'il faut soutenir et les temps qu'il ne faut pas couler.

— Couler quoi ?

— Vous ne comprenez pas le français ? Couler mon temps ! Ne pas arriver à faire ce que je devais faire dans le temps imparti…

Loïc Lessier se mordit les lèvres.

— Ah oui, dit-il, très bien. Je comprends.

Et, tentant de demeurer impassible :

— En somme vous étiez salarié par Blanche-Neige et les Sept Nains ?

— Je travaillais.

Lessier ne parvint pas à garder son sérieux. Il pouffa.

— Et ils vous faisaient chanter : « Heigh-ho, Heigh-ho, nous allons au boulot » ?

— Vous vous foutez de moi ?

— Avouez que c'est drôle, non, de travailler pour Blanche-Neige et les Sept Nains…

— Ce n'est pas drôle du tout !

— Ah si ! Ah si !

Le rire gagna Loïc Lessier, d'abord par petites secousses puis par rafales qui le débordèrent, un flot immense qui le secoua tout entier. Un fou rire, une vague scélérate qui noya tout le plateau, la régie, les couloirs. Ce fut une tempête, un ouragan qui laissa Ramut comme un naufragé abandonné de tous au milieu de l'Océan. Il ne voyait plus le décor, ni les projecteurs, ni le prompteur, ni les écrans de contrôle. Il ne voyait que des rires. Les deux cameramen sanglotaient en s'esclaffant, l'assistant, le régisseur, la scripte se gondolaient à se faire des nœuds dans les entrailles. À s'en faire péter la sous-ventrière. Le rire de Lessier assourdissait Ramut, le bâillonnait, l'écrasait sous ses coups redoublés. Le présentateur répétait « ils vous ont fait travailler ! » et son rire reprenait crescendo, plus intense, comme s'il n'était plus un ni dix à rire mais cent, mais mille. Il s'étranglait, pleurait, bafouillait par saccades « vous avez tra-vava-i-i-i-i-illé ! ». Un rire dément qui se propagea à la vitesse d'un incendie.

Tous riaient, riaient, riaient !

— Travailler ! Ils vous ont fait travailler !

L'écran ne fut plus qu'un rire.

Betty sortit du cinéma chavirée par l'histoire de Vivian Maier, une bonne d'enfants américaine dont un jeune homme venait de découvrir l'œuvre photographique. Il y avait des milliers et des milliers de photos dans une malle et, parmi elles, de véritables chefs-d'œuvre en noir et blanc et en couleurs ! Une drôle de bonne femme cette Vivian Maier qui empilait les journaux chez elle jusqu'à faire craquer le plancher, rudoyait les petits dont elle avait la charge et ne cessa jamais de photographier, sans jamais montrer son travail à quiconque. Une sorte de Janus, moitié monstre, moitié génie…

Betty se demandait quel film on pourrait faire sur elle si, dans dix ou cent ans, on découvrait son livre de rêves et que l'on recherchait à tirer son auteur du néant où elle serait. Elle n'avait pas encore noté le dernier qu'elle avait fait mais elle l'avait en tête aussi clairement que si elle était encore en train de dormir. D'ailleurs, elle ne savait pas si elle l'écrirait. C'était un rêve trop sale, trop bizarre. Elle était à l'église, comme elle y allait lorsqu'elle était enfant et que sa mère la forçait à suivre le catéchisme. C'était elle aujourd'hui dans des habits de fillette endimanchée. Il n'y avait personne dans la nef mais elle sentait que des hommes l'entouraient sans se montrer. Des prêtres ? Des juges ? Des diables ? En tout cas, d'horribles bonshommes qui lui voulaient du mal. Soudain, une main invisible lui arrachait un morceau de son corsage, puis une autre et une autre encore qui déchirait sa jupe aussi rapidement qu'une attaque d'étourneaux sur un cerisier chargé de fruits. Elles l'effeuillaient sans égards pour sa pudeur. Elle fut vite toute nue, la peau griffée, piquetée de sang. Elle avait peur, elle tremblait, gémissait sans parvenir à pleurer. Pour échapper à une nouvelle attaque, elle courait soudain vers l'autel en bousculant chaises et prie-Dieu. Brusquement, elle s'arrêtait devant un grand christ en croix et levait les yeux vers lui, implorant sa protection. Le crucifié avait son visage ! C'était elle sur la croix, perruque blonde, rouge à lèvres écarlate, yeux maquillés à l'excès. La crucifiée l'injuriait, la traitait de tous les noms, « putain ! », « salope ! », « connasse ! », et lui crachait dessus jusqu'à ce qu'elle se réveille en sueur, le cœur battant, les lèvres sèches.

Est-ce que Vivian Maier capturait ses rêves en faisant des photos comme on épingle des papillons dans une boîte pour être sûr qu'ils ne viendront plus jamais vous tourmenter ? Est-ce que les hommes et les femmes qu'elle photographiait étaient les démons qui la persécutaient et qu'elle emprisonnait dans son appareil ? Pourquoi avait-elle fait d'innombrables autoportraits ? Que cherchait-elle sur son visage ? Quels signes ? Voulait-elle se voir telle qu'elle était ou déjà telle qu'elle serait dans l'au-delà ? De quoi avait-elle peur ? Betty se sentait assaillie par toutes ces questions comme si elle se débattait au milieu d'un essaim d'abeilles.

Elle s'engagea dans le silence d'une rue quasiment déserte. Elle cherchait un café, un bar, un abri tranquille où s'asseoir un moment pour réfléchir à tout cela. Pendant longtemps, sa vie avait été comme enfermée dans un périmètre étroit, un petit espace cerné de barbelés invisibles dans le village où elle avait grandi. Il s'était élargi quand elle avait quitté ses parents pour se marier et élargi encore quand elle avait trouvé ce poste dans l'imprimerie et s'était retrouvée au milieu d'une centaine d'hommes et de quelques femmes. Il y avait eu la grève, la bagarre et puis Kol qui l'avait emmenée plus loin qu'elle n'aurait jamais pensé aller. Soudain, le monde lui avait paru plus large, plus profond, plus désirable et elle s'était élancée à sa découverte avant de mourir étouffée sous le quotidien, la tristesse et l'ennui. Le Restauroute, même confiné entre deux échangeurs, coincé entre les pompes et les boutiques, avait été un élargissement de plus et, quand elle avait filé avec Didine, elle avait pu mesurer combien son territoire était devenu vaste. Maintenant qu'elle était à Paris, elle atteignait le bout des cercles concentriques, les limites de la terre connue. Betty prit une profonde inspiration. Tout cela serait très vite trop étroit pour elle, l'espace, le bleu du ciel l'attendait…

Épilogue

Betty entra au Broadway Bar. Elle repéra aussitôt le type assis sur un tabouret haut qui semblait seul, terriblement seul, devant son verre de whisky. Elle pensa qu'avec un peu d'habileté elle pourrait se faire offrir une nuit d'hôtel.

— Vous êtes marié ? dit-elle en s'asseyant à côté de lui.

— Pardon ?

— Je vous demande si vous êtes marié ?

Ramut se tourna vers elle.

— Qu'est-ce que ça peut vous faire ?

— Laissez tomber, dit Betty. C'était une simple question.

— Vous êtes bien indiscrète.

— Oubliez.

Ramut but une petite gorgée de son whisky.

— Oui, je suis marié, dit-il sans regarder Betty. Et vous ?

— Moi aussi, je suis mariée.

— Eh bien, nous voilà avancés : vous êtes mariée, je suis marié, nous sommes mariés et alors ?

Ramut parlait avec des intonations nasillardes, presque une voix de ventriloque qui troubla Betty.

— Alors ? Maintenant nous le savons et c'est mieux.

— C'est mieux d'être mariés ?

— C'est mieux de le savoir.

Betty esquissa un sourire.

— Vous ne m'offririez pas quelque chose ?

— Je n'ai pas d'argent.

Il ricana en montrant son verre.

— Je ne sais même pas si j'ai assez pour payer celui-là !

— Alors, je vous invite. J'en ai, moi.

— Si vous y tenez.

— Qu'est-ce que vous prenez ?

— Un autre, dit Ramut en faisant signe au barman de le resservir.

Betty commanda pour elle une vodka-orange...

— Vous avez des gosses ? demanda Ramut, s'efforçant d'être courtois.

— Non, dit-elle sans hésiter. Et vous ?

— J'ai un fils.

— Ça se passe mal ?

— C'est un vrai con.

— Il a quel âge ?

— Arrêtez de me poser des questions. J'en ai rien à foutre.

— Je voulais juste être aimable.

— Les gens aimables me font chier.

— Pourquoi êtes-vous si vulgaire ?

— Je vous ai dit d'arrêter de me poser des questions.

— Pardon. Je ne dis plus rien.

— C'est ça, taisez-vous.

Le barman déposa devant Betty sa vodka-orange. Elle en avala aussitôt une gorgée et frissonna. Ramut s'en aperçut.

— Vous avez froid ?

— Un chat vient de marcher sur ma tombe…

— Qu'est-ce que vous racontez ?

— Un truc de ma mère.

— Votre mère ? Betty hocha la tête.

— C'était une sorcière.

— Vous devriez arrêter de picoler. Ça ne vous réussit pas.

— S'il n'y avait que ça…

— Quoi d'autre ?

— C'est vous qui devenez trop curieux.

Ramut reposa son verre vide en le faisant tinter sur le comptoir pour attirer l'attention du barman.

— Vous savez qui je suis ?

— Je devrais ?

— Vous ne regardez pas la télé ?

— Je sors du cinéma.
— J'étais l'invité du journal de 20 heures.
— Ah… Qui êtes-vous ? demanda Betty, plus polie que curieuse.
Ramut, pris à contre-pied, ricana.
— Sincèrement, je ne sais plus.
— Ce n'est pas grave, soupira Betty. Moi non plus, je ne sais plus qui je suis, mais ça ne m'empêche pas de vivre.
— Qu'est-ce que vous faites ?
— J'en profite. Je respire, je marche, je dors, je bois, je rêve…
— Vous ne travaillez pas ?
— Oh si ! Je fais ci ou ça, tout ce qui se présente. Mais je ne reste jamais longtemps. Je voyage. Et vous, qu'est-ce que vous faites ?
Ramut hésita à répondre :
— J'écris dans les journaux, j'interviens à la télé, à la radio…
— Ne vous foutez pas de moi.
— Je vous assure que…
Betty l'interrompit :
— Vous me prenez pour une conne ?
— Mais pas du tout !
Betty, tout sourires, répéta :
— Vous écrivez dans les journaux, vous passez à la télé, à la radio ?

— Puisque je vous le dis ! Si vous aviez regardé le 20 heures…

Betty lui fit signe de se taire.

— Chut ! Vous pouvez toujours me raconter ce que vous voulez si ça vous fait plaisir mais j'ai l'œil : vous avez des mains d'ouvrier.

REMERCIEMENTS

J'aimerais remercier Jean-Étienne Cohen-Séat, mon éditeur de toujours qui, une fois encore, a suivi pas à pas la rédaction de ce livre.

J'aimerais également remercier mes amis Odile Conseil, Laurent Hebenstreit, Patrick Nebout, Patrice Giorda et François Catonné, pour leurs avis et leur soutien sans faille. Remercier enfin mon frère Georges pour ses conseils techniques...

Du même auteur :

Vive la sociale ! Éditions Mazarine, 1981

Vive la sociale ! revu et corrigé,
Éditions du Seuil « Point Virgule », 1987

À quoi pense Walter, Éditions Calmann-Lévy, 1987

Les Cinq Parties du monde, Éditions Mazarine, 1984,
Le Livre de Poche, 2012

Célébrités poldèves, Éditions Mazarine, 1984

L'Attraction universelle, Éditions Calmann-Lévy, 1990

Zartmo, Éditions Calmann-Lévy (hors commerce), 1984

Béthanie, Éditions Calmann-Lévy, 1996

Corpus Christi, enquête sur les Évangiles
(en collaboration avec Jérôme Prieur),
Mille et une nuits/Arte éditions, 1997

Le Retour du permissionnaire,
Éditions La Pionnière, 1999

Jésus contre Jésus (en collaboration avec Jérôme
Prieur), Éditions Seuil, 2000

La Grande Jument noire – Les cheminots dans l'aventure du siècle –, Éditions La Martinière, 2000

Jésus, illustre et inconnu (en collaboration avec Jérôme Prieur), Desclée de Brouwer, 2000

Vichy-Menthe, Éditions Éden, 2001

L'Ombre portée (dessins de Patrice Giorda), Éditions La main parle, 2002

Madame Gore (dessins de Patrice Giorda), Éditions Éden, Grand prix Humour noir, 2002

Rue des Rigoles, Éditions Calmann-Lévy, 2002

Les Rudiments du monde (dessins de Patrice Giorda), Éditions Éden, 2003

Yorick (dessins d'André Faber), Éditions Éden, 2003

Comment calmer M. Bracke, Éditions Calmann-Lévy, 2003

C'est mon tour, Éditions Éden, 2003

Jésus après Jésus – Essai sur l'origine du christianisme – (en collaboration avec Jérôme Prieur), Éditions du Seuil, 2004

Les Vivants et les Morts, Éditions Calmann-Lévy, Grand Prix RTL / Lire 2004

Notre part des ténèbres, Éditions Calmann-Lévy, 2008

Scandales et folies, Éditions du Seuil, 2008

Jésus, sans Jésus – La Christianisation de l'Empire romain (en collaboration avec Jérôme Prieur), Éditions du Seuil / Arte Éditions, 2008

Les Invisibles (photographies de Joël Peyrou), Éditions de l'Atelier, 2010

Rouge dans la brume, Éditions Calmann-Lévy, 2011

Subito presto, Éditions Calmann-Lévy (hors-commerce), 2011

Le Linceul du vieux monde (poésies), Éditions Le temps qu'il fait, 2011

Il n'y a pas d'alternative – 30 ans de propagande économique – (en collaboration avec Bertrand Rothé), Éditions du Seuil, 2011

Jésus le naze (poème), Éditions Colophon, 2012

Ce que savait Jennie, Éditions Calmann-Lévy, 2012

Xenia, Éditions Calmann-Lévy, 2014

Le Miroir voilé et autres écrits sur l'image, Éditions Calmann-Lévy, 2014

Sombres Lumières du désir (poésies), Éditions Le temps qu'il fait, 2014

La Boîte à ragoût, Éditions La Pionnière, 2015

PAPIER À BASE DE FIBRES CERTIFIÉES

Le Livre de Poche s'engage pour l'environnement en réduisant l'empreinte carbone de ses livres. Celle de cet exemplaire est de :
600 g éq. CO_2
Rendez-vous sur www.livredepoche-durable.fr

Composition réalisée par Belle Page

Achevé d'imprimer en août 2016 en Allemagne par
GGP Media GmbH, Pössneck
Dépôt légal 1re publication : septembre 2016
LIBRAIRIE GÉNÉRALE FRANÇAISE
21, rue du Montparnasse – 75 298 Paris Cedex 06

18/7860/4